Coin Riser

*Mein besonderer Dank gilt
meiner Frau Renate Rahofer-Rabenberger.
Ihr positives Feedback war nicht nur eine wertvolle Hilfe,
sondern auch eine Quelle der Inspiration,
die mich stets ermutigt hat, weiterzuschreiben.
Ihre konstruktiven Beiträge haben mich stets angetrieben,
diesen Thriller zu vollenden.
Danke, dass du immer an mich geglaubt hast.*

RICHARD RABENBERGER

Coin Riser

Bibliografische Information der Deutschen Nationalbibliothek:
Die Deutsche Nationalbibliothek verzeichnet diese Publikation in der Deutschen Nationalbibliografie; detaillierte bibliografische Daten sind im Internet über dnb.dnb.de abrufbar.

© 2025 Richard Rabenberger

Satz und Coverdesign: BoD

Verlag: BoD · Books on Demand GmbH, Überseering 33, 22297 Hamburg, bod@bod.de

Druck: Libri Plureos GmbH, Friedensallee 273, 22763 Hamburg

ISBN: 978-3-7693-8076-7

Inhalt

Ein Mann Namens Joe 7

Wer ist Silvia Koch? 29

Das Programm 49

Wo führt das alles hin? 63

Zürich 75

Schutzlos 85

Aufgeflogen 101

Zu große Gegner 121

Wem kann ich wirklich vertrauen? 145

Der Auftrag 159

Singapur 171

Dragon 189

Die Party 199

Wie geht es weiter? 227

Jago 251

Steinbeck 279

Epilog 303

Ein Mann Namens Joe

Es war ein bewölkter Tag. Schwarzgraue Wolken bedeckten die Sonne. Ein typischer Märztag. Könnte sich die Sonne durchkämpfen, wäre die Temperatur sicherlich angenehmer.

Rick hasste diese Tage. Er hasste auch die Stadt, in der er lebte. Die meiste Zeit gab es Nebel und wenn es nicht nebelig war, verkroch sich die Sonne hinter dichten Wolken. Er hasste eigentlich alles. Sein ganzes Leben ging die letzten Jahre den Bach runter. Er dachte stets darüber nach, wie es nur so weit kommen konnte. Vor ein paar Jahren war noch alles in Ordnung. Er machte mit seiner Frau noch wirklich schöne Urlaube. Sie gingen auf Partys und waren gut in der Gesellschaft etabliert. Sicher hatten sie die eine oder andere Meinungsverschiedenheit, aber wer hat die nicht? Eines Tages, aus heiterem Himmel, packte Klara ihre Koffer und zog aus. Warum? Er konnte es bis heute noch nicht richtig verstehen. Ja, sicher musste er viel arbeiten, hatte Stress im Job, kam mit seinem Chef oft nicht klar – aber war es das? Sie hatte doch auch ihre Arbeit. Sicher kam sie öfter früher nach Hause als er und traf sich wöchentlich mit ihren Freundinnen im Café, aber er sah nie ein Problem darin. Nun saß er alleine in einer 78-m²-Wohnung in einer Stadt, die er nie mochte. Sein Job war nun auch Vergangenheit. Nach der Trennung von seiner Frau war seine Psyche sichtlich angeschlagen. Natürlich war ihm klar, dass er seine Arbeit nicht bis ins hohe Alter ausführen könnte, aber seinen Abgang in die Pension stellte er sich anders vor.

Als kreativer Entwicklungstechniker war er täglich gefordert und die jungen, aufstrebenden Ingenieure machten natürlich Druck. Mit seinen langjährigen Erfahrungen konnte er immer wieder

alles wettmachen, bis sich mit der Zeit mehr und mehr Fehler ein-
schlichen und es stets schwieriger wurde, diese zu korrigieren. Der
Druck vom Big Boss, wie sie ihn alle nannten, ließ nicht lange auf
sich warten. Die Einzelgespräche mit ihm wurden immer intensiver. Die Erwartungen und Aufgabenstellungen konnte er nur noch
mit großer Überwindung erreichen und erfüllen. Die Arbeitstage
wurden für ihn immer länger und länger. Es machte ihm nichts aus!
Wenigstens konnte er die Leere überbrücken, die in ihm entstand,
als seine Frau ausgezogen war. Durch zunehmende Überforderung,
resultierend aus dem wachsenden Stress, passierten ihm immer
mehr Fehler. Anfangs fiel es ihm selber nicht auf. Wären da nicht
diese Situationen mit seinen Kollegen gewesen. Die Anweisungen,
die er gab, waren oftmals falsch und er konnte sich hinterher teilweise nicht mehr an sie erinnern. Die ersten paar Male stritt er so
manche Fehlanweisungen noch ab, aber immer öfter stellte sich
heraus, dass so manche schriftliche Anordnungen von ihm keinen Sinn ergaben. Dazu kamen Schlafstörungen! Sicher schlief er
in den letzten Jahren immer schon schlecht. Er schlief schwer ein
und wachte mehrmals in der Nacht schweißgebadet auf. In seinen
letzten Arbeitswochen wurde es immer extremer. Das Aufstehen
am Morgen war schon eine Qual!

»So kann es nicht weitergehen!«, dachte Rick an einem Freitagmorgen. Er rief seinen Freund Kurt an. Er war der Einzige, der
sich schon oft seine Probleme anhören musste. Sie trafen sich am
späten Nachmittag in einer Kneipe in der Nähe des Bahnhofs. Kurt
war ein etwas rundlicher, kleiner Mann Mitte sechzig. Seine große,
dicke Brille war sein Markenzeichen. Seine langen Haare bändigte
er mit einem dünnen Gummiband, doch so manche Haarsträhne
hing dennoch wirr ins Gesicht. Er strahlte seine bekannte Fröhlich-
keit aus, als er schon auf einem Barhocker sitzend auf Rick wartete
und keck mit der jungen Kellnerin flirtete. Nach einer herzlichen
Begrüßung dauerte es eine Weile, bis Rick ihm seinen Zustand
berichtet hatte. Kurt war derselben Meinung wie er. So konnte es
nicht mehr weitergehen. Kurt meinte sogar: »Wenn du so weiter-
machst, erlebst du deine Pension mit Sicherheit nicht.« Kurt war

Jurist und arbeitete vor seiner Pensionierung im Sozialministerium. Er hatte zu vielen verschiedenen Personen in unterschiedlichen Branchen Kontakte, die jetzt sicher von Vorteil waren. Er riet Rick die Berufsunfähigkeitspension anzustreben. Nach längerem Zögern willigte Rick ein. Er konnte einfach nicht mehr! Er war leer und ausgebrannt! Die Ärzte diagnostizieren ein glattes Burnout.

Die gesamte Prozedur dauerte fast ein halbes Jahr, aber dann war es so weit. Rick verließ die Firma. Sein Big Boss war zwar etwas überrascht, aber Rick war auf eine gewisse Art und Weise glücklich die Firma nicht mehr betreten zu müssen. Diese Erleichterung hielt jedoch nicht lange an. In den ersten Monaten seiner Pension vertiefte sich Rick in Renovierungsarbeiten seiner Wohnung. Die Leere holte ihn aber bald ein. Hobbys hatte er keine – er kannte ja bisher nur seine Arbeit. Er ging wöchentlich ein- bis zweimal in ein Café in der Nähe seiner Wohnung und beobachtete Leute, die wie gehetzt an ihm vorbeirannten. Aber die Erfüllung in seinem Leben fand er dabei nicht. Es dauerte länger als ein Jahr, bis er wieder eine gewisse innere Ruhe fand. Mit der aufsteigenden Ruhe schlich sich ein innerer Hass ein. Ein Hass auf die Umwelt, auf das Wetter, einfach auf alles. Und nun stand er am Fenster und starrte auf die Straße an diesem bewölkten Tag im März. Die Wolken zogen rasend schnell über den Himmel. Bis zu drei Schichten lagen übereinander. Dreimal beschissen! Rick wandte sich vom Fenster ab. »Was wird dieser beschissene Tag wieder bringen?«, dachte er und schlenderte langsam ins Bad. Vor dem Spiegel hielt er kurz inne. »Willst du das wirklich sehen?«, überlegte er kurz. Nach längerem Betrachten im Spiegel kam er zum Schluss, dass mit seinem Gesicht noch nicht alles verloren war. Sicherlich gab es besser aussehende Männer, aber mit 58 Jahren ging er noch locker als durchschnittlich schön durch. Das machte ihm ein wenig Mut. Er duschte und rasierte sich. Ein wenig Creme und Parfüm könnten nicht schaden und er durchsuchte dabei seinen Badezimmerschank nach Resten aus der Vergangenheit. Eine Herrenduftflasche nach der anderen standen im oberen Fach. »Hatte ich schon immer so viele Parfümflaschen?«, schoss ihm ein Gedanke und er überflog die Etiketten. »Da könnte ich so mancher Frau Konkurrenz machen.« Er lächelte bei dieser Vorstellung, während er sich reichlich einsprühte. Noch versunken in dieses Bild ging er zum Ankleideschrank ins Schlafzimmer. Auf Ordnung legte er immer sehr viel Wert, das spiegelte auch sein Kleiderschrank wider. Die Jeanshosen hingen ordentlich über den Kleiderbügeln und auch die Hemden waren alle in einer Reihe aufgehängt. Rick empfand Unordnung als Schwäche, die er nie tolerieren würde. Aber es fiel ihm auf, dass die meisten Kleidungsstücke nicht mehr up to date waren. Er grübelte nach, wann er das letzte Mal shoppen war. Seine Frau war sicher jede Woche shoppen, das wusste er genau. Aber er? Das musste schon sehr lange her sein. Er konnte sich nicht mehr erinnern. Sicher schon länger als ein Jahr. Es muss etwas Neues her! Obwohl der Tag beschissen angefangen hatte, beschloss er in die Einkaufsmall zu fahren. Er zählte das Geld im Portemonnaie. Dabei schmunzelte er innerlich, denn er besaß mehr Geld, als er in nächster Zeit ausgeben konnte.

Seine Gedanken schweiften zu einem besonderen Tag ins Jahr 2016 zurück. Es waren die Tage nach einer, wie so oft, anstrengenden Kollektion. Das gesamte Team und er als Teamleiter waren ausgepowert und machten sich, im Gegensatz zur Hauptstresszeit, ein paar gemütlichere Tage im Office. Sie ackerten E-Mails durch, sortierten Daten und chatteten in den Pausen im Internet. Nach einem üppigen Mittagessen in der Firmenkantine begann der Jüngste des Teams über Kryptowährungen zu plaudern. Er hätte sich Bitcoins gekauft. Er riskierte einfach ein paar Hundert Euro. »Wer nichts wagt, wird auch nie etwas gewinnen!«, sagte er stolz. Nach einem längeren Diskurs im Team kam Rick zum Schluss, dass er ebenfalls in die Kryptowelt einsteigen wollte. Rick hatte zu diesem Zeitpunkt absolut keine Ahnung, wie das funktioniert, war aber Feuer und Flamme von dieser Idee.

Zudem erwartete er in den nächsten Wochen eine Provision. Die Höhe richtete sich immer danach, wie gelungen eine Kollektion war. Er wusste, dass die aktuelle alle vorangegangenen Kollektionen übertreffen würde. Seine Frau wusste von diesen jährlichen

Zahlungen nichts. Es war ein Männergeheimnis, sagte er sich immer. Viele seiner Kollegen machten es ihm nach. Rick kam schon vor Jahren zum Schluss, sich ein kleines Taschengeld anzuhäufen. Die quälenden Fragen seiner Frau wollte er sich ersparen: »Was machen wir mit dem Geld? Oder willst du es etwa wieder für Blödsinn ausgeben?« Im Nachhinein betrachtet war es ein cleverer Schachzug, nichts von der Provision zu erwähnen.

Am darauffolgenden Tag berief Rick eine Teamsitzung ein. Seinem Big Boss verklickerte er, dass die Besprechung der Kollektionsanalyse diene. Das gesamte Team verkroch sich in einen abgelegenen Raum und sie diskutierten über das Traden, Wallet-Möglichkeiten, Blockchain-Systeme, Authenticator-Installationen … Rick fühlte sich anfangs so, als wäre er jahrelang in einem Dornröschenschlaf versunken gewesen. Was diese Youngsters alles wussten und welche Ausdrücke sie parat hatten, war in seinen Augen sagenhaft. Rick war nicht dumm und er fand im Gespräch relativ schnell heraus, dass diese neuen Währungen die Zukunft bedeuten könnten. Er wollte das Traden unbedingt erlernen, darum nutzte er die nächsten, ruhigeren Tage im Office und legte mit Hilfe seines jungen Kollegen ein Konto und eine Wallet auf einer österreichischen Plattform an. Wenn man wusste, wie es funktioniert, war es einfach und logisch. Rick beschloss, nach Erhalt seiner Kollektionsprovision, die mehr als 10.000 Euro betrug, sich mit Bitcoins einzudecken. Er hatte noch immer den Spruch seines Kollegen im Ohr: »Wer nichts wagt, wird nie etwas gewinnen!« So kaufte er mit den 10.000 Euro 15 Bitcoins. Ein paar Wochen später plagten ihn jedoch die ersten Gewissensbisse. War es richtig, gleich das ganze Geld zu investieren? Alles rückgängig machen und sich einen Fehler eingestehen, das wollte er aber auch nicht. So blieben die 15 Bitcoins auf seiner Wallet.

Die Monate vergingen, eine neue Kollektion stand abermals vor der Vollendung und Rick vergaß in der Zeit komplett die Kryptowelle, die ihn vor Monaten erfasst und in einen faszinierenden Bann gezogen hatte. Erst jetzt dachte er wieder an die 15 Bitcoins. Er traute seinen Augen nicht, als er sich mit seinem Kennwort einloggte und sein Portfolio in der eigenen Wallet betrachtete: »20.254 Euro!!! Das kann nicht sein!« Er kontrollierte noch einmal sein Dashboard ganz genau. Ja, es stimmte, die Bitcoins hatten sich verdoppelt! »Wow!«, dachte er: »In einem Jahr hat sich mein Einsatz verdoppelt!«

Und so kam es, dass er wöchentlich, oftmals sogar täglich seinen Kryptostand prüfte. Als sein Kontostand in der Wallet 601.802 Euro betrug, verkaufte er alle Bitcoins und ließ sich den Betrag auf sein Bankkonto überweisen.

Er ertappte sich dabei, als er vor dem Spiegel stand, wie er sich süffisant angrinste und dabei an seinen Kontostand dachte. Er schaute auf seine Uhr – es war knapp nach elf. »Welcher Wochentag ist heute?«, er musste kurz überlegen: »Seit ich in Pension bin, sind alle Tage gleich!« In den ersten Pensionswochen stand er täglich um 7.00 Uhr auf, das änderte sich aber bald. Der Schlafrhythmus passte sich zusehends an seinen Lebensrhythmus an. Er ging später ins Bett und stand oft erst um die Mittagszeit auf. Er wusste gar nicht, warum er heute schon um 9.00 Uhr aufgewacht war. Egal, sein Entschluss stand fest: Er würde mit seinem Audi Q5, den er sich gekauft hatte, als er noch wirklich gut verdiente, in die Einkaufsmall fahren. Zuerst würde er sich eine Tasse Kaffee und ein Stück Kuchen genehmigen und dann, frisch gestärkt, einige Kleidergeschäfte durchstreifen. Er zog seinen warmen Mantel an und verließ gegen 11.15 Uhr die Wohnung.

Es überraschte ihn, welche Energie er auf einmal verspürte. Der Tag begann ja nicht berauschend, aber er war froh, sich wieder einmal von der Menge treiben zu lassen. Der Verkehr in der Stadt hielt sich in Grenzen. Die roten Ampeln waren zwar, wie immer, alle gegen ihn, aber das störte ihn heute nicht. Er war erstaunt über seine Gelassenheit und das steigerte seine Lust, den Tag so richtig mit Shoppen zu genießen. Die Parkplatzsuche war zu dieser Zeit kein Thema, denn in der Mall gab es eine riesige Tiefgarage, die an Vormittagen nahezu leer war. Viele Leute können sich mit Tiefgaragen nicht anfreunden, aber Rick liebte sie, weil sie meist dunkel sind und kaum Leute herumhetzen. Er parkte, wie gewohnt, in einer abgelegenen Ecke des Parkhauses. Er hielt kurze inne und überlegte, ob er seine dicke Winterjacke im Auto lassen sollte oder doch nicht. Beim Aussteigen warf er kurz entschlossen die Jacke auf den Rücksitz und fuhr nur leicht bekleidet mit dem Lift in die Mall. Im Aufzug stand eine leicht übergewichtige Frau, die sich zu ihrem – auch etwas runden – kleinen Hund bückte und dabei nach Luft rang: »Na, mein Kleiner, jetzt geht dein Frauli erst mal was essen.« Rick musste schmunzeln und dachte: »Ich würde an ihrer Stelle eher an Bewegung denken als ans Essen. Aber was geht mich das an, jeder ist seines Glückes Schmied.«

Der Aufzug hielt im zweiten Obergeschoss. Die Aufzugtür öffnete sich und eine warme, etwas verbrauchte Luft strömte ihm entgegen. »Ich habe gut entschieden die warme Jacke im Auto zu lassen!«, dachte er.

Es waren in den einzelnen Etagen mehr Leute unterwegs als üblich. Die Einkaufsmall umfasste drei offene Etagen, die durch eine riesige Glaskuppel mit Tageslicht durchflutet wurden. Er ging bis zur Brüstung und schaute sich um. »Was machen die vielen Leute an einem Dienstag um die Mittagzeit hier? Sind das alle Pensionisten wie ich?« Dabei schaute er genauer und kam zum Schluss, dass nicht nur Pensionisten, sondern auch sehr viele Mütter mit ihren kleinen Kindern unterwegs waren.

Rick überlegte kurz, in welchem der vielen Gänge das nette kleine Café war, in dem er vor ein paar Wochen mit Kurt saß. Er war sein einzig wahrer Freund. Auch nach dem Erhalt des positiven Pensionsbescheids war er es, den er anrufen konnte, um sich so richtig auszukotzen. Kurt stand ihm mit Rat und Tat bis zur Zuerkennung der Pension bei. Rick nahm seine Ratschläge immer dankbar an. Häufig waren diese Gespräche mit Kurt zielführender als die mit dem Psychologen, den er eine Zeitlang wöchentlich aufsuchte, bis es ihm besser ging.

Rick durchstreifte die Gänge im zweiten Obergeschoss, bis er das kleine Café fand. Eine zierliche Bedienung kam ihm nach dem Betreten sofort freundlich entgegen und fragte ihn, welchen Sitzplatz sie ihm zuweisen dürfe. Rick war erstaunt, denn wie viele Lokale gibt es, in denen sofort eine Bedienung auf den Gast zugeht? Er würde gerne an dem Tisch an der Wand Platz nehmen, gab er zu verstehen, denn vom ausgewählten Sitzplatz aus musste immer die Eingangstür in seinem Blickfeld sein. In dieser Sache war Rick eigen! Dies war eine seiner etwas komischen Angewohnheiten.

Bei seinem letzten Besuch in diesem Café war ihm aufgefallen, dass sehr viele Tages- und Wochenzeitungen zum Lesen auslagen. Er nahm eine Zeitung mit an den Tisch und legte sie neben sich auf die Sitzbank. Die nette Bedienung nahm nach nur wenigen Minuten seine Bestellung auf und verschwand blitzschnell wieder hinter einer großen Theke, um die Wünsche der Gäste vorzubereiten. Wie lange muss man suchen, um so eine nette und emsige Bedienung zu finden? Er verwarf den Gedanken aber sehr schnell wieder und beobachtete lieber die Leute, die an den Nebentischen saßen. Das Beobachten der Leute fand Rick sehr interessant. Er machte manchmal ein Spiel daraus. Wer bezahlt als Nächster oder wer erhebt sich als Erster vom Sitzplatz? Dieses Mal war es nicht so spannend, weil sich nur sechs Personen im Café befanden. An den ersten beiden Tischen saßen je zwei Frauen und unterhielten sich leise miteinander. Auf den Plätzen an der Wand saß eine ältere Frau und ihr gegenüber ein junger Mann, der in seinen Laptop starrte und manchmal mit dem Finger über das Touchpad strich. »Keine wirklich interessanten Leute!«, dachte Rick und wollte sich gerade seiner Zeitung zuwenden, als die Bedienung bereits mit seinem Latte macchiato und einem butterbestrichenen Mohngebäck an seinem Tisch stand. »Das ging aber schnell!«, lächelte Rick überrascht. »Lassen Sie es sich schmecken!«, antwortete die Bedienung freundlich und huschte schon weiter zum Tisch der alten Dame, die die Rechnung verlangte. Rick würde die Bedienung in weiterer Folge »Wirbelwind« nennen und kicherte bei diesem Gedanken leise in sich hinein. Er nahm sein Gebäck vom Teller und biss genüsslich hinein. Das Leben war doch nicht so trist, wie es sich am Morgen noch angefühlt hatte.

Seine Gedanken schweiften wieder zurück zu den letzten Tagen. »Alles nur beschissene, inhaltsleere Tage. Nichts, was einen Menschen aufbauen konnte. Jeder Tag wie der andere. Das muss sich ändern! Das kann doch kein Leben sein!«, dachte er noch, als ein junger Mann mit langen, zerzausten Haaren das Café betrat. Der blickte sich hastig um und setzte sich schließlich an den Nebentisch. Rick erkannte, ohne den Fremden zu kennen, eine gewisse Nervosität in ihm. Nach genauem Hinsehen fielen ihm auch noch Schweißperlen auf seiner Stirn auf. »Ist er gerannt? Könnte durchaus sein!« Sein schneller Atem war deutlich hörbar. Rick wandte seinen Blick von ihm ab, um nicht zu aufdringlich und neugierig zu wirken, und nahm dabei seine Zeitung, in die er abwesend hineinstarrte. Er wurde den Gedanken nicht los, dass der Fremde Probleme hatte. Ricks Bauchgefühl meldete sich zu Wort.

»Nur weil ich am Ende meiner Berufstätigkeit Schweißausbrüche und Zoff mit meinem Big Boss hatte, heißt das noch lange nicht, dass alle solche Probleme haben müssten. Vielleicht ist er nur in Eile und genehmigt sich schnell einen Kaffee, um für das nächste Meeting wieder fit zu sein?« Rick warf erneut einen kurzen Blick auf den Fremden: »Nein, Meeting auf keinen Fall! Die Kleidung passt niemals. Kakifarbene Hose mit olivfarbenem Hemd. Nein, das passt eher zu einem Studenten oder Programmierer. Ja, Programmierer, das könnte es sein!« In seiner letzten Firma hatten sie auch ein paar Programmierer, die keinen Sinn fürs Ankleiden verschwendeten. Rick schüttelte kurz den Kopf: »Was geht mich der Fremde an? Ist doch egal, wer er ist! Warum ist er mir so wichtig? Vergiss ihn! Besser ich lese meine Zeitung. Bin ich wirklich schon so eigen, dass ich alle Leute in meiner Umgebung analysieren muss?« Rick schlug die Zeitung auf und versuchte sich auf den Inhalt zu konzentrieren. Er überflog den Finanzteil mit den Kursständen der Kryptowährungen. »Wie sieht es mit den Bitcoins aus?«, dachte er und fing an zu rechnen. Er kam zum Schluss, dass der Zeitpunkt für den Verkauf goldrichtig war. Der Bitcoinwert hatte sich in den letzten Monaten nicht mehr spürbar verändert. Rick legte die Zeitung zur Seite und nippte an seinem Latte macchiato. Er war gedanklich noch immer bei den Bitcoins, als ihn eine Stimme in die Realität zurückholte. Erst jetzt merkte er, dass der Fremde am Nebentisch eine Frage an ihn richtete.

»Entschuldigung, ich habe Sie nicht verstanden!«, kam es instinktiv aus Ricks Mund.

»Ich wollte nur fragen, ob Sie sich für Kryptowährungen interessieren«, meinte der Fremde mit nervöser, hektischer Stimme.

Rick war verwirrt!»Wie kam der Fremde auf diese Frage? Wie konnte er wissen, dass er sich gerade die Bitcoinwerte angesehen hatte?«

Rick antwortete verunsichert: »Ja, ein wenig. Ich bin zwar kein Freak, wenn Sie das jetzt glauben. Aber ja, faszinierend ist es schon.«

Kurz war es still und ihre Blicke trafen sich. Die Augen des Fremden waren blutunterlaufen und dunkel umrandet.»Der Fremde hat entweder ein Alkoholproblem oder ein riesiges Schlafdefizit«, dachte Rick.

»Wie kommen Sie darauf, dass ich an Kryptowährungen interessiert bin?«, wollte Rick vom Fremden wissen.

Dieser blickte auf die Zeitung, die auf Ricks Tisch lag und erklärte: »Weil Sie die Kryptoseite im Finanzteil gelesen haben.«

Jetzt erst wurde Rick die aufgeschlagene Zeitung auf seinem Tisch wieder bewusst.

»Was halten Sie von Kryptowährungen?«, wollte Rick wissen.

Der Fremde schluckte, warf einen kurzen, nervösen Blick in Richtung der anderen Tische im Café und schaute Rick tief in die Augen, als wollte er etwas Wichtiges in ihnen lesen.

»Sehr viel!«, antwortete der Fremde und wandte sich schnell wieder von Rick ab.

Etwas komisch war der Fremde schon! Er machte auf nervös und geheimnisvoll. Was sollte das? Kryptos sind doch nichts Illegales?! Der Fremde erhob sich ruckartig, noch bevor die Bedienung an seinen Tisch kam, um die Bestellung aufzunehmen, wandte sich noch kurz zu Rick, als wollte er etwas sagen, und verließ dann hastig das Café. Rick schüttelte den Kopf: »Was war das eben?« Er glaubte, er habe ein großes Problem mit sich selbst, aber der war ja noch viel schlimmer unterwegs. Der Fremde ging ihm einfach nicht mehr aus dem Kopf. Rick grübelte noch einige Zeit darüber, bis es ihm zu blöd wurde. Er musste den Kopf wieder frei bekommen. Vielleicht sollte er sich nach neuen Klamotten umschauen. Das würde ihn sicher auf andere Gedanken bringen. Rick wollte eben noch seinen Kaffee austrinken, als zwei gut gekleidete Männer mit asiatischem Aussehen das Café betraten. Sie blickten sich um, als wollten sie die Leute im Raum zählen. Rick war überrascht, mit welcher Zielstrebigkeit sie das Café durchquerten und Richtung Toiletten gingen. Der eine Mann blieb vor der Tür stehen und der andere verschwand dahinter. Der Mann vor der Tür drehte sich um und beobachtete die Leute im Raum. Rick nahm instinktiv seine Zeitung auf und tat so, als würde er lesen. Er merkte, dass seine Nerven angespannt waren: »Was soll das? Bin ich jetzt schon komplett paranoid? Ich muss wirklich öfter unter Leute gehen. Jetzt flößen mir schon fremde Leute Angst ein!«

Die zweite Person kam kurz darauf wieder aus der Toilette und beide verließen so zielstrebig, wie sie es betreten hatten, das Café.

»Der konnte unmöglich in so kurzer Zeit seine Notdurft verrichtet haben! Die haben irgendjemanden gesucht!«, meldete sich Ricks innere Stimme zu Wort. »Jetzt reicht´s! Ich brauche unbedingt Zerstreuung!«, dachte er und winkte der Bedienung. Es verging keine Minute, da stand der Wirbelwind schon mit der Rechnung vor ihm.

»Fünf Euro sechzig bitte!«, verlangte der Wirbelwind lächelnd.

Rick gab ihr sieben Euro: »Stimmt so.«

Er konnte sich die Frage nicht verkneifen: »Haben Sie die zwei Asiaten, die gerade hier hereinkamen, schon mal gesehen?«

»Nein!«, antwortete sie und im Umdrehen konnte er noch hören, wie sie nachdenklich zu sich selbst sagte: »Die haben sicherlich jemanden gesucht.«

»Also bin ich doch nicht alleine mit dem Gefühl, dass diese beiden Gestalten hinter jemandem her sind«, dachte Rick und trank in Gedanken versunken seinen Kaffee aus, packte sein Handy und seine Geldbörse und verließ das Café. Er warf einen kurzen Blick zurück und sah die Bedienung noch nachdenklich am Tresen stehen.

Rick schlenderte gedankenversunken die Gänge in der zweiten Etage entlang, bis er vor einem Bekleidungsgeschäft stehen blieb. In den Schaufenstern wurde schon fleißig für die Frühlingskollektion umdekoriert. Die »SALE«-Banner verschwanden langsam und die neue Frühjahrsmode breitete sich unverkennbar aus.

Seine Gedanken flogen zwei Jahre zurück. Der März war immer der ruhigere Übergangsmonat zwischen den Kollektionen, denn zum Ende jeder Kollektion arbeitete man bis in die Nacht hinein, damit diese dann mit Prunk und Protz präsentiert werden konnte. Beim Event klopften einem dann Leute auf die Schulter, die man noch vor Wochen hätte erwürgen können, weil diese nur Hektik und Stress versprühten. Der Produktmanager stand aufgeblasen vor den Redakteuren der verschiedenen Modezeitungen und ließ sich von allen Seiten fotografieren und der Big Boss sprach von unglaublichem Einsatz, der wieder aufgewendet wurde, um so eine bombastische Kollektion präsentieren zu können. Rick stand wie immer ganz hinten, wo keine Scheinwerfer leuchteten und wo kein Mikrofon geschwenkt wurde. Er wusste, dass keiner dieser wichtigen Modeleute, die sich hier in den Vordergrund drängten, keineswegs im Detail wissen wollte, welchen Aufwand es tatsächlich bedeutete, bis diese Ergebnisse vollendet präsentiert werden konnten. Rick dachte an die vielen Modelle, die im Mülleimer landeten, obwohl sie seiner Meinung nach noch besser gewesen wären als die, die jetzt zur Schau gestellt wurden. Auch die vielen, harten Auseinandersetzungen innerhalb des Teams, während der Entwicklung einer Kollektion, sah man bei der Präsentation nicht. Zu diesem Zeitpunkt wurden nur die Hände der scheinbar wichtigen Leute geschüttelt, die Coolness versprühten und die Firma repräsentierten.

Ist es nicht ein bisschen zu früh? Für die Winterkleidung ist es schon zu spät und für sie Sommerkleidung noch zu früh. Er war im Zweifel, ob der Zeitpunkt der richtige wäre, um jetzt schon Kleidung zu kaufen. Aber was soll's! »Shoppen ist gut für die Seele!« Dieser Satz stammte nicht von ihm, er stammte von seiner Exfrau. Jedes Mal, wenn sie mit einigen Papiertüten voller Kleider nach Hause kam, war dieser Satz gefallen. Im Nachhinein betrachtet war sicher der eine oder andere Frustkauf dabei, aber das war Vergangenheit,

Schnee von gestern! »Was sie konnte, das kann ich schon lange!«, dachte Rick und betrat das Geschäft. Er musste daran denken, wie lange es wohl her sei, als er das letzte Mal alleine shoppen war. Meistens war seine Ex dabei und suchte für ihn die passende Kleidung aus. Manchmal kam er sich entmündigt vor. Wieso kamen ihm jetzt all die Gedanken in den Sinn? War das die Vergangenheitsbewältigung, wie es sein Psychologe immer ausdrückte? »Du musst deine Vergangenheit aufarbeiten, erst dann kannst du die Zukunft gestalten!«, sagte er oftmals. Was war das für eine Logik?

Das Geschäft war durch einen Rundbogen in zwei Abschnitte geteilt. Im vorderen Teil befand sich die Damenabteilung und im hinteren Teil gab's Mode für die Herren. Wie überall! Rick schaute sich um und betrachtete aus dem Augenwinkel zwei Frauen, die sich mit einigen Oberteilen der Reihe nach vor dem Spiegel betrachteten und diese dann kopfschüttelnd wieder zurückhängten. Er ging durch den kunstvoll bemalten Rundbogen und steuerte auf den ersten Kleiderständer mit Übergangsjacken zu. Eine kleine, rundliche Verkäuferin fragte ihn, ob er etwas Bestimmtes suche. Rick schüttelte dankend den Kopf und gab ihr zu verstehen, dass er ihren Rat gern in Anspruch nehmen würde, nachdem er sich einen Überblick verschafft hatte. Zunächst war die Kleidergröße sein Hauptproblem, weil er in den letzten zwei Jahren sicher das eine oder andere Kilo zugelegt hatte. Aber die Kleidergröße 52 müsste noch passen. Bei den Hosen war es schon schwieriger, da müsste wahrscheinlich schon eine 34er her. Manche Hosen im Schrank sind schon etwas eng geworden. »Es gibt noch Schlimmeres!«, dachte Rick und schaute über die Kleiderständer zu einem Herrn in seiner Altersklasse hinüber, der sicherlich zehn Kilo mehr auf den Rippen hatte als er.

In der Herrenabteilung befanden sich mit ihm nur drei Personen. Die kleine Verkäuferin hatte sich in der Zwischenzeit wieder in die Damenabteilung zurückgezogen. Ricks Suche gestaltete sich schwieriger als gedacht. Zu modisch war nichts für ihn und zu bieder sollte es auch nicht sein. Rick beschloss ein paar Hosen anzuprobieren. Eine beigefarbene sah ganz gut aus, die könnte er auch im Sommer tragen. Vielleicht auch die karierte, die würde zu einfarbigen Oberteilen gut passen. Eine schlichte, hell ausgebleichte, blaue Jeans nahm er auch noch mit, bevor er auf die Umkleidekabinen zusteuerte, die sich im hintersten Bereich, durch eine tapezierte Wand vom Einkaufsbereich abgetrennt, befanden. Die Umkleidekabinen waren geräumig, sauber, weiß gestrichen und mit Schwenktüren ausgestattet. »Endlich einmal eine Kabine, in der man nicht gleich klaustrophobische Anfälle bekommt«, dachte Rick und begann mit der Anprobe. Die beige Hose war sein Favorit, deshalb probierte er sie auch gleich an. Er tat gut daran, sie in Größe 34 anzuprobieren! Die Hose saß nicht schlecht und er fühlte sich wohl. Rick öffnete die Schwenktür und betrachtete sich im riesigen Spiegel, der vor der Umkleidekabine hing. Von allen Seiten prüfend fand er die Hose ganz passabel. Er wollte sich gerade zur Kabine umdrehen, als er im Augenwinkel einen Mann wahrnahm, der ihm bekannt vorkam. Wie erstarrt blieben beide stehen, als sich ihre Blicke trafen. Es war der junge Mann aus dem Café! Er forderte Rick mit ängstlichem Gesichtsausdruck auf ihm in seine Umkleidekabine zu folgen. Rick reagierte wie hypnotisiert. »Was will dieser Typ von mir?«, dachte er und blieb wie versteinert stehen. Der junge Mann verschwand in seiner Kabine und Rick stand noch immer bewegungslos am selben Fleck. Nach einigen Augenblicken erholte er sich aus der Starre und näherte sich dann mit vorsichtigen Schritten der Kabine.

»Komm herein!«, hörte er eine leise, verängstigte Stimme sagen.

Rick nahm seinen ganzen Mut zusammen und riss energisch die Kabinentür auf. Er durfte auf keinen Fall seine Unsicherheit zeigen. In der Kabine saß der junge Mann zusammengekauert und komplett verängstigt auf dem Hocker. Seine Hände zitterten. Rick erkannte sofort, dass von diesem Mann keine Gefahr ausgeht. Aber wovor hatte er Angst?

»Was wollen Sie von mir und wer sind Sie?«, fauchte Rick den jungen Mann mit neu gewonnenem Selbstvertrauen an.

»Nicht so laut!«, wisperte der Unbekannte. »Es darf uns niemand hören.« Der junge Mann legte zitternd den Zeigefinger auf seinen Mund.

»Ich bin Joe«, begann er mit zittriger Stimme. »Passen Sie gut auf, denn ich habe wenig Zeit. Alles, was ich jetzt sage, wird Ihnen unrealistisch vorkommen, aber es ist sehr wichtig!« Seine Stimme wurde immer leiser. Er streckte Rick ein kleines, silbernes Teilchen entgegen.

»Was ist das?«, fragte Rick neugierig.

»Es ist ein umgebauter USB-Stick.«

Rick betrachtete den Stick in seiner Hand von allen Seiten. So einen USB-Stick hatte er noch nie zuvor gesehen. Viele Male hatte er in seiner Arbeit Dateien auf einen Stick abgespeichert, aber dieser war ungewöhnlich groß. Der Anschluss war wie bei einem normalen Stick, aber die Größe und die Ummantelung waren anders. Die Hülle fühlte sich wie eine Kautschukmischung an.

Mit ängstlicher und leiser Stimme fuhr Joe mit seinen Erklärungen fort: »Auf dem Stick ist ein Programm gespeichert. Dieses installiert sich automatisch, sobald Sie den Stick in einen Computer stecken. Es würde zu lange dauern, Ihnen jetzt alles zu erklären. Gehen Sie bitte in die Haydnstraße 16, zu Frau Silvia Koch. Ich habe ihr gestern ein E-Mail geschickt. Sie kennt mich. Sie soll Ihnen das Mail zeigen. Stecken Sie den Stick an und öffnen Sie mein Mail. Die darin enthaltenen Informationen werden dabei automatisch auf den Stick gespeichert. Die Datei »Joe.ini« liefert Ihnen alle Informationen, die Sie brauchen.«

Rick stand mit großen Augen vor ihm und verstand einmal gar nichts. Ihm rutschte nur ein Satz über die Lippen: »Warum gerade ich?«

»Weil ich glaube, dass Sie sich mit Kryptos auskennen!«

»Wann soll ich Ihnen den Stick wiedergeben? Sie wissen doch gar nichts von mir«, fragte Rick, noch immer fassungslos.

»Ich finde Sie«, antwortet Joe.

Schritte, die vor der Umkleidekabine zu hören waren, unterbrachen das Gespräch der beiden. Joe zuckte zusammen. Rick drehte sich leise um und lauschte den Schritten. Die Tür der Nebenkabine wurde geöffnet. Man konnte einen Mann hören, der schwer atmete und einige Kleiderbügel auf einen Haken hängte. Joe sprang nervös auf, öffnete die Schwenktür und schlüpfte lautlos hinaus. Rick war noch immer in seiner Schockstarre gefangen. Er konnte sich unmöglich bewegen. Gedanken schwirrten durch seinen Kopf: »USB-Stick, Haydnstraße 16, Silvia Koch, E-Mail …«

»Ich bin in einem falschen Film! Wann wache ich auf? Das ist doch nicht echt?!?«, dachte er und öffnete vorsichtig die Schwenktür der Kabine. Er konnte niemanden sehen. Nach einer gefühlten Ewigkeit verließ er dann doch die Umkleidekabine, dabei bemerkte Rick, dass er noch immer die beigefarbene Hose angezogen hatte. Zurück in der Kabine zog er sich blitzschnell wieder um, ließ die drei Hosen zur Anprobe in der Umkleidekabine hängen und folgte Joe. Er musste mehr erfahren! Was sollte er mit diesen Informationen machen? Was war das für ein Programm? Für ihn sah das nach etwas Illegalem aus. Damit wollte er nichts zu tun haben! Er versuchte jegliche Aufmerksamkeit zu vermeiden, deshalb schlenderte er langsam durch das Geschäft und tat so, als würde er noch nach anderen Kleidungsstücken Ausschau halten, dabei bewegte er sich immer weiter in Richtung Ausgang. Vor dem Geschäft angekommen, schweiften seine Blicke in alle Richtungen, aber von Joe war nichts mehr zu sehen. Wo konnte Joe sein? Ist er nach oben oder nach unten zum Ausgang gelaufen? Versteckte er sich irgendwo? Wurde er verfolgt? Ricks Gedanken konnten die Ereignisse noch immer nicht fassen. »Irgendetwas ist an der Sache faul!«, dachte Rick und lehnte sich an die Brüstung, dabei schweifte sein Blick runter ins Erdgeschoss. Von hier aus merkte man erst, wie hoch und weitläufig die Mall war. Wie sollte man da eine Person wiederfinden? Sicher waren heute relativ wenig Leute unterwegs, aber trotzdem immer noch genug, um eher eine Stecknadel in einem Heuhaufen zu finden als Joe. Rick griff in seine Hosentasche und umklammerte den USB-Stick. Es stieg eine beängstigende Wut in ihm hoch: »Ich werde auf keinen Fall diese Person aufsuchen! Auf keinen Fall! Nein und nochmals nein! Ich mach mich doch nicht strafbar!« Er versuchte sich einzureden, dass alles unrealistisch sei.

***

Hu Wang durchsuchte alle drei Toilettenkabinen, aber keine Spur von der Person, die sie finden sollten. Irgendwo musste sich die Kröte verkrochen haben. Hier auf alle Fälle nicht. Er verließ die Toilette und gab seinem Partner, der vor der Tür wartete, ein Zeichen, ihm zu folgen. Im Café saßen nur ein paar Leute, aber ihre Zielperson war nicht darunter. Wo sollten sie suchen? Er schaute Quan, seinen Partner, hilfesuchend an. Der wies ihn an rechts den Gang entlangzugehen. Die Suche entwickelte sich schwieriger als gedacht. Sie mussten eine Stelle finden, von der aus sie einen großräumigen Überblick über die Mall hatten und selber nicht auffielen. Am Geländer neben der Treppe befand sich der geeignete Platz. Jetzt mussten sie nur abwarten und Geduld beweisen. Lim Chan, ihr Boss, wäre bitterböse, wenn sie die Zielperson nicht finden würden. Schon einmal war sie ihnen durch die Lappen gegangen. Joe fand vor ein paar Tagen bei einer Verwandten in der Haydnstraße 16 Unterschlupf. Als ihn Hu Wang mit seinem Partner verhören wollte, musste er ihnen durch einen Seitenausgang des Hauses und durch den riesigen, unübersichtlichen Garten entkommen sein. Lim Chan ließ keine Ausreden zu! Sie durften sich also keinen weiteren Fehler mehr erlauben. Auf der Straße vor dem Einkaufszentrum hatten sie Joe durch Zufall wieder entdeckt. So ein Glück würden sie kein zweites Mal haben! Quan Lians Nerven lagen blank. Für ihn stand sehr viel auf dem Spiel. Er hatte seinen letzten Auftrag schon verbockt und eine dritte Chance gab es bei Lim Chan nicht, das wussten beide.

Sie standen schon einige Minuten neben der Treppe zur dritten Etage und schauten über das Geländer ins Erdgeschoss. Die Mall füllte sich zu dieser Zeit zusehends mit Leuten, die prall gefüllte Einkaufstaschen schleppten. Zwar war es hier nicht so schlimm wie in Singapur, aber eine europäische Person ausfindig zu machen, obwohl aus der Sicht der Asiaten alle gleich aussahen, war verdammt schwierig. Wer weiß, vielleicht hatte Joe die Mall bereits verlassen? Sein Outfit war für ihre Suche nicht gerade von Vorteil! Eine khakifarbene Hose und ein ausgewaschenes grünes Hemd blitzten nicht aus der Menschenmenge hervor. Verzweifelt schauten sie in alle

Richtungen. Plötzlich erblickte Hu die von ihnen gesuchte Person. Joe ging in der zweiten Etage an einem Modegeschäft vorbei. Hu gab seinem Partner ein Zeichen und deutete verhalten auf Joe im zweiten Geschoss. Beide machten sich unverzüglich auf den Weg über die Rolltreppe in Richtung der Zielperson. Als sie ankamen, war diese wie vom Erdboden verschluckt. Zumindest wussten sie jetzt aber, dass er sich in der Nähe aufhalten musste. Quan blieb jeweils am Ausgang stehen, während Hu das Geschäft durchstreifte. In den ersten beiden blieb ihre Suche erfolglos. In den folgenden zwei Geschäftslokalen waren eine Bäckerei und ein Thailokal eingemietet. In der Bäckerei gab es keine Versteckmöglichkeiten. Im Thailokal befand sich wiederum eine Toilette, die aber leer war. War er ihnen schon wieder durch die Finger gerutscht? Wie konnte das geschehen? Sie brauchten ja nur wenige Sekunden, bis sie hier auf der zweiten Ebene ankamen. Hu schüttelte verzweifelt den Kopf. Sie positionierten sich jetzt vor dem Abgang der zweiten Etage und warteten.

Nach kurzer Zeit sah Quan Joe, als dieser aus einem Modegeschäft, vier Geschäfte weiter, heraustrat und schnell den Gang entlanghuschte. Quan und Hu folgten ihm in einem Abstand von einigen Metern. Jetzt konnte er ihnen nicht mehr entkommen! Joe fuhr mit der Rolltreppe in die dritte Etage. Als er oben ankam, schaute er sich um und erkannte sofort seine Verfolger. Er rannte in Richtung zweiter Rolltreppe los, die nach unten führte, aber er war nicht schnell genug und Hu holte ihn nach wenigen Schritten ein. Er riss Joe zu Boden. Als Quan die beiden erreichte, stand Joe schon wieder auf den Beinen und wehrte sich verzweifelt mit all seinen Kräften. Da sich auf der dritten Etage nicht viele Geschäfte befanden und deshalb kaum Leute unterwegs waren, war keine Hilfe für Joe zu erwarten. Quan drückte ihn ans Rolltreppengeländer, während Hu versuchte ihm die Hände zu fesseln. Joe trat Quan gezielt zwischen die Beine und schlug ihm, während er einknickte, gekonnt ins Gesicht. Hu ließ die Handfessel fallen und übernahm die Position von Quan. Joe konnte sich vom Geländer kurz lösen und versuchte über die Rolltreppe zu fliehen. Als Quan nach einer Schrecksekunde seinen Körper wieder unter Kontrolle hatte, versetzte er Joe einen kräftigen Schlag ins Gesicht. Joe taumelte durch diese extreme Wucht nach hinten. Er hatte nicht die leiseste Chance, sich auf der Rolltreppe zu fangen oder sich am Geländer festzuhalten.

Beide Angreifer blieben wie vom Blitz getroffen stehen und mussten mit ansehen, wie Joe über das Geländer der Rolltreppe in die Tiefe stürzte. Der dumpfe Aufschlag wurde durch das laute Stimmengewirr der Leute verschluckt. Erst einige Augenblicke später waren entsetzte Schreie zu hören. Quan und Hu wussten, dass sie den Auftrag wieder verbockt hatten! Joe sollte doch nicht sterben! Sie mussten so schnell wie möglich verschwinden, um nicht erkannt und von der Security festgehalten zu werden.

***

Rick hörte plötzlich einen dumpfen Knall, gefolgt von entsetzten Schreien. Er schaute über die Brüstung nach unten. Was war geschehen? Immer lautere Schreie drangen aus dem Erdgeschoss nach oben. Jetzt konnte Rick erkennen, was passiert war. Sein Herz blieb buchstäblich stehen. Ein Kreis von Menschen im Erdgeschoss war zu sehen. Frauen schrien laut und hielten sich die Hände vors Gesicht. Eine reglose Gestalt lag inmitten der Menge auf dem Boden. Rick wusste sofort, wer diese Person war! Er erkannte ihn an seinem olivfarbenen Hemd. Es war Joe! Wie angewurzelt und unfähig etwas zu denken stand Rick da und starrte auf die Gestalt, die am Boden des Erdgeschosses lag. Nach geraumer Zeit regte sich Ricks Unterbewusstsein: »Ich wusste es! Ich wusste es, dass es so kommen musste! Es war der Dominoeffekt. Zuerst ein Stein, dann der nächste und der nächste und so weiter. Wer ist der nächste Stein? Bin ich der nächste Stein?« Rick lief ein Schauer der Angst über den Rücken. Das war kein Zufall! Es musste mit dem komischen Teil in seiner Hosentasche zusammenhängen. Für ihn gab es keinen Zweifel. Er musste so schnell wie möglich aus der Mall verschwinden. Raus aus dem Gebäude, weg von diesem Ort! In seinem Unterbewusstsein schrillten die Alarmglocken: »Nur nicht auffällig verhalten! Nicht laufen, nicht schnell gehen, keine Aufmerksamkeit auf sich lenken!« Rick versuchte so unauffällig und langsam, wie es ihm nur möglich war, durch die Gänge zu schlendern. Seine Blicke in die Schaufenster richtend näherte er sich dem Lift, der in die Tiefgarage führte. Sein Herz pochte, als würde es jeden Moment zerspringen. Hoffentlich konnte niemand seine Anspannung sehen. Seine Hand zitterte, als er den Aufzugknopf drückte. Es verging eine gefühlte Ewigkeit, bis sich die Aufzugtür öffnete. Eine schwitzende, dicke Frau mit zwei Einkaufstaschen stand im Lift und schaute ihn von oben bis unten an.

»Wollen sie auch nach unten?«, fragte die Frau und drückte dabei mehrmals ungeduldig auf den Knopf nach unten.

»Ja, bitte! Ins zweite Untergeschoss«, entgegnete Rick so ruhig und gelassen, wie es ihm in diesem Moment möglich war.

In seinen Gedanken hörte er immer und immer wieder den dumpfen Knall. Müsste man ihn beschreiben, würde es an passenden Worten fehlen. Es war eigentlich kein Knall, es war eher ein dumpfes Krachen, als würden alle Knochen auf einmal zerbrechen. Jetzt erst wurde ihm auch die Blutlache bewusst, die sich rund um Joes Kopf ausbreitete. Er war doch noch so jung. Sein Alter war zwar schwer zu schätzen, vielleicht dreißig? Nein, dreißig wäre zu alt! Eher Mitte zwanzig. Rick merkte gar nicht, dass der Lift inzwischen im zweiten Untergeschoss angekommen war. Erst als die dicke Frau versuchte sich an ihm vorbeizuzwängen und er ihre Ausdünstungen roch, reagierte er schnell und verließ den Aufzug. Rick stellte fest, dass die freien Parkplätze jetzt um einiges weniger waren als bei seiner Ankunft. Zum Glück hatte er einen guten Orientierungssinn, ansonsten wäre es eine Herausforderung gewesen, sein Auto in dieser Situation wiederzufinden. Sein Unterbewusstsein meldete sich abermals – er sollte vorsichtig sein! Ein Kribbeln durchfuhr seinen Körper. Es war lange her, als er das letzte Mal dieses Gefühl der Angst verspürte.

Er quetschte sich durch mehrere eng nebeneinander geparkte Fahrzeuge, bis er seinen Audi erreichte. »Jetzt nichts wie weg!«, dachte Rick und startete sein Auto. Als er rückwärts ausparken wollte, schoss ein schwarzer SUV vorbei. Rick drehte sich blitzschnell um und konnte für einen Bruchteil einer Sekunde den Fahrer erkennen. Es war einer der Asiaten aus dem Café! Er stellte den Schalthebel noch einmal um auf Parkposition, weil er heftig zu zittern begann. Das war alles zu viel für ihn! Er konnte die Geschehnisse nicht so schnell verarbeiten. Was haben die Asiaten damit zu tun? Oder war es nur reiner Zufall? Rick war heillos überfordert!

Einige Minuten verstrichen, bis er sich wieder gefangen hatte und den Retourgang einlegen konnte, rückwärts ausparkte und in Richtung Ausgang fuhr. Beim Verlassen der Tiefgarage achtete er auf jede Kleinigkeit. War der schwarze SUV noch irgendwo zu sehen? Er mobilisierte noch einmal all seine Kräfte und versuchte hochkonzentriert jedes Detail in seiner Umgebung wahrzunehmen. Kein SUV zu sehen. Er fädelte sein Fahrzeug in den fließenden Verkehr ein und fuhr stadtauswärts. Ständig wechselte sein Blick zum Rückspiegel. Er hatte Angst, dass ein schwarzer SUV plötzlich hinter ihm fahren könnte. Nach einigen Minuten löste sich die enorme Anspannung und ein unangenehmes Pochen im Kopf wurde spürbar. »Jetzt bitte keine Kopfschmerzen!«, dachte er und versuchte hochkonzentriert zu bleiben. »Vielleicht sollte ich auf Nebenstraßen fahren, um zu sehen, ob ich verfolgt werde?«, waren seine besorgten Gedanken und er bog sogleich in eine Wohnsiedlung ein. Er entschied sich dafür, auf Nummer sicher zu gehen und einen Umweg zu fahren. Dienstagnachmittags hielt sich der Verkehr immer in Grenzen, deshalb konnte er über die hinter ihm fahrenden Fahrzeuge den Überblick behalten. Niemand folgte ihm. Erst als er vor seinem Wohnhaus in die Tiefgarage einbog und mit dem Toröffner das große Rolltor öffnete, verspürte er wieder eine gewisse Sicherheit. Er parkte ein und blieb noch so lange im Auto sitzen, bis sich das Rolltor automatisch schloss. Schnellen Schrittes verließ er die Tiefgarage durch den Kellereingang bis zum Aufzug. Er benutzte den Lift selten, denn ein bisschen Fitness konnte nie schaden. Das war sein Motto. Aber heute war alles anders. Zu seiner Beruhigung fuhr er ein Stockwerk höher, falls ihm jemand folgen sollte, und schlich dann nach unten in seine Wohnung. Erleichtert angekommen, sackte sein Körper förmlich zusammen. Er lehnte sich gegen die Flurwand und atmete tief durch. Endlich daheim!

Wer ist Silvia Koch?

Rick saß am Esstisch. Der USB-Stick, den er von Joe bekommen hatte, lag vor ihm und ein Notizblock mit Stift daneben. Er musste dringend alles aufschreiben. Die kreisenden Gedanken würden ihn ansonsten wahnsinnig machen. Er musste sie loswerden. Wenn sie einmal auf Papier gebracht waren, würde dies sicher eine Erleichterung sein. Dennoch verweilte sein Blick lange Zeit auf dem leeren, weißen Block vor ihm. Dann begann er oben in der Mitte zu schreiben:

Was hat Joe gesagt?

Rick hatte das Gefühl, als wären schon Tage vergangen. In seinem Kopf schwirrten so viele Gedanken umher! Sie mussten sortiert werden! Was sagte er, nachdem er mir den Stick gab?

Er sagte, ich solle in die Haydnstraße 16 gehen. »Wie hieß die Frau noch einmal, die ich treffen sollte?« Rick dachte angestrengt nach. »Silvia, Silvia, aber wie hieß sie mit Nachnamen?« Es wollte ihm nicht einfallen. Vielleicht erinnert er sich später … Er schrieb »Silvia« … Das Nächste war eine E-Mail. Was war mit der E-Mail? Ja genau, den USB-Stick einstecken und die E-Mail von Joe öffnen. »Okay, das war schon nicht schlecht!«, dachte er und schrieb weiter. Eine Datei namens »Joe.ini« ist wichtig! »Was noch? Denk nach!« Rick spornte sich weiter an. »Was ist auf dem Stick? Ein Programm? Welches Programm? Das hat er mir nicht gesagt. Ganz sicher hat er mir das nicht gesagt! Jetzt fällt es mir wieder ein, wie die Frau heißt – Koch, genau, Koch heißt sie. Sehr gut! Ich glaube, ich habe alles aufgeschrieben.« Rick grübelte noch eine Weile nach, wurde aber immer sicherer, nichts vergessen zu haben.

Seine Gedanken überschlugen sich abermals und er musste wieder an Joe denken. Sollte er nicht doch zur Polizei gehen und alles melden? Aber was sollte er melden? Sollte er sagen: »Joe wurde von zwei Asiaten von der Brüstung gestoßen? Ich habe nur zufällig mit ihm vorher in einer Umkleidekabine gesprochen.« Das klang schon beim Nachdenken nach einer Schnapsidee. »Nein, keine Polizei!« Er kannte weder die Zusammenhänge, noch hatte er Beweise. Das Einzige, was er hatte, war der USB-Stick, sonst nichts.

Rick lehnte sich beruhigt zurück. Seine Gedanken waren notiert und morgen würde er in die Haydnstraße 16 fahren, dann würde sich bestimmt alles aufklären.

Am Abend verbrachte er noch einige Zeit damit, im Internet nach der Haydnstraße zu suchen, die in der Nähe von seiner Wohnung verlief, weshalb sie ihm auch so bekannt vorkam. Er beschloss am nächsten Tag einen Fußmarsch dorthin zu machen. Frau Koch könnte ja auch überwacht werden! Da wäre es auf alle Fälle klüger, nicht mit dem eigenen Fahrzeug aufzukreuzen. Weiters suchte er in den Nachrichten nach dem Vorfall in der Mall. Zuerst durchsuchte er die regionalen Zeitungen, dann die überregionalen, aber er konnte nichts finden. Es kam ihm zwar komisch vor, aber er wollte sein Gedankenkarussell für heute stoppen, schloss somit den Laptop und setzte sich noch vor den Fernseher. »Alles nur Schrott!« Nach dieser Erkenntnis beschloss er sich schlafen zu legen. »Der heutige Tag hatte es in sich!«, dachte er noch und fiel in einen unruhigen Schlaf.

In der Nacht wachte er schweißgebadet auf und wusste momentan nicht, wo er war. War er noch im Traum gefangen? Als er das Licht einschaltete und sich aufsetzte, befand er sich wieder in der Realität. Er dachte über seinen Traum nach, der ihn so aufschrecken ließ, konnte sich aber schon in dem Moment nicht mehr an die genauen Einzelheiten erinnern. Es hatte schon viele Nächte in seinem Leben gegeben, in denen ihn Alpträume quälten, deshalb war er nicht weiter beunruhigt. Er schaltete das Licht wieder aus und versuchte weiterzuschlafen. Da quälten ihn abermals die Bilder von Joe, wie er in einer Blutlache lag. Er brachte sie nicht aus seinen Gedanken! Ebenso hörte er immer wieder den dumpfen Aufschlag, immer und immer wieder … bis er aufstand und sich ein Glas Orangensaft holte. Er lehnte am Kühlschrank und leerte das Glas in einem Zug. Dabei fiel sein Blick auf die große Wanduhr, es war 4.15 Uhr. Er horchte auf das Ticken. »Tick, tick, tick …« Wenn er sich auf das Ticken der Wanduhr konzentrierte, verstummte das furchtbare Krachen der Knochen beim Aufprall in seinem Kopf. Dieses ablenkende Geräusch beruhigte ihn so weit, dass er nach einer Weile wieder zu Bett gehen konnte und doch noch ein paar Stunden Schlaf fand.

Gegen 8.00 Uhr weckte ihn ein lautes Poltern im Stiegenhaus. Rick war sofort hellwach. Er lauschte, regungslos im Bett liegend, und atmete leise, um das Geräusch zu lokalisieren. Seine Gedanken gaben aber gleich wieder Entwarnung. Es war Mittwoch! Die Putzfrau reinigte an diesem Tag immer das Stiegenhaus. Ricks Herz raste! Sein Nervenkostüm war hauchdünn. Der Plan des heutigen Tages schoss in sein Bewusstsein. Wann wäre die beste Zeit, in die Haydnstraße zu gehen? Ein bekannter Druck in der Magengrube machte sich bemerkbar. Er kannte dieses Warnsignal seines Körpers. Meistens gab's danach Ärger. Sollte er sein Vorhaben verschieben? »Nein, auf keinen Fall!«, meldete sich sein Gewissen. »Die Sache wird sich nicht auflösen, wenn du es nicht tust. Die Gedanken werden dich immer verfolgen.« Sein Gewissen ließ nicht locker: »Du bist es diesem armen Kerl schuldig. Er musste sterben und du wärst nicht einmal in der Lage, die E-Mail zu checken. Was bist du für eine Träne.«

Rick stand auf, duschte und kleidete sich an. Sein Magen knurrte. Er strich sich ein Brot und machte sich einen starken Kaffee. Damit setzte er sich an den Esstisch und schaute nachdenklich aus dem Fenster. Der Himmel war wie gestern wieder einmal grau in grau. Wie sollte es auch anders sein? »Könnte ich die Zeit nicht einen Tag zurückdrehen?«, fragte er sich. Er würde auf keinen Fall in die Mall fahren. Er würde sich zuhause einigeln und Netflix schauen. Es würde keinen Joe und keinen USB-Stick für ihn geben, nur Langeweile. Er hasste Langeweile, aber die wäre jetzt besser als die momentane Situation.

Der Vormittag verging, indem Rick aus dem Fenster starrte und sich überlegte, wie es weitergehen würde. Wer war diese Silvia Koch? Welches Verhältnis hatte sie zu Joe? Vertraute ihr Joe? Sicherlich nicht, sonst hätte er ihr den Stick gegeben. Aber warum schickte er ihr dann eine E-Mail? Die E-Mail ist aber nur mit dem Stick zu öffnen. Zumindest hatte Rick das so verstanden. Auch nicht unbedingt ein Vertrauensbeweis an Silvia Koch. Oder wollte er sie schützen, so nach dem Motto, wer nicht viel weiß, überlebt? Sehr makaber!

Die Wanduhr zeigte 12.05 Uhr. »Es wird Zeit zu gehen«, dachte Rick. Er stecke den USB-Stick in die Hosentasche und zog seine warme, schwarze Jacke an, schlüpfte in seine warmen Boots, nahm die Schlüssel und verließ die Wohnung. Er benutzte diesmal die Treppe. Am Weg nach unten roch er das bekannte Putzmittel. Mittwochs wurde das Stiegenhaus immer verlässlich und sauber gereinigt. Sicher schon einige Jahre länger, als er hier im Haus wohnte. Am Gehsteig lagen noch Kieselsteine. Das letzte Zeichen vom Ende des Winters. Der Weg erschien ihm vertraut, nur wusste er nicht, dass die Haydnstraße eine Nebenstraße der Römerstraße war, die er sicherlich schon hunderte Male entlanggefahren war. Er schaute auf die Uhr, es war 12.24 Uhr. Vor ihm begann die Haydnstraße. Jetzt musste er nur noch die Hausnummer 16 finden. Die geraden Zahlen reihten sich rechts hintereinander. Die meisten Häuser in dieser Wohngegend versteckten sich hinter dicht bewachsenen Zäunen, nur die Schilder der Hausnummern waren deutlich sichtbar angebracht. Auch das Haus Nummer 16 war etwas zurückversetzt. Man konnte es von der Straße aus kaum sehen. Eine große Steinmauer schützte das Haus vor den Blicken der Passanten. Durch das Gartentor konnte man einen großen Baum und viele Sträucher erkennen, aber das Haus war nur schemenhaft zu sehen. Neben dem Gartentor an einer Säule war ein Postkasten und eine Klingel angebracht. Ein Namensschild konnte Rick nirgends entdecken. Er verharrte ein paar Augenblicke und starrte auf die Glocke, bis er diese dann endlich drückte. Es war nichts zu hören. War die Glocke kaputt? Er wartete eine gefühlte Ewigkeit, bis sich eine Frauenstimme aus der Sprechanlage meldete: »Ja bitte?«

»Guten Tag, Frau Koch! Kann ich Sie kurz sprechen?«

»Was wollen Sie, und wer sind Sie?«

»Ich bin Rick, ein Freund von Joe.«

Der Türöffner summte und das Eingangstor sprang auf. Rick schloss das Tor hinter sich und ging nachdenklich durch den gepflegten Garten zum Haus: »Eigentlich hatte ich mit ‚Freund von Joe‘ leicht übertrieben, aber sonst hätte sie mich sicherlich nicht ins Haus gelassen. Ich muss genau überlegen, was ich sage! Auf keinen Fall, dass er tot ist! Falls sie es nicht eh schon weiß«, dachte Rick, während er die paar Stufen zur Haustür hinaufstieg. Eine Frau Mitte bis Ende fünfzig stand in der Eingangstür und beobachtete ihn durch eine schwarzumrahmte Brille. »Könnte seine Mutter sein?«, schoss es Rick und er streckte ihr die Hand entgegen: »Guten Tag, Frau Koch! Ich bin Rick.« Er versuchte zu lächeln, um eine gute Stimmung zu erzeugen.

»Kommen Sie doch rein!«, bat sie ihn und versuchte das Lächeln zu erwidern.

Rick zog die Schuhe aus und legte seinen Mantel ab, obwohl er dazu nicht aufgefordert wurde. »Wenn man einmal die Schuhe ausgezogen und den Mantel abgelegt hat, kann man nicht mehr so schnell hinausgeworfen werden!«, dachte er und folgte Frau Koch durch einen langen Flur in ein helles, großes Wohnzimmer. Rick war sichtlich überrascht! Ein wunderschön und nobel eingerichteter Wohnbereich, der durch drei Stufen vom offenen Essbereich getrennt war, lag vor ihm. Die Couch, die Sessel und der Wohnzimmer- samt Kommodenschrank dürften schon ins Antike gehen, wogegen der Essbereich modern eingerichtet war. Rick fand diesen Stilbruch interessant. Es wirkte in einer gewissen Art und Weise liebevoll auf ihn. Die angezündete braune Kerze am Wohnzimmertisch verbreitete einen angenehmen Duft von Kaffee.

»Wie kann ich Ihnen helfen? Herr … jetzt habe ich Ihren Namen vergessen!«

»Mein Name ist Rick Bacher«, log Rick. Seinen wirklichen Namen wollte er ihr auf keinen Fall verraten. Wer weiß, ob die Asiaten ihn nicht schon verfolgten.

Rick ging sofort in die Offensive.

»Frau Koch, ich muss Ihnen gestehen, ich bin in einer etwas verzwickten Lage«, begann er.

»Dann nehmen Sie erst einmal Platz. Sie wollen sicherlich einen Kaffee? Alles, was mit Joe zu tun hat, ist verzwickt!«, unterbrach ihn Frau Koch mit mitleidsvoller Miene.

Sie ging die Treppe hinauf in die offen gehaltene Küche und schaltete ihre Espressomaschine ein. Währenddessen setzte sich Rick, in Gedanken versunken, auf einen großen Stuhl, der ihm einen Blick auf die Terrasse ermöglichte: »Das Haus, die noble Einrichtung, das muss sichtlich ein Schweinegeld gekostet haben! Ist sie reich? Wo ist ihr Mann? Wie steht sie zu Joe?« Würde er Antworten auf diese vielen Fragen bekommen?

Frau Koch kam mit einem silberverzierten Tablett, auf dem zwei volle Kaffeetassen standen, die Stufen in den Wohnbereich herunter und stellte diese auf dem massiven Wohnzimmertisch ab.

»Sie sehen gar nicht aus wie seine üblichen Freunde.«

Rick war kurz sprachlos, antwortete aber dann geschickt: »Wie sehen denn Joes übliche Freunde aus? Damit ich mir ein Bild davon machen kann.«

»Jünger! Nicht so modern gekleidet! Obwohl, manchmal kamen Leute, die waren im Businessstyle gekleidet, aber jünger.«

»Frau Koch, Sie sagten eingangs, alles, was mit Joe zu tun hat, ist verzwickt. Wie sollte ich das verstehen?«

Sie sah Rick nachdenklich an, als wollte sie in seinen Augen die Antwort lesen.

»Wenn Sie Joe kennen würden, wüssten Sie, dass er Schwierigkeiten wie ein Magnet anzieht. Aber Sie wollten von Ihrer verzwickten Lage sprechen. Ich habe Sie dabei unterbrochen.«

»Ja, richtig! Ich weiß nicht so recht, wo ich beginnen soll. Vielleicht könnten Sie mir dabei helfen, etwas Licht in die verzwickte Situation zu bringen?«

»Wenn ich kann, gerne!«

»Sie haben sicherlich schon bemerkt, ich bin eigentlich kein richtiger Freund von Joe. Das war ein bisschen übertrieben, aber er hat mich gebeten Sie aufzusuchen, und das tu ich nun.«

»Steckt er in Schwierigkeiten?«

»Das weiß ich nicht. Ich bin hier, um Antworten von Ihnen zu bekommen.«

»Welche Antworten brauchen Sie?«

»Wenn ich ehrlich bin, brauche ich sehr viele Antworten!« Rick überlegte, wie er zu seinen Antworten kommt und zu der E-Mail, die Joe erwähnt hatte, ohne dass er Frau Koch vergrämt.

»Es mag vielleicht komisch klingen, aber ich würde gerne von Ihnen erfahren, wer Joe wirklich ist. Ich habe ihn in einem Café kennengelernt. Er schien sehr nervös zu sein. Wir kamen ins Gespräch und er bat mich ihm einen Gefallen zu erweisen. Ich war darüber sehr überrascht, denn ich kannte ihn zu diesem Zeitpunkt noch nicht. Er ließ nicht locker und gab mir einen USB-Stick, mit der Bitte, ich sollte damit zu Ihnen gehen. Er sagte wortwörtlich: »Gehen Sie zu Frau Koch und bitten Sie sie eine E-Mail auf den Stick zu kopieren.« Ich war genauso überrascht, wie Sie es wahrscheinlich jetzt sind, aber ich sage die Wahrheit. Wir konnten das Gespräch leider nicht mehr weiterführen, weil er glaubte, dass er verfolgt werden würde. Ich weiß, es klingt absurd, aber es war so! Ich würde gerne von Ihnen wissen: Wer ist Joe? Und warum wurde er verfolgt? Frau Koch, ich habe so viel Fragen und ich hoffe, Sie können mir diese beantworten!«

Rick hatte sich diese Worte schon am Vormittag überlegt. Er konnte ihr unmöglich die ganze Wahrheit sagen, denn sonst würde er vermutlich keine E-Mail und keine Antworten erhalten.

Frau Koch saß Rick gegenüber und schaute ihn mit einer nicht deutbaren Miene an. War sie überrascht oder war es eine Art Traurigkeit, die er in ihren Augen sah? Er wusste es noch nicht.

»Herr Bacher, oder wie auch immer Sie heißen mögen, Sie wissen gar nicht, wie oft ich Joe schon geholfen habe. Ich kann es nicht mehr zählen!«

Jetzt konnte Rick den Ausdruck in ihren Augen deuten. Es war Traurigkeit und eine Spur Resignation darin zu sehen.

»Als ich die E-Mail von ihm bekam, wusste ich genau, er steckt wieder einmal in Schwierigkeiten! Es war schon immer kompliziert mit ihm. Als seine Mutter starb, war er zwölf. Ich nahm ihn bei mir auf. Mit seinem Vater hatte er schon lange keinen Kontakt mehr. Zu diesem Zeitpunkt wurde ich von meinem Mann verlassen und ich sah wieder eine sinnvolle Aufgabe darin, Joe großzuziehen. Anfangs gab es keine Probleme mit ihm. Er verbrachte jedoch viel Zeit an seinem Computer. Bis die Zeiten am Computer immer mehr und mehr wurden. Er schlief dann nächtelang nicht mehr und ging nicht zur Schule. Seine Noten wurden schlechter und schlechter. Er schaffte die vierte Stufe im Gymnasium nur mit Ach und Krach. Ich schickte ihn gegen den Willen der Lehrer in die HTL für Informatik. Ich dachte, das würde für ihn das Beste sein. Das erste Jahr bekam ich zwei Mitteilungen. Jedes Mal mit gleichem Inhalt: Er schwänzte die Schule. Im zweiten Jahr flog er von der Schule, weil er das Notenprotokoll der Schule gehackt hatte und dabei seine Noten fälschte. Von diesem Zeitpunkt an ging es nur noch bergab mit ihm. Als er neunzehn war, stand das erste Mal die Polizei vor unserer Tür. Diesmal hatte er eine Firma gehackt, die illegal Teile an die Russen verkaufte. Er kam damals, trotz der Aufdeckung eines Skandales, mit einer bedingten Strafe davon. Es gingen Leute bei uns ein und aus, die ich nicht kannte und auch nicht kennen lernen wollte. Ich bekam mit, dass er einer der besten Hacker in der Szene war. Alle betrachteten ihn als Genie. Ich redete mir den Mund fusselig: ,Mach was Sinnvolles aus deinem Leben!' Er sagte immer: ,Tante Silvia, du wirst schon sehen, irgendwann bin ich der Größte!' Dann strahlte er übers ganze Gesicht. Ich sah nie etwas Sinnvolles!

Eines Tages standen Leute in dunklen Businessanzügen vor der Tür, da wusste ich, die Zeit war gekommen ... Er zog mit 22 Jahren von hier aus. Ich wusste nicht, wohin er zog. Ich bekam einige Ansichtskarten aus LA, dann aus Singapur und zuletzt aus Zürich. E-Mails bekam ich häufiger. Alle klangen gleich. ,Es geht mir gut, arbeite in einer Software Firma ...' und so weiter. Ich glaubte ihm kein Wort, weil ich wusste, wann immer ich ihm glaubte, kam prompt die Enttäuschung. Vor zwei Wochen stand er dann vor der Tür. Er sah schrecklich aus! Abgemagert und von seinen dunklen Augenringen ganz zu schweigen. Ich war schockiert! Er erzählte mir, er habe es endlich geschafft.

Er habe ein Programm entwickelt, das viel Geld bringen würde. Ich kenne mich in seiner Welt nicht aus, aber eines wusste ich, so viel Zeit am Computer zu verbringen, kann nur krank machen. Er schlief ein paar Nächte hier und verschwand vorgestern wieder, so schnell, wie er aufgetaucht war. Ich fragte ihn, wo er wohne. Er sagte nur: ‚Tante Silvia, es ist besser für dich, wenn du es nicht weißt!'«

Sie endete mit der Erzählung und schaute Rick an, als wollte sie ihn fragen, ob er jetzt genug Antworten bekommen hätte.

Rick brauchte eine Weile, bis er das eben Gehörte verarbeitet hatte. Es herrschte kurze Zeit eine bedrückende Stille. Ihre Blicke trafen sich.

»Frau Koch, eine Frage hätte ich noch, wie heißt Joe mit richtigem Namen?«

Sie lachte kurz auf. »Joe hat viele Namen. Unter den Hackern heißt er Joel.com. Seine letzte E-Mail-Adresse lautet: *sick.brain@art-wix.ua*. Wie er sich momentan nennt, weiß ich nicht. Sein amtlich eingetragener Name ist Johann Braininger. Als er noch klein war, fragte er mich, warum er einen so doofen Namen hätte. Alle Kinder in seiner Klasse hätten viel coolere Namen. Vielleicht wechselte er deswegen mehrmals seinen Namen? Seine letzte E-Mail-Adresse existiert bereits nicht mehr. Warum auch immer. Sie wurde gelöscht. Als ich gestern die E-Mail bekam, wollte ich ihm zurückschreiben, aber es gibt keinen Absender unter diesem Namen.«

»Frau Koch, ich will jetzt nicht unverschämt erscheinen, aber könnte ich die besagte E-Mail kopieren? Ich weiß, Sie kennen mich nicht, aber ich denke, für Joe dürfte es sehr wichtig sein.«

Sie zögerte und schaute Rick dabei tief in die Augen.

»Sind Sie auch in Gefahr, Herr Bacher?«

Rick zuckte kurz zusammen. Wusste sie mehr, als sie ihm sagte? War seine Nervosität so sichtbar? Was sollte er antworten? Sie schaute ihn noch immer prüfend an. Er konnte ihrem Blick nicht standhalten.

»Ich glaube, ja!« Und als er das sagte und seine eigenen Worte hörte, verspürte er wieder das Kribbeln im Bauch, das nichts Gutes versprach.

Sie erhob sich vom Stuhl und gab ihm ein Handzeichen, ihr zu folgen. Sie gingen den Flur entlang. Sie öffnete auf der rechten Seite des Flurs die Tür zu einem Zimmer, das vom Boden bis zur Decke voll von Büchern war. Er glaubte, dass er noch nie so viele Bücher in einem Privatraum gesehen hatte. An der Fensterwand stand ein alter Schreibtisch aus Mahagoni. Sicher ein altes, teures Stück aus einer Epoche vor seiner Zeit. Darauf stand ein kleiner Laptop, der mit einem großen Bildschirm verbunden war. Neben dem Schreibtisch stand ein großer Drucker, der hauptsächlich in Firmen verwendet wurde. Sie bemerkte Ricks Bewunderung für so viele Bücher.

»Meinem Mann und mir gehörte ein Buchverlag. Ich war Lektorin und er führte den Verlag bis …«, sie unterbrach und schaute nachdenklich aus dem Fenster.

»Ich verstehe, Frau Koch! Sie brauchen nicht weitererzählen! Jeder hat seine eigene Geschichte, und diese steht und fällt meistens mit der Partnerschaft.«

»Sind Sie verheiratet, Herr Bacher, oder sollte ich Sie anders nennen?«

»Nein, bleiben wir bei dem Namen Bacher. Es ist für uns beide vielleicht besser so. Und nein, ich bin geschieden, deshalb glaube ich, dass ich Sie auch in gewisser Weise verstehen kann.«

»Waren Sie Ihrer Frau treu, Herr Bacher?«

»Ja, das ist das Einzige, das ich mit Sicherheit sagen kann.«

»Dann gehören Sie wohl einer seltenen Spezies von Männern an, die ihrer Frau treu blieben?!«

»Das hört sich für meinen Geschmack ein bisschen zu simpel an. Die Treue ist zwar ein Grundpfeiler in der Ehe, aber wenn sich beide während der Ehe verlieren und ein Teil die Suche zueinander aufgibt, ist die Ehe verloren.«

»Da kann ich Ihnen beipflichten, Herr Bacher. Die Ehe bringt jeden Tag neue Herausforderungen. Man sollte aber mit aller Kraft darum kämpfen! Wer von euch beiden hat die Suche aufgegeben?«

»Meine Frau.«

Sie setzte sich unterdessen an den Schreibtisch und öffnete ihren Mailordner und einen weiteren Unterordner mit dem Namen Joe.

»Bitte, Herr Bacher, Sie können die Mail jetzt kopieren.« Sie erhob sich vom Sessel und bot ihm den frei gewordenen Platz an.

Rick zog den großen USB-Stick aus der Hosentasche, setzte sich und steckte ihn an den Laptop.

Er merkte, dass seine Hand leicht zitterte. Er klickte mit dem Cursor auf die Mail von *sick.brain@artwix.ua*. Die Mail öffnete sich und Rick konnte kurz sehen, dass ein Anhang mit dem Namen Joe.ini angehängt war. Er hörte ein kurzes Klicken, dann war die Mail verschwunden. Rick erstarrte am Schreibtisch. »Wo ist die Mail? Die kann doch nicht weg sein! Ich habe doch noch gar nichts getan! Rick drehte sich geschockt um und sah hilfesuchend zu Frau Koch.

»Frau Koch, es tut mir leid, aber ich habe die Mail nicht gelöscht, Sie haben es selbst gesehen!«

»Herr Bacher, jetzt beruhigen Sie sich! Sie glauben doch nicht im Ernst, dass Joe eine normale Mail schreibt. Er hat mir schon einige Mails geschrieben, die sich entweder nach einer Minute oder beim Schließen gelöscht haben. Deswegen hat er ihnen auch den Stick gegeben, den sie jetzt wieder entfernen können.«

Rick war noch immer fassungslos. Er hatte noch nie eine Mail bekommen, die sich automatisch gelöscht hatte. Er blickte noch einige Zeit ratlos auf den Bildschirm, bis er sich wieder so weit im Griff hatte, dass er den USB-Stick vom Laptop trennen konnte.

»Herr Bacher, können wir wieder ins Wohnzimmer gehen?«

Erst jetzt merkte er, dass er noch immer wie versteinert am Schreibtisch saß und auf den Laptop starrte.

»Verzeihung, ich bin noch immer etwas verwirrt, was diese Mail betrifft.«

Rick stand auf und folgte ihr ins Wohnzimmer zurück. Er nahm wieder denselben Platz von vorhin ein und trank einen großen Schluck des bereits erkalteten Kaffees. Sie blieb am Fenster stehen.

»Ich merke, Sie kennen Joe wirklich noch nicht gut«, begann sie zu erzählen. »Es ist schwierig, ihn zu verstehen. Er war schon immer anders. Ich versuchte mit ihm mitzuhalten. Mit seiner Sprache, mit seinen Gedanken, aber es ging nicht. Manchmal glaubte ich ihn zu verstehen, im nächsten Moment war er wieder meilenweit von mir entfernt. Seine Gedanken switchten so schnell von einem Thema zum anderen, dass es unmöglich war, ihm zu folgen. Es kam mir manchmal vor, als würde ich mit einer Fernbedienung in der Hand schnell von einem Fernsehprogramm zum nächsten schalten.«

Sie stand noch immer am Fenster und starrte gedankenverloren hinaus in den Garten. Dann drehte sie sich abrupt um und schaute Rick tief in die Augen. Er erkannte in ihrem Blick eine aus der beschriebenen Situation entstandene Resignation. Sie hatte es sichtlich nicht leicht mit Joe!

»Einerseits«, begann sie weiterzuerzählen, »habe ich Angst um ihn! Wie eine Mutter um ihren Sohn. Andererseits sind mir die Hände gebunden. Ich kann nur abwarten, was geschieht, wie ein Passagier in einem Flugzeug. Ich habe schon lange die Kontrolle über ihn verloren. Wenn ich ganz ehrlich bin, hatte ich sie nie. Nicht, dass Sie jetzt glauben, ich sei ein Kontrollfreak. Nein, ganz und gar nicht, aber ich wollte ihn in eine Richtung lenken, von der ich glaubte, sie sei die richtige für ihn. Ich weiß nicht, ob Sie mich verstehen können, Herr Bacher.«

Rick schaute sie verständnisvoll an.

»Jede Mutter und natürlich auch jeder Vater will nur das Beste für sein Kind. Ich kann das verstehen, obwohl ich keine Kinder habe.«

In Ricks Gedanken tauchte spontan das Bild auf, als Joe in seiner Blutlache am Boden lag. Es würde sich nie mehr aus seinem Gedächtnis löschen lassen. Er kam sich schäbig vor. Er saß vor der Frau, die Joe großgezogen hatte und heuchelte Verständnis, obwohl er genau wusste, dass Joe nie wieder zurückkommen würde. Auf keinen Fall würde er ihr die Wahrheit sagen! Sie war in seinen Augen eine herzensgute Frau.

»Wir hatten« auch keine Kinder. Unser Kind war der Verlag. Wir ergänzten uns lange Zeit sehr gut. Dem Verlag ging es gut, deshalb ging es auch uns gut. Bis man eines Tages merkt, dass es nicht mehr so rund läuft. Die erste Zeit will man es sich nicht eingestehen, aber wenn man die Situation erkennt, ist es meist zu spät. Eine andere Frau hatte bereits ihre Krallen in das Fleisch meines Mannes gebohrt.«

Rick musste instinktiv an seine Exfrau denken. Alles klang sehr ähnlich. Anfangs wollte er es sich nicht eingestehen, dann kam der Zahltag. Der sieht bei vielen gleich aus: Trennung, Trauer, Frust, Hass, das ganze Prozedere.

»Sie werden jetzt denken, diese Frau ist frustriert und voller Hass. Nein, Herr Bacher, Sie irren sich! Ich will nicht abstreiten, dass mich anfangs die Trennung hart getroffen hatte, aber als ich sah, wer meine Nachfolgerin war, tat er mir in gewisser Weise sogar leid. Das Erste, was ich unternahm, war die Klärung der finanziellen Lage - und das war richtig! Ich wusste, was diese Frau wollte! Viele Männer denken aber zu diesem Zeitpunkt mit ihrem Teil in der Hose. Sie werden jetzt schockiert sein von dieser vulgären Aussage, aber es stimmte! Das Einzige, was ich jederzeit gut kann, ist klar denken. Es kam genau so, wie ich es mir dachte, sie war nur auf das Geld meines Mannes aus. Eines Tages, ich glaube, es waren drei Jahren vergangen, da stand er wie ein geprügelter Hund vor meiner Tür. Er klagte, er wurde von ihr ausgenutzt und betrogen. Das war meine Genugtuung, Herr Bacher.«

Er konnte ein leichtes Lächeln in ihrem Gesicht erkennen, gepaart mit einer gewissen Befriedigung.

»Haben Sie sich mit ihrem Mann wieder versöhnt?«

Sie lachte leise und dabei konnte man kleine Lachfalten an ihren Augen erkennen.

»Ach, wissen Sie, Herr Bacher, manche Frauen nehmen ihre Männer wieder zurück, weil sie Angst haben. Angst vor der Einsamkeit, Angst davor, alleine zu bleiben. Nein, ich nahm ihn nicht wieder zurück. Ich war anfangs im Zweifel, aber mit Abstand betrachtet war es die richtige Entscheidung. Wenn einmal alles kaputt ist, wird es nie wieder so, wie es war.«

Er stellte sich vor, wie es gewesen wäre, wenn seine Frau vor der Tür gestanden wäre. Wie hätte er entschieden? Er wusste es nicht. Rick trank seinen Kaffee aus und wollte sich gerade vom Sessel erheben, da sah er in ihrem Gesicht einen Ausdruck, den er nicht beschreiben konnte.

»Ich weiß, dass Joe etwas zugestoßen ist!« Sie machte eine kurze

Pause, bevor sie weitersprach. »Als Frau merkt man, wenn etwas nicht stimmt.«

Rick dachte nur: »Auf keinen Fall die Wahrheit sagen! Tu ihr das nicht an!«

»Ich sehe es in Ihren Augen. Sie sind in etwas hineingeraten, was nichts Gutes bedeutet.«

»Hat sie hellseherische Fähigkeit?«, dachte er.

»Ich habe den Ausdruck in Ihren Augen auch oft bei Joe gesehen, wenn er sich wieder einmal in ein Schlamassel hineinmanövriert hatte.«

»Sie haben Recht! An dieser Geschichte ist etwas faul. Ich weiß aber noch nicht was. Fakt ist, dass ich einen Stick habe und die E-Mail von Ihnen – und von Joe ein paar Informationen. Wohin das Ganze führt … ich weiß es nicht.«

Rick erhob sich vom Sessel und ging zu ihr ans Fenster.

»Ich hoffe, ich habe Ihnen nicht zu viel Mühe gemacht.«

»Ich begleite Sie noch zur Tür«, sagte Frau Koch, mit den Gedanken noch leicht abwesend.

Sie ging voraus zur Haustüre, Rick zog sich an und folgte ihr. Sie streckte ihm die Hand entgegen und schaute ihm noch einmal tief in die Augen.

»Ich wünsche Ihnen viel Glück, Herr Bacher, und passen Sie gut auf sich auf!«

Er konnte sein spontanes Gefühl nicht definieren, das in ihm hochstieg, aber er glaubte zu wissen, dass dies ein Abschied auf immer sein würde.

»Auch Ihnen viel Glück, Frau Koch.«

Rick schüttelte ihre Hand, drehte sich um und ging durch den Garten bis zum Eingangstor. Er drehte sich noch kurz um und sah Frau Koch noch immer an derselben Stelle stehen. Er fühlte sich scheußlich. Das Bild von Joe kam wieder hoch. »Wie wird sie reagieren, wenn sie erfährt, was mit Joe passiert ist? In gewisser Weise weiß sie es ja bereits, aber die tatsächliche Gewissheit wird noch heftiger für sie werden.«

Auf dem Nachhauseweg versuchte er in Gedanken die gesamten

Informationen, die er von Frau Koch erhalten hatte, zu ordnen und dabei stellte er sich eine wichtige Frage: Was steht in der Datei von Joe?

＊＊＊

Hu und Quan hatten, nach dem Missgeschick mit Joe, den Auftrag bekommen, dessen Tante zu observieren. Später würde ihnen sogar der Boss persönlich einen Besuch abstatten, damit diesmal nichts schiefging. Sie parkten ihren schwarzen SUV in einer Nebenstraße der Haydnstraße Nummer 16. Es war 13.28 Uhr. Sobald sie ihrem Boss grünes Licht geben würden, dass keine Gefahr drohe, würde er erscheinen. So lautete ihr Auftrag. Es war ein beschissener Auftrag. Sie wurden komplett degradiert! Sie mussten auf ein Haus aufpassen, in dem eine alte Tussi wohnt!!! Was sollte es noch Erniedrigenderes geben?

Es dauerte nicht lange, Hu wollte es sich im Fahrzeug gemütlich machen, als ein älterer Mann aus dem Gartentor Nummer 16 kam. Irgendwie kam er ihnen bekannt vor. Hatten sie ihn in der Mall schon einmal gesehen? Nein, unmöglich, das müsste ein Zufall sein. Ihr Boss sagte, sie lebt alleine. Vielleicht war er nur ein Nachbar, der sie besuchte. Um 15.00 Uhr gaben sie schließlich ihrem Boss Bescheid, dass rund um das Zielobjekt alles ruhig sei. Zwanzig Minuten später klopfte er an die abgedunkelte Seitenscheibe.

»Ihr behaltet das Eingangstor besonders gut im Auge. Sollte sich jemand nähern, gebt ihr mir sofort Bescheid, klar?«

»Klar, Boss«, antworteten die beiden wie auf Kommando.

Lim Chan, der Boss, spazierte gemütlich am Eingangstor vorbei und verschwand hinter einem Baum, der seinen »Wachhunden« im SUV die Sicht auf den dahinterliegenden Garten versperrte. An der niedrigsten Stelle des Zaunes sprang Chan mit einem Satz in den Garten. Ganz gemächlich ging er über den Rasen zur hinteren Seite des Hauses. Ziersträucher versperrten ihm die Sicht auf das Haus. Dies nutzte Chan, um ungesehen bis zum rückwärtigen Eingang zu gelangen. An drei von vier Fenstern waren die Außenrollos

43

heruntergelassen. Durch das eine Fenster sah Chan Frau Koch, am Computer sitzend. »Sehr gut«, dachte er. Vielleicht war dies der Schüssel zum Bankkonto von Joe Braininger? Das Schloss an der rückwärtigen Haustüre zu knacken, war für ihn eine leichte Übung. Der Zylinder ließ sich nach wenigen Augenblicken überwinden. Chan schob die Tür nur so weit auf, dass er gerade durchschlüpfen konnte. Im hinteren Teil des Flures war es sehr dunkel. Er brauchte eine Weile, bis sich seine Augen an die Dunkelheit gewöhnten. Der Flurboden knarrte an einer Stelle so extrem, dass sogar Chan einen kurzen Moment innehielt. Er wollte eben weitergehen, da stand Frau Koch erschrocken am anderen Ende des Flurs vor ihm.

»Was haben Sie hier zu suchen?!!«, schrie sie aufgeregt.

Chan wurde von ihr überrascht und nicht, wie geplant, umgekehrt – somit musste er seine Strategie ändern.

»Frau Koch«, begann er übertrieben ruhig in einem akzentuierten Deutsch. »Sie haben zwei Möglichkeiten, entweder Sie kooperieren mit mir und sagen mir alles, was ich wissen will, oder Sie werden eine schmerzliche Erfahrung machen und mir trotzdem alles sagen.« Dabei grinste er hämisch.

»Wer sind Sie eigentlich?«, fragte sie noch sichtlich aufgebracht.

»Wer ich bin, ist unwichtig! Was Sie wissen, ist wichtig!« Chan kam ohne Umschweife sofort zum Punkt: »Haben Sie einen Zugang zum Bankkonto Ihres Neffen?«

»Nein!«, schrie sie hysterisch, während Chan sich ihr näherte.

»Ich glaube, Sie verstehen noch immer nicht, in welcher Lage Sie sich befinden«, antwortete Chan in einer zynischen Ruhe und schlug ihr dabei, beinahe im gleichen Moment, mit der flachen Hand ins Gesicht. Die Wucht der Ohrfeige war so heftig und kam so unverhofft, dass Frau Koch unkontrolliert zurückschwankte. Chan nutzte die Schrecksekunde, ergriff blitzschnell ihren rechten Arm und drehte diesen nach hinten. Er stand jetzt dicht hinter ihr und drückte ihren Arm so sehr nach oben, dass sie lautstark aufschrie.

»Ich glaube, ich muss eine deutlichere Sprache sprechen«, flüsterte er ihr ins Ohr.

»Ich weiß doch nichts!«, kreischte sie mit schmerzverzerrter Miene.

»Das werden wir erst sehen!« Chan schob unterdessen Frau Koch vor sich her ins seitliche Zimmer, wo gerade ihr Computer eingeschaltet wurde. Mit einem kräftigen Stoß drückte er sie auf den Sessel, der vor dem Computer stand. Es hätte nicht viel gefehlt und sie wäre über den Sessel zu Boden gestürzt.

»Öffnen Sie den E-Mail-Ordner!«, schrie er sie an.

Frau Koch drückte mit zittriger Hand ein paar Tasten, bis sich das Outlook auf dem Bildschirm öffnete. Chan stand hinter ihr und überwachte jede ihrer Handbewegungen. Er überflog blitzschnell die E-Mail-Eingänge, aber es war auf den ersten Blick keine Nachricht von Joe zu sehen. Frau Koch zitterte am ganzen Körper. Chan brauchte mehr Zeit, um sich einen Überblick vom Inhalt des Computers zu verschaffen, deshalb riss er sie an ihren Haaren von hinten hoch und verpasste ihr einen gezielten Schlag auf den Hinterkopf. Sie sackte benommen zusammen. Zuerst auf die Knie und dann prallte sie mit dem Kopf auf dem Boden auf. Sie lag vor Chan auf dem Boden, der, ohne Notiz von ihr zu nehmen, sich auf den Sessel setzte und auf der Tastatur zu klimpern anfing. Er tippte schnell und hoch konzentriert. Frau Koch lag immer noch bewusstlos am Boden. Er durchsuchte Ordner, Verläufe, Downloads, Apps, Einstellungen und gespeicherte Favoriten. Sogar ihr Bankkonto konnte er öffnen, weil sie ihren Code am Rechner gespeichert hatte, aber nirgends eine Spur von einem größeren Geldbetrag oder einem Hinweis auf Joe Brainingers Konto.

»Mist!«, schrie er kurz auf. Wo könnte er noch suchen? Vielleicht hatte sie einen Safe, in dem sie wichtige Informationen versteckt hielt? Er riss Frau Koch brutal an einem Arm wieder hoch. Sie war noch komplett benommen und stammelte leise Wörter vor sich hin, die er nicht verstehen konnte.

»Aufwachen, Frau Koch!«, schrie Chan. »Wo ist der Safe-Schlüssel?«

»In der Schatulle«, stammelte sie.

»Wo ist die Schatulle?«, schrie Chan.

»In der Schlafzimmerkommode«, kam es leise über Frau Kochs Lippen.

Chan zerrte sie bis zur Couch, die in der Ecke des Zimmers stand, stieß sie drauf nieder und fesselte sie mit einem Kabelbinder an die Armlehne. Dann machte er sich auf die Suche nach dem Safe und dem dazu passenden Schlüssel. Mit der Information von Frau Koch wurde er schnell fündig. Nach wenigen Minuten hatte er den Safe geöffnet und diesen auch durchsucht. Außer ein paar Wertpapieren und kleinen Goldbarren war nichts Interessantes darin zu finden. Eine zunehmende Verzweiflung stellte sich bei ihm ein. Er fand keine Spur zu Joe, die erfolgversprechend war. In der Zwischenzeit erlangte Frau Koch wieder komplett ihr Bewusstsein.

»Wer könnte noch Informationen von Joe Braininger haben?!«, schrie er Frau Koch an, die sich vergeblich an der Couch hochziehen wollte.

»Rick Bacher.«

»Wer ist Rick Bacher?«

»Er war vorhin hier und hatte sich eine E-Mail auf einen Stick kopiert«, sagte sie leise.

Chan horchte auf. Das konnte die Spur sein, die er brauchte.

»Wer war dieser Rick Bacher und wo wohnt er?«, schoss es blitzschnell aus Chans Mund.

Frau Koch brauchte eine Weile, bis sie zu sprechen begann. Chan unterbrach sie kein einziges Mal. Er wusste, dass es eine Höchstleistung war, sich nach so einem Schlag zu konzentrieren.

»Er hat mich besucht und hat eine E-Mail von Joe kopiert. Ob Rick Bacher sein richtiger Name ist, kann ich nicht sagen. Es kann sein, dass er ganz in der Nähe wohnt. Ich weiß es wirklich nicht.« Die Stimme von Frau Koch wurde immer leiser und sie verlor langsam wieder ihr Bewusstsein.

O.k., dachte er, auch wenn es nicht sein richtiger Name war, vielleicht hatten sie Glück und er wohnte wirklich in dieser Gegend. Vielleicht hatten die zwei Vollpfosten im Auto den Mann gesehen, wenn er erst vor kurzem hier war. Einen kurzen Moment tat ihm die alte Frau leid, aber sie hatte Chan gesehen und könnte ihn jederzeit wieder identifizieren und das wäre fatal für ihn. Chan schnitt den Kabelbinder durch, hob sie hoch und versetzte ihr einen gezielten Schlag auf die Schläfe. Sie fiel unkontrolliert und schlug mit dem Kopf hart am Boden auf.

Nach kurzer Suche fand Chan einen Strick im Abstellraum, den er im Wohnzimmer an einem Haken am Plafond festmachte. Wahrscheinlich war der Haken einmal für eine schwere Lampe vorgesehen gewesen, die entfernt wurde. Er knüpfte an einem Ende des Strickes eine Schlaufe. Dann stellte er einen Stuhl darunter, zerrte Frau Koch von der Couch in das Wohnzimmer und hievte sie am Stuhl hoch. Es war nicht einfach, den leblosen Körper auf den Stuhl zu stemmen. Mit großer körperlicher Anstrengung gelang es ihm dann doch. Es dauerte noch eine Weile, bis er ihr schließlich die Schlinge um den Kopf legen konnte. Es sollte wie ein Selbstmord aussehen! Ihre Füße zappelten noch ein paar Augenblicke, bis sie schlussendlich nur noch leblos in der Schlaufe hing. Ihr Kopf schwoll dunkelrot an. Chan ließ der Anblick kalt, er verzog keine Miene. Für ihn war dies ein Auftrag wie jeder andere und es war nur ein weiterer Mord in seiner Sammlung.

Indem er schon vor dem Eindringen ins Haus Handschuhe übergestreift hatte, brauchte er sich keine Sorgen über hinterlassene Fingerabdrücke zu machen. Zur Sicherheit beschloss er den Laptop aus dem Arbeitszimmer von Frau Koch mitzunehmen. Vielleicht konnte ein IT-Fachmann die vermuteten Daten herausholen?

Chan nahm denselben Weg zurück auf die Straße, den er gekommen war. Die beiden im Auto Sitzenden erblickten Chan sofort, als er unter dem besagten Baum auf die Straße trat und zum Auto ging. Hu drehte die Seitenscheibe einen Spalt herunter.

»Habt ihr einen Mann gesehen, der vor kurzem aus dem Haus kam?«, zischte Chan verärgert.

»Ja, das war aber lange, bevor du ins Haus gingst«, antwortete Hu leise und verunsichert.

»Wir treffen uns gleich in der Zentrale, und ihr erinnert euch genau, wie er ausgesehen hatte«, zischte Chan die beiden an. Er verließ den Wagen in Richtung Seitengasse, woher er vor einer halben Stunde gekommen war.

Das Programm

Rick saß zu Hause vor seinem Laptop und starrte auf den großen Stick, der vor ihm auf dem Schreibtisch lag. Da war wieder das Kribbeln in ihm, das nichts Gutes versprach. »Kann ein Stick so wichtig sein, um einen Menschen dafür zu töten? War das Teil es wert, dass Joe dafür sterben musste? Was befindet sich so Wichtiges darauf?« Je mehr Zeit verging, desto unsicherer und nervöser wurde er. »Auf alle Fälle hat es etwas mit Kryptowährungen zu tun, das war mal sicher!«

Rick war kein Profi, was Kryptowährungen betraf. Es war reiner Zufall, dass er sich vor Jahren diese 15 Bitcoins gekauft hatte. Ein Zocker war er nie, deshalb verkaufte er vor einigen Monaten auch seinen ganzen Bestand. Manche hätten sicher weitergezockt, aber das war nicht seine Art. »Lieber den Spatz in Hand als die Taube auf dem Dach«, hatte sein Vater immer gesagt. Genauso wurde er erzogen. Deshalb waren auch jetzt 600.000 Euro auf seinem Konto. Die Bank war zwar anfangs misstrauisch, er musste nur nachweisen können, dass der Bitcoinbestand schon länger als ein Jahr in seinem Besitz war, dann war es rechtlich kein Problem. Ihm wurde von der Bank ein persönlicher Berater zugeteilt, den er aber bereits nach einem Monat ablehnte. Jede Woche bekam er bezüglich verschiedener Anlageformen eine Mitteilung der Bank. Rick fuhr hin und sprach mit dem Bankleiter, dem er unmissverständlich klarmachte: Würde ihm die Bank noch einmal ein Schreiben bezüglich Anlageformen schicken, würde er die Bank wechseln.

Er holte sich das Gespräch mit Joe noch einmal ins Bewusstsein. Was hatte er genau gesagt? Es würde zu lange dauern, um ihm alles zu erklären. Auf der E-Mail-Datei würde alles genau beschrieben sein. Also lag die Lösung im Anhang dieser E-Mail. Rick steckte den großen USB-Stick an seinen Laptop und wartete, was geschah. Der Laptop begann zu arbeiten, aber es geschah nichts Unerwartetes. Er starrte auf die Oberfläche des Bildschirms, nichts passierte. »O.k., dann schaue ich über den Explorer nach, was auf diesem ominösen Stick alles gespeichert ist«, dachte er. Der Explorer listete ihm einige Dateien auf, samt eines geschlossenen Ordners mit dem Namen CoinRiser. Eine weitere Datei kam ihm auch besonders bekannt vor. Die Datei mit dem Namen Joe.ini. Das war die Datei, die ihm weiterhelfen konnte. In seinem Gedächtnis tauchte Joe noch einmal auf, wie er vor ihm zitternd in der Umkleidekabine saß. Wusste er zu diesem Zeitpunkt schon, dass er nicht mehr lange leben würde? Er fragte weder nach seinem Namen noch wo er wohnte. Ja, er ahnte es!

Rick machte einen Doppelklick auf die Datei Joe.ini. Es öffnete sich eine Programmdatei, die mit einem Pfeil auf eine weitere Datei hinwies. Er folgte dem Pfeil und es öffnete sich eine Textdatei, die nur wirre Wörter beinhaltete. »Was ist das für ein heilloses Durcheinander?« Nach ein paar Sekunden fing die Festplatte zu arbeiten an. Erst jetzt bemerkte er, dass am Stick ein winziges Lämpchen rot aufleuchtete. Der Text war noch immer unleserlich, begann sich aber zu bewegen. Die Buchstaben verschoben sich von einer Stelle zur anderen. Nach ein paar Minuten erlosch das kleine Lämpchen am Stick und die Wörter waren ganz normal zu lesen. Rick starrte kopfschüttelnd auf den Laptop. Ganz oben stand mit roten Buchstaben geschrieben:

WICHTIG, WICHTIG. Lies nicht den Text, druck die Datei sofort aus!!!

Er klickte sofort auf das Icon-Zeichen, und sein Drucker begann eine DIN- A4-Seite auszudrucken. Komisch, dachte Rick: »Wieso sollte ich den Text nicht lesen?« Der Drucker war gerade verstummt, als die Buchstaben am Bildschirm wieder anfingen sich zu bewegen. Die einzelnen Buchstaben verschoben sich nicht wie zuvor, sondern lösten sich auf, bis nur noch eine leere weiße Oberfläche zu sehen war. Jetzt wurde ihm auch klar, warum es wichtig war, die Datei sofort zu drucken. Nach einer Minute schloss sich die INI-Datei am Bildschirm und löschte sich auch selbstständig vom Stick. Rick spürte, wie sich seine Konzentration und Anspannung langsam lösten. Nichts passierte weiter. Es war nur noch ein geschlossener Ordner am Explorer sichtbar. Alle anderen Dateien waren vom Stick verschwunden. »Was verbarg sich hinter dem Namen CoinRiser? War es das Programm, von dem Joe sprach? Verlor er deswegen sein Leben?«

Rick nahm die DIN-A4-Seite aus der Druckerablage und begann zu lesen.

Schritt 1
Das Programm muss auf einem eigenständigen, neuen Rechner installiert werden. LENOVO, JogoSlim 7, 17 Zoll, mit Windows 10, 16 GB RAM, Iris-XE-Grafikarte ist ausreichend. Der Laptop braucht zwei DELL-24-Zoll-S2421NX Monitore.
Es dürfen keine weiteren Programme installiert sein. Das Betriebssystem Windows 10 reicht. Kein Outlook installieren! Die zwei Monitore zusammenhängend einstellen.

Schritt 2
Das Programm über Coin.exe installieren. Den Anweisungen folgen, keine Veränderungen vornehmen.

Schritt 3
Benutzer-Login: sick.brain@artwix.ua
Passwort: Geh#5MilLLiaWEiT#
Authenticator-Nummer
am Handy einstellen 16-stellig: AKM7DSOFRMYI3WK8

Schritt 4
Rechner nie ausschalten! Stick nie abstecken, nur in äußersten Notfällen!

Schritt 5
Nur im Notfall auf Icon TradeEnd klicken! Dann unbedingt 5 Minuten warten, Stick ziehen und Laptop abschalten.
Das Programm läuft nur mit dem Stick, der ist die Wallet! Die zentrale Plattform in Singapur heißt CoinBit.
Das Outlook installiert sich automatisch. Der Server läuft über die UA.
Installiere die Software nur im äußersten Notfall auf einem zweiten Laptop.
Login und Passwort nie speichern!!!
Lerne den Ausdruck auswendig und vernichte das Papier nach der Installation. Hebe es auf keinen Fall auf!!!

Rick las den Ausdruck ein zweites und dann ein drittes Mal. »Den Ausdruck vernichten? Bin ich ein Genie?«, dachte er und legte das Blatt zur Seite. Sein erster Gedanke war an eine To-do-Liste. »Was muss als Erstes gemacht werden?« Die ersten Zweifel kamen auf, als er die Hardware-Komponenten auf ein Blatt Papier zusammengeschrieben hatte. »Wie viel würde das alles kosten?« Er hatte keine Vorstellungen. Sein Laptop war sicher schon fünf Jahre alt, und den hatte noch seine Ex gekauft. Rick arbeitete schon Jahrzehnte am Computer, aber die Software und die Updates waren in der Firma immer IT-Sache. Ein Anruf und ein junger IT-Techniker installierte neue Programme oder behob aufgetretene Fehler, deshalb hatte er an solche Dinge niemals auch nur einen Gedanken verschwendet. Rick erinnerte sich blitzartig, dass er sich vor einem Jahr einen neuen Drucker gekauft hatte. Im Zuge dessen wechselte er auch den Internetanbieter und hatte dadurch Probleme mit seinem Handy, da sich das Programm nicht darauf installieren ließ. »Wie hieß dieser junge Mann, der mir damals alles installiert hatte?« Irgendwo musste er noch ein E-Mail gespeichert haben …

Der junge Fachmann arbeitete bei einem kleinen Hard- und Softwareladen ganz in der Nähe. Rick scrollte in seinem Posteingang auf und ab, bis er bei einer Mail Halt machte: *a.halici@it-install.at* – genau, da war's! Er hieß Ahmed Halici und arbeitete bei der Firma »install-technik«. Ein kleiner EDV-Laden in der Bahnhofstraße. Im Erdgeschoss fand man unzählige Hardwareteile auf engstem Raum verstaut und im ersten Stock war ihr IT-Bereich untergebracht. Er konnte sich wieder erinnern: »Ganz nette Leute! Sehr kompetent.« Die Jungs konnten ihm sicher weiterhelfen. Am besten wäre es, wenn er persönlich hinfahren würde. »Am Telefon klingt das Ganze zu kompliziert.«

Er schaute auf die Uhr, es war 15.43 Uhr. Sicherer wäre es, noch heute zum EDV-Laden zu fahren und das Ganze abzuchecken. Wie viel kosten die Geräte und wann haben sie Zeit, das alles zu installieren und einzustellen? Den ausgedruckten Zettel mit den Informationen von Joe durfte er auf keinen Fall offen liegen lassen. Er schnitt vom DIN-A4-Blatt den Rand ab, damit es kleiner wurde, und steckte es zwischen die Seiten eines großen Duden, der in seinem Bücherregal unter unzähligen anderen Büchern stand.

Er zog sich an und verließ zehn Minuten später seine Wohnung. Die Bahnhofstraße war nur ein paar Autominuten entfernt. Er konnte beim EDV-Laden in einem kleinen Innenhof parken. Der Laden war noch kleiner, als er ihn in Erinnerung hatte. Beim Betreten des Geschäfts nahm ihm eine Wolke von Kabel- und Gummigeruch beinahe den Atem. Es war kein Mensch im Laden zu sehen. Beim Eintreten wurde man zwar durch einen Summton angekündigt, aber die Bedienung ließ auf sich warten. Nach geraumer Zeit kam ein junger Mann die Treppe heruntergepoltert. Es war Ahmed! Rick erkannte ihn sofort wieder. Ahmeds Haare waren etwas länger geworden und zu einem Dutt zusammengebunden, aber ansonsten unverkennbar.

»Guten Tag, Herr Halici! Ich weiß nicht, ob Sie sich noch an mich erinnern«, begrüßte Rick den jungen Mann.

Dieser überlegte kurz.

»Ja, ich glaube, ich kenne Sie … Lassen Sie mich kurz überlegen …

Sie sind der, der mit der Outlookeinstellung Probleme hatte, die auf dem Handy lange Zeit nicht funktioniert hatte.«

»Ja genau! Am Laptop funktionierte es auf Anhieb, aber am Handy gab es Probleme«, wiederholte Rick.

»Was kann ich für Sie tun?«

Rick reichte ihm seinen handgeschriebenen Zettel mit den Hardwarekomponenten, die er von Joes Ausdruck abgeschrieben hatte. Der junge Mann machte einen konzentrierten Eindruck, als er den Zettel las.

»Nicht schlecht!«, waren seine ersten Worte. »Was wollen Sie mit den Geräten machen?«

Rick war auf diese Frage schon gefasst. »Ich sollte diese Teile für einen Freund besorgen«, log er.

»Bis wann brauchen sie das Ganze?«, fragte der IT-Mann und ließ seinen Blick noch immer über den geschriebenen Zettel schweifen.

»Das kommt drauf an. Ich habe dazu noch ein paar wichtige Fragen. Die Hauptfrage ist: Wie viel kostet das Ganze und könnten Sie mir gleich alles fixfertig installieren? Und ja: Bis wann wären Sie damit fertig?«

»Das muss ich mir genauer anschauen. Kommen Sie mit nach oben, dann kann ich Ihnen eine genauere Auskunft geben.«

Rick ging hinter dem jungen, hageren Mann die Treppe mit nach oben. Der Raum war zwar auch voll mit EDV-Geräten, aber nicht ganz so extrem wie der im unteren Geschäftsbereich. Das lag vielleicht daran, dass dieser Raum flächenmäßig um einiges größer war. Ganz vorne rechts lagen drei geöffnete Laptops auf einem Tisch. Sie waren an unzählige Kabel angeschlossen. Auch einige Prozessoren waren zu sehen. Im hinteren Bereich standen drei Tische, auf denen je zwei Bildschirme standen. An einem dieser Arbeitsplätze saß eine Frau. Rick schätzte sie um die zwanzig. »Alles Computerfreaks«, dachte er. Ahmed setzte sich gleich an den ersten Schreibtisch und begann mit der Maus und auf der Tastatur zu arbeiten. Sein Blick war schon auf die zwei Bildschirme gerichtet, als er sagte: »Setzen Sie sich doch. Ich schaue nach, ob ich den Laptop im anderen Geschäft noch lagernd habe. Die zwei Bildschirme sind bestimmt in zwei Tagen hier.« Er hörte, während er sprach, nicht auf zu tippen. »Sie haben Glück! Er ist lagernd.« In Ricks Kopf kreiste immer noch eine wesentliche Frage: »Wie viel kostet der ganze Spaß?« Nach ein paar Minuten, in denen Rick auf dem Stuhl saß und wartete, hörte Ahmed schon wieder auf zu tippen und blickte zu ihm hin: »So, zu Ihren Fragen! Die Geräte könnte ich in zwei Tagen alle hier haben. Das Anschließen der beiden Bildschirme an den Laptop ist eine Arbeit von zehn Minuten. Ich brauche dazu nur einen Switcher, damit ich beide Bildschirme zusammenschließen kann. Der Laptop läuft auf Windows 10, das ist sowieso kein Problem. Benötigen Sie ein Office mit Outlook auf Ihrem Gerät?«

»Nein, gar nichts! Dies hat mein Freund alles selbst«, log er.

»Vielleicht sollte ich einen Drucker installieren?«, fragte Ahmed verunsichert.

»Nein, auch keinen Drucker! Wie viel würde das zusammen kosten?«

Der junge Mann drückte ein paar Tasten und antwortete dann: »Ich kann es nicht genau auf den Cent sagen, aber an die 1950 Euro.«

Rick pfiff durch die Zähne: »Auch nicht gerade wenig!«

»Ja, die Geräte, die Sie für Ihren Freund aufgeschrieben haben, sind hochwertig und nach meiner Beurteilung auch besonders langlebig.«

»Dann könnte ich alles am Freitagvormittag abholen? Oder gibt es Probleme mit dem Transport?«, fragte Rick etwas ungläubig in Anbetracht der raschen Erledigung.

»Sie können die Geräte natürlich selbst abholen. Sie brauchen die Bildschirme nur anstecken. Sie bekommen die Bildschirme im Originalkarton wieder eingepackt und den Laptop könnte ich Ihnen in eine Laptoptasche geben. Die Tasche bekommen Sie gratis dazu! Wenn Sie einverstanden sind, schreibe ich gleich die Rechnung?«

Rick war verblüfft, wie schnell und einfach das Ganze ablief. Er überlegte kurz, ob ihm der Spaß 2000 Euro wert war, aber im selben Augenblick dachte er an Joe, der sein Leben dafür ließ, da war ihm die Antwort klar: »Ja gut, dann schreiben Sie die Rechnung.«

Dem jungen IT-Mann huschte ein Lächeln über sein Gesicht: »Wären Sie mit einer Anzahlung von 800 Euro einverstanden und den Rest bezahlen Sie bei der Abholung?«

Rick nickte und zog seine Kreditkarte aus der Geldbörse.

Nach erstaunlich kurzer Zeit war das Geschäft abgeschlossen und Rick verließ etwas nachdenklich den Laden. So locker und spontan hatte er noch nie 2000 Euro ausgegeben. Man würde ihn ja eher als unschlüssigen Menschen einschätzen. Seine Gedanken kreisten noch während der gesamten Heimfahrt um den überhasteten Einkauf. »Was wäre, wenn sich das Ganze als Flop herausstellen würde? Oder wenn das Programm sich gar nicht installieren ließe? Ist es das alles wert?« All diese Fragen werden sich erst später beantworten lassen.

Die darauffolgenden Tage war Rick sehr unruhig und aufgewühlt. Er saß oft lange gedankenversunken am Schreibtisch, den Stick vor sich liegend, den Ausdruck von Joes Infos vor sich und unschlüssig, wie es weitergehen sollte. Sogar in der Nacht plagten ihn Albträume. Es verfolgte ihn das krachende Geräusch, als Joe auf den Boden aufschlug, auch im Traum. Untertags ging Rick in der Wohnung auf und ab und malte sich alle Szenarien aus, die passieren könnten. Somit dachte er auch an Frau Koch. Eine Frau, in die man sich verlieben könnte. Rick glaubte sogar, Chancen bei ihr zu haben, aber nach all dem, was vorgefallen war, wäre sie höchstwahrscheinlich nur wütend auf ihn. Sicherlich war sie bereits von Joes Tod informiert worden. Seine Gedanken kreisten auch mehrmals über die ausgedruckten Infos von Joe. »Was sollte ich damit tun? Sie vernichten? Sie verstecken? Aber wo? Joe schrieb ausdrücklich sie rasch zu vernichten! Aber warum? War das Schreiben so gefährlich? Wer war ihm auf den Fersen? War es die asiatische Mafia? Für die wäre es ein Leichtes, ihn ausfindig zu machen. Vielleicht haben sie die ganze Mall observiert? Es gibt ganz bestimmt überall Videokameras! Mit Sicherheit haben sie unzählige Fotos von mir!« Je mehr Zeit verging, desto unschlüssiger wurde er, der von Joe an ihn gestellten Aufgabe gewachsen zu sein.

Die Nacht auf Freitag erlebte Rick besonders schlimm. Er wachte mitten in der Nacht auf und glaubte Geräusche gehört zu haben. Er lag bewegungsunfähig im Bett, hielt den Atem an und lauschte völlig außer sich auf jedes Geräusch. Die Uhr tickte laut, der Kühlschrank surrte, ein Auto war zu hören, das gerade vorbeifuhr. Sonst nichts Verdächtiges. Es dauerte fast eine Stunde, bis er wieder eindöste. Er träumte von Joe. Sie gingen gemeinsam durch die Gänge der Mall. Joe erzählte ihm, dass er es endlich geschafft hatte. So lange habe er daran gearbeitet, endlich sei es so weit! Er war euphorisch und strahlte über das ganze Gesicht. Die Umkleidekabine tauchte auf. Joe wurde immer trauriger und entfernte sich immer weiter und weiter. Er ging rückwärts aus dem Bekleidungsgeschäft. Plötzlich packten ihn zwei dunkle Gestalten und stürzten ihn übers Geländer in die Tiefe. Rick lief ihm nach, als könnte er ihn aufhalten, aber die zwei asiatischen Männer lächelten nur und verschwanden. Er wollte schreien, sie sollen Joe helfen, aber keiner hörte ihn. Kein Mensch in der Mall drehte sich um. Man hörte den Aufprall immer und immer wieder. Rick schaute über das Geländer und Joe lag in einer Blutlache und hob seine Hand ihm entgegen, als wollte er sagen: »Warum hast du mir nicht geholfen? Du hast mich im Stich gelassen!«

Rick wachte schweißgebadet auf und versuchte seine Gedanken zu sortieren. Anfangs glaube er noch Joe zu sehen, wie er neben dem Bett stünde, aber es war nur der Vorhang, der sich leise im Wind bewegte. Das offene Fenster ließ kühle Luft in den Raum. Es war 5.18 Uhr. Er stand auf, ging zum Kühlschrank und schenkte sich ein Glas Orangensaft ein. Es war angenehm, wie der kalte Saft durch seine Kehle floss. Sich ins Bett zurücklegen war keine Option mehr. Die Albträume waren genug für diese Nacht! Auch wenn es draußen noch finster und ruhig auf der Straße war, ging er ins Bad, stellte sich unter die Dusche und ließ eine gefühlte viertel Stunde heißes Wasser über seinen Körper laufen. Langsam kam wieder Leben in seine alten Knochen, doch die quälenden Gedanken ließen nicht lange auf sich warten. Heute ist Freitag, der Tag, an dem die Katze aus dem Sack gelassen wird. Welches Programm verbirgt sich auf dem Stick? Rick musste wieder an den Traum mit Joe denken, als sie durch die Mall gingen. Seine Worte klangen noch immer in seinem Ohr: »Ich habe es geschafft! Ich habe so lange daran gearbeitet!« War das ein Zeichen von Joe? Wollte er mich damit motivieren oder sogar anfeuern nicht aufzugeben?

Ein ausgiebiges Frühstück brachte ihn wieder zurück in die Realität. Die Stunden vergingen relativ schnell. Die Uhr zeigte Viertel nach neun. Es war an der Zeit, den Laptop und die Bildschirme abzuholen. Der Zeitpunkt war genau richtig. Der Frühverkehr hatte sich schon verzogen und für den Mittagsverkehr war es noch zu früh, deshalb war sehr wenig los auf den Straßen. Rick parkte sein Auto wieder an derselben Stelle wie letzthin, nur diesmal mit dem Heck Richtung Eingang, um die Schachteln problemlos in den Kofferraum zu laden. Ahmed hatte die zwei Bildschirme schon eingepackt und der Laptop, in einer schwarzen gepolsterten Tasche, lag obenauf. Rick bezahlte den Restbetrag und Ahmed half ihm noch die Kartons in den Kofferraum zu laden.

Rick bedankte sich höflichst und Ahmed versicherte ihm, dass er ihn jederzeit anrufen könne, wenn er oder sein Freund Probleme hätte.

Auf der Heimfahrt verspürte er wieder das komische Kribbeln im Bauch. Irgendetwas sträubte sich in ihm.

Die zwei Kartons in die Wohnung zu tragen war für Rick kein Problem. Aufgebaut füllten die zwei großen Bildschirme den hinteren Bereich des Schreibtisches komplett aus. Seinen alten Laptop schob er auf die äußerste rechte Seite, damit der neue an der linken Ecke Platz hatte. Er hätte nie gedacht, dass alles auf seinem Schreibtisch Platz hätte. Es war zwar eng, aber fürs Erste konnte man es so lassen. Das Verbinden der Bildschirme mit dem Laptop war einfacher als gedacht. Die vorgesehenen Buchsen hatte Ahmed mit einem roten Klebestreifen markiert. Einen zusätzlichen neuen Verteilerstecker verwendete er, um den neuen Laptop mit den Bildschirmen separat an einer Steckdose anzustecken, weil auf Joes Schreiben unter Schritt 4 stand, man sollte den Laptop nie ausschalten, nur im äußersten Notfall! Es klang zwar sehr übertrieben, aber Rick versuchte keinen Fehler zu machen. Er setzte sich an den Schreibtisch und kontrollierte noch einmal alle Anschlüsse. Mit zittrigen Fingern kippte er den roten Knopf am Verteilerstecker um. Das rote Licht leuchtete, Strom war vorhanden, dann stand einem Start nichts mehr im Wege. Der Laptop gab ein leises Surren von sich. Der Bildschirm am Laptop zeigte nach ein paar Sekunden kurz einige Icons an, dann übernahmen die zwei großen Monitore ihre Funktion und der Monitor des Laptops war wieder schwarz. Alles lief so weit ohne Zwischenfall. Jetzt kam der große Augenblick! Rick steckte den USB-Stick an den Laptop. Seine Nerven waren so angespannt, als würde in der nächsten Sekunde etwas Furchtbares passieren. Nichts geschah! »Habe ich etwas falsch gemacht oder übersehen?«, dachte er. Nach etwa zwanzig Sekunden startete das Programm den Explorer in der Systemsteuerung. Der Inhalt wurde aufgelistet. Es wurde nur noch ein einzelnes Icon sicherbar. »CoinRiser.« Ein Doppelklick und es öffneten sich Ordner mit unzähligen Dateien. Ohne den Ausdruck von Joes Infos wäre Rick heillos überfordert gewesen, aber die Datei »Coin.exe« konnte er nach längerer Suche doch finden. Nach einem weiteren Doppelklick zeigte jetzt der zweite Monitor in der oberen Hälfte ein dunkelblaues Bild, voll von Diagrammen, und einen dicken Querbalken, der sich ganz langsam von links nach rechts bewegte. Darunter stand: »Please don't stop!« Am oberen rechten Rand stand »language«. Ein Klick mit dem Cursor darauf listete acht Sprachen auf. Rick betete, dass »German« auch dabei war. Obwohl er Englisch gelernt hatte, brachte ihn das EDV-Englisch immer schon an seine Grenzen. Die Umstellung auf Deutsch war für ihn eine enorme Erleichterung. Alle weiteren Anweisungen konnte er jetzt ganz leicht verfolgen. Es erschienen immer wieder neue Balken, die sich einmal schneller und einmal langsamer bewegten. Die gesamte Installation dauerte fast eine Stunde, aber Rick war so angespannt, dass er die Zeit kaum wahrnahm. Am Ende erschien ein Fenster, auf dem »Bitte alle Anordnungen schließen!« stand. Er klickte auf alle »X« am rechten oberen Rand der Fenster. Am linken Monitor waren jetzt zwei Icons, am rechten nichts außer die blaue Hintergrund zu sehen. Überraschend war, dass die Installation eine Stunde dauerte, und dann waren als Ergebnis nur zwei Icons auf dem riesigen Bildschirm zu sehen. Rick öffnete das erste. Es war das Outlook. Mit dem Outlook war er in seiner Tätigkeit als Entwicklungstechniker gut vertraut, denn alle seine Termine und Notizen waren im Outlook gespeichert.

Alles schien ganz normal! Mit der E-Mail-Adresse musste er sich erst noch anfreunden, die lautete nämlich: *sick.brain@artwix.ua*. Etwas stutzig war er darüber, dass keine E-Mail-Eingänge oder -ausgänge gespeichert waren. Das gesamte Outlook war noch jungfräulich. Nachdem Joe aber ein überaus vorsichtiger Mensch gewesen sein durfte, war auch das erklärbar.

Rick beendete das Outlook und öffnete das zweite von Joe erwähnte Programm. Es öffnete sich eine Krypto-Plattform, deren Name CoinBit war. Ebenso erschien die Aufforderung, sich mit dem Benutzer-Login und dem Passwort anzumelden. Jetzt erst erinnerte sich Rick, dass er noch den Authenticator am Handy erstellen musste. Zum Glück hatte er schon für seine alte Plattform einen angelegt, von der aus er seine Bitcoins getradet hatte. Er brauchte nur noch in seinem Google-Authenticator den sechzehnstelligen Code einzufügen, der auf Joes Ausdruck stand, und den Namen CoinBit für die Plattform hinzuzufügen. Jetzt nur noch auf »hinzufügen« drücken – fertig! Jetzt erst konnte der Benutzername, in diesem Fall die E-Mail-Adresse *sick.brain@artwix.ua,* und das Passwort Geh#5MiLLiaWEiT# eingegeben werden. Rick merkte jetzt, dass ihm die Schweißtropfen auf der Stirn standen. Die Anspannung zog sich durch seinen ganzen Körper. Er durfte sich jetzt keinen Fehler erlauben. Gibt man dreimal den falschen Code ein, war es das. Zum Glück war er durch das Traden auf seiner Plattform mit der Materie schon vertraut, ansonsten wäre das nun eine ausgesprochene Katastrophe geworden.

Wie erwartet, fragte das Programm nach dem 2FA-Code, der nun sechsstellig am Handy ersichtlich wurde. Es brauchte diese Authenticator-Nummer. Jene sechsstellige Nummer war jeweils nur für eine Minute auf seinem Handy abzulesen, dann wechselte sie auf eine neue sechsstellige Nummer. Innerhalb dieser vorgegebenen Minute tippte er die Nummer ein und das Programm öffnete sich. Bis zu diesem Zeitpunkt waren alle Aufforderungen auf dem rechten Monitor angezeigt worden, aber als das Tradingprogramm startete, waren plötzlich beide Monitore voll mit Informationen. Rick glaubte seinen Augen nicht. Auf den ersten Blick sah alles komplett chaotisch aus. Er hatte zwar ein wenig Ahnung vom Traden, aber das, was hier passierte, überstieg sein Können um ein Vielfaches. Nach etwa zwanzig Sekunden erschien auf dem rechten Monitor in roter Leuchtschrift »**Please start with trading!!!**«. »Wo sollte ich starten?«, fragte sich Rick und merkte, wie der Schweiß von seiner Stirn tropfte. Seine Augen flogen panisch über die zwei Bildschirme – viele Diagramme und Zahlen … bis er begriff, dass auf dem rechten oberen Rand eine Menüleiste sichtbar war. »Dashboard« war das erste Wort, das ihm bekannt vorkam. Dann folgten die Wörter: »portfolio, price, trade start, trade end, deposit, pay off, menu«. Wörter, die er schon einmal gehört hatte.

Rick klickte entschlossen mit dem Cursor auf »**trade start**«. Vielleicht war das die Aufforderung an ihn? Der Rechner begann zu surren, als müsste er jetzt Schwerstarbeit leisten, aber auf den Bildschirmen waren keine gravierenden Veränderungen sichtbar, bis plötzlich das Programm zu arbeiten begann.

Wo führt das alles hin?

Von beiden Bildschirmen aus verschoben sich automatisch die Diagramme auf die obere Hälfte des linken Monitors. Auf der unteren Hälfte wurden unzählige Kryptowährungen und Preise aufgelistet, die sich permanent veränderten. Es sah ähnlich aus wie auf den großen Tafeln der Wallstreet, wenn gekauft und verkauft wurde und sich dabei die Preise im Sekundentakt veränderten.

Auf der rechten oberen Monitorhälfte war das Menü sichtbar, das unverändert blieb, aber darunter war jetzt der Betrag der Wallet zu sehen, der in Schweizer Franken angezeigt wurde. Dieser Betrag veränderte sich genauso schnell wie die Zahlen auf der linken Hälfte. Auf dem unteren Teil des Monitors war eine Art Portfolio zu sehen. In diesem wurden ständig Kryptowährungen hinzugefügt oder wieder von anderen ersetzt. Ricks Augen konnten den Zahlen bei weitem nicht folgen. Es ging alles so blitzschnell. Seine Gedanken versuchten die Vorgänge zu verarbeiten und zu sortieren, aber ohne Erfolg. Plötzlich blieb sein Blick am Portfoliobetrag hängen. Er glaubte, sein Herz würde für eine Sekunde stehen bleiben. 119.075.625 Franken. Waren das 119 Millionen Schweizer Franken? Wo kam dieser Betrag her? War der hohe Betrag auf dem Stick gespeichert? Musste so sein, denn in Joes Schreiben war zu lesen, dass die Wallet auf dem Stick gespeichert sei. Rick hatte ebenso vor einiger Zeit in einer Computerzeitung gelesen, dass es sicherer wäre, die erworbenen Coins immer auf einen Ledger zu speichern, weil die Kryptoplattformen nicht sicher wären. Sie wurden schon einige Male gehackt. Die Ledger-Sticks, die Rick in der Zeitung gesehen hatte, sahen aber anders aus. Entweder glichen sie einer kleinen Festplatte oder einem normalen Stick, aber das Aussehen von Joes

Stick, war mit keinem vergleichbar. Er wurde offensichtlich von Joe selbst entwickelt! Rick hätte so viele Fragen an Joe, aber dieser blieb ihm alle Antworten schuldig.

Rick konnte seinen Blick vom Portfoliobetrag nicht abwenden. Der Betrag war wieder um beinahe 50.000 auf 119.124.917 Franken gestiegen. Wie kann das nur sein? Kann der Betrag auch fallen? So wie es momentan aussah, ging es nur in eine Richtung, und zwar nach oben. Rick versuchte sich einen Überblick zu verschaffen, wie dieser Betrag zustande kam. Nach über einer Stunde konnte er noch immer kein System feststellen. Ein paar Dinge daran waren ihm aber doch aufgefallen. Erstens: Man konnte in das Trading nicht eingreifen. Es arbeitet komplett autonom. Zweitens: Es analysiert in einer gewissen Art und Weise den Kryptomarkt. Je schneller eine Kryptowährung stieg, desto höher war der Betrag, den das System einsetzte. Manchmal waren es bis zu fünf Millionen Franken. Drittens: Fiel der Wert der Kryptos, wurden sie sofort verkauft beziehungsweise durch andere Coins ersetzt. Einige Male konnte Rick erkennen, dass Beträge auf ein CH-Währungsdepot gespeichert wurden. Rick glaubte auch zu erkennen, dass dies ein mögliches Schutzdepot war. Würde keiner der Coins steigen, wäre das Geld auf dem Sicherheitsdepot unantastbar abgelagert, bis wieder eine Steigung einsetzte. Was er zudem noch herausfand: Die Tradinggebühren waren im Verhältnis so gering, dass sie kaum ins Gewicht fielen.

Es wurde bereits Abend und Rick saß noch immer vor den Monitoren und starrte gespannt auf alle Bewegungen, als würde ihm etwas entgehen, wenn er auch nur eine Sekunde wegschaue. Durch das Läuten seines Handys wurde er aus seiner hypnoseartigen Verfassung herausgerissen. Erst nach ein paar Sekunden konnte er das eingehende Gespräch annehmen. Es war sein alter Freund Kurt.

»Wie geht es dir? Hast du Lust auf ein Bier?«, war seine erste Frage.

Rick konnte gar nicht so schnell antworten, da kam schon die nächste Ansage.

»Haben uns schon lange nicht mehr gesehen! Brauchst sicher wieder ein bisschen Abwechslung!«

Rick suchte fieberhaft nach einer Antwort. Seine Gedanken waren noch gar nicht in der Realität angekommen. Sie schwebten noch zwischen den Coins.

»Hör ich da ein Zögern? Hast du vielleicht ein Date, von dem dein alter Freund nichts weiß? Du kannst es doch ruhig sagen. Bei mir ist es sicher.«

Rick war mit all den Fragen komplett überfordert. Es ging ihm momentan alles viel zu schnell.

»Hör mal, Kurt …«, begann er, »könnten wir uns morgen treffen? Ich bin gerade nach Hause gekommen. War in der Mall ein paar Klamotten kaufen. Die alten haben schon großteils ausgedient«, log er.

Man konnte am Telefon fast hören, wie Kurt enttäuscht war. Nach einem langen Seufzer akzeptierte er Ricks Vorschlag. Sie vereinbarten für morgen am Abend um sieben Uhr, im Café gegenüber dem Bahnhof, ein Treffen.

»Hoffentlich habe ich ihn nicht vergrault?« Kurt war sein bester Freund – eigentlich sein einziger.

Rick versuchte sich vom Computer wegzureißen. Ganz nüchtern betrachtet brauchte das Programm keinen Aufpasser. Eine Frage ließ ihn trotzdem nicht los. Wie könnte man das Geld von der Wallet abziehen und auf eine Bank transferieren? Der Betrag im Portfolio war ja nach wie vor fiktiv. Außer der Schweizer Franken auf der Wallet, oder waren die auch nicht real? Er konnte es sich nicht verkneifen und klickte im Hauptmenü links oben auf das Icon »**pay off**«. Es öffnete sich ein Fenster, das das Hauptmenü fast zur Gänze verdeckte.

Darin wurde man aufgefordert die Auszahlungsmethode zu wählen. Die Spannung in Rick stieg wieder extrem an. Er merkte, wie es ihm wieder den Schweiß auf die Stirn trieb. »Sollte ich weitermachen? Hoffentlich mache ich keinen Fehler.« Es dauerte eine Weile, bis er sich entschloss doch einen Schritt weiter zu gehen. »Es kann doch nicht sein, so viel Geld auf der Wallet zu haben, wenn das Geld nicht ausbezahlt werden konnte. Oder war es nur ein Spiel?« Er spürte wiederum eine große Verunsicherung. Nein, das konnte nicht sein! Keiner würde nur für ein Spiel einen Mord begehen!

»Ich muss es herausfinden!«, dachte er und klickte auf das Icon »**bank transfer**«. Es öffnete sich ein weiteres überlappendes Fenster, in dem einige Möglichkeiten aufgelistet waren. Ihm waren alle unbekannt bis auf die Begriffe VISA und Master Card. Ein Klick auf das VISA-Zeichen brachte ihn noch einmal in ein weiteres Feld, das den gerade verfügbaren Betrag von 5.756.213 Franken auswies. Rick klickte auf den Betrag und reduzierte ihn auf 6.213 Franken. »Dies wäre ein Betrag, der sicherlich zu keinem großen Schaden führen würde«, dachte er und klicke auf »weiter«. In der nächsten Aufforderung wurde er gebeten seine Bankdaten einzugeben, auf die dieser Betrag überwiesen werden sollte. Er gab den BIC und den IBAN seines Kontos ein und drückte auf Enter. Es erschien eine kurze Mitteilung, dass der Betrag von 6.213 Franken auf sein Konto überwiesen wurde.

»Das kann doch nicht sein!«, dachte Rick und kontrollierte alles noch einmal nach. Das war doch zu einfach für ihn. Die geöffneten Fenster schlossen sich automatisch und der ausbezahlte Betrag schien auf dem linken Bildschirm unter »Dashboard« als ausbezahlter Betrag auf. Er konnte es noch immer nicht glauben, als plötzlich von seinem Handy ein vertrauter Glockenschlag zu hören war. Dies bedeutete, dass ein Kontoeingang erfolgte. Rick öffnete sofort seine Bank-App und musste feststellen, dass ein Betrag von 6.157,23 Euro eingegangen war. Dabei wurden Umwechslungsspesen und Direktüberweisungsgebühren von 55,77 Euro abgebucht. Eine gefühlte Ewigkeit saß er vor seinem Handy und starrte auf seine Bank-App, bis sie sich von selbst wieder schloss. Würde es diese Bankbenachrichtigung nicht geben, glaubte Rick, es wäre ein Traum. Er wusste nicht, ob er sich freuen sollte oder nicht. Mit dieser Handynachricht wurde er mit voller Wucht in die Wirklichkeit katapultiert.

Bisher hatte sich das alles für ihn wie ein Spiel angefühlt. Vielleicht wollte er sich auch nur einbilden, dass es nur ein Spiel ist, um dabei nicht durchzudrehen. Der Betrag von zig Millionen war so unrealistisch für ihn, dass seine Gedanken damit einfach überfordert waren. So ähnlich musste sich ein Euromillionär fühlen!

Aber bei ihm war es noch gar nicht absehbar, wohin das alles führen würde. »Was macht dieses Programm? Hört es bei irgendeinem Betrag auf zu arbeiten und dann ist es genug? Oder geht das endlos so weiter?« Bei diesen Gedanken wurde ihm ganz schwindlig. Jetzt erst begann er das volle Ausmaß dieses Sticks zu begreifen. Er fragte sich die ganze Zeit, warum Joe sterben musste. Jetzt bekam er eine mögliche Antwort. Jedes Mal, wenn er auf den Portfoliobetrag schaute, wurde ihm schwarz vor Augen. Es kam ihm so vor, als würde das Programm immer gefräßiger. Je höher der eingesetzte Betrag anstieg, desto schneller stieg der voraussichtliche Gewinn. Der abgeschöpfte Betrag von 6000 Euro war für das Programm nur eine Kleinigkeit. Es hatte den Gesamtbetrag vielleicht nur für fünf Sekunden reduziert, das war alles. Momentan lag der Ertrag schon fast bei 119.800.000 Franken. Rick kam zur Ansicht, dass sich das System erst wieder einrichten musste, nachdem er es aktiviert hatte. Je länger es lief, desto schneller ging der Betrag nach oben. Joe schrieb ihm, er sollte das Programm nur im äußersten Notfall beenden. Jetzt wurde ihm klar, was er damit meinte. Bei jedem Stopp musste das Spiel erst wieder in Fahrt kommen. Je länger es ungestört lief, desto gefräßiger und hungriger wurde es.

Rick beschloss erst einmal ein bisschen Abstand zu gewinnen. Er musste den Kopf wieder frei bekommen. Er zog seinen Mantel und die Boots an und beschloss einen Abendspaziergang zu unternehmen. Der kühle Wind würde ihm sicher den Kopf wieder frei machen. Seine Wanderung führte ihn quer durch die Wohnsiedlung. Es wurde bereits finster und auf den Straßen kehrte Ruhe ein. Genau diese Ruhe brauchte Rick, um sich wieder zu spüren, um seine Gedanken zu sortieren und alles ein wenig zu verdauen. Diese Ruhe war aber nur von kurzer Dauer. Das Handy vibrierte in seiner Hosentasche. Als er aufs Display schaute, musste er kurz durchatmen. Es war sein Bankberater. »Was will der noch so spät?«, dachte er kurz und hob ab.

»Ja, bitte …«

»Guten Abend, Herr Turner! Ich möchte mich gleich vorweg entschuldigen, dass ich so spät noch anrufe, aber ich bin noch in der

Bank.« Herr Irsigler, der Bankangestellte, machte eine kurze Pause, die Rick für eine Nachfrage nutzte.

»Was gibt es so Dringendes, dass Sie mich am Freitagabend noch anrufen?« In Rick stieg schon wieder Wut auf. Er konnte diesen aufdringlichen Pfennigfuchser einfach nicht leiden, ein richtig schmieriger Banker.

»Ich sehe gerade auf Ihrem Konto einen ungewöhnlichen Kontoeingang aus Singapur. Da wollte ich nicht länger warten, um Sie zu fragen, ob dieser Geldeingang rechtens ist.«

Rick nahm sich absichtlich ein paar Sekunden Zeit, um nicht sofort ins Handy zu schreien, welch ein borniertes, arroganter und aufdringlicher Affe er war. Aber er durfte keinen Fehler machen. Schon einmal wurde von der Bank eine Bestätigung angefordert, um die Bitcoin-Gewinne zu rechtfertigen.

»Ja, das ist rechtens! Ein Freund von mir hatte sich vor längerer Zeit Geld von mir geliehen. Er lebt jetzt in Singapur. Wir haben ausgemacht, dass ich diese Woche das Geld noch überwiesen bekomme.« »Hoffentlich hat der Banker die Lüge geglaubt und stellt keine weiteren lästigen Fragen!«, dachte Rick.

»Wenn Sie den Betrag von 6157,23 Euro ausgemacht hatten, ist ja alles in Ordnung!«, bohrte der Bankangestellte weiter nach.

»Ja, der Betrag geht in Ordnung, Herr Irsigler. Ich kann aber jetzt gerade nicht so frei sprechen. Ich bin bei Bekannten zu Gast«, log Rick, um endlich das Gespräch beenden zu können.

»Entschuldigen Sie noch einmal! Ich wollte Sie auch nicht länger stören. Dann wünsche ich Ihnen noch ein schönes Wochenende, Herr Turner.«

»Ihnen auch, Herr Irsigler!« Rick beendete, so schnell es ging, das Gespräch.

Er blieb wie angewurzelt stehen, blickte nach oben und beobachtete die vorbeiziehenden, abendlichen Wolken. Schlagartig waren seine Gedanken wieder da. »Wenn dieser lächerliche Betrag von 6000 Euro schon so ein Aufsehen in der Bank verursacht, wie sollte man dann zehn, zwanzig oder gar mehr Millionen transferieren können? Wenn das Spiel erst so richtig in Fahrt kommt und bei einer Milliarde nicht stehen bleibt, was dann? Wie sollte ich jemals zu dem Geld kommen? Wo führt das alles hin? Alles schön und gut, aber das kann doch nicht das Ziel des Systems sein!?«

Rick kehrte um und machte sich auf den Rückweg. Er fand keine Ruhe bei seinem Spaziergang. Das Gespräch mit seinem Banker hatte ihn wieder in die Realität zurückgeholt. Es war unmöglich, auch nur für kurze Zeit von der Situation Abstand zu gewinnen.

Zu Hause in der Wohnung angekommen, war sein erster Gang zum Schreibtisch. Der Rechner und die Monitore waren auf Standby. Eine kurze Bewegung mit der Maus und die Monitore schalteten sich ein. Der erste Blick fiel sofort auf den Portfoliobetrag. Wie erwartet: Das Spiel hatte jetzt so richtig Fahrt aufgenommen. Der Betrag lag bei 121.615.218 Franken. Wobei sich die letzten fünf bis sechs Zahlen rasend schnell nach oben bewegten. Es war unvorstellbar!!! Seitdem er das Programm installiert hatte, waren über zweieinhalb Millionen Schweizer Franken dazugekommen. Eine kurze Überschlagsrechnung lieferte ihm die Erkenntnis, dass das Spiel an einem Tag bis zu 25 Millionen Franken einbringen könnte. Das wäre in einem Monat eine Dreiviertelmilliarde!!! Das, was er nicht wusste: Wird das Spiel immer schneller, je mehr Geld es zur Verfügung hatte, oder konnte es auch Geld verlieren? Diese Frage hätte ihm eigentlich nur Joe beantworten können, aber der musste ja leider sein Leben dafür hergeben. Um so ein Programm in die Finger zu bekommen, würden viele Menschen über Leichen gehen. Aber wie konnten sie Joe aufspüren? Jetzt kam ihm ein furchtbarer Gedanke. »Hatte Joe Geld abgehoben, wie er?« Rick lief ein kalter Schauer über den Rücken. »Hatte er den gleichen Fehler gemacht?« Rick musste an Herrn Irsigler denken. Wenn der schon misstrauisch wurde, konnten dann die Asiaten den Geldfluss auch zu ihm zurückverfolgen? Jetzt erst wurde ihm der Kapitalfehler bewusst. Er stand vom Schreibtisch auf, ging ins Wohnzimmer und wieder zurück. Eine gewaltige Unruhe breitete sich in ihm aus. Sein Magen verkrampfte sich. Seine letzte Mahlzeit war das Frühstück. Vielleicht konnten ein paar Bissen die Magenschmerzen vertreiben, aber er verspürte keinen Appetit.

Der Abend verlief für Rick überaus unruhig. Die Magenschmerzen blieben auch nach ein paar Bissen vom Abendessen spürbar. Den Schreibtisch mied er diesen Abend, weil er glaubte, dass die Anspannung weniger werden würde, je weiter er sich vom Schreibtisch entfernte. Das Programm im Fernsehen brachte eine leichte Ablenkung. Um circa 22.00 Uhr ließ die Anspannung ein wenig nach und eine angenehme Müdigkeit stellte sich ein. Die Nacht erlebte er sehr durchwachsen. Um zwei Uhr schreckte er von einem furchtbaren Albtraum auf. Die Asiaten waren hinter ihm her! Zum Glück war es nur ein Traum! Er wälzte sich unruhig im Bett und fand schließlich doch noch ein wenig Schlaf.

Um sechs Uhr früh war dann seine Nachtruhe endgültig vorbei. Schweißgebadet stand er auf und stellte sich unter die Dusche. Den Samstagvormittag verbrachte er mit Internetrecherchen auf der Suche über mögliche Berichte von Joes Tod. Anfangs war in den Medien nichts zu finden, aber gegen zehn Uhr schrieb MSN-News einen kurzen Bericht über einen Unfall in einer Mall. Ein Unbekannter sollte sich über eine Brüstung in den Tod gestürzt haben. Die Identität des Mannes konnte noch nicht festgestellt werden. Die männliche Person dürfte zwischen zwanzig und dreißig Jahre alt gewesen sein. Weitere Details waren zu diesem Zeitpunkt noch nicht bekannt.

»Wieso Selbstmord? Hatte wirklich niemand etwas gesehen? Die Mall war doch bestens besucht!« Rick konnte es nicht fassen. Wollten die Leute nichts sehen? Oder waren die zwei Asiaten solche Profis, um diese Tat so perfekt als Selbstmord zu tarnen?« Diese Fragen beschäftigten ihn den restlichen Vormittag.

Um 12.00 Uhr rief Kurt noch einmal an, ob das Treffen heute Abend schon ein wenig früher sein könnte, weil er später noch zu einer anderen Veranstaltung gehen wollte. Ein bekannter Künstler von ihm würde im Rahmen einer Kulturausstellung heute um 20.00 Uhr bei einer Vernissage seine Werke präsentieren. Sie vereinbarten, nach einem ausschweifenden Monolog von Kurt über die Stilrichtung des Künstlers, das Treffen auf 17.00 Uhr vorzuverlegen. Für Rick war es kein Problem, wenigstens war eine Deadline gesetzt. Ansonsten würde das Treffen wieder bis tief in die Nacht hinein ausufern.

Am Nachmittag warf Rick nur einmal einen kurzen Blick auf den Portfoliobetrag. 148.352.816 Franken! Wobei die letzten Zahlen nur eine Sekundenaufnahme waren. Seine Vermutung hatte sich bestätigt. Das Spiel wurde immer schneller. Je höher der Betrag, desto mehr Gewinn. Rick glaubte auch zu erkennen, dass die einzelnen Coinkäufe immer höher wurden. Teilweise erkannte er Beträge von zehn Millionen. Es war unbegreiflich! Er hatte 95 Prozent der Coin-Namen noch nie gehört oder gelesen. Hinter den Namen waren immer Abkürzungen wie MANA, LUNA, TRX, ZEC, WAVES angeführt. Gab es diese Coins überhaupt? Rick begann über die ersten Abkürzungen im Netz zu recherchieren. MANA stand für Decentraland. Dies war eine Spieler-App. Man konnte eine virtuelle Stadt bauen, dabei musste mit der Währung MANA bezahlt werden. Der Market-Cap-Wert lag bei über fünf Milliarden Euro. LUNA ist eine Zahlungsmöglichkeit, die ineffiziente Zahlungsstrukturen verbessert. TRX ist die Abkürzung für Tron, diese Kryptowährung hat sich einen großen Namen in der Media-Welt gemacht, ebenfalls mit einem Marktwert von jenseits der 5-Milliarden-Marke. Also gab es sie doch! Die unbekannten Coins warfen viel höhere Gewinne ab, als die großen Player wie Bitcoin, Ethereum oder Ripple. Rick merkte, dass er immer mehr dazulernte. Er verstand zwar von den Details nichts, aber das Grundprinzip wurde ihm immer klarer. Teilweise wurden mit hohen Käufen die Preise kurzfristig stimuliert und in die Höhe getrieben, um sie auf einem Spitzenwert schlagartig wieder zu verkaufen.

Rick verließ um 16.30 Uhr seine Wohnung nur widerwillig. Vielleicht waren die Asiaten schon hinter ihm her, und lauerten schon vor dem Gebäude in einem Auto? Er sperrte seine Wohnungstür zweimal ab und zusätzlich aktivierte er noch das obere Sicherheitsschloss.

Kurt saß schon an einem kleinen Tisch nahe eines Fensters, als er das Café betrat. Sie begrüßten sich und Rick vergaß im Gespräch für kurze Zeit das gefährliche Spiel. Die erste halbe Stunde war

Kurt in seinem Metier. Seine Gesprächsthemen änderten sich im Minutentakt, bis eine kurze Gesprächspause eintrat.

»Jetzt erzähl du mal, was hast du in den letzten Wochen getrieben?«, kurbelte Kurt das Gespräch weiter an.

Rick wusste nicht, wie er beginnen sollte, weil er ihm die Wahrheit nicht sagen konnte, aber in manchen Punkten konnte ihm Kurt sicherlich weiterhelfen. Es musste eine glaubwürdige und abgeschwächte Lüge her.

»Mir liegt etwas Wichtiges am Herzen«, begann er zu erzählen, während Kurt ihn gespannt anschaute.

»Was würdest du an meiner Stelle machen, wenn dir auf einmal eine Million Schweizer Franken gehören würden? Oder genauer gesagt, wenn du beim Traden auf einer Kryptoplattform in Singapur das Geld gewonnen hättest?«

»Wie kommst du auf eine asiatische Plattform?«, wollte sein verdutzt dreinschauender Freund wissen.

»Das ist eine lange Geschichte. Um es abzukürzen: Ich habe diese Information von meinem ehemaligen Arbeitskollegen, von dem ich auch schon die Infos mit den Bitcoins bekommen habe. Und meine Frage an dich wäre: Wie komme ich an das Geld? Wie du mitbekommen hast, ist das mit den Banken nicht so einfach. Die hatten mich letzthin schon ganz schön durch die Mangel gedreht. Zum Glück konnte ich nachweisen, dass ich die Bitcoins schon vor Jahren gekauft habe. Jetzt ist die Lage aber komplizierter. Ich habe die aktuellen erst vor kurzem getradet und möchte jetzt wieder aussteigen, weil mir die Sache zu heiß wird. Du weißt, ich bin nicht der Zockertyp, dazu fehlen mir die Nerven.«

Es trat eine kurze Stille ein. Kurt konnte man anmerken, dass er angestrengt nachdachte.

»Wird das Geld auf der Plattform in Schweizer Franken ausbezahlt?«, wollte er nach längerem Schweigen wissen.

»Ja, in dieser Währung.«

Das Schweigen machte Rick Angst. Hoffentlich entdeckte er die Lüge nicht. Aber wie hätte er es in der jetzigen Situation besser umschreiben können?

»Das, was ich dir jetzt sage, hast du auf keinen Fall von mir, das musst du mir versprechen!«, begann Kurt mit ernster Miene. Rick nickte.

»Ich hatte in den letzten zwei Jahren, als ich noch im Sozialministerium arbeitete, einen guten Kollegen im Finanzministerium. Der stellte mir einmal einen Mann vor, der als Lobbyist tätig war. Wenn mich nicht alles täuscht, hieß er Ernest Steinbeck. Dieser Lobbyist war im asiatischen Raum tätig. Meistens in Singapur, die Drehscheibe des asiatischen Geldes, sagte er immer. Der erzählte mir von einer Bank in Zürich, die sich auf große Geldtransaktionen aus Singapur spezialisiert hatte. Ich glaube, die Bank hieß Swiss Credit Bank of Zürich. Es gab ein Schlupfloch im Gesetz, das es ermöglichte, Geldbeträge ohne große Nachfragen in die Schweiz zu transferieren. Aber nur in Schweizer Franken!«

Es entstand wieder eine längere Gesprächspause. Bei beiden liefen die Gedanken auf Hochtouren. Kurt unterbrach das Schweigen.

»Mann, Rick, wo hast du dich da wieder hineingeritten? Auf der einen Seite beneide ich dich sogar … Mit Kryptowährungen hast du immer ein goldenes Händchen, aber das kann auch einmal böse enden!«

»Glück im Spiel, Pech in der Liebe!«, konterte Rick und wollte die Situation damit wieder ein bisschen auflockern.

Die Gespräche verliefen anschließend ein wenig holprig. Bis Kurt wieder in seine Monologe über Gott und die Welt verfiel. Kurz vor 19.00 Uhr verabschiedeten sie sich. Kurt fuhr zu einer Vernissage und Rick machte noch einen kleinen Spaziergang, bevor auch er nachdenklich nach Hause fuhr. Den Abend verbrachte er mit Recherchen über die Bank in Zürich. Sie befand sich am Paradeplatz, das Zentrum des Schweizer Bankenwesens. Seine Gedanken waren wieder bei Joe. Hatte er absichtlich sein Spiel in Franken aufgebaut, damit er große Beträge ohne Probleme in die Schweiz überweisen konnte? So ein kluger Kopf wie Joe hatte sich mit Bestimmtheit schon vor einiger Zeit dieselben Gedanken gemacht. Ein Spiel, das Unsummen von Geld anhäufen konnte, aber dann nicht auszahlen kann, das wäre ja absurd und kontraproduktiv.

Rick kam zu der Überlegung, erst einmal ein paar Tage verstreichen zu lassen, bevor er weitere Schritte setzte. Sein Ziel war es, das Spiel in den nächsten Tagen, soweit es ging, zu ignorieren. An manchen Tagen gelang es ihm besser, dann saß er trotzdem wieder ein bis zwei Stunden vor dem Computer. Eines wurde ihm dabei klar: Je mehr Zeit verging, umso normaler wurden diese zwei Monitore und auch die Unsummen von Schweizer Franken, die sich auf seinem Portfolio rasant vermehrten. Nach dem Wochenende stieg der Betrag bereits über 200 Millionen. Einen weiteren Schock bekam er am darauffolgenden Mittwoch, als der Betrag über Nacht auf 300 Millionen anstieg. Jeden weiteren Tag versuchte er sich einzureden, dass es nicht so weitergehen konnte. Das Spiel lief jetzt zwei Wochen und sein Portfolio war bereits bei einer halben Milliarde. Es musste etwas geschehen! Aber was? Es war ihm von Anfang an klar, dass das Spiel immer gefräßiger wurde, aber mit so einer Dimension hatte er nicht gerechnet! Konnte er dem Spiel überhaupt Geld entreißen? Kleine Beträge ja, aber größere Beträge – das war fraglich.

Zürich

Rick kam nach längerer Überlegung zum Schluss, nach Zürich zu reisen, um die Bank aufzusuchen, die ihm Kurt genannt hatte. Es war für ihn unmöglich, untätig zuzusehen, wie sein sogenanntes Spiel einen Tagesrekord um den anderen knackte. Das Geld musste doch irgendjemandem fehlen. Bitte, es war bereits ein Betrag von über 600 Millionen und es machte keinen Anschein, dass es weniger wurde. Eher das Gegenteil – und das immer schneller. Er merkte, je mehr Geld das Spiel zu Verfügung hatte, desto höher wurden die Einsätze. Einmal war sogar ein Einsatz bei 100 Millionen. Das musste man sich nur einmal vorstellen! Sowas würde kein Mensch machen. Es gab kleine Kryptowährungen, die stiegen an einem Tag um bis zu 20 Prozent. Das war für das Spiel mit solchen Einsätzen ein gefundenes Fressen. Nach dem Verkauf stürzten sie teilweise wieder gewaltig ab, aber zu diesem Zeitpunkt hatte sich das Spiel bereits das nächste Opfer ausgesucht. Mit großen Summen wurden die Preise in die Höhe gepuscht, bis sie den gewünschten Gewinn brachten, um sie dann wieder wegzuwerfen wie eine ausgequetschte Zitrone. Ein Mensch würde irgendwann müde werden und eine Pause einlegen, aber nicht dieses Spiel. Es schien, als würde es immer wütender und gieriger.

Rick dachte fieberhaft nach, wie er nach Zürich fahren konnte, ohne sein Spiel alleine zu lassen. Es musste eine Möglichkeit geben, den Laptop und die zwei Monitore mitzunehmen. Würde das Spiel aber abstürzen, hätte das wahrscheinlich fatale Folgen. Das wäre zu riskant! Die Wegstrecke nach Zürich beträgt 560 Kilometer und die Dauer laut Google Maps würde zirka sechs Stunden betragen, also hin und zurück sind das zwölf Stunden. Das könnte man in einem Tag schaffen, vorausgesetzt er könnte ein Girokonto bei der Bank eröffnen und hohe Einzahlungssummen würden akzeptiert werden. Alles unbeantwortete Fragen, die in Rick eine Unruhe und eine Nervosität auslösten. Er beschloss bei der Bank in Zürich anzurufen. Die Telefonnummer lag schon seit einigen Tagen vor ihm auf dem Schreibtisch. Es war Donnerstag, 14.00 Uhr. Die Uhrzeit dürfte kein Problem sein, dachte er, während er die Nummer +41 44 443 8811-12 wählte. Die Durchwahl war laut Recherchen der Girobereich. Nach mehrfachem Läuten meldete sich eine Damenstimme.

»Guten Tag, Credit Swiss Bank Zürich. Sie sprechen mit Beate Stöckli.«

»Guten Tag, Frau Stöckli. Hier spricht Rick Turner …«, sein Herz schlug jetzt spürbar schneller.

»Guten Tag, Herr Turner! Ich sehe, Sie rufen aus Österreich an. Wie kann ich Ihnen helfen?«

»Ganz kurz gesagt: Ich möchte ein Konto bei Ihnen eröffnen, auf das ich in weiterer Folge etwas höhere Beträge überweisen möchte.«

»Ja, Herr Turner, da müssten Sie schon persönlich vorbeikommen.«

Rick klärte mit Frau Stöckli die Formalitäten ab und vereinbarte für Mittwoch um 11.00 Uhr einen Termin in der Bank in Zürich. Nachdem das Gespräch beendet war, atmete er einmal kräftig durch. Seine Gedanken überschlugen sich. »Welcher Betrag wäre angemessen? Es sollte auf keinen Fall zu viel sein. Man muss ja die Bank erst einmal kennenlernen. Sind sie wirklich seriös? Was ist, wenn sie es der Finanz melden? In Österreich undenkbar!« Seine Gedanken konnte er momentan schwer sortieren. Es drängte sich aber eine weitere Frage auf: Welcher Betrag befand sich eigentlich in der Wallet? Soweit er das bis jetzt mitbekommen hatte, konnte nur Geld aus der Wallet ausbezahlt werden. Der größte Betrag befand sich permanent im Spiel, ansonsten wäre es unmöglich gewesen, so hohe Gewinne zu erzielen. Rick verfolgte in den darauffolgenden Tagen aufmerksam den Walletinhalt. Anfangs war kein System zu erkennen, aber an den nächsten Tagen stellte er fest, dass am Abend zwischen 22.00 Uhr und 2.00 Uhr früh der Walletbetrag sehr hoch war. Vielleicht könnte das mit der Zeitverschiebung im asiatischen Raum zusammenhängen? Anders konnte er es sich nicht erklären.

In den darauffolgenden Tagen war er mit der Planung seiner Zürichreise beschäftigt. Alle Details spielte er in seinen Gedanken zigmal durch. Seine Bekleidung bestand aus den teuersten Teilen, die er besaß. Den maßgeschneiderten Anzug erstand er im letzten Urlaub in Thailand. Bestes knitterfreies Material! Die handgemachten Budapester Schuhe stammten noch aus der Zeit, in der sein Freund eine Maßschuhwerkstatt in der Stadt besaß. Sollte es kälter werden, würden der Boss-Mantel und ein dazu passender Seidenschal eine gute Wahl sein.

Die Abfahrtszeit am Mittwoch musste spätestens um 3.00 Uhr früh sein. Bei einer Fahrtzeit von sechs Stunden sind mindestens zwei Stopps notwendig. Eine ausgiebige Kaffeepause wäre dann in einem Café in der Nähe vom Paradeplatz geplant, um vom Fahrtstress runterzukommen. Die Rückfahrt wäre dann stressfreier und ohne Zeitdruck.

Rick checkte auch die Mailadresse von Joe ab, ob diese auch funktioniert. Er sendete von seinem Privat-Account eine Mail auf *sick.brain@artwix.ua*. Es dauerte zwar fast eine viertel Stunde, bis die Testmail ankam, aber es funktionierte. Ab diesem Zeitpunkt war dies seine neue, offensichtlich sichere Adresse. Er fertigte sich auf seinem privaten Rechner ein paar seriös aussehende Visitenkarten an. Das Programm und das dazu passende Papier waren noch aus seiner kreativen Arbeitszeit. Zwischendurch fielen seine Blicke immer wieder auf den Portfoliobetrag, der einen Tag vor der Zürichreise bei 892.517.613 lag. Auf der Wallet befanden sich davon zurzeit 58.615.714 Franken. Eine halbe Minute später war der Walletbetrag bereits wieder um fast 10 Millionen weniger.

An der Wohnungstür überprüfte er sein Sicherheitsschloss, das sich oberhalb des normalen Türschlosses befand. Er benutze dieses äußerst selten, aber sein Vorbesitzer ließ es sich vor Jahren mit großem Aufwand einbauen. Beim Absperren verzahnten sich zusätzliche Bolzen in den Türrahmen. Beim Einzug in diese Wohnung empfand er dieses Schloss etwas übertrieben, aber jetzt gab es ihm eine gewisse Sicherheit. Die meiste Sicherheit gab ihm aber seine ältere alleinstehende Nachbarin am Ende des Flurs. Es geht nichts über eine aufmerksame und neugierige Nachbarin, obwohl es oft sehr nervig mit ihr war. Als Rick vor drei Wochen mit der großen Monitorschachtel ankam, stand sie schon vor der Wohnungstür und fragte ihn, ob er ein neues Fernsehgerät gekauft hatte. Er ließ sie in dem Glauben. Ein Einbrecher würde mit Sicherheit das Werkzeug noch nicht ausgepackt haben, da stünde sie schon am Telefon.

Am Dienstagabend legte er sich schon alles bereit. Das Auto war vollgetankt. Der Wecker auf 2.30 Uhr eingestellt. Sein Schlaf in dieser kurzen Nacht hätte besser sein können. Das Aufstehen nach dem Weckalarm fühlte sich furchtbar an. Eine kalte Dusche und ein starker, schwarzer Kaffee erweckten aber seine Lebensgeister. Kurz vor 3.00 Uhr verließ er die Tiefgarage und fuhr Richtung Autobahn. Um diese Zeit war es auf den deutschen Autobahnen noch sehr ruhig, deshalb konnte man die Reisgeschwindigkeit auf 180 km/h erhöhen. Um 7.10 Uhr stand er in Lustenau am Grenzübergang Au in Richtung Schweiz. Die Fahrzeugschlange war kurz und als er an die Reihe kam, sah man den beiden Grenzbeamten an, dass sie sehnsüchtig auf ihr Dienstende warteten. Ein kurzer Fingerwink war die ganze Reaktion, die Rick von einem der beiden erkennen konnte. Bevor er in St. Margrethen wieder auf die Autobahn auffuhr, machte er einen kurzen Kaffeestopp an einer Raststätte. Vor St. Gallen und später noch in Winterthur stockte der Verkehr ein wenig. Kurz nach 9.00 Uhr war Zürich schon zu erahnen. Der Verkehr wurde ab der Brücke über die Limmat wieder dichter. Gegen 9.45 Uhr bog er in die Talstraße zum City-Parkhaus ein. Seine Gefühle waren schwer zu beschreiben. Einerseits verspürte er eine immense Müdigkeit, auf der anderen Seite eine schier unerträgliche Unruhe. Die Sonnenstrahlen waren schon wärmend genug, um den Mantel offen zu tragen. Der Paradeplatz erinnerte Rick an Wien. Alte verzierte Gebäude, Straßenbahn mit Haltestelle und eine Fußgängerzone davor. Die Swiss Credit Bank war in einem der alten Gebäude. Eine Confiserie war direkt gegenüber der Bank.

Er hatte Glück und ein kleiner Tisch mit nur einem Stuhl war vor dem Café gerade frei geworden. Der Blick auf die Bank konnte gar nicht besser sein. Ein frisches Lüftchen und ein doppelter Espresso bewirkten Wunder. Seine Gedanken spielten alles noch einmal durch. Obwohl es schwer war, sich ein Konzept zurechtzulegen. Würden sie überhaupt so viel Geld akzeptieren? Wo lag das Limit? Er hatte ja keine Erfahrung mit solchen Summen.

Um 10.50 Uhr ging Rick über den Paradeplatz in Richtung Bank. Eine große Tür öffnete sich automatisch. Die Eingangshalle war riesig. Ein alter Marmorboden und rissige Deckenlüster fielen sofort in sein Blickfeld. Vor ihm befanden sich fünf Schalter, von denen vier besetzt waren. Eine junge Dame hinter einem der freien Schalter blickte auf und gab ihm mit einem Kopfnicken zu verstehen, er möge näher treten.

»Guten Tag. Was kann ich für Sie tun?«, fragte die junge Bankangestellte mit einem freundlichen Lächeln.

»Guten Tag. Mein Name ist Rick Turner. Ich komme aus Österreich und habe letzte Woche mit Frau Stöckli telefonisch einen Termin um 11.00 Uhr vereinbart.«

»Einen kurzen Moment, ich werde Frau Stöckli sofort informieren.« Sie wandte sich ab und aktivierte mit einem möglichst unauffälligen Griff ans Ohr ihr Headset. Nach einem kurzen leisen Gespräch wandte sie sich wieder an Rick.

»Herr Turner, Frau Stöckli wird gleich bei Ihnen sein. Nehmen Sie doch in der Zwischenzeit dort drüben Platz. Eine Bitte hätte ich noch: Könnte ich Ihren Reisepass in der Zwischenzeit kopieren?«

Er reichte ihr seinen Pass und ging anschließend quer durch die Eingangshalle in den Wartebereich, in dem er auf einem alten lederbezogenen, etwas abgewetzten Stuhl Platz nahm. Es war zwei Minuten vor elf. Bis jetzt lief alles wie geplant. Hoffentlich blieb es dabei!

Nach wenigen Minuten kam eine schlanke, schwarzhaarige, attraktive Frau Mitte vierzig auf Rick zu. Sie streckte ihm, mit einem vertrauenerweckenden Lächeln, die Hand schon drei Schritte vorher entgegen. Die Begrüßung war sehr herzlich und auf eine gewisse Weise beruhigend. Sie gingen in ein seitlich gelegenes Zimmer mit einer schweren Tür, die sich automatisch hinter ihnen schloss. Die Angestellte setzte sich hinter einen großen Schreibtisch, auf dem ein großer Monitor stand, und davor lag eine Tastatur.

Rick merkte sofort, dass sie die Lage vorsichtig abcheckte. Anfangs verlief das Gespräch etwas holprig mit einigen Pausen. Als Rick erwähnte, dass er indirekt durch Ernest Steinbeck an ihre Bank verwiesen wurde, veränderte sich ihr Gesichtsausdruck schlagartig. Es kam prompt die Frage, an welche Betragshöhe er gedacht hätte. Eine Unschlüssigkeit kam in ihm auf, bis er die Katze aus dem Sack ließ.

»Ich hätte so an einen Betrag jenseits von 100 Millionen Schweizer Franken gedacht.« Eine kurze Pause trat ein. Es fühlte sich an, als würde der Betrag noch einige Male im Raum nachhallen.

»Herr Turner, würden Sie mich für ein paar Minuten entschuldigen. Ich müsste bei diesem Betrag noch etwas abklären.« Die schlanke, schwarzhaarige Bankangestellte erhob sich und verließ mit ein paar Schritten den Raum.

Hoffentlich war das jetzt kein Fehler! War der Geldbetrag zu hoch? Wäre es besser gewesen, mit einem kleineren Betrag anzufangen? Jetzt war es zu spät! Die Maschinerie lief bereits auf Hochtouren. Seine Nervosität stieg mit jeder Minute, die verstrich. Er stand auf und lief im Zimmer auf und ab. Dies verringerte das ungute Gefühl in ihm aber auch nicht. Was könnte ihm schon passieren? Gar nichts! Vielleicht verwiesen sie ihn aus dem Bankgebäude oder glaubten, er sei ein Hochstapler oder Aufschneider. Seine Gedanken waren voll auf Touren, als sich die Tür öffnete und Frau Stöckli mit einem großen dunkelhaarigen Mann von kräftiger Statur eintrat. Sein dunkler gepflegter Vollbart ließ ihn etwas streng aussehen. Das änderte sich aber, als er Rick die Hand schüttelte.

»Bitte nehmen Sie doch Platz, Herr Turner!«, fing der dunkelhaarige Mann mit tiefer Stimme an zu sprechen. Er stellte sich mit dem Namen Urs Barigli vor und reichte ihm seine Visitenkarte. Rick nahm daraufhin ebenfalls seine Visitenkarte aus der Innentasche seines Sakkos und reichte sie ihm. Urs warf einen kurzen Blick darauf.

»Sie haben eine etwas ungewöhnliche Mailadresse, Herr Turner«, und blickte ihm dabei tief in die Augen.

»Man kann nie vorsichtig genug sein, Herr Barigli.«

Rick wurde sofort klar, dass dieser hohe Geldbetrag von 100 Millionen das Pouvoir der weiblichen Bankangestellten überschritten hatte und deswegen Herr Barigli kontaktiert wurde. Er merkte auch, dass Herr Barigli über sein Headset mit einer anderen Person im Hintergrund verbunden war, die alles mithörte.

»Herr Turner, wie hätten Sie sich die Zusammenarbeit mit unserer Bank vorgestellt?«

Rick spielte in Gedanken das ganze Gespräch schon einige Male durch, dann fing er vorsichtig an. »Herr Barigli, es ist sehr schwer für mich, meine Vorstellungen zu äußern, da sie vielleicht für Ihre Bank nicht umsetzbar sind.«

»Am einfachsten wird es sein, Sie erzählen uns einmal ihre Vorstellungen und Ihre Erwartungen an unsere Bank. Im Gegenzug erkläre ich Ihnen dann, wie weit wir diese umsetzen können.«

»Gut …«, Rick räusperte sich kurz, dann begann er mit seinen Vorstellungen. »… meine Vorstellungen sehen in etwa so aus: Ich möchte in den nächsten Wochen auf mein neueröffnetes Konto hier bei ihrer Bank einige Tranchen von je 50 Millionen Schweizer Franken überweisen. Die Überweisungen kommen aus Singapur. Ich erwarte mir dazu von Ihrer Bank vollste Diskretion. In weiterer Folge möchte ich mich in Zürich niederlassen, weil der weite Weg aus Österreich auf Dauer zu umständlich wird. Wenn sie mir dabei helfen könnten, wäre das sehr nett. … und eine Frage liegt mir noch am Herzen: »Wie hoch kann der Gesamtbetrag auf meinem Konto sein, ohne Schwierigkeiten zu bekommen?« Eine längere Pause trat ein, als würde Urs abwarten, bis er die Antworten über sein Headset bekäme.

»Herr Turner, ich kenne Sie nicht und Sie kennen uns nicht. Genauso wenig weiß ich, ob Sie das alles erfunden haben, was ich natürlich nicht glaube. Ich möchte darauf hinweisen, dass unsere Bank eine sehr alte und seriöse Bank ist, und deswegen würde ich folgendermaßen vorgehen: Sie überweisen die erste Summe von 50

Millionen Franken. Wenn die Überweisung bei uns eingetroffen ist, bekommen Sie per Mail einen Bescheid, für die Zugangsberechtigung auf ihr Telebanking-Konto, das Sie anschließend aktivieren können. Natürlich wird dann auch meine telefonische Durchwahl, die Sie auf meiner Visitenkarte vorfinden, für Ihre private Telefonnummer freigeschaltet. Wir werden Ihnen dann auch per Eilkurier unsere Swiss-Credit-Karte zusenden, auf der eine Telefonnummer steht, unter der Sie uns Tag und Nacht erreichen, wenn sie Hilfe benötigen. Auch eine Unterstützung bezüglich der Wohnungssuche hier in Zürich kann ich Ihnen dann anbieten.«

Die kurze folgende Gesprächspause benutzte Rick, um sich den Inhalt des Gesprächs noch einmal genau einzuprägen. Jetzt wusste er zumindest, dass sie sehr misstrauisch ihm gegenüber waren. Seine letzte Frage war ihm aber trotzdem sehr wichtig.

»Ich danke Ihnen für ihre ausführlichen Informationen. Es mag jetzt zwar überheblich klingen, aber wo liegt das oberste Limit auf meinem Konto?«

»Es gibt kein Limit für Sie, Herr Turner!« Die knappe Antwort kam ihm sehr hart vor, aber offen und präzise.

Beide Seiten betrachteten sich eindringlich und prüfend. Rick kam sich momentan sehr klein, wenn nicht sogar mickrig vor. »Was werden die jetzt von mir halten? Aufschneider, Hochstapler, überhebliches Arschloch?« Ihm fielen da noch einige Wörter ein. Er wurde aus seinen Gedanken gerissen, als es an der Tür klopfte und diese sich einen Spalt öffnete. Es war die junge Dame vom Schalter, die durch den Türspalt schaute und Herrn Barigli sechs DIN-A4-Seiten reichte. Er legte die Papiere samt Ricks Reisepass, den er zum Kopieren am Schalter abgegeben hatte, auf den Schreibtisch.

»Wenn Sie sich diese drei Seiten durchlesen und anschließend unterschreiben würden. Es sind die Formulare zur Eröffnung Ihres gewünschten Kontos bei uns. Am dritten Blatt finden Sie eine Erklärung der Vorgehensweise zum Telebanking und sie enthält deren Zugangsdaten. Diese Zugangsdaten werden natürlich erst nach der ersten Überweisung aktiviert. Nur die PIN für Ihr Handy steht auf dem ersten Formular, ansonsten könnten Sie Ihre erste Überweisung nicht durchführen. Ich bitte Sie, ihn danach zu ändern.«

Rick überflog die Papiere. Sie waren zwar etwas anders als die Standardformulare, die er für das Eröffnen eines Kontos kannte, aber es war auch nicht irgendein Konto, sondern ein No-Limit-Konto.

In der Zwischenzeit drehte sich Barigli ab und sprach leise in sein Headset. Frau Stöckli saß am Schreibtisch und beobachtete Rick genau. Durch die großen Fenster drang leiser Autolärm, der die Stille im Raum erträglich machte. Rick beugte sich zum Schreibtisch nach vorne und unterschrieb die Formulare. Barigli drehte sich wieder um und unterbrach die Stille.

»Herr Turner, haben Sie noch Fragen, die wir Ihnen beantworten könnten?«

Rick nahm all seinen Mut und seine Kraft zusammen und antwortete selbstsicher:

»Nein, Herr Barigli! Ich melde mich bei Ihnen, wenn die ersten zwei- bis dreihundert Millionen auf meinem Konto sind. Dann ist sicherlich, wie Sie vorhin erwähnt haben, Ihr Handy für mich freigeschaltet.«

Er merkte, dass die Miene bei Frau Stöckli in Erstaunen umschlug. Auf dem Gesicht von Barigli war ein leichtes Schmunzeln zu erkennen, das aber seriöserweise gleich wieder verschwand.

Rick erhob sich vom Sessel, nahm seinen Reisepass, die Kopien seiner unterschriebenen Formulare und reichte zuerst Frau Stöckli und dann Herrn Barigli zur Verabschiedung die Hand. Er verließ hoch erhobenen Hauptes den Raum und anschließend durch den großen Eingangsbereich die Bank. Der Abgang war zwar etwas protzig, aber das Misstrauen, das sie ihn spüren ließen, war auch nicht ohne. »Die werden mich noch kennenlernen! Es gibt kein Limit für Sie!«, äffte Rick in seinen Gedanken Herrn Barigli nach. Wie werden sie sich verhalten, wenn ich eine Milliarde überweise? Die Wut über das herablassende Verhalten der Bankangestellten, die sich in ihm aufstaute, war erst in der Parkgarage ein wenig verflogen.

Auf der Rückreise versuchte er, seine negative Energie, die sich aufgestaut hatte, mit Mentaltraining wieder abzubauen. Sein Psychotherapeut hatte ihm einige Übungen gezeigt, wie so etwas funktionierte.

An der ersten Autobahnraststation hielt er an und machte einen kleinen Spaziergang. Der leichte Wind, der auffrischte, tat ihm sehr gut. Seine Gedanken ließen das Geschehene noch einmal Revue passieren. Okay, die Stimmung war beschissen, aber was hatte er sich erwartet? Sie kannten ihn nicht. Das einzig Positive war, dass er den Namen Ernest Steinbeck erwähnte, deshalb kam Herr Barigli dazu. Ansonsten hätten sie ihn als Spinner belächelt und wahrscheinlich gleich wieder abgewiesen. Wie sah jetzt der Plan aus? Die Heimreise würde zirka acht Stunden dauern. Drei Pausen mussten auf alle Fälle drin sein. Die Müdigkeit war bereits spürbar. Die Ankunft zu Hause würde um etwa 22.00 Uhr sein. Er musste auf alle Fälle die Formulare noch einmal genauer durchchecken, damit er sicherging, wie der Ablauf beim Telebanking funktionieren sollte. Das Wichtigste war natürlich der BIC und die IBAN seines Kontos. Diese Daten standen auf dem ersten Formular. Die erste große Überweisung auf sein Konto musste noch heute Nacht gemacht werden. Sie durfte auf keinen Fall nochmals über VISA gemacht werden. Es fielen dabei zu hohe Gebühren an. Es musste eine andere Variante geben, auch wenn es zwei bis drei Werktage dauern sollte.

Schutzlos

Um 22.15 Uhr kam Rick erschöpft zu Hause an. Sein Rücken schmerzte, und seine Füße taten ihm weh. Er unternahm noch einen kurzen Spaziergang um den Häuserblock, damit seine Gedanken wieder in der Realität ankamen. Zuerst wollte er die Wohnungstür genau überprüfen. Sie wies keine Gewaltspuren auf und war wie beim Verlassen auch zweimal zugesperrt. Auch beim Sicherheitsschloss oberhalb war nichts Auffälliges zu sehen. Danach wurde sofort das Programm gecheckt. Die Monitore und der Laptop waren auf Standby. Ein kurzer Ruck mit der Maus genügte und das gefräßige Spiel zeigte sich wieder. Der erste Check ergab ein Portfolio von 953.714.622 Franken. In der Wallet befanden sich zurzeit 81.544.901 Franken. »Der beste Zeitpunkt, den es gibt!«, dachte Rick und begann sofort mit dem Transfer. »**Bank transfer**« war ihm noch klar von seiner ersten Überweisung auf sein Girokonto, aber welche Möglichkeit war kostengünstiger? Besonders bei einem solchen Betrag. Es waren viele Möglichkeiten aufgelistet, bis er auf das Icon »**cash without fees**« stieß. Wieso hatte er dieses Icon nicht beim ersten Mal gesehen? Gab es bei dem Icon noch weitere Details? Er klickte weiter: »**two to three business days**«. Das stellte kein Problem dar. Heute war Mittwoch, dann wäre das Geld spätestens am Montag in Zürich auf seinem Konto, und der Transfer wäre auch noch spesenfrei. Rick gab 50 Millionen Franken, den BIC und die IBAN seines Züricher Kontos ein, und dann auf: »**GO!**«

Nach etwa zehn Sekunden öffnete sich ein kleines Fenster: »**transfer successfully completed**«. Sein Blick richtete sich gleich auf das Dashboard. Es zeigte sofort die überwiesene Summe von 50 Millionen Franken an. Rick merkte, wie die Anspannung innerhalb einer Sekunde von ihm abfiel, weil alles so gut geklappt hatte. Das Spiel war mit dieser Geldentnahme aber sichtlich nicht einverstanden. Es entnahm sofort das verbliebene Geld aus der Wallet und setzte es in Coins um.

Es benahm sich wie ein bockiges Kind, dem man sein Spielzeug weggenommen hatte. Eins war Rick klar, bei der nächsten Überweisung musste er extrem schnell sein, damit er das System austricksen konnte. Ihm kam eines zugute, dass die letzten Eintragungen gespeichert blieben. Also die Art der Überweisung, der Betrag, der BIC und die IBAN. Er brauchte beim nächsten Mal nur auf »GO« zu klicken, und das würde keine zwei Sekunden dauern.

Der nächste Tag verging mit Recherchen über tragbare Ladegeräte. Es ließ ihn der Gedanke nicht mehr los, dass er in absehbarer Zeit Österreich verlassen musste. Sein inneres Bauchgefühl meldete sich schon immer öfter. Seine Recherche ergab, dass es ein tragbares Ladegerät mit AC-Steckdose gibt, die eine Leistung von 40200 mAh und 145 Wh hat. Es würde einen Laptop bis zu zehn Stunden mit Strom versorgen. Das könnte ausreichen, um ihn nach Zürich zu transportieren. In der Beschreibung stand auch noch, dass dieses Gerät vorwiegend für das Laden von Laptops vorgesehen wäre, weil größere Stromschwankungen ausgeglichen werden könnten. Rick bestellte das Ladegerät über Amazon. Da er Prime-Kunde war, wurde ihm die Lieferung bis Samstag zugesichert. Er könnte anschließend am Wochenende zu Hause einen Probeversuch starten, ob die Angaben für seinen Laptop auch stimmten.

22.00 Uhr war seine Zeit, um das Portfolio noch einmal abzufragen. Es zeigte 987.417.205 Franken an. Rick war überrascht darüber, weil die Entnahme von 50 Millionen das Spiel noch mehr ansporate, um die Marke von einer Milliarde zu erreichen. Die Wallet umfasste knapp 38 Millionen. Er entschied noch zu warten. Vielleicht erhöhte sich der Betrag in der Wallet noch auf über 50 Millionen. In der Zwischenzeit durchsuchte Rick alle Icons, um sich ein Bild zu machen, welche Möglichkeiten das Spiel noch bot. Seine Gedanken spielten das Szenario durch, das Spiel zu unterbrechen und dann abzudrehen. Sollte eine Situation entstehen, die dies notwendig machen würde, wäre es von Vorteil, dies zu wissen. Ihm kam das Schreiben von Joe noch einmal in den Sinn. Der ausgedruckte Zettel befand sich in einem Lexikon im Bücherregal. Rick holte den Zettel hervor und begann noch einmal alles aufmerksam zu lesen. Zuerst wurde ihm klar, dass das Passwort »Geh#5MiLLia-SoWEiT#« etwas mit einem Limit zu tun haben könnte. Vielleicht war das Spiel bei 5 Milliarden zu Ende? In Schritt 5 war der Notfall beschrieben. Auf »**TradeEnd**« klicken, dann unbedingt fünf Minuten warten. Diese fünf Minuten könnte das Spiel brauchen, um alle Trading-Vorgänge zu beenden und das Geld, das im Portfolio liegt, in die Wallet zu transferieren. Dann wäre kein Geld mehr im Umlauf, sondern alles wäre auf dem Stick gespeichert – zumindest ergäbe das einen Sinn.

Rick war mit der Materie so sehr beschäftigt, dass sein Blick erst um 23.00 Uhr noch einmal auf die Wallet fiel. Der Betrag war auf 52 Millionen angewachsen! Er beschloss dem Spiel weiter 50 Millionen zu entziehen, aber es musste extrem schnell gehen. Ihm war klar, dass das Spiel alles versuchen würde, ihm das Geld zu verwehren. Jetzt war vollste Konzentration gefragt, jeder Klick musste passen! »**Bank transfer**«, ein schneller Blick auf die Überweisungsform, BIC, IBAN, alles war noch von der letzten Überweisung gespeichert, sogar der Betrag von 50 Millionen passte noch. Es dauerte keine drei Sekunden, bis Rick auf »**GO**« klickte. Hoffentlich war er schnell genug? Die Wartezeit von zehn Sekunden erschien elend lang, bis sich das kleine Fenster öffnete »**transfer successfully completed**«. »Ja, geschafft!«, dachte er mit einem lauten Seufzer. Das Dashboard zeigte die Überweisung auf die Swiss Credit Bank bereits an. Jetzt konnte das Spiel schmollen, wie es wollte, das Geld war bereits real auf dem Weg zur Bank. Es kam eine gewisse Freude in ihm auf, das Spiel wieder einmal überlistet zu haben. Sein Plan war, jeden Tag 50 Millionen Franken auf die Bank zu überweisen. Wenn es irgendwie ginge, sollte das Portfolio auf keinen Fall eine Milliarde überschreiten. Nach ein paar Sekunden der Freude fiel sein Blick auf ein kleines darunterliegendes Icon auf dem »**data history**« stand. Ricks Neugierde stieg, je mehr er darüber nachdachte, ob vielleicht auch der Datenverlauf von Joe noch gespeichert war. Die ersten drei Verläufe waren ihm bekannt. 6.213 plus 50.000.000 plus 50.000.000. Über dem jeweiligen Betrag stand auch noch das Datum der Überweisung. Die nächsten Überweisungen zeigten ein früheres Datum und die genauere Auflistung war verborgen. Rick versuchte mit einem Doppelklick auf »früher« die weiteren Ablaufdaten sichtbar zu machen. Ein Symbol mit einer Sanduhr wurde sichtbar. Es dauerte ein paar Sekunden, bis fünf Überweisungen mit dem jeweiligen Datum angezeigt wurden. Die letzte von Joes Überweisungen war am 7. März mit einem Betrag in der Höhe von 80 Millionen Franken. Das war der Tag, bevor er getötet wurde. Zwei Überweisungen waren im Februar mit je 70 Millionen Franken. Eine wurde am 5. Jänner mit 20 Millionen Franken und die allererste Überweisung wurde am 2. Dezember mit 10 Millionen Franken vorgenommen. Nach diesen Eintragungen zu urteilen war das Spiel erst ein paar Monate im Einsatz. Nach Ricks Berechnung hatte Joe vor seiner Zeit bereits über 250 Millionen Franken entnommen. Es zeigte auch die Bankverbindung an, die musste auch von eine Schweizer Bank stammen. Der BIC unterschied sich an zwei Stellen, also dürfte es sich nicht um die Swiss Credit Bank in Zürich gehandelt haben. Eines war für Rick jetzt klar, mit dem Betrag von 250 Millionen musste Joe irgendeiner asiatischen Organisation kräftig auf die Füße getreten sein. Der Gedanke wurde ihm erst so richtig bewusst, als er an den eingespielten Betrag von einer Milliarde dachte. Das war der Betrag, der auf sein Konto ging. Die Asiaten würden sicher nicht lockerlassen, bis sie auch ihn eliminiert hatten.

Da war das komische Bauchgefühl wieder, das vom Unterbauch hochstieg, bis es ihm fast die Luftröhre abschnitt. Es wurde ihm bewusst, dass er nicht mehr lange in Österreich bleiben konnte und dass das Geld so schnell als möglich aus dem Programm abgezogen werden musste. In seinem Ohr klang noch immer der gesprochene Satz von Barigli: »Wir werden Ihnen per Eilkurier die Swiss-Credit-Karte zusenden, auf der eine Nummer steht, die sie Tag und Nacht anrufen können, wenn sie Hilfe benötigen.« Die Prozedur

mit der Freischaltung und der Karte müsste seiner Berechnung nach
nächste Woche ablaufen. Dann würde einer Flucht in die Schweiz in
der letzten Aprilwoche nichts mehr im Wege stehen. Vorausgesetzt
die Bank könnte ihm bis zu diesem Zeitpunkt ein Apartment ver-
mitteln. Aufgrund seiner früheren Recherchen über die Schweiz
fiel ihm ein, dass in der letzten Aprilwoche das Skifahren noch sehr
angepriesen wurde, bevor dann am 2. Mai alle Skigebiete zusperren
würden. Die Flucht in die Schweiz könnte man als Skiurlaub tarnen.
Mit einer Skibox am Dach und Skischuhen am Rücksitz. Darunter
könnte man den Laptop mit den Monitoren super verstecken. Kein
Zöllner käme auf die Idee, genauer nachzusehen. Er müsste am
Samstag fahren, da könnte er in der Menge perfekt untertauchen.
Der Plan war nicht schlecht!

Am nächsten Tag stand Rick etwas später auf. Die Anspannung
am Vorabend ließ ihn erst sehr spät zu Bett gehen. Es durfte schon
nach 1.00 Uhr gewesen sein. Das späte Frühstück zog sich bis
12.00 Uhr hin. Die ausgiebige Dusche brachte seinen Verstand
wieder auf Trab. Der Nachmittag verging mit den ersten Vorbereitungen für die Reise in die Schweiz. Zuerst musste ein Plan
geschmiedet werden. Vielleicht war eine Rückkehr nach Österreich
in weiterer Folge nicht mehr möglich? Zwischendurch legte er öfter
eine Pause ein und las auf seinem privaten Laptop die Regional-
Nachrichten. Die meisten Berichte waren nicht einmal das Lesen
der Überschrift wert. Plötzlich blieb er bei einer Überschrift von den
Stadtnachrichten hängen. »Frau tot in ihrem Haus aufgefunden.«
»Wer war die Frau? Den Bericht muss ich genauer durchlesen«,
dachte Rick und öffnete den Bericht. Die alleinstehende Frau Silvia K. (59) wurde gestern tot in ihrem Haus in der Haydnstraße 16
aufgefunden. Ein Fremdeinwirken kann zu diesem Zeitpunkt nicht
ausgeschlossen werden. Ihre sachdienlichen Hinweise nimmt die
Kriminalpolizei unter der Nummer 0676 88521716 gerne entgegen.

Rick blieb das Herz fast stehen. Jetzt war es so weit. Zeit, die Stadt
zu verlassen. Die Einschläge kamen immer näher. Zuerst Joe und
dann auch noch seine Tante Silvia Koch. Hoffentlich war es für ihn
nicht auch schon zu spät!?!

Vor ein paar Minuten war es nur eine Idee, in die Schweiz zu verschwinden. Jetzt war höchste Eile geboten! Rick hatte momentan das Gefühl, als würde ihm die ganze Kraft aus dem Körper gesaugt. Er saß matt und niedergeschlagen vor den Monitoren und konnte sich unmöglich bewegen, geschweige sich dazu aufraffen weiterzumachen. Es verging sicher eine halbe Stunde, in der er regungslos vor sich hinstarrte, bis ihn ein Gong vom Laptop aufschreckte. Das Geräusch war ihm zwar fremd, aber es wurde ihm sofort klar, dass eine Mail auf Joes Account einging.

Sehr geehrter Herr Turner,
wir möchte Sie nochmals sehr herzlich in unserer Bank begrüßen und Sie als neuen Kunden willkommen heißen. Der von Ihnen angekündigte Betrag ist soeben auf Ihrem Konto eingelangt. Sie können ab sofort auch per Telebanking zugreifen. Für mögliche Fragen können Sie mich jederzeit gerne unter der Durchwahl 210 kontaktieren.

Mit freundlichen Grüßen
Urs Barigli

Seine Gedanken schweiften wieder ab zu Silvia Koch. Sie war eine wirklich nette, herzliche und intelligente Frau. »Warum musste sie sterben? Haben die Asiaten herausgefunden, dass sie eine Mail von Joe bekommen hatte? Oder nur weil sie ihn großgezogen hatte? Vielleicht aber, weil er kurz vorher noch ein paar Tage bei ihr gewohnt hatte?« Rick war wirklich froh, dass er, als er sie besuchte, seinen wirklichen Namen verschwiegen hatte. »Wurde sie gefoltert, oder hatte sie einen schnellen Tod?« Es war grauenvoll, so zu denken. Er musste jetzt einen kühlen Kopf behalten. Eine Checkliste hatte er schon angefertigt. Jetzt musste diese nur noch umgesetzt werden. Es schoss wieder Energie in seinen Körper und mit dieser kam ein Gefühl von Hass dazu. Jetzt erst recht! Wenn sie mich umbringen wollen, dann sollen sie es tun! Aber bevor sie kommen, peitsche ich das Spiel noch richtig hoch! »Ich ziehe den Asiaten so viel Geld ab, dass ihnen schwindlig wird!«

Nach ein paar Minuten beruhigte er sich wieder und kam zur Erkenntnis, dass Wut einen nur unvorsichtig macht. Wichtig war in erster Linie, dass er das Haus nicht mehr verlässt. Er musste sein Aussehen verändern, denn vielleicht erkannten ihn die Asiaten schon! Dem konnte mit einem Vollbart abgeholfen werden und eine alte, schwarze Nickelbrille und eine Kappe hatte er auch noch von früher. Der Lebensmittelvorrat musste ebenso aufgebraucht werden. Es durfte nichts Verderbliches im Kühlschrank zurückbleiben. Um die Post täglich zu holen, konnte er direkt mit dem Lift zum Briefkasten in den Keller fahren. Seine zwei großen Koffer legte er schon jetzt im Wohnzimmer auf, um sie täglich anhand seiner Checkliste Stück für Stück zu befüllen. Als Nächstes widmete er sich dem Telebanking. Auf dem Formular, das er beim Bankbesuch erhalten hatte, war alles relativ einfach erklärt. Nach circa einer halben Stunde hatte er auf seinem Handy und am Laptop alles eingerichtet. Die PIN am Handy hatte er ebenfalls abgeändert – so wie von Herrn Barigli empfohlen. Als er das erste Mal in die Bank-App einstieg und seinen Kontostand abrief, überkam ihn ein berauschendes Gefühl. Von so einem Kontostand konnte man nur träumen. So viele Nullen konnten einen schon schwindlig machen.

Am Abend checkte er, wie jeden Tag, sein Portfolio. Er traute seinen Augen nicht! Die Marke von einer Milliarde war geknackt. Obwohl er dem Spiel schon zweimal je 50 Millionen entzogen hatte, wurde das Portfolio immer schneller nach oben getrieben. 1.010.512.813 Franken wurden angezeigt. Obwohl es erst 21.00 Uhr war, lagen in der Wallet noch 64.312.007 Franken. Rick reagierte schnell! Nach etwa drei Sekunden hatte er abermals 50 Millionen abgezogen und nach Zürich überwiesen. Entweder ignorierte das Spiel seine Entnahmen oder es war auf diese bereits eingestellt. Es war wichtig, die Wallet immer im Auge zu behalten. Ihm verblieben noch sieben Tage bis zum Samstag nächster Woche. Das wären sieben Überweisungen mit je 50 Millionen. Am Ende wären das eine halbe Milliarde Schweizer Franken, die auf seinem Konto liegen würden. Ein Blitzgedanke schoss Rick durch den Kopf. »Wusste Joe überhaupt, wie schnell das Spiel auf eine Milliarde kommen konnte?« Nach dem Passwort zu urteilen hatte Joe eine Sperre bei 5 Milliarden eingebaut. Wobei dies nur eine Vermutung von Rick war. Ausprobieren konnte es mit Sicherheit noch keiner. Je länger er mit den Millionen spielte, desto surrealer wurde es ihm. Als Kind spielte er mit seinen Eltern gerne DKT. Dies war eine alte Form von Monopoly. Er liebte dieses Spiel. Man konnte sich Straßen und Gebäude kaufen und Häuser darauf bauen. Das Spielgeld dabei kam ihm genauso unwirklich vor wie jetzt die Millionen. Nur mit dem einen Unterschied: Es wurden bereits zwei Menschen ermordet. Dies war ein gefährliches Spiel, das Rick spielte, und er wusste das auch. Den nächsten Schachzug könnte auch er mit seinem Leben bezahlen.

Am Samstag um 11.00 Uhr kam das ersehnte Amazonpaket. Rick bekam auf sein Handy immer die genaue Uhrzeit der Lieferung mitgeteilt, weswegen er nicht überrascht war, als es klingelte.

Das tragbare Ladegerät schien sehr robust zu sein. In der Gebrauchsanweisung stand, dass das Gerät zuerst vollständig aufgeladen werden musste. Dies konnte bis zu vier Stunden dauern. Er beschloss das Gerät am Nachmittag vollständig aufzuladen, um es dann am nächsten Morgen einem Testlauf zu unterziehen. Laut Angaben müsste es für zehn Stunden Strom speichern. Der Akku im Laptop würde zur Not auch noch ein paar Stunden durchhalten. Aber ob dabei der Stromverbrauch am schwer arbeitenden Laptop berechnet wurde oder nur bei leichten Tätigkeiten, das musste er erst herausfinden. Es durfte ihm jetzt kein Fehler passieren! Ein unkontrollierter Systemabsturz konnte einen hohen Geldverlust bedeuten.

Der Samstagnachmittag verging mit dem Durchchecken der Liste, welche Dinge noch erledigt werden mussten. Die eine Liste bestand aus Details in Bezug auf seine Lebensmittel, die andere aus Bekleidungsteilen, die er unbedingt brauchte, und eine dritte listete alle Kosmetiksachen auf. Eine weitere Liste beinhaltete die Zeit- und Logistikeinzelheiten. Seine Devise war: Es durfte nichts dem Zufall überlassen werden! In einer Woche, am Samstag, den 23. April um 3.00 Uhr früh, so sein Plan, würde er Österreich verlassen. Seine einzige große Sorge war, dass ihn die Asiaten bis dorthin nicht finden!

In der Zwischenzeit hing das Ladegerät zum Aufladen an der Steckdose. Die rote Ladekontrollleuchte blinkte unaufhörlich. Hoffentlich hatte sie so viel Power, dass es den Laptop bis Zürich am Laufen hielt.

Am Samstag um 17.00 Uhr sah Rick verwundert, wie der Walletbetrag bereits auf über 60 Millionen kletterte. »Warum auf 22.00 Uhr warten, wenn jetzt ein guter Zeitpunkt wäre?« Nach drei Sekunden war sein Konto in Zürich um 50 Millionen höher. Für diesen Tag konnte er die Überweisung auf seiner Liste abhaken.

Die Müdigkeit stellte sich bei ihm früh ein, deswegen lag er um 22.00 Uhr schon im Bett. Seine Gedanken kreisten um die Aufgaben des nächsten Tages. Mit diesen Gedanken schlief er dann, wenn auch unruhig, ein.

Am Sonntag war Rick schon um 07.00 Uhr auf und machte sich auch gleich dran, den Laptop an das tragbare Ladegerät zu hängen. Die digitale Prozentzahl ging spontan auf 99 runter. Jetzt war es ganz wichtig, diese Anzeige immer im Auge zu behalten. Mindestens jede halbe Stunde musste sie gecheckt werden! In der Zwischenzeit ging er ins Bad und aß anschließend ein ausgiebiges Frühstück. Es verging keine halbe Stunde, in der er nicht auf die Kontrollanzeige des Ladegerätes schaute. Mittlerweile verstrichen zwei Stunden und das Gerät zeigte noch 78 Prozent an. So weit wäre die Ladezeit noch im grünen Bereich. Der Portfoliobetrag lag Sonntagmittag bei 1.150.276.419 Franken. Eines wurde ihm immer klarer: Das Spiel nahm unaufhörlich Fahrt auf. Egal ob ihm Geld entzogen wurde. Rick kam es vor, als ob der Betrag ab der Summe von einer Milliarde noch schneller anstieg. Die Wallet war jetzt komplett unabhängig von der Tageszeit unterschiedlich gefüllt. Manchmal war beinahe nichts drauf, dann waren wieder fast 100 Millionen gebunkert. Rick musste nun nicht mehr bis zum Abend warten, um seine täglichen Überweisungen zu tätigen, sondern konnte auch schon mittags zugreifen – wie an diesem Sonntag. Es lagen um 13.00 Uhr fast 85 Millionen drauf. Nach drei Sekunden war eine weitere Überweisung durchgeführt und in Zürich lagen momentan 200 Millionen Franken auf seinem Konto.

Auf Ricks To-do-Liste stand: am Montag Herrn Barigli anrufen. Er musste mit ihm das weitere Vorgehen abklären. Zwischendurch schweifte sein Blick aber immer wieder auf die Prozentanzeige des externen Akkus. Sie zeigte 34 Prozent. Nach seiner Berechnung dürfte die kritische Zeit in circa zwei Stunden beginnen. Auf der Laptopanzeige, ganz rechts unten, zeigte der Netzbetrieb nach wie vor 99 Prozent an. In den technischen Daten des Notebooks wurde zwar eine Laufzeit von über zehn Stunden beschrieben, dem dürfte man laut Testurteilen nicht immer Glauben schenken. Manche Personen äußerten darüber ganz schlechte Bewertungen.

Um 15.30 Uhr war es dann so weit, die Anzeige war bei acht Prozent angelangt. Rick hängte den Laptop vom externen Ladegerät ab und ließ es auf dem eigenen Akku weiterlaufen. Das Spiel scheffelte ganz normal und unaufhörlich weiter. Der einzige Unterschied war, dass jetzt die Akkuladezeit permanent am rechten unteren Monitorrand aufleuchtete. Um 19.30 Uhr steckte Rick das Notebook wieder an das Stromnetz an. Wobei noch eine Akkukapazität von mehr als 40 Prozent vorhanden gewesen wäre. Die von Rick berechnete Zeit konnte erreicht werden – dem Transport in die Schweiz stand nichts mehr im Weg. Rick beschloss diesen Abend vor dem Fernseher zu verbringen, bis er schließlich um 23.00 Uhr müde zu Bett ging.

Am Montagvormittag, nach einem ausgedehnten Frühstück, beschloss er Herrn Barigli anzurufen. Es klingelte einige Male, bis an der anderen Leitung abgehoben wurde. Die dunkle Stimme war unverkennbar.

»Einen schönen guten Morgen, Herr Turner!«, klang die tiefe Stimme aus dem Hörer. »Wie kann ich Ihnen behilflich sein?«

»Guten Morgen, Herr Barigli! Ich hätte gerne ein paar Sachen mit Ihnen geklärt.«

»Kein Problem, ich habe Zeit. Legen Sie los«, antwortete Barigli etwas überschwänglich. Rick war ein bisschen irritiert. Diese freundliche Seite vom Gegenüber war ihm komplett fremd. »Was das liebe Geld nicht alles ausmacht«, dachte er, bevor er mit seinen Anliegen begann.

»Eingangs möchte ich nur kurz erwähnen, dass mein Konto in

Ihrer Bank bis Ende der Woche auf 500 Millionen anwachsen wird. Und da wäre ich auch schon bei meinem diskreten Anliegen an Sie. Ich habe bei meinem letzten Besuch kurz erwähnt, dass ich eventuell ein Apartment in Zürich benötigen würde. Jetzt ist es so weit. Gibt es eine Möglichkeit bis kommendes Wochenende eines zu beziehen?« Er unterbrach kurz, um Barigli Zeit zu geben, das Gesagte zu überdenken, aber die Antwort kam prompt: »Herr Turner, ich bin erfreut zu hören, dass sie noch weitere Überweisungen tätigen werden, und natürlich besteht die Möglichkeit, ein Apartment für Sie zu organisieren. Wie hätten Sie sich die Abwicklung gedacht: Sollte das Apartment auf Ihren Namen laufen oder diskret über die Bank?«

»Herr Barigli, Sie haben es gleich auf den Punkt gebracht. Diskretion ist für mich das Wichtigste! Wenn all meine Anliegen über die Bank laufen könnten, wäre ich Ihnen sehr verbunden. Wenn es möglich wäre, bräuchte ich auch noch ein Schweizer Handy, und meinen Audi Q5 würde ich auch gerne veräußern. Ginge das?«

»Das mit dem Handy ist kein Problem. Mit Ihrem Fahrzeug müssten wir bei Ihrer Ankunft noch ein paar Dinge abklären. Es gibt zum Beispiel die Möglichkeit, zwischenzeitlich unseren bankinternen Shuttledienst mit Chauffeur zu nutzen, oder würden Sie lieber gleich ein eigenes Fahrzeug bevorzugen?«

»Ich werde am Samstag anreisen und für die erste Zeit ist mir ein bankinterner Shuttledienst am liebsten.«

»Wenn es Ihnen recht ist, Herr Turner, schicke ich Ihnen diese Woche noch per Mail die Adresse von Ihrem Apartment.«

»Das klingt wunderbar! Darf ich mich am Samstag bei Ihnen telefonisch melden, wenn ich den genauen Ankunftszeitpunkt weiß?«

»Das passt sehr gut! Ich werde Sie natürlich persönlich begrüßen und Ihnen das Apartment zeigen. Eine Frage hätte ich noch an Sie. Eingangs erwähnten Sie einen Betrag von 500 Millionen. Haben Sie eine ungefähre Vorstellung, wie viel Sie in weiterer Folge unserer Bank anvertrauen werden?«

»Ich kann es nicht genau sagen, aber wenn die Diskretion in Ihrer Bank so hervorragend ist, könnte ich mir einen Betrag jenseits einer Milliarde vorstellen. Oder sehen Sie darin ein Problem?«

»Nein, nein, ganz und gar nicht! Aber es ist schon zu Beginn gut zu wissen, über welche Dimension man spricht.« Es trat eine kurze Pause ein, bis Herr Barigli wieder weitersprach: »Ich hoffe, Sie haben sich mit unserem Telebanking gut zurechtgefunden?«

»Danke der Nachfrage, mit der beiliegenden Information war es ja ein Leichtes.« Nach einer kurzen Pause verabschiedeten sie sich und Rick war wahnsinnig erleichtert, als er auflegte. Es konnte nicht besser klappen. Hatte er schlussendlich doch Glück und konnte unbeschadet den erworbenen Reichtum genießen? Seine Gedanken überschlugen sich im Augenblick. Ein Glücksgefühl kam in ihm hoch. Hoffentlich hatte er nicht zu überheblich geklungen. Egal, mit einer Milliarde oder mehr dürfte ein kleiner Anflug von Überheblichkeit schon drin sein.

Den restlichen Montag verbrachte er mit der Abarbeitung der Checkliste. Seine Skibekleidung war noch aus vergangenen Zeiten. Obwohl er sich vor zwei Jahren neue Skier mit Schuhen gekauft hatte, war es zu einer Skifahrt dann aber doch nicht mehr gekommen. Seine psychische Verfassung war im vergangenen Winter wieder einmal an einem Tiefpunkt angelangt.

Wichtig war es für ihn, dass am Grenzübergang zur Schweiz alles gut ging! In Gedanken spielte er den Ablauf an der Grenze noch einmal durch. Ein Fahrzeug rollt zum Schranken, am Skiträger sind seine Skier montiert, ein Mann sitzt am Steuer eines Audi Q5. Seine Skihose mit Trägern und eine Skijacke am hinteren Seitenfenster aufgehängt, verraten sofort, dass es sich um einen Skiurlauber handeln muss. Ein Koffer auf dem Rücksitz unterstreicht das Ganze noch einmal. Und jeder Grenzbeamte versteht dies, zudem es auch noch mit der großen Skiabschlusswoche in der Schweiz zusammentrifft. Rick hoffte, dass er sich nicht täuschte und die Zöllner nicht doch in seinen Kofferraum schauen würden. Laut seiner Checkliste würden beide Monitore, mit Decken sicher verpackt, seitlich in den Kofferraum geschoben. Der Laptop, der an das tragbare Ladegerät angeschlossen sein würde, musste in eine Reisetasche verstaut werden. Ein weiterer Koffer mit Kleidung und persönlichen

Habseligkeiten und sein privater Laptop kamen auch in den Kofferraum. Am Beifahrersitz würde Proviant für die Reise liegen. In seinen Gedanken war so weit schon alles fertig gedacht.

Um 17.00 Uhr setzte er sich noch kurz an den Schreibtisch und prüfte den Bestand. Der Portfoliobetrag war schon auf 1.261.202.112 Franken angewachsen, aber in der Wallet war noch zu wenig Geld. Der Betrag schwankte zwischen 20 und 40 Millionen. Es hieß also noch warten. Rick blieb am Schreibtisch sitzen und seine Gedanken drehten sich, wie jeden Tag, um seine Zukunft. So konnte es auf keinen Fall weitergehen! Das viele Geld würde ihm sicherlich schlussendlich zum Verhängnis werden. Die Bank hatte bestimmt ein Limit. Obwohl Herr Barigli von einem No-Limit sprach. Irgendwann würden auch die stutzig werden und ihn fragen, woher das viele Geld kommt. Momentan waren es »erst« 200 Millionen. Bei dem Telefonat, als das Wort »eine Milliarde« fiel, war eine merkliche Pause eingetreten. Auch Herr Barigli hatte sicher Vorgesetzte, die bei so einem Betrag Fragen stellen würden. Wenn man sich nur vorstellt, eine solche Summe würde von einem Unbekannten in Österreich auf eine Bank einbezahlt … Es würden alle Alarmglocken läuten! Nein, keine Alarmglocken – es würden Sirenen heulen! Irgendwann musste er den Stecker ziehen! Seine Gedanken endeten, als die Summe auf der Wallet 52.642.817 Franken anzeigte. Es waren seine drei Sekunden gekommen.

Am Abend verschaffte er sich noch einmal einen Überblick, wie viel verderbliche Lebensmittel noch übrig waren. Für vier Tage reichten sie nicht mehr. Es mussten die Notfallkonserven vom Abstellschrank hervorgekramt werden. Vor einigen Monaten war in den Medien von einem großen Blackout die Rede, deswegen legte auch er sich einige Konserven als Notration zu. Diese waren ihm jetzt von großem Nutzen.

Der Dienstag verlief ähnlich wie der Montag. Um 14.00 Uhr kam die tägliche Mitteilung von der Bank, dass ein Betrag auf sein Konto eingegangen sei. Dieselbe Mitteilung wie schon am Freitag und auch am Montag. Der genaue Betrag wurde aber nie angegeben, wahrscheinlich wegen der Diskretion. Rick öffnete sein Telebanking, um den Kontostand zu prüfen. Es zeigte einen Betrag von 149.999.714 Franken an. 286 Schweizer Franken waren für Bankgebühren und Kontoeröffnungsspesen abgebucht worden. Rick musste schmunzeln. Früher hätte er sich die Spesen und Gebühren genauer angesehen, aber jetzt war es so ein nichtiger Betrag im Verhältnis zum Kontostand, dass es ihm nur ein kurzes Lächeln kostete. An diesem Dienstag waren um 14.30 Uhr schon 61.718.514 Franken auf der Wallet, deswegen nutzte er die Gunst der Stunde und überwies seine obligatorischen 50 Millionen in die Schweiz. Es stellte sich bei ihm immer eine gewisse Beruhigung ein, wenn die Überweisung durchgeführt war. Solange es noch hell war, ging er in die Tiefgarage und montierte seine Skiträger ans Auto und befestigte auch gleich seine Skier drauf. Alles, was getan war, konnte er von der Checkliste streichen. Ein etwas mulmiges Gefühl schlich sich bei ihm doch ein, weil die Tiefgarage an manchen Stellen finster war. Der Zeitpunkt war trotzdem sehr gut gewählt, weil zu diesem Zeitpunkt einige Autos ein- und ausfuhren und ein reges Treiben herrschte. Mit seinem Nachbarn, der schräg unter ihm wohnte, wechselte er ein paar Worte über das Skifahren. Es war ja einmal seine große Leidenschaft gewesen, aber mit zunehmendem Alter wurde es für ihn schon zu gefährlich. Um 17.00 Uhr war seine Arbeit in der Tiefgarage erledigt und am Rückweg zur Wohnung leerte er den Postkasten und fand dabei nur ein paar belanglose Schreiben vor.

Für ihn war es jetzt wichtig, dass er in den nächsten Tagen genug schlief, weil ab Samstag eine stressige Zeit begann. In seinem Magen war wieder das komische Gefühl zu spüren …

Am Mittwoch nahm seine Abreise schon Form an. Seine letzte Waschladung hing schon am Wäscheständer, den er diesmal im Wohnzimmer aufgestellt hatte. Die für die Reise nötige Wäsche hatte er schon in seine zwei Koffer gepackt. An diesem Tag war um 12.30 Uhr bereits ein Betrag von über 90 Millionen auf der Wallet! Das kam ihm sehr komisch vor, weswegen er beschloss, 80 Millionen zu überweisen. Nach drei Sekunden war es getan. Trotz der

Überweisung von 80 Millionen war das Portfolio noch immer bei 1.438.621.041 Franken. Er hatte es schon längstens aufgegeben, eine Schwäche bei dem Spiel zu suchen. Auch ein eventueller Rhythmus war unmöglich zu erkennen. Vor einiger Zeit glaubte er, dass auf der Wallet in den Nachtstunden ein höherer Betrag liege – das war aber ebenso eine Fehleinschätzung von ihm gewesen. Eine Änderung war ihm aber trotzdem aufgefallen. Die Kryptowährungen, die zum jetzigen Zeitpunkt getradet wurden, waren andere als die zu Beginn.

Vor ein paar Wochen hatte sich Rick noch die Mühe gemacht, einige Coins aufzuschreiben, die das Spiel schon getradet hatte. Die häufigsten waren aus dem asiatischen Raum. Die Coins, die das Spiel jetzt kaufte und verkaufte, waren eher aus dem europäischen und amerikanischen Markt, obwohl die Singapurplattform »Coin-Bit« noch dieselbe war. Rick stellte sich daraufhin die Frage, ob das Spiel auch auf eine andere Plattform zugreifen konnte. Dazu begann er auf seinem privaten Laptop zu recherchieren, wie viele und besonders welche Coins auf der Singapurplattform gehandelt wurden. Sein Erstaunen war außerordentlich groß, als er feststellen musste, dass die meisten Coins auf der Plattform gar nicht angeboten wurden. Einige konnten nur auf den Plattformen »Kraken«, »Bitfinex«, »EToro«, »Bitvavo«, »Coinbase«, »Nuri« oder »Bison« getradet werden. Sein Horizont wurde jetzt eindeutig überschritten. Das Spiel gab ihm immer neue Rätsel auf. Wie konnte man auf verschiedenen Plattformen traden? Das war unbegreiflich! Eine Plattform war in den Niederlanden, eine andere wieder in Amerika und eine weitere in Deutschland. War das Programm mit allen Tradingplattformen auf der Welt verknüpft und deponierte schlussendlich nur das Geld auf der Plattform »CoinBit«? Joe musste ein außergewöhnliches Genie gewesen sein! So etwas zu erfinden und zu programmieren war sicherlich der Geniestreich des Jahrhunderts. Konnte es sich so zugetragen haben, dass Joe einen Fehler gemacht hatte und den zu beheben versuchte? Er erkannte vielleicht, dass nur von einer Plattform Coins abzusaugen zu auffällig und auch zu gefährlich sein würde. Deswegen verknüpfte er alle Kryptoplattformen und machte CoinBit zur Schaltplattform, weil diese es zuließ, die Beträge in Schweizer Franken auszubezahlen. Joe wusste sichtlich von dem steuerlichen Schlupfloch zwischen Singapur und der Schweiz! Jetzt fiel es Rick wie Schuppen von den Augen: Er hatte nur wahnsinniges Glück, dass Kurt sein Freund war und der aus seiner Tätigkeit im Ministerium die Zusammenhänge wusste. Weiters war sein Glück, dass Kurt diesen Lobbyisten Steinbeck getroffen hatte. Wenn man sich das alles im Nachhinein betrachtet, sind all diese Glückstreffer fast unmöglich.

Rick war an diesem Mittwochnachmittag geistig ziemlich durch den Wind. Diese Erkenntnisse waren ihm zu viel geworden. Jetzt wäre ein Spaziergang für ihn das Beste, aber die Gefahr war zu groß, um zum Schluss noch etwas zu riskieren. Er entschloss sich, noch etwas fernzusehen und dann ins Bett zu gehen. Sein Schlafakku musste schließlich am Samstag voll sein.

Aufgeflogen

Der Donnerstag begann wie die vorhergehenden Tage. Rick war ausgeschlafen, nahm um 8.00 Uhr schon sein Frühstück ein und duschte anschließend. Um etwa 10.00 Uhr beschäftigte er sich wieder mit der Checkliste. Die trockene Wäsche wurde gebügelt und eingepackt. Die zwei Koffer waren fast voll. Die Toilettesachen standen im Bad neben dem Waschbecken auf einem Beistelltisch schon bereit. Er beschloss zu Mittag den ersten Koffer schon in den Wagen zu legen.

Um 12.30 Uhr war es wieder an der Zeit, das Spiel zu checken. Wie erwartet war der Portfoliobetrag diesmal bei 1.602.152.011 Franken. Was ihn aber verwunderte, war, dass die Wallet das erste Mal mit über 100 Millionen gefüllt war. Für Rick gab es kein Halten, er überwies zum ersten Mal 100 Millionen.

Seine Gedanken schweiften wieder ab zu Joe. Die Genialität dieses Menschen war einzigartig! Konnte das überhaupt ein einziges Gehirn programmieren? Wusste Frau Koch, welches Genie sie in ihrem Haus aufzog? Sie war ja nach seiner Einschätzung eine intelligente Frau.

Rick wurde durch eine eingehende Mail aus seinen Gedanken gerissen. Wahrscheinlich war es die Bestätigung der Bank, dass wieder Geld eingetroffen war. Die Mailadresse kannte er nicht. Sie kam offensichtlich aus der Ukraine, das war an der Endung »ue« zu erkennen. Eine Aufforderung???!!!

Der Text war in englischer Sprache geschrieben. Rick verstand nicht alles, aber das, was er verstand, trieb ihm Schweißperlen auf die Stirn. Der Inhalt lautete frei übersetzt etwa so: »Sie haben ein asiatisches Unternehmen zerstört! Wir werden Sie zur Rechenschaft ziehen. Es war eine mutwillige Zerstörung von Ihnen. Sie wissen, was mit Ihrem Freund passiert ist!? Wir werden Sie finden! Es ist nur eine Frage der Zeit, dann bekommen auch Sie Ihre gerechte Strafe!« Rick saß vor dem Laptop und versuchte jedes Wort noch einmal zu übersetzen. Der Inhalt veränderte sich jedoch nicht. Seine Vermutung und sein Gefühl hatten sich bewahrheitet. Entweder hatte bereits Joe ein asiatisches Unternehmen zerstört, bevor er Rick den Stick gegeben hatte, oder war es schon sein Werk? Das zu recherchieren, war für ihn unmöglich. Diese Unklarheit hätte nur Joe aufklären können, aber der war leider …

Die Schuldzuweisungen brachten Rick nicht weiter. Das Spiel lief unter ihm genauso, wenn nicht sogar noch schneller als unter Joes Zeiten. Rick hätte das Spiel nicht starten müssen. Er war noch der einzig lebende Schuldige und an ihn würden sie sich wenden. Nun war er aufgeflogen. Seine Gedanken kreisten noch immer über eine Frage: Wie konnten sie Joe, Frau Koch und jetzt ihn lokalisieren? Es musste an der E-Mail-Verbindung liegen! Ein solches Genie wie Joe hatte doch sicherlich die Mailadresse verschlüsselt? Wer würde sonst eine ukrainische Adresse verwenden? Vielleicht hatten sie nur die Mailadresse gehackt und seinen Standort noch nicht? Konnte es sein, dass ihm noch ein paar Tage Zeit blieben? Eines wurde ihm immer klarer, die Entscheidung war richtig, Österreich zu verlassen. Wenn es wirklich an der Mailadresse lag, ihn zu finden, musste die Adresse sofort gesperrt werden.

Rick rief augenblicklich Herrn Barigli in der Schweiz an. Der meldete sich gleich nach dem zweiten Summton.

»Guten Tag, Herr Turner! Wie kann ich Ihnen helfen?«

»Herr Barigli, ich komme gleich auf den Punkt: Meine E-Mail-Adresse wurde gehackt!«

»Das ist aber äußerst unangenehm!«, antwortete Barigli mit besorgter Stimme.

»Ja, das kann man wohl sagen! Ich bitte Sie deshalb, die heutige E-Mail, die Sie jedes Mal an mich schicken, um den Zahlungseingang zu bestätigen, zu stoppen. Auch weitere E-Mails sollten seitens der Bank nicht mehr an mich gesendet werden. Wir könnten das weitere Vorgehen dann am Samstag direkt vor Ort besprechen, wenn es für Sie passt.«

»Dasselbe wollte ich Ihnen auch gerade raten. Ich versuche augenblicklich den Prozess zu stoppen und lasse Ihre E-Mail-Adresse unsererseits sofort sperren.«

Rick bedankte sich bei Herrn Barigli. Dieser wünschte ihm noch eine angenehme Reise für Samstag, dann endete das Gespräch. Für Rick war es enorm wichtig, die momentane Schwachstelle auszuschalten. Hoffentlich klappte es, dass keine Informationsmails mehr aus der Schweiz bei ihm einlangten!

Für ihn tauchte jetzt eine weitere Frage auf: Sollte er seine geplante Reise nicht vorverlegen? Jetzt nur nicht die Nerven verlieren! Es war von ihm alles bis aufs Letzte geplant, er musste jetzt nur die Nerven bewahren! In der Mail stand: »Wir werden dich finden.« »Das heißt: Sie haben mich noch nicht gefunden!« Vielleicht versuchen sie bereits in seiner Umgebung das E-Mail-Signal zu orten? Er kannte sich zwar mit der Materie des E-Mail-Ortens nicht aus, aber es ergäbe einen Sinn für ihn.

Rick versuchte am Donnerstagnachmittag seine Nerven wieder so einigermaßen zu beruhigen und sich auf seine letzten Vorbereitungen zu konzentrieren. Für ihn war es wichtig, am Donnerstagabend bald zu Bett zu gehen, weil ihm bewusst war, dass Freitagnacht seine Reise begann. In der Nacht wurde Rick wieder von furchtbaren Träumen geplagt. Der Traum verlief immer ähnlich: Seine Füße waren wie gelähmt. Er wollte flüchten und konnte nicht. Es verfolgten ihn schwarze Gestalten. Seine Schreie erstickten im Hals. Die Verfolger kamen immer näher, schon waren sie in Sichtweite! Er wachte schweißgebadet auf und schwankte schlaftrunken zur Toilette. Anschließend legte er sich wieder ins Bett und versuchte einzuschlafen. Es dauerte eine Weile und er konnte bis 8.00 Uhr traumlos weiterschlafen.

Für Rick war heute der entscheidende Tag. Es durfte nichts schiefgehen und auch nichts vergessen werden. Seine Checkliste war ihm wichtig. Das Schreiben von Joe, das in seinem Lexikon versteckt war, fotografierte er ab und verbrannte anschließend den Zettel. Keine Spuren hinterlassen war ganz wichtig!

Am Freitagvormittag waren nur noch die letzten Vorkehrungen zu treffen. Nach dem Duschen wurden noch Toilettenartikel eingepackt, sein privater Laptop kam oben drauf, und um 12.00 Uhr schloss er den letzten Koffer. Die schwarze Tasche, in der der neue Laptop mit dem externen Ladegerät als Letztes vor der Abfahrt einzupacken war, stand schon im Arbeitszimmer bereit. Die Decken, mit denen die Monitore eingepackt wurden, lagen auch bereit. Mit einer alten Jogginghose und einem über den Kopf gezogenen alten Hoodie bekleidet, brachte er um die Mittagzeit den größten Teil des Mülls raus. Seine Nerven waren zum Zerreißen angespannt, aber er konnte nichts Auffälliges erspähen. Als er den letzten Koffer ins Auto brachte, wartete seine alte Nachbarin schon vor ihrer Wohnungstür: »Na, Herr Nachbar, ist es bald so weit? Wann geht's denn los?«

»Morgen früh, Frau Huber, ist es so weit. Ich habe aber ein ungutes Gefühl«, log Rick. »Ich habe von einem Bekannten im Nachbarblock erfahren, dass sich in unserer Gegend wieder eine Einbrecherbande herumtreiben soll.« Rick hatte sich diese Lüge schon vor Tagen ausgedacht, denn sollten die Asiaten es wirklich wagen, bei ihm einzubrechen, musste seine Nachbarin schon hoch sensibilisiert sein.

»Wenn ich etwas Verdächtiges höre, Herr Turner, da können Sie sicher sein, werde ich sofort die Polizei anrufen. Mir entgeht nichts! Darauf können Sie sich verlassen!«

»Ich weiß, Frau Huber. Sie sind da sehr aufmerksam.« Rick lobte sie noch überschwänglich und ging dann in seine Wohnung zurück. Auch diese Lügenverbreitung war auf seiner Checkliste vermerkt gewesen, die jetzt abgehakt werden konnte.

Nachmittags stand noch die tägliche Überweisung auf seiner Liste. Sein Portfolio betrug 1.798.799.418 Franken. Auf der Wallet waren beachtliche 97.615.299 Franken. Rick beschloss noch zu warten, vielleicht ergab sich später eine bessere Gelegenheit. Nach einer Stunde war es dann wirklich so weit. Die Wallet kletterte kurzfristig auf über 120 Millionen. Das war sein Startzeichen. Nach drei Sekunden waren 120 Millionen von der Wallet abgezogen und Richtung Schweizer Bank unterwegs.

Am Abend absolvierte er noch einen Kontrollgang durch seine Wohnung. Eine Kleinigkeit war noch im Kühlschrank, die er um 19.00 Uhr aufaß.

Auf seiner Liste war alles abgehakt, bis auf den Laptop mit Akku und die zwei Monitore. An vorzeitigen Schlaf war zwar nicht zu denken, aber trotzdem legte er sich um 20.00 Uhr hin und versuchte zumindest ein paar Stunden Ruhe zu finden. Die stellte sich erst gegen 22.00 Uhr ein. Um 1.30 Uhr wachte er erschrocken auf. Hatte ihn etwas geweckt, oder war es nur Einbildung? Er blieb noch eine Weile reglos liegen und horchte auf jedes Geräusch. Nichts Auffälliges zu hören! Dann stand er auf, stellte sich unter die Dusche und putzte sich anschließend die Zähne. Die getarnte Skibekleidung für die Reise lag am Sessel bereit. Die Jogginghose, das alte T-Shirt und der Hoodie – Kleidung, die er in den letzten drei Tagen trug, wanderten in einen Abfallsack mit den Speiseresten und den zuletzt benutzten Toilettesachen. Nichts Gebrauchtes durfte zurückbleiben!

Um 2.15 Uhr wurden die Monitore abgesteckt und in Decken gewickelt. Der Laptop wurde an das voll aufgeladene Ladegerät angeschlossen und vorsichtig in die Tasche gelegt. Als Erstes trug er, so leise als möglich, die Monitore ins Auto. Als Zweites kamen die Tasche und der Müll dran. Als er ganz vorsichtig die Wohnungstür mit dem Sicherheitsschloss absperrte, öffnete sich die Wohnungstür von seiner Nachbarin einen Spalt und sie schaute verschlafen heraus: »Ist alles in Ordnung, Herr Nachbar?«, flüsterte sie leise.

»Ja, alles in Ordnung, Frau Huber! Ich fahre dann«, flüsterte Rick zurück und winkte noch mit der Hand. Leise schlich er sich mit der Tasche zum Auto. Die Tiefgarage war schon immer beunruhigend für ihn gewesen, aber diesmal hatte er richtig Angst. Die Tasche wurde am Fuße des Beifahrersitzes deponiert, damit sie immer in Sichtweite war. Dann sprang er ins Auto, sperrte sofort die Fahrzeugtüren ab, öffnete mit der Fernbedienung das Rolltor und fuhr los. Er drehte in der Tiefgarage noch eine zusätzliche Runde, damit er am Rolltor nicht stehen bleiben musste. Ein kurzer Blick nach links, nach rechts und nach hinten, es war nichts Ungewöhnliches festzustellen.

Auf ging's Richtung Autobahn!

***

Chan und seine zwei Assistenten warteten in ihrem SUV vor der Tiefgarageneinfahrt, als ein dunkler Audi die Ausfahrt passierte. Sehr gut, dachte Chan. »Jetzt brauchen wir das Rolltor an der Einfahrt nicht zu knacken.« Er gab Hu ein Zeichen, dass er in die Garage fahren sollte. Sie stellten ihr Fahrzeug in die hinterste und dunkelste Ecke auf eine freie Abstellfläche. Alle drei stiegen aus und schlossen leise die Fahrzeugtüren.

»Es muss die linke Wohnung im zweiten Stock sein«, sagte Chan leise zu den zweien, während sie die Tiefgarage durch eine Stahltür in Richtung Wohnungsblock Nummer 3 verließen. Sie hatten die Adresse heute von ihrem asiatischen IT-Spezialisten erhalten, der die Mailadresse gehackt und rückverfolgt hatte. Leise schlichen sie den Treppenaufgang hoch. Der Aufzug wäre zu laut gewesen und hätte sie sofort verraten. Sie tasteten sich im Dunkeln nach oben. Alles war ruhig. Im Stiegenhaus waren die Fenster gekippt, durch die ein weit entfernter Straßenlärm zu hören war. Auf jeder Etage befanden sich drei Wohnungen. Die linke Tür im zweiten Geschoss war leicht zu finden. Chan machte sich sofort daran, das Tür- und das Zusatzschloss zu knacken. Es war nicht einfach, da die Zusatzschlösser eine komplizierte Verzahnung hatten. Ab und zu hörte man ein leises Knacken, wenn sein kleines Gerät, das er ans Schloss angesteckt hatte, in die Verzahnung einhakte. Hu und Quan wurden sichtlich nervös. Das Knacken des Gerätes wurde immer lauter. Hinter der Tür daneben drang ein Lichtschein nach außen. Hu klopfte Chan auf die Schulter und zeigte auf den Lichtschein, der unter der Tür zu sehen war. Er wollte kurz innehalten, als das Schloss mit einem letzten Knacken aufsprang. Genau in diesem Moment öffnete sich die Nebentür einen Spaltbreit und Frau Huber schielte heraus: »Was machen Sie da!?«, schrie sie heraus.

»Machen Sie die Tür zu!«, schrie Chan zurück.

»Einbrecher! Ich rufe die Polizei!«, schnaubte Frau Huber und schlug die Tür wieder zu. Sie nahm das Handy zur Hand und wählte die Notrufnummer 133. Bereits nach dem zweiten Läuten meldete sich eine Frauenstimme: »Sie haben den Notruf gewählt, was ist passiert?«

»Hier spricht Frau Huber von der Bauernstraße 3. Im zweiten Stock in der Wohnung Nummer 7 wird eingebrochen. Kommen Sie schnell! Sie haben die Tür schon aufgebrochen!«, schrie sie ins Telefon.

»In welcher Wohnung befinden Sie sich gerade?«, wollte die Frauenstimme wissen.

»In der Nebenwohnung. Es sind drei dunkel gekleidete Männer. Kommen Sie schnell!« Frau Hubers Stimme versagte schon, so aufgeregt und laut schrie sie ins Telefon.

»Wir sind unterwegs! In ein paar Minuten sind wir vor Ort. Öffnen Sie auf keinen Fall die Tür, bevor wir da sind!«

»Ja, ja, nur kommen Sie schnell!« Die Stimme von Frau Huber wurde immer leiser. Sie verspürte einen unheimlichen Druck in der linken Brusthälfte. Sie musste sich setzen. Sie war knapp vorm Kollabieren. Die Dame von der Notrufzentrale hatte aufgelegt und die Kollegen informiert, die schon zu dritt zum Einsatzwagen unterwegs waren. Mit Blaulicht und Sirene fuhren sie los. Der breitschultrige Einsatzleiter fungierte als Beifahrer. Das Navi, das er mit der Adresse gefüttert hatte, zeigte sieben Kilometer an, das musste um diese Zeit in fünf Minuten zu schaffen sein. Alle gemeldeten Einbrüche, die sie in fünf Minuten erreicht hatten, waren zu 80 Prozent erfolgreich und konnten aufgeklärt werden.

Chan und seine zwei Assistenten befanden sich in der Wohnung, mussten aber feststellen, dass sie komplett leer war. Der Kühlschrank, der Abfalleimer, alles leer! Der Laptop und die Monitore, die wahrscheinlich auf dem Schreibtisch gestanden hatten, waren auch weg. Die Wohnung wurde aber erst vor kurzer Zeit verlassen, weil die Lampe im Wohnzimmer noch warm war. »Verdammt!«, fluchte Chan. »Er ist uns durch die Lappen gegangen!« War es vielleicht der Audi, der ihnen aus der Tiefgarage entgegenkam? Das musste er gewesen sein. »So viel Glück kann doch kein Mensch haben!«, dachte Chan, als er die nahende Polizeisirene hörte.

»Wir müssen weg!«, fauchte Chan und lief durch den Vorraum in Richtung Ausgang. Hu und Quan folgten ihm. Sie rannten die Stiege hinunter zur Tiefgarage. Hu sprang hinter das Steuer und fuhr bis zum Rolltor. Das öffnete sich automatisch. »Hoffentlich war es noch rechtzeitig ...«, dachten alle drei, als sie die Garage verließen.

Die drei Einsatzpolizisten waren schon am Zielort angelangt. Sie sprangen aus dem Fahrzeug und rannten den gepflasterten Weg entlang bis zum Eingang Nummer 3. Sie klingelten beim Namensschild von Frau Huber. Der Türöffner summte sofort, sie schalteten das Stiegenhauslicht ein und mit der Pistole bewaffnet rannten sie die Treppe hoch. Ein Polizist blieb beim Hauseingang stehen. Sie klopften an die Wohnungstür von Frau Huber. »Frau Huber, hier spricht die Polizei! Können Sie öffnen?«, forderte sie der Einsatzleiter auf. Frau Huber öffnete zaghaft einen Spalt breit die Tür.

»Sind Sie Frau Huber?«

»Ja, ich bin Frau Huber. Ich habe Sie angerufen«, antwortete sie nervös und öffnete die Wohnungstür weiter. Der breitschultrige Polizist, der vor ihr stand, konnte sich mit seiner Erscheinung schon Respekt verschaffen, erweckte aber auch das Verstrauen von Frau Huber.

»Kommen Sie schnell mit!«, forderte Frau Huber ihn auf und winkte dabei mit der Hand. Der große Polizist folgte ihr durch die Wohnung. Sie deutete aus dem Küchenfenster: »Ich habe gerade ein großes, schwarzes Auto aus der Tiefgarage fahren sehen«, keuchte sie: »Ich kenne jedes Fahrzeug, das hier in unserer Garage steht, aber ein solches Auto ist mir neu«, betonte sie und deutete noch immer mit der Hand aus dem Fenster.

»Könnten wir trotzdem zuerst die Nachbarwohnung, Nummer 7, sehen?«, fragte er hastig und nahm dabei sein Funkgerät zur Hand. Er gab seinem Kollegen unten am Eingang Bescheid, dass dieser die Zentrale für Verstärkung verständigen sollte.

»Können Sie das Fahrzeug beschreiben?«, fragte er Frau Huber, während er in Richtung der Nachbarwohnung ging.

»Ja, es war so ein großes, schwarzes Auto, ich glaube, man nennt sie heute SUV. Aber das Kennzeichen war kein österreichisches. Ich glaube, die Buchstaben waren kleiner. Ich habe das Auto schon gestern einmal gesehen, als ich einkaufen war.« Frau Huber redete wie aus einem Maschinengewehr geschossen. Der große Polizist war ganz verblüfft, was die alte Dame alles wusste. Er bückte sich zum Türschloss der Wohnung Nummer 7 hinunter und leuchtete dabei mit einer Stablampe darauf. Es waren noch erkennbare Abdrücke von einem Gerät zu sehen, das vermutlich angesteckt wurde, um das Schloss zu öffnen. Er nahm ein kreditkartenartiges Teil aus der Seitentasche seiner Hose und klemmte dieses zwischen Tür und Rahmen. Die Tür sprang sofort auf. Frau Huber war erstaunt darüber, dass sich eine Tür so leicht öffnen ließ.

»Die Tür war nicht verschlossen«, sagte der große Polizist leise und betrat mit seinem Kollegen vorsichtig die Wohnung von Rick Turner.

»Ist hier jemand? Hier spricht die Polizei!«, schrie er laut in den Raum, aber niemand meldete sich. Sie knipsten die Wohnungsbeleuchtung an und überprüften mit gezogenen Pistolen alle Räume. Sie merkten schnell, dass die Wohnung leergeräumt war. Nach etwa fünf Minuten verließen sie wieder die Wohnung und wandten sich abermals Frau Huber zu, die mit einem Nachtmantel bekleidet im Gang auf sie wartete.

»Wie heißt Ihr Nachbar?«

»Rick Turner. Er ist erst vor einer halben Stunde abgereist. Zu mir sagte er, dass er in den Skiurlaub fährt, aber er hat mir nicht gesagt wohin. Er war sehr besorgt. Er sagte noch gestern zu mir: ‚Frau Huber, passen Sie auf! Ich habe gehört, dass sich wieder Einbrecher in unserer Gegend herumtreiben‘. Ja, er hatte recht gehabt. Ein ganz netter Mensch. Er lebt nach seiner Scheidung allein. Ein ruhiger Mensch. Man merkt kaum, dass er da ist.«

»Sie sagten, dass Sie den schwarzen SUV schon einmal gesehen haben?«

»Ja, gestern beim Einkaufen«, begann Frau Huber ihren Monolog weiter fortzufahren.

»Ich war gerade die Querstraße da vorne Richtung Lidl unterwegs, als ganz langsam ein schwarzer SUV an mir vorbeirollte. Die Fenster waren komplett abgedunkelt. Man konnte unmöglich sehen, wer im Fahrzeug saß. Das Kennzeichen war ein ausländisches, da bin ich mir sicher! Ich glaube, es war ein CH-Pickerl drauf.«

»Sie haben also die Insassen des Fahrzeuges nicht gesehen?«, fragte der Polizist noch einmal nach.

»Nein, das war unmöglich, aber als ich die Wohnungstür vorhin öffnete, sah ich kurz drei Männer vor der Tür stehen. Es waren Chinesen, oder vielleicht …?«, sie überlegte kurz. »Zumindest waren es Leute mit kleinen Augen, Sie wissen schon, welche ich meine.« Dabei schaute sie den großen Polizisten fragend an.

Der Einsatzleiter drehte sich kurz um und gab die Beschreibung von Frau Huber der Einsatzzentrale durch.

»Geben Sie sofort eine Fahndung raus!« Mit diesen Worten beendete er seine Durchsage und schaltete das Gerät ab.

∗∗∗

Erst auf der Autobahn legte sich Ricks Anspannung ein wenig und seine Verkrampfung in den Fingern löste sich merklich. Sein Blick richtete sich zwar immer noch auf den Rückspiegel, aber sein Denken war zumindest wieder halbwegs klar. Hatte er noch einmal Glück und war er dem Wahnsinn vorerst entkommen? Hatte er alles ins Auto gepackt? Seine Checkliste war komplett abgehakt. Keine verderblichen Essensreste in der Wohnung die zu stinken anfingen. Das Wasser war abgedreht und im Kleiderkasten hingen nur noch alte Sachen. Fing jetzt ein neues Leben für ihn an? Alles Fragen, für die sich in der nächsten Zeit wahrscheinlich Antworten finden ließen. Die Route in die Schweiz war wie die vor zwei Wochen: über die Autobahn nach München, Memmingen, Lindau und nach Lustenau. Dort fuhr er dann bei Au wieder über die Grenze. Diese erschien ihm zurzeit noch als einziges Hindernis. Mit den Skiern am Dach war seine Reisegeschwindigkeit heute etwas langsamer. Rick war nur wichtig, dass er wieder gegen 7.00 Uhr am Zollamt Au war. Zu diesem Zeitpunkt hatte er letztes Mal festgestellt, dass die Zollbeamten schon müde und träge waren und sich keinem unnötigen Stress mehr aussetzten. Das war seine große Chance, unnötigen Fragen und einer Fahrzeugvisitation zu entgehen. Auf der A96 von München bis Lindau war wenig Verkehr. Sein Navi zeigte noch immer die Ankunftszeit beim Grenzübergang mit 6.52 Uhr an. Ricks Anspannung steigerte sich abermals. Seine Antworten am Zoll hatte er zwar x-mal in seinen Gedanken durchgespielt, aber eine merkliche Beruhigung würde er erst nach dem Grenzübertritt verspüren.

Um 06.54 Uhr war es dann so weit, die Fahrzeugschlange vor ihm war nicht allzu lang. Vielleicht ein paar Autos mehr als vor zwei Wochen. Zwei Fahrzeuge vor ihm hatten auch Skier am Dach. Das könnte ein großes Glück sein. Alle Autos hatten deutsche Kennzeichen. Die zwei deutschen Fahrzeuge vor ihm wurden durchgewunken. Er wurde angehalten. Rick drehte die Seitenscheibe herunter und hielt seinen Reisepass schon bereit. Einer der zwei Zollbeamten beugte sich leicht nach vorne, blickte kurz auf seinen Pass und fragte: »Wo geht's denn hin?«

Rick antwortete spontan mit einem aufgesetzten Lächeln: »Nach St. Gallen. Die Shoot-Down-Woche darf man sich nicht entgehen lassen!«

»Dann viel Spaß auf der Piste!«, antwortete der Zollbeamte. Man konnte ein wenig Wehmut in seinen Worten heraushören. Das ließ sich Rick nicht zweimal sagen und fuhr los, noch bevor die Seitenscheibe ganz oben war. Die Erleichterung war ihm ins Gesicht geschrieben. Jetzt tat eine Pause gut! Gleich nach der Grenze in St. Margarethen hielt er nach einem Einkaufszentrum beim McDonald's an. Der Parkplatz davor war ideal. Die ersten Sonnenstrahlen kamen zum Vorschein. Ein kurzer Blick in die Tasche am Fuße des Beifahrersitzes zeigte, dass das Ladegerät noch eine Akkukapazität von 49 Prozent hatte.

Im McCafé befanden sich nur vier Gäste. Rick nahm einen

großen Kaffee und eine Heidelbeerroulade, damit setzte er sich direkt ans Fenster, damit er seinen Audi im Blickfeld hatte. Ein zu langer Aufenthalt wäre jetzt nicht gut, weil er eine gewisse Müdigkeit verspürte, die zu dieser Zeit nicht von Vorteil war. Nach einem kurzen Toilettenaufenthalt ging es weiter auf die A1. Ein prüfender Blick auf die Ladezeit am Akku zeigte ihm noch 45 Prozent, das konnte sich perfekt ausgehen! Sein Navi zeigte ihm: »noch 1.41 Stunden bis zum Paradeplatz in Zürich«.

Auf Ricks To-do-Liste stand noch, dass er während der Fahrt seinen Freund Kurt anrufen sollte. Es war für ihn sehr wichtig, sich bei seinem Freund zu verabschieden. Die Verwendung seines privaten Telefons wurde ihm zu riskant und er würde es nach dem Erhalt seines neuen Bankhandys deaktivieren. Beim ersten Versuch hob Kurt nicht ab, aber nach circa einer viertel Stunde kam sein Rückruf. Rick hatte sich eine Geschichte überlegt, die sehr plausibel klang. Weil er in den letzten zwei Jahren vor seiner Pension einen intensiven Kontakt mit einem Arbeitskollegen hatte, der überraschenderweise kündigte und zu einer Modefirma nach Marseille ging, erzählte er Kurt jetzt im Telefonat, dass er unterwegs nach Marseille sei, um seinen Freund zu besuchen. Der Aufenthalt bei ihm könnte ein paar Wochen dauern und er solle sich keine Sorgen machen. Das Haus seines Freundes befinde sich außerhalb Marseilles und deswegen könnte es mit der Telefonverbindung etwas schwierig werden. Kurt war zwar anfangs etwas misstrauisch, aber dann kam wieder sein zehnminütiger Monolog darüber, was an Marseille gut war, aber dass Cannes um einiges besser wäre. Deshalb müsste er unbedingt dort das Museum, das aussah wie eine Burg, auf der Insel Sainte-Marguerite, besuchen. Rick hörte nur mehr mit einem Ohre zu, weil seine Gedanken bereits in Zürich waren. Nachdem das Gespräch mit Kurt zu Ende war und sein Navi nur noch 27 Minuten bis zum Ziel anzeigte, stand auf seiner To-do-Liste Herrn Barigli anrufen. Beim dritten Summton war Bariglis Stimme zu hören: »Guten Tag, Herr Turner! Sind Sie schon in Zürich?«

»Guten Tag, Herr Barigli! Noch nicht ganz. Mein Navi zeigt noch 25 Minuten an. Ich befinde mich schon nach Winterthur.«

»Kann ich Ihnen die Adresse des Apartments durchgeben? Ich erwarte Sie dort. Es gibt eine Einfahrt zum Parkplatz, da könnten Sie ihr Auto abstellen.«

»Ja, bitte, einen kurzen Moment!« Rick griff in die Mittelkonsole nach einem Zettel und einem Schreiber.

»Die Adresse ist: Seestraße 111«, antwortete Barigli.

»Danke sehr! Bis gleich.« Rick legte auf und konzentrierte sich wieder auf den Straßenverkehr, der jetzt minütlich stärker wurde. Vor einer kleinen Baustelle staute es kurz, bis es dann in Richtung Zentrum von Zürich ging. Seine Konzentration war bereits am Tiefpunkt angelangt. Ein Müsliriegel und ein Schluck Wasser brachten auch nicht mehr die erhoffte Wirkung. Die Adresse vom Apartment hatte er eingespeichert. Zu seinem Erstaunen blieb die Ankunftszeit fast gleich und sein neuer Weg führte am Paradeplatz vorbei, bis knapp vor den Belvoirpark. Bis zur Bank waren es gefühlte drei Minuten mit dem Auto. Rick sah Herrn Barigli schon einige Meter vorher am linken Straßenrand stehen und gleich hinter ihm entdeckte er die besagte Einfahrt zum Parkplatz. Er war sichtlich froh, die Fahrt gut hinter sich gebracht zu haben.

Kurz vor Zürich war die Akkulaufzeit des Ladegerätes noch bei 29 Prozent.

Herr Barigli winkte ihm zu und zeigte ihm mit einer Handbewegung, dass im Gebäude zu seiner Linken das Apartment war. Davor befanden sich vier Abstellplätze, von denen noch zwei frei waren. Beim Aussteigen mussten sich Ricks Beine erst an das Stehen gewöhnen und sein Rücken schmerzte auch ein wenig. Das konnte ihn aber nicht abhalten Herrn Barigli herzlich zu begrüßen. Dessen herzliches Lächeln spürte sich für Rick echt an. Obwohl sich das erste Treffen sehr unsicher und teils frostig angefühlt hatte, war das jetzige Treffen genau das Gegenteil, fast schon etwas überschwänglich.

»Guten Tag, Herr Turner! Sie sehen etwas erschöpft aus«, fing Barigli an und reichte ihm die Hand.

»Guten Tag. Ja, das Alter macht sich schon bemerkbar«, antwortete Rick mit einem etwas müden Lächeln.

Mit einer einladenden Handbewegung zeigte er Rick, ihm in das Gebäude zu folgen. Rick nahm die Tasche mit dem Laptop und dem externen Ladegerät aus dem Auto mit. Auf keinen Fall würde er die Tasche unbeaufsichtigt im Fahrzeug lassen! Barigli wartete unter der Eingangstür mit einem fragenden Blick.

»Es befinden sich nur meine Dokumente und mein Portemonnaie darin«, antwortete Rick und wollte ihm damit die Skepsis nehmen.

»Zürich ist eine sehr sichere Stadt, Herr Turner!«, antwortete Barigli lächelnd.

»Daran muss ich mich erst gewöhnen …«, antwortete Rick und hakte damit das Thema ab.

Sie gingen durch ein breites Treppenhaus in den zweiten Stock. Barigli meinte zwar, sie könnten mit dem Lift nach oben fahren, aber Rick war sehr dankbar darüber, ein paar Stufen zu laufen. Von außen sah das Gebäude neu und sehr modern aus, mit zwei Stockwerken und einem Flachdach. Die Fassade war komplett weiß, nur die Glasbalkons schimmerten in einem dunklen Anthrazit. Auf jeder Etage befanden sich zwei Apartments. Im Stiegenhaus roch es nach frischer Farbe. Barigli sperrte die Tür mit der Nummer sechs auf und forderte Rick mit einem Handzeichen auf einzutreten. Er drehte das Licht im Vorzimmer auf und der Gang wurde mit sechs Spots, die in der Decke eingearbeitet waren, ausgiebig erhellt. An der rechten Seite befanden sich drei Türen und auf der linken zwei. Die Wände und Türen waren in hellem Weiß, nur die schön verzierten Türgriffe erstrahlten in frisch poliertem Gold. Zwischen den beiden Türen auf der linken Seite befand sich eine – auch in weiß gehaltene – Kleiderablage mit einer goldfarbig gerippten Umrahmung. Ein schmaler, weißer Schuhkasten in der Mitte der zwei Türen auf der rechten Seite war sehr dezent und unauffällig. Barigli öffnete alle fünf Türen und zeigte Rick die Räume. Hinter den drei Türen auf der rechten Seite befanden sich die Toilette, das Bad und ein kleiner Abstellraum, in den linken Räumen das Arbeitszimmer und ein Schlafzimmer. Am Ende des Ganges eröffnete eine Tür den Zugang zu einem großen Wohnzimmer mit offener Küche. Rick war überwältigt. Noch nie zuvor hatte er ein schöneres Wohnzimmer gesehen, das mit Licht nur so durchflutet wurde. Durch eine große Schiebeglastür konnte ein 10-m²-Balkon betreten werden. Vom Balkon aus konnte man direkt auf den Belvoirpark und den Zürichersee sehen.

»Wie gefällt Ihnen das Apartment? Ist alles zu Ihrer Zufriedenheit?«, fragte Barigli unterwürfig. Rick brauchte ein paar Sekunden, bis er aus dem Staunen wieder herausfand.

»Einfach perfekt! Ich bin Ihnen sehr dankbar dafür!«, waren seine einzigen Worte, die ihm spontan einfielen.

»Soll ich Ihnen jemanden schicken, der Ihnen mit Ihrem Gepäck hilft, Herr Turner?«

»Nein, nein! Das schaffe ich schon alleine«, lehnte Rick dankend ab. »Ein paar Dinge hätte ich noch mit Ihnen zu klären. Erstens: Könnte ich ein neues Handy bekommen? Zweitens: Ich brauche ein großes Bankschließfach. Und zuletzt: Wie können wir Ihre Ausgaben abrechnen?« Rick hatte noch gar nicht fertig gesprochen, da zog Barigli schon ein iPhone 13 Pro in goldener Farbe aus seinem Sakko und reichte es Rick. Ein kleiner Zettel klebte am Display, auf dem die PIN stand.

»Würde Ihnen das Handy zusagen?« Rick nickte und Barigli sprach weiter: »Ein großes Schließfach werde ich am Montag sofort für Sie bereitstellen und bezüglich der Abrechnung machen Sie sich keine Sorgen! Es läuft alles über die Bank. Ihr Name scheint nirgends auf, weder in Bezug auf das Apartment noch am Handyvertrag.« Nach einer kurzen Pause sagte Barigli: »Wenn Sie keine Fragen mehr haben, Herr Turner, dann werde ich Sie jetzt verlassen. Vielleicht können wir uns am Montag in der Bank sehen? Wenn es Ihnen um 11.00 Uhr recht wäre, könnte Sie unser Chauffeur Johann abholen.«

»Das wäre ausgezeichnet, Herr Barigli. Dann können wir alles Weitere noch besprechen.« Rick nickte zustimmend und schüttelte Barigli dankbar die Hand.

Nachdem sich in der neuen Wohnung eine angenehme Stille ausbreitete, ließ sich Rick erleichtert auf die riesige Couch fallen und atmete tief durch. »Das sieht aus wie im Paradies. Die Luxuswohnung, die Aussicht … Ich werde von einem Chauffeur abgeholt …« Es war wie im Traum und Rick wünschte sich, dass er nie wieder daraus erwachen würde.

Nach einer erholsamen, aber kurzen Rastpause schleppte er all seine Sachen aus dem Auto in das Apartment. Das Wichtigste war, dass der Laptop sofort an den Strom angeschlossen wird. Das externe Ladegerät zeigte nur noch acht Prozent Akku an. Der Schreibtisch, der über die vordere Seite des Arbeitszimmers reichte, war um einiges größer als seiner in der Wohnung in Österreich. Die zwei Monitore und die zwei Laptops erschienen fast mickrig auf dem riesigen Schreibtisch. Rick steckte die Laptops und die Monitore sofort ans Netz und diese zeigten das gewohnte Bild. Im Portfolio befanden sich 2.010.621.897 Franken. Auch in der Wallet lag ein ungewohnt hoher Betrag von fast 131 Millionen. Rick überwies sogleich 100 Millionen auf sein Konto. Anschließend räumte er seine Kleidungsstücke in einen achttürigen Kleiderschrank, der im Schlafzimmer die gesamte Breitseite in Anspruch nahm. Das 200 x 200-cm-Boxspringbett kam ganz nach seinem Geschmack. Mit einem integrierten Motor konnte der Kopf- und der Fußteil getrennt voneinander eingestellt werden. Die LED-Beleuchtung, der Netz- und USB-Anschluss am Kopfteil waren überaus praktisch.

Nach der ausgiebigen Begutachtung wurden die Toilettesachen im Bad verstaut. Das Bad musste mindestens 20 m² haben! Jeder Zentimeter war perfekt geplant. Der breite Waschtisch grenzte an eine Eckbadewanne mit Whirlpool-Funktion, die wiederum an eine begehbare Dusche anschloss. Oberhalb des Waschtisches befand sich ein breiter Kasten mit einigen Unterteilungen. Seine paar Utensilien verschwanden förmlich bei so einem Platzangebot. Rick stellte sich die Frage, wie viel das Apartment im Monat wohl kosten würde. Er verwarf den Gedanken auch gleich wieder, nachdem ihm sein Portfoliobetrag wieder in den Sinn kam. An so einen Luxus muss man sich erst einmal gewöhnen. Es war für ihn noch immer unbegreiflich.

Um 12.00 Uhr überkam ihn eine angenehme Müdigkeit, deshalb rückte er sich die Balkonliege zurecht und legte sich hin. Die Sonnenstrahlen, die auf seinen Körper schienen, waren so warm und wohlig, dass er unverzüglich einschlief. Nach circa drei Stunden weckte ihn eine frische Brise. Ein leichtes Frösteln durchzog seinen Körper. Sein Blick schweifte auf die Handys, die neben ihm auf der Liege lagen. Das Privathandy war auf Flugmodus gestellt und das goldene Handy von der Bank noch nicht aktiviert. Die nächsten zwei Stunden verbrachte er mit dem Umspeichern seiner privaten Nummern. Das Foto, das er von Joes E-Mail gemacht hatte, war noch immer auf seinem Privathandy. Der letzte Satz von Joe klang noch immer in seinen Ohren. »Lerne den Inhalt auswendig und vernichte den Zettel nach der Installation. Heb ihn auf keinen Fall auf!!!« Es war für Rick unmöglich, sich die 16-stellige Authenticator-Nummer zu merken, deshalb befand sich das Foto noch immer auf seinem Privathandy. Am Montag würde das Handy in das Bankschließfach gesperrt, dies kam ihm am sichersten vor.

Ein leichtes Magenknurren stellte sich ein. Bei der Erstbesichtigung mit Herrn Barigli war ihm in der Küche ein Folder von einem Lieferservice aufgefallen. Es waren einige leckere Speisen vom Italiener angeführt. Er entschied sich für eine normale Lasagne Bolognese. Nach dem Anruf dauerte es nur zwanzig Minuten, da klingelte es auch schon an der Tür. Rick musste erst den richtigen Knopf für die Gegensprechanlage mit Videoanzeige finden.

Der junge Mann vom Lieferservice stand ein paar Sekunden später schon vor der Tür und holte einen Karton aus seinem großen Lieferrucksack. Zum Glück hatte Rick von seiner ersten Zürichtour noch einige Schweizer Franken. Als Rick dem Boy einen Zwanziger hinstreckte und sagte: »Passt so!«, bedankte sich der Lieferbote überschwänglich und verließ das Treppenhaus. Das Suchen eines Tellers und des Bestecks war für Rick in der neuen, großen Küche noch ungewohnt. Die Portion der Lasagne reichte für zwei Mahlzeiten.

Am Abend kam eine weitere Herausforderung auf ihn zu. Wie schaltet man den Fernseher ein? Nach längerem Suchen nach der

Fernbedienung erkannte er, dass alle technischen Geräte mit einem 5,5-Zoll-Touchpad zu bedienen waren. Nicht nur der Fernseher und die Hi-Fi-Anlage, auch die Innenbeleuchtung und die Rollläden ließen sich damit bedienen. So wunderbar der 65-Zoll-8K-OLED-Fernseher auch war, Rick schlief schon um 21.00 Uhr auf der riesigen Couch ein und erwachte um 2.00 Uhr komplett orientierungslos. Der Fernseher lief auf Standby und das Licht hatte sich automatisch zurückgedimmt. Erst nach längerem Hin- und Herwälzen im Bett konnte er wieder einschlafen.

Nach einer ausgiebigen Massagedusche um 8.30 Uhr fühlte sich Rick am Sonntagmorgen wie neugeboren. Er beschloss einen kurzen Spaziergang zur Confiserie am Paradeplatz zu machen. Der Kaffee bei seinem ersten Besuch war ausgezeichnet und ein reichhaltiges Frühstück konnte auch nicht schaden. Bevor er das Apartment verließ, sperrte er auch zusätzlich die Tür zum Arbeitszimmer ab. Der Sonntagmorgen war noch kühl, obwohl die Sonne schien. Der Mantel leistete ihm am Vormittag noch gute Dienste. Der Straßenverkehr war merklich weniger als an den Wochentagen. Man fühlte sich wie in einem kleinen Städtchen. Die Straßenbahn fuhr ratternd vorbei und einige Radfahrer unterhielten sich lachend, als sie an ihm vorbeizogen. In Rick stieg ein zufriedenes Gefühl hoch. Das ausgiebige Frühstück im Café tat noch das Seinige dazu. Hatte er doch noch Glück und konnte er dem Wahnsinn in Österreich entkommen? Ein Luxusleben in der Schweiz ist schon vorstellbar. Zu Mittag wanderte er am Züricher Yacht-Club vorbei und betrachtete die kleinen Segelboote, die ruhig im Wasser ankerten. Im Arboretum, dem botanischen Gartenpark in Zürich, setzte er sich auf eine Bank und beobachtete Leute, die zu dieser Jahreszeit schon auf einer Decke im Gras saßen. Um 14.00 Uhr spazierte er wieder zurück zum Apartment. Das Programm am Laptop arbeitete unaufhörlich. Irgendwo musste es auch in diesem Spiel eine Grenze geben! Wo lag sie? Wird er es jemals herausfinden? All diese Fragen kamen schlagartig wieder in ihm hoch. Der Blick wanderte automatisch auf den Portfoliobetrag. Er versuchte sich innerlich einzureden, dass sich der Betrag verringert hätte, aber es war nicht so: 2.141.672.894 Franken waren zu sehen. In der Wallet befanden sich etwas mehr als 42 Millionen. Rick wartete noch mit der Überweisung. Erst um 17.00 Uhr waren wieder über 100 Millionen in der Wallet. Die Überweisung führte er prompt durch. Er überlegte kurz, wie viel Geld sich momentan auf seinem Konto befinden müsste. Es würden jetzt schon an die 800 Millionen sein.

Die Abendsonne war noch zu angenehm, um sich im Apartment einzumummeln, deswegen verbrachte er die letzten Sonnenstrahlen am Balkon in seiner gemütlichen Liege. Erst der auffrischende Wind vertrieb ihn vom Balkon auf die große Couch vor den Fernseher. Um 23.00 Uhr fiel er in sein großes Bett und obwohl seine Gedanken noch über das morgige Gespräch in der Bank in seinem Kopf herumschwirrten, schlief er nach wenigen Minuten tief und fest ein.

Zu große Gegner

Der tiefe Schlaf ließ ihn erst um 9.00 Uhr wieder los. Seine Morgen-
toilette war an diesem Montagmorgen etwas rascher erledigt. Bereits um 10.00 Uhr stand Rick fertig angezogen bereit. Es war noch
ein bisschen zu früh, um auf den Chauffeur zu warten, deswegen
kam ihm der Gedanke, noch einmal das Programm zu beobachten.
In der Wallet waren 130 Millionen, was ihn dazu bewog, die 100
Millionen schon jetzt zu überweisen. Das Spiel ließ sich von der
Geldentnahme nicht stören. Der Portfoliobetrag war trotzdem
schon wieder knapp über 2,3 Milliarden. Seine Gedanken flogen
noch über das Spiel, als es an der Türsprechanlage klingelte. Es war
10.43 Uhr, eine tiefe Männerstimme meldete sich: »Herr Turner,
ich bin Johann, ihr Chauffeur. Ich sollte sie um 11.00 Uhr zur Bank
bringen.«

»Ich komme runter. Eine Minute noch!«, antwortete Rick, sperrte
das Arbeitszimmer ab, nahm seinen Mantel und verließ das Apartment. Ein großer, älterer, grauhaariger Mann wartete vor dem Haus.
Er nahm die Chauffeurskappe ab, als er Rick sah und begrüßte ihn
mit einem gewinnenden Lächeln.

»Sie sind Johann? Und Sie bringen mich sicher zur Bank?«, fragte
Rick und setzte ein breites Lächeln auf.

»Ich werde mein Bestes tun, Herr Turner!«, antwortete Johann
und nickte.

Ein dunkelanthrazitfarbener Bentley stand in der Einfahrt. Johann öffnete die rechte hintere Tür und wartete, bis Rick im Fahrzeug Platz genommen hatte. Die Ledersitze waren in einem edlen
Braun und in der Mittelarmlehne war ein Telefon integriert. Für
Rick fühlte sich das alles wie ein unrealistischer Traum an. Seine

Gedanken schweiften zwei Monate zurück. Da war nichts, außer ein total verkorkstes, tristes Leben ohne Perspektive. Johann sprach während der Fahrt kein Wort. Rick bemerkte zwar, dass er ihn ein paar Mal im Rückspiegel beobachtete. »Was wird er wohl über mich denken? Wieder so ein reicher Emporkömmling?«

Johann steuerte den Bentley hinter die Bank in eine Seitenstraße, die in einer Tiefgarageneinfahrt mündete. Der Schranken öffnete sich und der Wagen rollte langsam in die Garage. Direkt vor dem Lifteingang hielt er an, stieg aus und öffnete die Wagentür.

»Johann, das war eine sehr angenehme Fahrt«, sagte Rick und lächelte. »Fahren Sie mich auch wieder zurück?«

»Natürlich, Herr Turner. Herr Barigli wird dies arrangieren«, antwortete Johann und deutete eine leichte Verbeugung an.

Johann begleitete Rick zum Besprechungsraum. Während die beiden mit dem Lift in die dritte Etage der Bank fuhren, betrachteten sie sich einen kurzen Augenblick. Rick fühlte sich ein bisschen verlegen. Was sollte man mit einem Menschen reden, den man zum ersten Mal im Leben sah. Die Lifttür öffnete sich und sie gingen einen breiten Gang mit einem eleganten, beige-oliv-farbenen Teppichboden entlang. An den Wänden hingen Bilder von berühmten Künstlern. Eines kam ihm sogar bekannt vor, aber es fiel ihm beim besten Willen nicht mehr ein, wie das Bild und der Künstler hießen. Es befanden sich auf beiden Seiten drei Türen. Vor der letzten, rechten Tür blieben sie stehen und der Chauffeur klopfte unüberhörbar. Sie warteten ein paar Augenblicke, dann öffnete Johann die Tür und sie betraten einen Besprechungsraum, in dem sich lediglich ein runder Tisch und sechs Sessel in der Mitte befanden. Barigli und noch ein älterer Mann saßen bereits am Tisch. Johann sagte mit lauter, tiefer Stimme: »Entschuldigen Sie, Herr Turner ist hier!« Johann nickte kurz, drehte sich um und verließ den Raum. Die beiden Herren am Tisch, Herr Barigli und der andere, ältere Mann standen auf und kamen Rick entgegen. Barigli ließ dem älteren Mann den Vortritt, also nahm Rick an, dass es sich um seinen Vorgesetzten handeln müsse.

»Guten Tag, Herr Turner! Wir hatten noch nicht das Vergnügen.

Mein Name ist von Hohenfeld, Vorstandsvorsitzender dieser Bank.«
Er reichte ihm mit einem höflichen Lächeln die Hand.

»Guten Tag, Rick Turner«, antwortete dieser ein bisschen verlegen.

Auch Barigli schüttelte ihm kurz die Hand, mit einem »Hallo, Herr Turner.«

Sie setzten sich an den Tisch. Rick saß den beiden gegenüber. Barigli hatte einen Laptop vor sich stehen und blickte ganz kurz darauf. Auf dem Tisch stand weiters eine silberne, antike Kaffeekanne mit dem dazu passenden Service. Herr Barigli deutete auf die Kaffeekanne: »Möchten Sie Kaffee, Herr Turner?«

»Ja, bitte.«

Herr von Hohenfeld betrachtete Rick eindringlich, bevor er zu sprechen begann: »Herr Turner, Sie kennen ja bereits Herrn Barigli. Ich hoffe, Ihnen gefällt das Apartment, das er für Sie ausgesucht hat?« Rick nickte zustimmend und Herr Hohenfeld sprach gleich weiter: »Herr Turner, auch ich würde Sie gerne etwas näher kennen lernen. Wie stellen Sie sich in Zukunft die Zusammenarbeit mit unserer Bank vor? Welche Wünsche haben Sie an uns?«

Eine kurze Stille trat ein. Rick versuchte so locker wie möglich zu sprechen um auf keinen Fall nervös zu klingen. Beide Banker fixierten ihn mit ihren Blicken, als wollten sie ihn durchschauen.

»Ja, wo sollte ich am besten beginnen?« Er dachte kurz nach und sprach dann weiter: »Wie Sie ja bereits gesehen haben, sind bereits 600 Millionen auf mein Konto eingegangen. Diese Woche wird es wahrscheinlich eine Milliarde werden. Meine Vorstellungen sind: vollste Diskretion. Und was mir besonders am Herzen liegt: Ich brauche den besten Personenschutz, den Sie auftreiben können!«

Auf den Gesichtern der beiden war keine Reaktion zu erkennen. Entweder waren sie diese Geldbeträge gewöhnt, oder sie waren ausgefuchste Profis.

Barigli schaute kurz in seinen Laptop und sagte dann: »Es stimmt! Ihr Kontostand beläuft sich momentan auf 600 Millionen. Was wir gerne von Ihnen wissen möchten: »Was gedenken Sie mit dem Geld zu machen? Wollen Sie es weitertransferieren oder kann die Bank langfristig damit arbeiten? Und wie hoch, glauben Sie, wird die Summe noch ansteigen? Sie haben ja sicherlich schon eine Vorstellung, oder brauchen Sie Unterstützung von uns? Denken Sie an Investitionen?«

»Ich weiß, das sind sehr viele Fragen an mich und ich werde Sie Ihnen auch in den nächsten Wochen beantworten, aber mir sind momentan zwei Dinge besonders wichtig. Erstens: meine Sicherheit. Und zweitens: Diskretion. Eines kann ich Ihnen auf alle Fälle versichern: Sie werden es nicht bereuen! Sie helfen mir und ich helfe der Bank. Ich werde das Geld nicht abziehen. Sie können sich auf mich verlassen, aber ich möchte mich auch auf Sie verlassen. Meine Frage daher zum Schluss: Haben Sie die Möglichkeit, mich zu schützen?«

»In welcher Form brauchen Sie Schutz?«, wollte von Hohenfeld wissen.

»Ich bin nach Zürich gezogen, weil ich glaube, dass ich verfolgt werde. Ich kenne die Leute zwar nicht, aber ich weiß, dass sie es nicht gut mit mir meinen. Ich glaube zu wissen, wie sie aussehen, aber sicher bin ich nicht. Es handelt sich um zwei Asiaten. Das ist zwar dürftig, aber mehr weiß ich momentan auch nicht. Haben Sie die Möglichkeit, mir Personenschutz zu gewähren? … oder eine Videoüberwachung? Ich weiß nicht, welche Möglichkeiten es noch gibt.«

Herr von Hohenfeld fragte etwas nachdenklich: »Ich möchte nicht indiskret erscheinen, aber eine Frage drängt sich bei mir auf: Ist das Geld illegal, das Sie überweisen?«

Rick betrachtete ihn ganz genau, bevor er antwortete: »Nein, das Geld ist nicht illegal! Was ich aber bis jetzt weiß, ist, dass einige Personen glauben ein Recht auf einen Teilbetrag zu haben. Es ist ein hoher Betrag und da hat man schnell einige Neider.«

Herr von Hohenfeld ließ nicht locker. »Von welcher Branche sprechen Sie?«, fragte er.

»Ich spreche von Kryptowährungen«, antwortete Rick spontan.

Jetzt konnte er sehen, wie sich seine Gegenüber kurze Blicke zuwarfen, die für ihn nicht zu definieren waren.

»Natürlich haben wir eine eigene Security-Abteilung!«, begann Barigli zu sprechen, »und ich kann behaupten, sie arbeitet sehr professionell. Wir haben die Möglichkeit, Sie in den nächsten zwei Wochen zu bewachen, und das auch über Video und Spezialortung. Sie müssten uns nur die schriftliche Einwilligung dafür erteilen.«

Rick antwortete erleichtert: »Ja, das kann ich gleich machen.«

Barigli sprach noch weiter: »Am Samstag haben Sie von einem Schließfach gesprochen. An welche Größe haben Sie dabei gedacht?«

»Es sollte eine Laptoptasche darin Platz haben«, antwortete Rick und trank eine Schluck Kaffee aus der angebotenen, silbernen Tasse. Die beiden Herren gegenüber lehnten sich etwas zurück, als wollten sie damit andeuten, dass der geschäftliche Teil abgeschlossen sei und nun nur noch ein Smalltalk-Teil bevorstand. Barigli stand auf, wandte sich zum Fenster und schaltete mit einer kurzen Bewegung am Ohr sein Headset ein. Er sprach sehr leise. Rick konnte nur ein paar Wörter verstehen. Es ging um das Schließfach und wahrscheinlich um das Formular für einen Security-Auftrag.

Die drei Männer unterhielten sich noch kurze Zeit über Start-up-Firmen und darüber, wofür es sich lohnen würde zu investieren. Der Gesprächsinhalt bezog sich auch noch generell auf die Stadt Zürich und welche Aktivitäten lohnenswert wären zu unternehmen. Das Gespräch endete abrupt, als Frau Stöckli das Formular für den Security-Auftrag zum Unterschreiben brachte. Nach der Unterzeichnung gab Barigli noch einige Informationen zum Ablauf der Überwachung. Rick würde nichts mitbekommen. Die Wohnung würde videoüberwacht. Zwei bis vier Personen befänden sich ständig in seiner Nähe. Sollten sich Rick eine oder mehrere verdächtige Personen nähern, würden diese aufgefordert, sich auszuweisen. Sollten sich Fremde Zutritt zum Apartment verschaffen wollen, würden sie festgenommen und der örtlichen Polizei übergeben. Das Einverständnis für diese Vorgehensweise erteilte Rick mit seiner Unterschrift.

Der genaue Ablauf zur Benutzung des Schließfaches wurde von Barigli auch noch im Detail erklärt. Rick bekam einen Schlüssel ausgehändigt, auf dem die Zahl 1012 stand. Mit diesem Schlüssel konnte er sein Schließfach aber nicht alleine öffnen. Es brauchte zeitgleich einen Zweitschlüssel, um es öffnen zu können, und den hatte Herr Barigli. Ohne die beiden Schlüssel konnte das Schließfach niemals geöffnet werden. Den Schlüssel durfte Rick keinem Dritten übergeben. Um das Schließfach zu benutzen, musste Rick zuerst mit seinem rechten Daumenabdruck auf einem Scan seine Identität bestätigen. Dann bekam er ein Formular vorgelegt, um diese Bedingungen zu unterschreiben. Barigli wollte von ihm noch wissen, ob er das Schließfach gleich benutzen wollte. Rick verwies auf morgen. Sie vereinbarten einen genauen Termin für den folgenden Tag um 13.00 Uhr. Barigli gab auch Johann Bescheid, Rick zu diesem Zeitpunkt wieder abzuholen.

Nach wenigen Augenblicken klopfte es an der Tür und Johann, der Chauffeur, fragte, ob er Rick wieder zum Apartment fahren sollte. Die drei Gesprächspartner verabschiedeten sich höflich und Rick verließ mit Johann auf demselben Weg die Bank, wie sie gekommen waren. Während der Fahrt zum Apartment versank Rick wieder in seine Gedanken. Er musste das Programm auf **TradeEnd** stellen! Es wurde ihm zu gefährlich! Vielleicht waren sie ihm schon gefolgt? Er konnte sich auch nicht vorstellen, wie das Spiel reagieren würde, wenn es auf **TradeEnd** gestellt wurde. In Joes Schreiben stand, nur im Notfall sollte dies gemacht werden. Würde das Geld auf seiner Wallet auf ewig gespeichert bleiben? … oder verfällt es irgendwann? All diese Fragen beschäftigten ihn, bis der Wagen vor seinem Apartment hielt und Johann ihm die Tür aufhielt. Er begleitete ihn noch bis zur Apartmenttür und verabschiedete sich höflich von ihm.

»Ich werde Sie morgen um Viertel vor eins wieder abholen, wenn es Ihnen genehm ist, Herr Turner.«

»Ja, danke, Johann. Das wäre sehr nett von Ihnen.« Rick ging in sein Apartment und ließ sich auf die Couch fallen. Sein Magen meldete sich. Es war ihm gar nicht bewusst geworden, dass er den ganzen Tag noch nichts gegessen hatte. Die Nummer mit dem Lieferdienst war bereits in sein neues Handy eingespeichert.

Zwanzig Minuten später stand der Lieferbote schon vor der Tür. Diesmal hatte er gebratene Ente mit Reis bestellt. Sie schmeckte ausgezeichnet. Nach dem Essen war es noch einmal an der Zeit, das Portfolio zu checken. Der Betrag war bei 2.368.259.012 Franken angelangt, wobei die Wallet enorm schwankte. Rick wartete auf eine passende Gelegenheit und überwies nochmals 100 Millionen.

Eine innere Stimme sagte ihm, dass etwas nicht stimmte. Es war wieder das ungute Gefühl im Bauch, das bis zum Magen hochstieg. Seine Gedanken schweiften wieder ab. Die überstürzte Abreise aus Österreich … Plötzlich holte ihn ein Gongklang wieder aus seinen Gedanken. Es war eine eingegangene Mail. Rick öffnete mit unruhiger Hand das Outlook. Er erkannte sofort die eingegangene Mail an der ukrainischen Adresse. Sein Englisch konnte man zwar nicht als perfekt bezeichnen, aber die Ausdrucksweise war wie beim ersten Mal. »Wenn Sie geglaubt haben, wir finden Sie in Zürich nicht, haben Sie sich getäuscht! Sie wissen, was Sie uns angetan haben! Es gibt für Sie kein Entkommen. Sie werden dafür bezahlen!«

Kein Absender, kein Garnichts. Auf Ricks Stirn bildeten sich schon wieder Schweißtropfen. Sein ungutes Gefühl hatte ihn nicht getäuscht. Seine Hände zitterten. Die Gegner waren eindeutig zu groß für ihn. Es gab nur eines: Barigli anrufen. Nach dem dritten Läuten war seine Stimme schon zu hören. »Guten Tag, Herr Turner! Haben Sie noch etwas vergessen?«

»Ja, Herr Barigli. Ich wollte Sie fragen, wann das Security-Team bereitsteht. Ich glaube, die Verfolger, von denen ich gesprochen habe, sind schon in der Nähe.«

»Keine Sorge, Herr Turner! Das Team ist schon im Einsatz. Soweit ich informiert bin, funktioniert die Videoüberwachung bereits und zwei Personen sind schon vor Ort. Es dürfte alles zu Ihrer Zufriedenheit laufen.«

»Vielleicht könnten Sie die Information weitergeben, dass die Leute Profis sind. Wahrscheinlich sind sie bewaffnet und warten nicht lange davon Gebrauch zu machen. Nach meinem Gefühl zu urteilen werden sie schon in den nächsten Stunden auftauchen.«

»Werde ich so weitergeben. Und sollte etwas sein, können Sie mich jederzeit anrufen.«

»Danke, Herr Barigli.« Rick legte auf. Es blieb ihm keine Wahl, das Spiel musste auf TradeEnd gestellt werden.

Er saß einige Minuten vor dem Programm und beobachtete, wie die Beträge in Kryptowährungen umgesetzt und wiederverkauft wurden, in der Wallet abgelegt und wieder weiter getradet wurden. Rick hätte sich nicht gedacht einmal das Icon zu drücken, aber es blieb ihm nichts anderes übrig:

»TradeEnd«.

Ein kleines Fenster öffnete sich mit der Frage: »Are you sure? Yes or No?« Rick klickte auf »Yes«. Die ersten Sekunden lief das Spiel weiter, als ob nichts gewesen wäre, aber dann wurde der Wallet-Betrag immer höher. Der Portfoliobetrag stieg zusehends langsamer, bis sich nach etwa zehn Minuten der ganze Betrag in der Wallet befand. **2.398.517.923 Franken.** Ein weiteres kleines Fenster öffnete sich mit den Worten: »EXIT the program Yes or No«. Er klickte wieder auf »Yes«. Alle Fenster wurden auf beiden Monitoren geschlossen. Es war nur noch ein hellblauer Hintergrund zu sehen. Er beendete den Taskmanager und der Laptop stand nach fünf Sekunden komplett still vor ihm. Sein erster Gedanke war: »Zieh sofort den Stick heraus und verstecke ihn bis morgen irgendwo im Apartment.« Seine Gedanken kreisten wild umher, aber dann kam ihm der rettende Gedanke: »Ich muss den Laptop mit dem Stick noch heute in die Bank bringen. Es duldet keinen Aufschub.« Er rief noch einmal Barigli an und bat ihn, dass er Johann noch einmal schicken sollte, er müsse unbedingt ans Schließfach, und die Security-Leute sollten sich bereithalten.

Johann läutete fünfzehn Minuten später an der Tür. Rick vergewisserte sich, ob es tatsächlich Johann war, erst dann öffnete er die Tür und ging mit ihm zum Auto, das jetzt unmittelbar vor der Tür wartete. Zwei Personen standen vor dem Bentley. Der eine hatte eine Figur wie ein Wandschrank, der Zweite war etwas kleiner, sah aber ebenfalls extrem durchtrainiert aus. Johann erklärte ihm, dass dies die Leute vom Security-Team seien und sie begleiten würden. Rick setzte sich rechts hinten in den Wagen und umklammerte die Tasche, die den Laptop und im inneren Seitenfach den USB-Stick mit seinem Privathandy, auf dem sich das Foto vom Joes Mail befand, beinhaltete. Sein Plan war, dies so schnell wie möglich in das Schließfach zu sperren. Für ihn war das der einzig sichere Ort. Nach seinem Gefühl zu urteilen würden die Asiaten noch heute bei ihm auftauchen. Ein Security-Mann setzte sich neben Rick auf die Rückbank, der andere folgte ihnen mit einem schwarzen Bentley Bentayga. Der Weg war der gleiche wie am Vormittag. Der Verkehr war fließend. Der Schranken vor der Tiefgarageneinfahrt öffnete sich schon einige Meter vorher und sie konnten, ohne stehen zu bleiben, einfahren. Direkt vor dem Lift hielt Johann an. Der Security-Mann sagte zu Rick, er solle noch im Fahrzeug bleiben, bis sie die Umgebung gesichert hätten. Es dauerte nur kurz, dann wurde für Rick die Wagentür geöffnet und die zwei Männer vom Sicherheitsdienst begleiteten ihn zum Lift. Die Aufzugtür stand bereits offen und ein weiterer Mann vom Sicherheitsteam stand davor. Johann, Rick und zwei Männer vom Team stiegen in den Aufzug und sie fuhren bis zum Eingangsbereich. Hier standen neben Herrn Barigli zwei weitere Sicherheitsleute.

»Bitte, Herr Turner, folgen Sie mir!«, sagte Barigli etwas besorgt und ging voraus. Rick folgte ihm, eingekreist von drei Männern des Sicherheitsdienstes. Sie gingen einen Flur entlang bis zu einer Sicherheitsschleuse. Barigli tippte einen Code ein und die Tür öffnete sich. Die drei Security-Leute blieben davor stehen. Rick und Barigli gingen durch einen weiteren Gang bis zu einer Stiege, die in den Schließfachraum hinunterführte. Der Raum wurde ebenfalls von Herrn Barigli mit einem Code geöffnet. Hinter der Tür eröffnete sich ein großer Raum, in dem sich an allen vier Wänden Schließfächer befanden, die mit Nummern versehen waren. In der Mitte des Raumes stand ein großer, viereckiger Tisch. Rick nahm seinen Schlüssel aus der Hosentasche mit der Nummer 1012. Barigli blieb auf der rechten Seite der Schließfächer stehen und deutete auf ein Schließfach mit zwei Schlüsselöffnungen und zwei kleinen Displays für die Daumen-Scans. Darauf stand die Nummer 1012. Zuerst steckte Barigli seinen Schlüssel in die rechte Öffnung und hielt anschließend seine Daumen auf den Scan, dann forderte er Rick auf, dasselbe zu machen. Seine Hände zitterten, aber er schaffte es fehlerfrei. Die Tür des Schließfaches sprang mit einem leisen Surren auf. Das Fach hatte sicherlich einen Durchmesser von einem halben Meter. In der Höhe vielleicht etwas weniger. Rick legte die Laptoptasche sofort ins Schließfach, als wäre sie 100 Grad heiß. Barigli schloss das Fach und zog seinen Schlüssel wieder heraus. Rick tat das Gleiche und es war abermals ein leises Surren zu hören. Das Schließfach war sogleich wieder verschlossen. Die Türen in der Sicherheitsschleuse öffneten sich von innen automatisch. Barigli verabschiedete sich auf dem Weg zum Lift: »Herr Turner, Sie sind rund um die Uhr in sicheren Händen! Falls Sie noch Hilfe benötigen, rufen Sie mich jederzeit an!«

»Danke, Herr Barigli!« Händeschüttelnd verabschiedeten sie sich und Rick fuhr mit Johann und zwei Sicherheitsbeamten in die Tiefgarage, wo wieder vor dem Bentley zwei weitere Sicherheitsbeamte auf ihn warteten. Ein Security-Mann nahm hinten neben Rick wie gehabt Platz. Die anderen zwei Männer stiegen in den schwarzen Bentley Bentayga ein, der seitlich neben der Ausfahrt bereitstand. Rick klärte während der Fahrt mit dem Security-Mann neben ihm noch, wie es abläuft, wenn er einen Spaziergang machen wollte oder wenn er sich ein Essen bestellte. Der Mann erklärte ihm, dass sie jede Person kontrollieren, die den Wohnblock betreten wolle. Und falls er das Apartment verlasse, würden sie immer unauffällig in seiner Nähe sein.

Johann hielt direkt vor der Eingangstür. Hinter ihnen blieb der Security-Wagen stehen. Die zwei Männer stiegen aus und kontrollierten den Eingangsbereich, dann erst öffnete Johann die Fahrzeugtür. Johann und ein Sicherheitsmann blieben vor dem Hauseingang stehen, während die anderen beiden mit Rick durch den Stiegenaufgang zu seinem Apartment gingen. Der eine gab Rick zu verstehen, er solle das Apartment aufschließen und mit ihm davor warten, während der andere das Apartment durchsucht. Nach der Überprüfung gab er die Wohnung frei und die beiden verabschiedeten sich mit einem kurzen Kopfnicken. Rick ließ sich auf die Couch fallen. Seine Hände zitterten und die Anspannung, die er erst jetzt merkte, verursachte ihm leichte Kopfschmerzen. Sein Magen machte sich bemerkbar – er hatte auch heute noch nichts gegessen. Der Lieferdienst sollte ihm Spaghetti Carbonara bringen. Zwanzig Minuten später klingelte es an der Wohnungstür. Rick schaute durch den Spion und sah einen Security-Mann davorstehen. Er öffnete die Tür und der Mann überreichte ihm die Tasche vom Lieferservice: »Haben Sie etwas vom Lieferservice bestellt?«

»Ja, Spaghetti Carbonara!«, antwortete Rick etwas nervös.

Der Mann überreichte ihm die Tasche mit dem Essen und verschwand wieder.

Rick verschlang hungrig die ganze Portion in kürzester Zeit. Er saß anschließend noch eine Weile vor dem leeren Teller und seine Gedanken begannen wieder zu kreisen: Wenn das das schöne Leben in Reichtum sein sollte, dann wäre ihm das alte Leben wieder lieber. Wie bald würden sie hier sein? Seinem Gefühl nach waren sie schon in der Nähe. Das Programm fehlte ihm! Erst jetzt wurde ihm bewusst, wie lange er jeden Tag davorgesessen war. Die Zahlen, die ihm jedes Mal so unrealistisch vorkamen. Die anfängliche Nervosität, nichts falsch zu machen, aber dann zuletzt wurde es schon zur Routine. Das Schließfach war die einzige Möglichkeit, das Spiel in Sicherheit zu bringen. Joe wollte sicherlich nicht, dass das Spiel in die Hände der Asiaten käme. Erst jetzt erkannte Rick, wie schwer es ihm gefallen war, das Programm abzuschalten. Im Nachhinein betrachtet, verursachte es auch bei ihm eine Sucht oder auch Gier, immer mehr Geld zu besitzen. Obwohl er keine Spielernatur war, ergriff das Spiel Besitz von ihm. Wenn die Gefahr nicht so groß geworden wäre, hätte er das Spiel mit Sicherheit nie beendet, denn von solch einem Reichtum, der sich selbstständig vermehrt, träumt insgeheim wohl jeder!

Nachdem er das Geschirr in die Küche getragen hatte, war ihm noch nach ein paar Sonnenstrahlen auf dem Balkon. In der Liege überkam ihn erst wieder eine gewisse Ruhe. Es fühlte sich im Nachhinein alles so unwirklich an – die Bodyguards um ihn herum ... Sie waren Profis, das war ihm schon klar, aber in manchen Situationen war ihm das alles zu viel. Es kam ihm vor, als wäre er in einem »Al Capone«-Film gelandet, in dem hinter jeder Ecke ein Krimineller lauerte. Nach geraumer Zeit überkam ihn die Müdigkeit und die warmen Sonnenstrahlen tat noch das Ihrige dazu. Erst als die Sonne hinter den Parkbäumen verschwand, erwachte er wieder und der auffrischende Wind vertrieb ihn vom Balkon auf die Couch ins Wohnzimmer. Seine Sinne registrierten noch immer jedes ungewöhnliche Geräusch in seiner Umgebung. Einmal waren es Schritte im Stiegenaufgang, ein anderes Mal war es ein Schrei eines Kindes, der von der Straße herauf zu hören war. Seine Nerven waren nach wie vor angespannt. Der Fernseher ließ ihn ruhiger werden und lenkte ihn ein wenig ab. Gegen zehn Uhr musste er auf der Couch eingeschlafen sein. Seine Träume führten ihn wieder zu der Szene, in der Joe über das Geländer im Einkaufscenter stürzte. Aber dieses Mal fiel Joe immer und immer wieder an ihm vorbei. Es war kein Aufprall zu hören, Joe flog immer nur für einen Bruchteil einer Sekunde an ihm vorbei. Wie in einer Endlosschleife. Plötzlich erwachte er schlagartig. Er musste sich erst orientieren. Er glaubte einen Knall gehört zu haben. Seine Armbanduhr zeigte kurz vor 03.00 Uhr. Seine Sinne waren total angespannt. Es war totenstill, bis er jemanden den Gang entlang die Treppe hinunterlaufen hörte. Ein paar Sekunden später wiederholte sich der Lärm am Gang. Ricks Herzschlag begann zu rasen. Das Gefühl im Bauch, das wieder bis zum Magen hochstieg, war da. Es war eindeutig! Sie konnten nicht weit sein! Dieses Mal konnte er aber nicht fliehen! Die Stille, die nun herrschte, löste bei ihm eine unbeschreibliche Angst aus. Die Hände fingen an zu zittern, die Stirn war komplett feucht und die Muskeln verkrampften sich. Sich zu bewegen wäre zu diesem Zeitpunkt unmöglich gewesen.

***

Chan bekam einen Anruf von Wong, seinem IT-Spezialisten, dass Rick Turners Handy in der Schweiz geortet wurde. Er müsste sich demnach in Zürich aufhalten.

»Sehr gut!«, kam es aus Chans Mund. Er spürte, dass sie ihn abermals finden würden. Jetzt war es an der Zeit, seinen Bekannten in Zürich anzurufen. Mit ihm vereinbarte er für Sonntag um 14.00 Uhr ein Treffen. In der Zwischenzeit sollte dieser schon Erkundigungen über Rick Turner einholen. Vielleicht fand er auch schon seinen Aufenthaltsort heraus. Die Stadt war ja nicht groß, und sein Bekannter war sehr gut in Zürich vernetzt. Den genauen Treffpunkt ließen sie aber noch offen. Erst am Sonntag um 12.00 Uhr rief Chans Informant an, dass sie sich auf der A3W bei der Autobahn Zürich Süd, Ausfahrt Allmendstraße in der Kneipe »Fork & Bottle« treffen würden. Die Kneipe war sehr amerikanisch angehaucht. Auf der Speisekarte wurden Burger in allen Varianten und Größen angeboten. Es war nicht der Geschmack der drei Asiaten, aber sie fügten sich den Bedürfnissen des Informanten und waren froh, wieder eine Spur von Turner zu haben. Ihr Informant saß schon an einem Tisch am Fenster und war schwer beschäftig den riesigen Burger, der vor ihm stand, zu bändigen. Als die drei bei ihm am Tisch ankamen, machte er keine Anstalten, sich zu erheben, geschweige sie zu begrüßen. Er schaute nur kurz auf und verzog sein Gesicht ein wenig, bevor er sich wieder seinem Burger widmete. Chan und seine zwei Handlanger setzten sich ihm gegenüber an den Tisch.

»Guten Tag, Herr Steinbeck!«, begann Chan leise in Englisch zu sprechen. »Haben Sie schon etwas herausgefunden?« Steinbeck schaute kurz auf und vertiefte sich wieder in sein Essen. Nach ein paar Bissen fragte er: »Wie viel schaut für mich heraus?«

»Das kommt drauf an, wie brauchbar Ihre Informationen sind.«

»Ich weiß den genauen Aufenthaltsort. Wie viel ist euch die Adresse wert?«

Chan überlegte kurz: »Zehntausend Schweizer Franken.«

»Zwanzig, und ihr habt die Adresse in zehn Sekunden!«, antwortete Steinbeck, ohne vom Essen aufzublicken.

»O.k., zwanzig, einverstanden. Seestraße 111.«

Steinbeck griff in seine Jackentasche, die neben ihm am Stuhl hing und zog einen kleinen Zettel heraus, auf dem seine Kontonummer stand: »Spätestens am Dienstag möchte ich die zwanzig auf meinem Konto sehen!«

Chan war verblüfft wie kaltschnäuzig sich dieser herausgefressene Deutsche ihm gegenüber verhielt, aber er brauchte ihn und das wussten beide, deswegen nahm Chan diese Erniedrigung hin und verließ, gefolgt von seine Begleitern, zähneknirschend den Tisch.

Eine halbe Stunde später standen sie dank Navi vor dem Wohnblock mit der Adresse Seestraße 111. Davor waren ein paar Parkplätze, die nicht belegt waren. Sie blieben einen Häuserblock weiter stehen und erkundeten zuerst die Umgebung. Sie fanden schnell heraus, dass sich Rick Turner im zweiten Stockwerk in dem Eckapartment aufhielt. Mit einem Fernglas konnten sie ihn auf dem Balkon von der gegenüberliegenden Straßenseite genau erkennen. »Jetzt bist du fällig, mein Lieber!«, dachte Chan. »Jetzt nur nichts überstürzen! Einen Tag früher oder später, darauf kommt es nun auch nicht mehr an.« Wichtig war ihm, dass sie nicht gesehen werden, und das vermieden sie, indem sie immer einzeln und abwechselnd das Haus hinter einem dichten, niedrig gewachsenen Baum beobachteten.

Am Montag mussten sie feststellen, dass sich mehrere Security-Leute um Rick Turner scharten. Nach längerem Beobachten fassten sie den Entschluss, in der Nacht über das Dach in das Apartment einzusteigen. An der Vorderseite waren abends zwei Security-Leute postiert. Diese konnten sie nur umgehen, indem sie von der Rückseite auf einen Balkon, der in den Gang zum Obergeschoss führte, aufstiegen und dann weiter aufs Dach kletterten. Von dort würden sie sich auf den Balkon vom Apartment abseilen. Die Balkontür zu öffnen war für sie nur ein Kinderspiel. Der sicherste Zeitpunkt war immer um 3.00 Uhr in der Früh. Die meisten Leute schliefen um diese Zeit und für die Security-Leute war die Wach- und Konzentrationsphase am schwächsten.

***

Ohmet war der Einsatzleiter der SSZ-Truppe. SSZ stand für Special Security Zürich. Er hatte die Truppe vor fünf Jahren gegründet, nachdem er als Oberleutnant aus der Luftlandeeinheit ausschied. Seine Einsatzgebiete waren Mali, Irak und Syrien, bis ihn ein Geschoss am Fuß traf und er ehrenvoll aus der Armee entlassen wurde.

Er hatte mit seinen drei besten Leuten diesen Auftrag angenommen, weil die Bezahlung überdurchschnittlich hoch war. Die Person, die zu beschützen war, flüchtete aus Österreich hierher nach Zürich und war überaus reich. Das Honorar lag bei 10.000 Schweizer Franken pro Tag. So hohe Beträge wurden normalerweise nicht angeboten, aber das Risiko war noch nicht abschätzbar.

In der Nacht setzten sie Nachtsichtgeräte ein, um keine bösen Überraschungen zu erleben. Zwei Personen teilte er auf der Vorderseite des Gebäudes ein und mit seinem besten Mann bewachte er die Rückseite. Seiner Erfahrung nach zu urteilen konnte ein Angriff nur von der Rückseite erfolgen. Das Gebäude grenzte an einen Zaun, an dem ein großer Baum stand. Von da aus konnte man mit Leichtigkeit über einen Balkon ins Gebäude einsteigen. Hier lag der einzige Schwachpunkt in der Nacht. Auf dieser Seite war keine Beleuchtung vorhanden. Die Vorderseite hingegen war von der Straßenseite her stark beleuchtet und es war daher unmöglich, ungesehen ins Objekt einzudringen.

Die Nachteinsätze machten ihm nichts aus, da er nach seiner Armeezeit an starken Schlafstörungen litt. Der Militärpsychologe, der ihn nach seinem letzten Einsatz untersucht hatte, diagnostizierte eine teilweise irreparable Schädigung des Unterbewusstseins, das dafür verantwortlich wäre, gewisse Situationen aufzuarbeiten. Er mochte keine Ärzte und schon gar nicht Psychologen, denn die fanden bei jedem immer was Schlimmes, kehrten es an die Oberfläche und machten ein Problem daraus.

Je später es wurde, desto stärker stieg seine Konzentrationsfähigkeit. Er hatte oft miterlebt, wie viele seiner Kameraden ihr Leben in der Nacht verloren. Gerade die Stunden von 3.00 bis 5.00 Uhr früh waren die gefährlichsten. Seine Erfahrung sagte ihm, sollte die Gefahr bei diesem Auftrag wirklich hoch sein und Profis am Werk sein, würde es heute Nacht um 3.00 Uhr losgehen. Deshalb rief er um 02.50 Uhr noch einmal per Headset seine Kameraden durch, besonders wachsam zu sein.

Um genau 03.04 Uhr bewegte sich etwas an der Rückseite des Hauses. Zuerst konnte Ohmet nur leise Schritte vernehmen, bis er eine dunkle Gestalt sah. Er gab seinem Kameraden neben ihm ein Zeichen, noch zu warten. Ein paar Sekunden später war schemenhaft eine zweite Gestalt erkennbar. Sie setzten das Nachtsichtgerät ein und erkannten exakt zwei Gestalten, die gerade am Baum hochkletterten und auf den Balkon steigen wollten. Ohmet lud sein Betäubungsgewehr und forderte seinen Kollegen neben ihm auf, dasselbe zu machen. Er visierte die rechte Person an, während sein Kollege die linke im Visier hatte. Wie auf Kommando drückten beide gleichzeitig ab. Die Pfeile trafen den Rechten im Rücken und den Linken am Oberschenkel. Die Getroffenen rissen sich reflexartig die Pfeile aus dem Körper, aber das Betäubungsmittel wirkte rasch und zeigte bereits erste Lähmungserscheinungen. Beide brachen nach wenigen Sekunden am Balkon zusammen. Ihr Bewusstsein war noch vorhanden, aber ihre Muskeln waren gelähmt. Ohmet gab über Headset seinen Kollegen Bescheid, dass zwei Eindringlinge betäubt am Balkon auf der Rückseite lagen.

Minuten später trafen vier von Ohmet alarmierte Polizisten am Parkplatz vor dem Apartment ein. Sie erhielten eine genaue Beschreibung des Tatherganges. Das Gespräch gestaltete sich überaus einfach, da zwei Einsatzkräfte Bekannte von Ohmet waren. Sie nahmen die zwei Asiaten, bei denen sich langsam wieder all ihre Körperfunktionen zurückmeldeten, mit aufs Revier. Ohmet und seine Kameraden gingen wieder zurück auf ihre Positionen und verharrten dort wachsam bis zum Morgen.

∗∗∗

Von der Straße drangen Stimmen an sein Ohr. Es hörte sich an, als würden mehrere Personen durcheinanderreden. Rick konnte die Zeit nicht einschätzen, aber nach wenigen Minuten nahm auch der Lärm von draußen ab. Es wurden Autotüren zugeschlagen und das anschließende Starten und Wegfahren von Fahrzeugen war zu hören, dann wurde es leiser.

Nach einer gefühlten halben Stunde erhob sich Rick leise von der Couch, ging durch den Flur und lauschte an der Wohnungstür. Nichts war zu hören. Er legte sich angezogen aufs Bett, denn sollte jemand in seine Wohnung eindringen und ihn entführen wollen, wäre es besser, angezogen zu sein. Lange Zeit lauschte er auf alle Geräusche, bis ihn schlussendlich der Schlaf wieder übermannte.

Sein Handy am Nachttisch neben ihm klingelte. Rick brauchte eine Weile, bis er registrierte, woher das Geräusch kam. Er hob ab, und Barigli meldete sich.

»Guten Morgen, Herr Turner! Habe ich Sie geweckt?«

»Ja, haben Sie!«, antwortete Rick schlaftrunken: »Gibt es Neuigkeiten?«

»Ja, die gibt es! Das Security-Team hat heute Nacht zwei Männer festgenommen. Diese wollten sich illegal durch den Hintereingang Zutritt zum Haus verschaffen.«

»Wie sehen Sie aus?«, wollte Rick, jetzt plötzlich hellwach, wissen.

»Es dürften die Personen sein, die Sie vermutet haben. Sie sind asiatischer Abstammung. Vielleicht könnten Sie in einer Stunde fertig sein. Johann holt Sie ab und bringt Sie zur Polizeistation. Ich werde auch dort sein.«

»Ja natürlich!«, antwortete Rick nervös.

Sein Bauchgefühl hatte ihn doch nicht getäuscht! Sie waren ihm ganz nahegekommen. Er hatte wieder einmal großes Glück gehabt. Aber wie lange hält das Glück noch an? Seine Gedanken liefen schon wieder auf Hochtouren. Wie geht es jetzt weiter? Setzen sie wieder neue Leute auf ihn an? Die werden sicherlich nicht lockerlassen. Das kann doch nicht das reiche Leben sein? Da hilft alles Geld auf der Welt nichts, wenn man immer in Angst und Schrecken leben muss. Er brauchte einen Plan! Bis jetzt hatte er immer die richtigen Entscheidungen getroffen. War damit jetzt Schluss und lief alles in eine Sackgasse? Rick stand auf und stellte sich unter die Dusche. Vielleicht würden durch das frische Wasser seine Gedanken wieder geschärft.

Es war exakt eine Stunde nach dem Telefonat mit Barigli, als Johann an der Tür klingelte. Seine Uhr zeigte 08.30 Uhr. Johann begleitete ihn wie immer zum Fahrzeug und hielt die hintere rechte Autotür für ihn auf. Heute konnte Rick in seinem Gesichtsausdruck eine gewisse Besorgnis erkennen. Johann verhielt sich, wie auch in den vorigen Tagen, sehr diskret und zurückhaltend. Aber heute früh lag auch während der Fahrt eine gewisse Anspannung in der Luft. Rick wollte von Johann wissen, wie lange die Fahrt dauern würde.

»Wir sind in zirka fünf Minuten da«, antwortete Johann mit seiner tiefen, rauen Stimme.

Die Fahrt endete vor einem Gebäude, das von der einen Seite eher einem Museum glich, wäre nicht seitlich »Kantonpolizei Zürich« draufgestanden. Johann parkte direkt vor den sechs Säulen am Eingang. Als er Rick die Türe öffnete, sagte er: »Herr Barigli wartet dort drüben am Eingang schon auf Sie.«

Rick ging die ersten drei Stufen hinauf, da kam ihm Barigli schon entgegen.

»Guten Morgen, Herr Turner! Sie sehen etwas müde aus.«

»Habe leider nicht so gut geschlafen, aber wie man sieht, ist es auch kein Wunder.«

»Sie hatten Recht, die Personen, die Sie vermutet haben, wollten heute Nacht bei Ihnen eindringen.«

»Wie geht es jetzt weiter?«, wollte Rick wissen.

»Erst einmal werden Sie die Leute identifizieren müssen, ob es sich tatsächlich um die Personen handelt, die Sie verfolgen. Dann sehen wir weiter.« Barigli zeigte dabei mit der Hand in Richtung grüne Eingangstür.

Sie gingen einen langen Gang entlang, bis sie bei einer Schleuse ankamen. Ein uniformierter Beamter gab ihnen das Zeichen, einzeln durch die Schleuse zu gehen. Anschließend scannte er beide noch extra, dann konnten sie weiter die Stufen hinaufgehen, bis zu einer Zimmertür, auf der »Polizeiwache« stand. Das Büro glich einer Bank mit vielen Schaltern, die mit Plexiglas gesichert waren.

Barigli ging direkt zum letzten Schalter, hinter dem ein uniformierter Polizeibeamter stand. Rick vermutete, dass Barigli ihn kannte, weil er ihnen gleich mit einem Handzeichen zu verstehen gab, durch die seitliche Tür zu gehen. Sie betraten einen Raum, in dem drei Personen an einem Tisch saßen. An der hinteren Wand des Besprechungsraumes stand eine Kaffeemaschine mit Tassen und Gläsern. Am Tisch waren noch drei Stühle frei. Ein älterer Mann, an die sechzig, mit schütterem, graumeliertem Haar, stand auf und bat sie sich zu setzen. Die zwei weiteren Personen blieben sitzen, beobachteten die Ankommenden aber eindringlich. Barigli ergriff das Wort: »Das ist Herr Turner. Er hat uns den Auftrag erteilt, ihn durch unser Security-Team zu schützen und das besagte Objekt zu beobachten und abzusichern.«

Rick war gespannt, wer die drei Personen am Tisch waren. Alle drei trugen Zivilkleidung und für ihn war daher kein Rang zuzuordnen, weshalb er Barigli die Fragen stellte: »Herr Barigli, könnten Sie mir bitte die Herren vorstellen, damit ich weiß, mit wem ich spreche?«

Bariglis Gesicht rötete sich ein wenig nach diesem kleinen Fauxpas.

»Entschuldigen Sie, Herr Turner! Der Herr am Tischende …«, er zeigte auf den älteren Mann, der gerade stand, »… ist Herr Hauptkommissar Prager von der Kripo Zürich.« Der Mann nickte kurz, ohne seinen Blick von Rick abzuwenden. »Der Herr rechts daneben ist Doktor Viktor Stern, Rechtsanwalt der Kanzlei Stern & Volkar. Er unterstützt unsere Bank in allen rechtlichen Angelegenheiten. Und links Herr Doktor Stansky ist Staatsanwalt im Kanton Zürich.« Es entstand eine kurze Pause und Rick war gespannt, wer als Erster das Wort ergreifen würde. Es war Staatsanwalt Stansky, der sich an Rick wandte.

»Herr Turner, könnten Sie uns sagen, was die zwei Personen von Ihnen wollten?«

Rick hatte schon geahnt, dass diese Frage gestellt werden würde, aber dass sie gleich die erste war, und mit so einem herablassenden Befehlston, das kam etwas unverhofft. Er wartete kurz und wollte antworten, da mischte sich Herr Stern ein. »Herr Staatsanwalt, Sie stellen Herrn Turner die Frage, obwohl er die zwei Personen noch gar nicht gesehen hat? Über wen sprechen wir eigentlich? Ich würde vorschlagen, Herr Turner sollte zuerst die Möglichkeit bekommen, die Personen zu identifizieren.«

»Na gut, meine Herren!«, unterbrach Kommissar Prager. »Bevor die Gemüter gleich zu Beginn hochgehen, sollte Herr Turner die Möglichkeit bekommen, die zwei in Haft befindlichen Personen zu sehen.«

Sie erhoben sich und folgten Kommissar Prager den Gang entlang über eine kurze Treppe hinunter durch einen anderen Flur. Vor einer massiven Tür blieb er stehen und wandte sich an Rick.

»Herr Turner, in dem Raum, den wir gleich betreten werden, hängt ein großer, durchsichtiger Spiegel an der Wand. Sie können die Personen im anderen Raum sehen und hören, aber die können Sie nicht sehen und auch nicht hören.«

Rick nickte zustimmend und betrat gleich nach Kommissar Prager den Raum. Rechtsanwalt Stern und Barigli stellten sich beschützend hinter Rick. Der Staatsanwalt stand drei Schritte seitlich von ihnen. Rechtsanwalt Stern flüsterte Rick ganz leise ins Ohr: »Lassen Sie sich Zeit und antworten Sie nicht. Lassen Sie uns alles erst intern besprechen.« Rick war etwas irritiert, schaute aber dann durch den Spiegel und betrachtete die zwei Personen, die an einem Tisch saßen, genau. Dahinter, an der Tür, standen zwei Wachebeamte in Uniform. Ja, das waren sie, ohne Zweifel! »Was soll ich jetzt machen?« Ihm war schon, bevor er den Raum betrat, klar, dass er die zwei Asiaten sehen würde. Rick schaute den Rechtsanwalt neben sich an und nickte leicht. Er nickte so unauffällig, dass es der Staatsanwalt nicht sehen konnte. Barigli schaute nicht durch den Spiegel, sondern beobachtete die ganze Zeit Rick und den Rechtsanwalt. Er bemerkte sein leichtes Nicken genauso wie Stern. Dieser nahm das zum Anlass und sagte laut: »Ich möchte mich kurz mit Herrn Turner und Herrn Barigli ungestört unterhalten.« Der Kommissar und der Staatsanwalt verließen etwas widerwillig den Raum. Als sich die Tür hinter ihnen geschlossen hatte, begann Stern leise zu reden.

»Herr Turner, Sie haben die zwei Person wiedererkannt?« Rick nickte und antwortete: »Ja, das sind sie, ganz eindeutig!«

»Gut. Es gibt jetzt zwei Möglichkeiten. Beide werden Ihnen nicht gefallen, aber es wird auf das gleiche Ergebnis hinauslaufen. Die erste Möglichkeit: Sie bezeugen, dass Sie diese beiden Personen kennen. Dann werden Sie mit Fragen überflutet. Warum und woher Sie sie kennen. Die zwei Personen werden aufgrund der dahinterstehenden, einflussreichen Leute trotz der Straftat in spätestens 24 Stunden wieder frei sein. Die zweite Möglichkeit: Sie sagen, Sie kennen sie nicht, und wir plädieren, dass keine Fragen von Ihrer Seite beantwortet werden müssen, und Sie ersparen sich so viele Unannehmlichkeiten. Die zwei Personen kommen ebenso auch in den nächsten 24 Stunden frei.« Nachdem Stern geendet hatte, nickte Barigli Rick zu und sagte: »Leider wird es so ablaufen, Herr Turner. Aber die zweite Variante wäre, soweit ich Sie kenne, in Ihrem Sinne.« Barigli verzog dabei das Gesicht und schaute Rick tief in die Augen, als würde er darin schon vorab die Antwort sehen.

»Gut, dann machen wir es so!«, antwortete Rick. »Aber ich möchte mich mit Ihnen in der Bank, wo uns keiner hören kann, unterhalten.«

»Das könnten wir gerne morgen am Vormittag machen«, antwortete Barigli etwas erleichtert und Stern nickte ebenfalls zustimmend.

Die drei verließen den Raum und trafen am Gang auf den Kommissar und den Staatsanwalt, die an der kleinen Treppe standen. Stern ging auf die beiden zu und versuchte ihnen zu erklären, dass Rick die beiden nicht identifizieren konnte. Als er sie auch informierte, dass sein Mandant keine weiteren Aussagen machen möchte, schrie Stansky lautstark: »Was sollte das jetzt? Wollen Sie mich verarschen? Ich bin doch nicht aus Jux und Tollerei hier! Zuerst macht die Bank einen Riesenaufstand wegen vermeintlichen vier Rambokämpfern, dann werden zwei Personen verhaftet und es sollte nichts geschehen sein? Was verschweigen Sie uns, Herr Stern?« Bei dieser Schreitirade war sein Kopf hochrot angelaufen. Stern ließ sich dadurch in keinster Weise beeinflussen und sagte in einem besonnenen, ruhigen Ton: »Wir verabschieden uns jetzt.

Sollten Sie noch Fragen haben, wenden Sie sich an meine Sekretärin in der Kanzlei. Auf Wiedersehen!« Barigli und Rick folgten Herrn Stern in Richtung Ausgang. Stansky rief Stern noch hinterher: »Das wird noch ein Nachspiel haben! Darauf können Sie sich verlassen!« Dieser ließ sich aber keine Sekunde beirren und verließ mit Barigli und Rick die Polizeistation. Vor dem Gebäude drehte sich Stern noch einmal zu seinen Begleitern um und sagte mit einem gewinnenden Lächeln: »Wir sehen uns dann morgen um 11.00 Uhr in der Bank. Sind Sie damit einverstanden?«

Rick und Barigli nickten zustimmend. Stern drehte sich um und überquerte die Straße in Richtung seines anthrazitfarbenen Jaguar XJ. Barigli wandte sich zu Rick und fragte, ob er noch etwas für ihn machen könne. Rick schüttelte den Kopf und wollte gerade fragen, wo Johann sei, da stand der bereits hinter ihm. Rick verspürte Hunger, weshalb er seinen Chauffeur bat, ihn bei der Confiserie am Paradeplatz abzusetzen. Johann nickte und begleitete Rick schräg über die Straße zum geparkten Wagen. Johann ließ ihn nach kurzer Fahrt vor dem Café aussteigen. Rick merkte schon beim Aussteigen, dass zwei Security-Leute ebenfalls aus einem dahinter stehengebliebenen Fahrzeug ausstiegen. Für ihn war es zwar etwas ungewohnt, aber in gewisser Weise auch beruhigend. Er setzte sich an einen kleinen, runden Tisch im Inneren des Cafés, während die zwei Bodyguards schräg gegenüber Platz nahmen. Ein ausgiebiges Frühstück half ihm jetzt die letzten Aufregungen zu verarbeiten.

***

Chan war stinksauer, als er aus sicherer Entfernung mitansehen musste, wie seine zwei Assistenten um 3.20 Uhr von einem Polizeistreifenwagen abtransportiert wurden. »Das sind richtige Vollidioten!«, zischte es verächtlich aus ihm heraus. Er musste gleich am Morgen diesen Steinbeck anrufen. Nur er konnte noch Schlimmeres verhindern.

Bereits um 9.00 Uhr morgens rief er Steinbeck an. Der war mürrisch, wie immer, aber er versprach die zwei noch am Vormittag aus dem Gefängnis zu holen. Für 14.00 Uhr vereinbarten sie ein Treffen am Hauptbahnhof in der ShopVille, in einem kleinen Café-Shop. Um 12.30 Uhr kamen die zwei Asiaten durch die Intervention von Steinbeck, der Hauptkommissar Prager gut kannte, wieder frei. Chan würdigte Hu und Quan keines Blickes, als sie in seinen Wagen einstiegen, der vor dem Revier parkte. Er fuhr mit ihnen zum Hotel.

»Ich kann jetzt die misslungene Operation ausbaden, wegen eurer Stümperhaftigkeit!«, fauchte er. »Wartet im Hotelzimmer, bis ich wiederkomme! Das könnt ihr doch, oder?«, schrie er.

Die zwei Versager stiegen verunsichert und mit gesenktem Kopf aus dem Auto und flüchteten förmlich ins Hotel. Chan brauste, getrieben von seiner Wut im Bauch, in Richtung Bahnhof davon.

Steinbeck stand bereits an einem Stehtisch im Café »Il Baredo« und beobachtete die Leute, die an ihm vorbeigingen. Chan traf pünktlich im Café ein. Steinbeck hatte ihn schon von weitem gesehen.

»Na, hast du deine zwei dummen Hunde eingesammelt?«, rief er Chan entgegen.

»Danke, ja!«, antwortete Chan wütend und verkniff sich jedes weitere Wort.

Chan drückte wortlos Steinbeck einen Umschlag in die Hand. Dieser öffnete ihn und las den Abschnitt einer Zeitung, der markiert war. Auf einem weiteren Zettel standen die Bankdaten für die vereinbarte Überweisung einer Summe von 200 Millionen Schweizer Franken auf eine Bank in Singapur. Steinbeck zog die Augenbraue hoch, als er den Betrag las.

»Und was sollte ich damit machen?«, fragte er forsch sein Gegenüber und packte die Zettel wieder ins Kuvert.

Es entstand eine kurze Pause, bis Chan antwortete: »Sie sprechen mit Rick Turner und machen ihm klar, dass er diesen Betrag überweisen muss, sonst ergeht es ihm genauso wie seinem Freund Joe Braininger!«

»Wer ist Joe Braininger?«, wollte Steinbeck wissen.

»Es ist besser, wenn Sie nicht wissen, wer dieser Mann war. Er ist bereits tot.«

»O.k.! Mit Mord will ich nichts zu tun haben«, antwortete Steinbeck und hob seine Hand, als wollte er etwas von sich schieben, und forderte: »Ich will eine Million, sonst geht gar nichts!«

»Gut, aber erst wenn Turner die Überweisung getätigt hat!«, erwiderte Chan ernst.

Steinbeck trank den letzten Schluck Kaffee, nahm den Umschlag und ging, ohne Chan eines Blickes zu würdigen.

Chan stand wie angewurzelt noch ein paar Sekunden da und schaute Steinbeck nach, wie dieser in der Menschenmenge verschwand.

Wem kann ich wirklich vertrauen?

Rick verließ nach seinem ausgiebigen Frühstück das Café und spazierte die Bahnhofstraße hinunter zum See. Die Sonne kämpfte sich Stück für Stück hinter den Wolken hervor. Die Sonnenstrahlen erwärmten nicht nur seine Haut, sondern auch sein Gemüt. Die aufgestaute Angst der letzten Tage löste sich für ein paar Minuten auf. Für Rick war zwar das Geschehene noch komplett verworren, aber sein Gefühl sagte ihm, dass er es schaffen könne, aus der Sache gut auszusteigen. Das Einzige, warum er noch lebte, war sein Bauchgefühl und das durfte ihn nicht verlassen. Seine Gedanken schweiften wieder zu Joe und Frau Koch. Sie sollten nicht umsonst gestorben sein. Es zog ihn wieder in einen Strudel von Gedankenfetzen hinein. Wie könnte ein Plan aussehen? Gäbe es ein Happy End für alle Beteiligten? Es kamen wieder Zweifel auf. Auf Gerechtigkeit sollte man nicht hoffen, die gibt es auf dieser Welt kaum noch. Wie könnte die Geschichte zu einem glücklichen Ende kommen? Die zwei asiatischen Auftragskiller sind, laut seinem Rechtsanwalt, spätestens morgen früh wieder auf freiem Fuß. Was werden sie unternehmen? Sie werden mit Sicherheit nicht aufgeben! Aber welchen Auftrag verfolgen sie? Es bringt doch nichts, wenn sie mich auch umbringen. Oder geht es nur um Hass? Wie weit würde ihn die Bank unterstützen? Welche Rolle spielt Herr Stern, der Rechtsanwalt der Bank? Beim Vorstandsvorsitzenden der Bank, Herrn von Hohenfeld, laufen alle Fäden zusammen. Welches Interesse hat die Bank an ihm? In dem Gespräch mit Herrn von Hohenfeld klang dieser etwas verunsichert. Beim Erstgespräch mit

Barigli war sicherlich von Hohenfeld am anderen Ende der Head-Set-Leitung. Vom wem sonst würde Barigli Anweisungen entgegennehmen? Für Rick war es nun wichtig, morgen einen Plan zu haben. Aber welchen? Ganz wichtig wäre zu erfahren, wer hinter den Auftragskillern steckte. Ansonsten würde das eine never-ending story.

Rick setzte sich in der Zwischenzeit auf eine Bank im Belvoirpark und schaute ein paar Enten zu, wie sie im Teich hin und her schwammen. Die Bäume und Blumen blühten im Park um die Wette und deren Duft war unbeschreiblich intensiv. Er vergaß unterdessen seine zwei Bodyguards, die sich in einem angemessenen Abstand von ihm entfernt aufhielten. Es dürften Stunden vergangen sein – er hatte das Zeitgefühl komplett verloren. Sein Plan war jetzt, ins Apartment zurückzugehen, am Balkon die letzten Sonnenstrahlen zu genießen und einen Plan für morgen zurechtzulegen.

Fünfzehn Minuten später befand er sich im Apartment und stellte sich am Balkon die Liege zurecht. Sonnencreme im Gesicht war schon sinnvoll, da die Sonne schon eine enorme Kraft entwickelte.

Gestern am späten Abend hatte er sich eine Flasche Chardonnay aufgemacht. Von diesem guten Tropfen blieb noch die Hälfte übrig. Er schenkte sich davon ein Glas ein und wanderte damit auf den Balkon. Sein Blick schweifte über den Himmel, bis die fragenden Gedanken abermals die Kontrolle über sein Gehirn erlangten. Sein Vermögen auf der Bank betrug jetzt zirka eine Milliarde Schweizer Franken. Mit dieser Summe müsste es doch gelingen, die Personen ausfindig zu machen, die hinter all dem standen. Vielleicht konnte er mit denen eine Einigung erzielen? Aber wem konnte er überhaupt vertrauen? Wie waren all die Personen miteinander verstrickt? War etwa die Bank der Mittelpunkt von all dem? Mehr Fragen als Antworten schossen Rick durch den Kopf, dabei merkte er, wie sehr ihn das Gegrüble ermüdete. Die letzten Sonnenstrahlen fluteten noch den Balkon, bevor es auffrischte und er sich auf die große Couch ins Wohnzimmer begab. Es dauerte nicht lange, nachdem der Fernseher eingeschaltet war, bis er einschlief. Sein Traum der letzten Nacht wiederholte sich. Er hörte Schüsse und Schritte am Gang. Es machte sich jemand an der Tür zu schaffen. Rick wollte über den Balkon flüchten, aber seine Füße konnte er nicht bewegten – bis er aufwachte. Sein Hemd war durchnässt und seine Gedanken konnten zu diesem Zeitpunkt nicht unterscheiden, ob es die Wirklichkeit oder ein Traum war. Er blieb ein paar Minuten ganz ruhig liegen und horchte, aber es war nichts zu hören. In letzter Zeit wurde es immer schwieriger für ihn zu unterscheiden, weil die Träume immer stärker und intensiver wurden. Er zog sich aus und ging ins Bett. Sein Gehör war noch übersensibilisiert, bis ihn der Schlaf überrollte.

Rick stand um 8.00 Uhr auf, stellte sich unter die Dusche und zog sich anschließend an. Mit Johann hatte er gestern ausgemacht, dass er ihn um 9.00 Uhr abholen werde und in die Confiserie zum Frühstück bringen sollte. Pünktlich, zwei Minuten vor 9.00 Uhr, läutete ein Sicherheitsmann an der Wohnungstür und begleitete Rick zum Auto, wo Johann bereits auf ihn wartete und die Wagentür aufhielt.

»Guten Morgen, Johann! Danke für Ihre Pünktlichkeit!«, sagte Rick mit einem leicht gezwungenen Lächeln.

»Guten Morgen, Herr Turner! Gerne, das gehört zu meinen Aufgaben«, antwortete Johann ernst und nickte kurz.

Nach fünf Minuten hielten sie am Paradeplatz, Ecke Bahnhofstraße an und Johann hielt ihm höflich die Fahrzeugtür auf. Ein Gefolge von Bodyguards sprang ebenfalls aus dem hinter ihnen anhaltenden Fahrzeug und folgte ihm über die Straße ins Café. Rick bestellte sich wie immer ein reichhaltiges Frühstück. Seine Gedanken streiften zum gestrigen Tag. Hat er tatsächlich Konsequenzen von der Staatsanwaltschaft zu befürchten, oder waren es nur leere Floskeln? Wie lange wird sich die Bank noch für ihn einsetzen? Die Security-Leute können auch nicht ewig an seiner Seite sein. Es muss etwas geschehen, aber was?

Das reichhaltige Frühstück schmeckte ihm sehr gut. Er trank gerade den dritten Kaffee, als seine Uhr 10.45 anzeigte. Es wurde Zeit für ihn. Vom Café aus musste man lediglich einmal über die Straße gehen und schon stand man vor der Bank. Er wollte auf keinen Fall zu spät kommen.

Im Eingangsbereich der Bank stand Frau Stöckli am letzten Schalter. Sie winkte ihm sofort, als er den Schalterbereich betrat. Sie kam ihm ein paar Schritte entgegen und machte mit einer Handbewegung klar, er solle den seitlichen Gang ins erste Obergeschoss nehmen. Beim Stiegenaufgang trafen sie sich und begrüßten sich freundlich.

»Guten Morgen, Herr Turner! Würden Sie mir bitte ins erste Obergeschoss folgen?«, sagte sie mit einem angedeuteten Lächeln. Beide gingen die Treppe hinauf, einen langen Gang entlang, bis sie bei der letzten Tür auf der rechten Seite ankamen. Diese Tür war Rick komplett fremd, aber sein erster Gedanke war, Barigli dort anzutreffen. Frau Stöckli öffnete, ohne anzuklopfen, die Türe und ließ Rick eintreten.

»Ich verlasse Sie jetzt«, sagte sie kurz und schloss hinter sich die Tür.

Rick hatte Barigli und Dr. Stern erwartet, aber stattdessen saß ein Mann Mitte fünfzig, mit braungebranntem Gesicht und dunklem Kurzhaarschnitt, an einem Tisch. Rick hatte doch einen Termin um 11.00 Uhr mit Stern und Barigli? Der fremde Mann erhob sich mit sportlichem Elan aus dem Sessel und forderte Rick mit einer Handbewegung auf, er solle sich ihm gegenübersetzen. Dabei reichte er ihm die Hand: »Guten Tag, Herr Turner!«, begrüßte er ihn mit einem Lächeln: »Nach Ihrem Gesichtsausdruck zu urteilen haben Sie jemand anderen erwartet.«

»Ja, das habe ich!«, antwortete Rick etwas verwirrt: »Ich hatte für 11.00 Uhr mit Herrn Barigli und Herrn Stern einen Termin vereinbart.«

»Das ist mir bekannt. Ich möchte mich zuerst einmal vorstellen. Mein Name ist Ernest Steinbeck. Ich weiß nicht, ob wir uns schon einmal gesehen haben. Ich kann mich leider nicht erinnern. Wie ich aber gehört habe, wurde mein Namen genannt, als Sie die Bank gebeten hatten ein Konto zu eröffnen. Woher kennen Sie mich?«

In der Zwischenzeit hatte Rick gegenüber Steinbeck an einem großen runden Tisch Platz genommen. Mit dieser Person hatte er nicht gerechnet und es war ihm auch schleierhaft, welche Rolle

Steinbeck in diesem Puzzle spielte. Etwas zögerlich antwortete Rick: »Von einer Person im österreichischen Finanzministerium.« Dabei schaute er Steinbeck tief in die Augen, um zu erkennen, ob er sich mit dieser kurzen Antwort zufriedengab.

»Gut, Herr Turner«, begann Steinbeck etwas stockend: »Beginnen wir ganz von vorne. Haben Sie geglaubt, Sie fahren von Österreich nach Zürich, gehen in eine Bank und können, ohne gefragt zu werden, Geld in großem Stil überweisen? Ich glaube, so naiv sind Sie auf keinen Fall!«

Steinbeck legte eine kurze Pause ein, um seinem Gegenüber die Chance zu geben, sich das Ganze noch einmal vor Augen zu führen. Jetzt überkam Rick das ungute, bekannte Gefühl. Die gesamten Ereignisse der letzten Woche standen nun an einem Wendepunkt.

»Warum der Geldtransfer überhaupt möglich war? Das lag einzig und alleine an mir, weil ich mit meinem Namen gebürgt habe! Diese Bankbeziehung wäre ansonsten nie zustande gekommen!«

Steinbeck machte wieder eine Pause, um dem, was jetzt noch kam, mehr Nachdruck zu verleihen: »Aber diese Bürgschaft, oder man könnte es in gewisser Weise auch Freundschaft nennen, sollte man nicht aufs Spiel setzen.«

Ricks Gedanken gerieten jetzt komplett durcheinander. Worauf wollte er hinaus? Deshalb unterbrach er ihn: »Was meinen Sie mit ‚Freundschaft aufs Spiel setzen‘? Können Sie dazu ein bisschen konkreter werden?«

Es sah so aus, als würde Steinbeck auf diese Frage schon gewartet haben. Er nahm die Zeitung zur Hand, die neben ihm auf den Tisch lag, und schob sie Rick wortlos zu. Sie war zur Seite 8 aufgeschlagen und ein kurzer Artikel war mit einem Stift markiert. Rick kannte die Zeitung nicht, deshalb drehte er sie kurz um, damit er das Zeitungslogo lesen konnte. Es war die Finanzzeitung Nikkei Asia. Der Artikel war in englischer Sprache verfasst. Rick deutete den Inhalt so: Eine Firma in Singapur mit dem Namen Singapur Media Coop. Ltd. war durch eine Krypto-Spekulation in Turbulenzen geraten und im Dezember letzten Jahres mit 290 Millionen SGD (Singapur Dollar) in den Konkurs geschlittert.

Nachdem Rick den Artikel zweimal gelesen hatte, schaute er zu Steinbeck auf, als wollte er in seinen Augen ablesen, was dies mit ihm zu tun hätte. Aber er sah nur einen ernsten Gesichtsausdruck.

»Können Sie mir sagen, was dieser Zeitungsartikel mit mir zu tun hat?«, fragte Rick verwundert.

Die Miene seines Gegenübers verfinsterte sich schlagartig.

»Jetzt enttäuschen Sie mich aber, Herr Turner. Glauben Sie wirklich, dass sich das die Herren aus Singapur von Ihnen und einem gewissen Joe Braininger gefallen lassen? In aller Deutlichkeit gesagt, ihr seid einem mächtigen Herrn auf die Zehen getreten, und das geht gar nicht!«

Rick musste seine Gedanken sortieren. Eine kurze Stille trat ein, bis sich Rick folgende Frage aufdrängte: »Was haben Sie mit der Sache zu tun?«

»Herr Turner, oder darf ich Sie Rick nennen?«

»Wie Sie möchten. Wenn es den Ablauf erleichtert!«

»Gut! Sie können mich Ernest nennen«, sagte dieser mit einem leichten Schmunzeln und sprach weiter: »Ich bin derjenige, der deinen Arsch retten möchte. Sieh es einmal von der Seite: Ich habe für dich die Bürgschaft in der Bank übernommen, das beinhaltet auch eine gewisse Verantwortung. Glaubst du, die Bank sieht es gerne, dass du immer mit vier Revolverhelden in der Bank umherspazierst? Oder Urs muss mit dir zur Polizeiwache fahren? Nein, Rick! Das stiftet nur Unruhe und das kann sich die beste Bank nicht leisten, deshalb stelle ich mich als Mittelsmann zur Verfügung. Ich möchte dir helfen, ich möchte der Bank helfen und auch den Herren aus Singapur, die an mich herangetreten sind. Denen gefällt natürlich auch nicht, dass ihre Leute eingesperrt wurden. Alles nur Aufregungen, die für alle Beteiligten nicht gut sind!«

»Und was kann ich dazu beitragen?«, fiel Rick ihm ins Wort.

»Das liegt klar auf der Hand! Die Asiaten wollen ihr Geld wieder zurück! Es gibt nichts Schlimmeres, als jemandem Geld wegzunehmen.«

»Wenn dieser besagte Konkurs schon letztes Jahr war, dann war Johann Braininger dafür verantwortlich.«

»Rick …«, Steinbeck machte eine kurze Pause. »Es ist egal, wer verantwortlich ist! Herr Braininger weilt leider nicht mehr unter uns, also bist du die Person, an die sie sich wenden. Das macht keinen Unterschied! Sie wollen das Geld zurück! Wer es zurückzahlt, ist egal. Sie wollen ihre 290 Millionen Singapur-Dollar oder 200 Millionen Schweizer Franken. Die Währung ist ihnen egal – nur bald sollte es sein! Weil time is money!«

»Woher wollen die Herren aus Singapur wissen, dass ich die 200 Millionen hätte?«, fragte Rick und hoffte, dass Ernest nichts von seinem Kontostand wusste.

»Das wäre ärgerlich!«, antwortete er mit einem herablassenden Gesichtsausdruck.

»Woher weiß ich, wenn ich die Summe bezahle, ob sie nicht nach einer gewissen Zeit wieder Geld verlangen?«

»Eine hundertprozentige Sicherheit wird dir keiner geben! Aber nicht bezahlen wäre die schlechteste Option.«

Rick stützte seinen Kopf mit der Hand und ließ das Gesagte noch einmal Revue passieren. Wäre das die Lösung? Wären die 200 Millionen die Lösung? Garantien gibt es keine, aber sein ganzes Leben mit den Security-Leuten umherlaufen, wäre auch keine Lösung. Wie lange würde die Bank noch mitspielen? Zumindest wusste er, dass Joe verantwortlich war. Wahrscheinlich hatte er das Programm zum Schluss noch umprogrammiert, damit das Geld aus zig Plattformen abkassiert wurde und es schlussendlich nicht mehr auffiel.

Ernest sah Rick die ganze Zeit über fragend an, als wollte er damit sagen, von dieser Entscheidung hängt dein weiteres Leben ab.

»Wie sollte nach deiner Ansicht die Rückzahlung ablaufen?«, fragte er und sah Ernest unschlüssig an.

»Du überweist die 200 Millionen und ich werde meine Kontaktperson informieren, dass sie in den nächsten Tagen mit dem Geld rechnen könne.« Während er das sagte, schob er Rick einen Zettel über den Tisch zu, auf dem ein Firmenname, die BIC und die IBAN-Nummer standen. Der Name der Firma war ähnlich der, die in Konkurs ging. Die jetzige Firma hieß Singapur Investment Coop. Ltd.

»Sind wir uns einig?«, wollte er von Rick wissen.

»Habe ich eine andere Wahl?«, fragte er zurück und schaute Ernest mit großen Augen an.

»Als Freund würde ich nein sagen.«

Rick war noch immer nicht zufrieden. Er hatte keine Sicherheit. Diese Leute sind keine Ehrenmänner. Wenn die Geld wittern, wird man sie nicht mehr los. Für ihn war die Geschichte damit nicht abgeschlossen. Während sich seine Gedanken noch über das Gesprochene drehten, fragte Ernest: »Ich veranstalte am Samstag eine kleine Party. Um uns noch besser kennenzulernen, wirst du doch sicher kommen? Ich lade ein paar Gäste ein, die für dich vielleicht von Interesse sein könnten und die man in Zürich kennen muss. Was hältst du davon?«

»Ich könnte jetzt nicht behaupten, dass mein Terminkalender voll wäre«, antwortete Rick.

»Ja, dann würde ich sagen, so gegen 19.00 Uhr.«

»Wo wohnst du?«

»Johann kennt den Weg«, antwortete Ernest und lächelte. Anschließend griff er zum Handy und telefonierte mit Barigli.

»Hallo, Urs! Es tut mir leid, dass ich euren Termin ausgenutzt habe, aber ich bin jetzt fertig.«

Er lauschte noch ein paar Sekunden, dann legte er auf. Wenige Minuten später kamen Barigli und Herr Stern zur Tür herein. Alle begrüßten sich, während sie sich setzten. Rick fiel auf, dass sie sich alle duzten. Ernest klopfte Rick noch aufdringlich auf die Schulter und verabschiedete sich mit den Worten: »Wir sehen uns dann am Samstag.«

Rick setzte sich zu den zweien an den Tisch und erkannte ihre fragenden Blicke. Wie weit waren sie mit dem Inhalt des verlaufenen Gesprächs vertraut? Sollte er das Thema ansprechen, oder waren sie vielleicht überhaupt nicht involviert? Er wartete ab, ob von den beiden neuen Gesprächspartnern eine Anspielung kam. Barigli brach das Schweigen.

»Sie kennen Herrn Steinbeck schon länger? Er sagte mir, es sei sehr wichtig gewesen und es hätte keinen Aufschub geduldet. Ist das richtig, Herr Turner?«

Rick nickte und sagte: »Ja, das Gespräch hatte eine gewisse Brisanz.«

Barigli gab sich erleichtert: »Ich wollte Sie nicht vergrämen. Herr Steinbeck ist immer ein bisschen impulsiv, wenn Sie verstehen, was ich meine.«

Rick tat so, als würde er ihn schon länger kennen: »Ja, ich kenne seine Direktheit.«

Rechtsanwalt Stern informierte Rick, dass der Oberstaatsanwalt ihm gegenüber überhaupt nichts in der Hand hätte und sein Gebrüll nur eine Einschüchterungstaktik gewesen sei. Die beiden Asiaten wurden noch am selben Tag entlassen und würden spätestens am Abend die Schweiz verlassen haben. Barigli wollte von Rick noch wissen, wie lange er den Personenschutz noch brauchen würde. Sie einigten sich auf Samstagabend. Rick war etwas abgelenkt. Das Gespräch mit Ernest Steinbeck schwirrte noch immer in seinem Kopf umher, deswegen zog er das Gespräch nicht mehr in die Länge und bedankte sich bei beiden. Beim Verlassen des Raumes informierte er Barigli, dass er dringend zum Schließfach müsse. Stern verabschiedete sich und verließ die Bank, während die beiden in das Untergeschoss zu den Schließfächern gingen. Rick bat Barigli ihm noch für fünf Minuten ein Büro mit WLAN zur Verfügung zu stellen. Er müsste eine dringende Überweisung tätigen. Barigli bot ihm anschließend das Zimmer an, in dem sie gerade waren.

Im Zimmer zurück, packte Rick den Laptop mit dem USB-Stick aus, steckte ihn ans Netz und schaltete ihn ein. Das Programm lud sich automatisch hoch und öffnete ein kleines Fenster mit der Frage, ob der CoinRiser gestartet werden sollte. Rick klickte auf »no«.

Die Wallet zeigte den Betrag von **2.398.517.923 Franken** an.

Rick legte den Zettel von Ernest mit der Kontonummer neben sich und überwies von der Wallet 200 Millionen Franken an die Singapur Investment Coop. Ltd. Nach einer kurzen Überlegung beschloss er noch 198.517.923 Franken von der Wallet auf sein Schweizer Konto zu überweisen. Nun befanden sich noch genau 2 Milliarden Schweizer Franken auf der Wallet.

Barigli stand in der Zwischenzeit am Fenster und betrachtete den

Verkehr auf der Straße. Als Rick den Laptop mit dem Stick und dem Netzteil absteckte und in der schwarzen Laptoptasche verstaute, meinte er: »Ich bin so weit fertig. Kann ich die Tasche wieder ins Schließfach bringen?«

Barigli drehte sich langsam um und schaute ihn mit abwesendem Blick an, als ob er mit den Gedanken ganz weit weg wäre. Nach nur ein paar Sekunden kam aber sein bekanntes, aufgesetztes Lächeln wieder zurück.

»Ja, natürlich!«, antwortete er. Rick merkte aber, dass ihn etwas beschäftigte.

»Herr Turner, ich möchte Sie gerne etwas fragen. Sie wissen, dass Sie sich auf meine Diskretion verlassen können, und ich glaube, umgekehrt ist es ebenso …«, er machte eine kurze Pause, um Rick die Möglichkeit zu geben, es mit einem Kopfnicken zu bejahen: »Wie gut kennen Sie Herrn Steinbeck tatsächlich? Ich will Ihnen mit dieser Frage nicht zu nahe treten, aber ich bemerkte, dass Sie sich nach dem Gespräch mit ihm verändert haben. Kann ich Ihnen in irgendeiner Weise helfen?«

Rick schaute ihn ein paar Sekunden prüfend an. In dieser Zeit überschlugen sich seine Gedanken.

»Herr Barigli, ich habe sehr viele Fragen, aber momentan fällt es mir extrem schwer, wem ich vertrauen kann und wem nicht. Ich möchte Sie und auch keine anderen Personen vor den Kopf stoßen, aber ich kenne die Bank nicht. Ich kenne auch das ganze Gefüge nicht. Wer vertraut wem in der Bank? Wie weit wird mir Vertrauen entgegengebracht? Wie sicher ist mein Geld in der Bank? Was will die Bank beziehungsweise wollen die einzelnen Personen von mir? Was wird von mir erwartet? Ich weiß auch nicht, wie viele Personen eine so hohe Summe auf dieser Bank haben wie ich.« Rick machte eine Pause und beobachtete sein Gegenüber genau. In Bariglis Blick glaubte er ein gewisses Verständnis zu erkennen.

»Da stimme ich Ihnen zu, Herr Turner. Es mag die momentane Situation für Sie etwas verworren sein. Ich kann auch Ihre Besorgnis nicht ganz mindern, aber vielleicht kann ich Ihnen zu einem gewissen Teil helfen und einige Fragen klären. Dass Sie einer unserer

Topkunden in der Bank sind, das wird Ihnen sicherlich bewusst sein und dass für Personen wie Sie fast alles getan wird, damit sie sich sicher und wohl fühlen, ist ebenso klar. Dass die Bank Ihnen eine gewisse Sicherheit bietet, weil wir Ihr Geld binden möchten, ist auch verständlich. Bei einem so hohen Betrag ist es für jede Bank wichtig, die Sicherheit des Kunden zu haben, um das Geld zu verleihen, anzulegen und arbeiten zu lassen. Deshalb bin ich persönlich für Sie da, um Ihnen zu helfen und um ungeahnte Fehler zu vermeiden. Ich bin nicht dazu da, Ihnen etwas aufzuschwatzen oder etwas einzureden. Ich sehe es als meine Aufgabe, Sie über so manche Personen aufzuklären. Zum Beispiel über Herrn Steinbeck. Ich versuche es vorsichtig auszudrücken: Herr Steinbeck ist ein Lobbyist, das ist Ihnen sicherlich bekannt. Solchen Menschen gegenüber bin ich immer etwas vorsichtig. Diese Leute sehen in all ihrem Tun nur den eigenen Vorteil. Je reicher jemand ist, desto mehr wird er von ihnen umschwärmt. Sie versprechen sich dadurch einen gewissen Vorteil. Unsere Bank will vermeiden, dass ihr Geld in diese Kanäle fließt. Wir als Bank wollen für unsere Topkunden eine Win-win-Situation erzielen, damit Sie Ihr Geld vermehren und wir auch gewinnbringend damit arbeiten können. Herr Steinbeck hat in der Bank sehr gute Connections nach oben, aber manchmal überschätzt er diese auch. Mit seiner aufgesetzten freundschaftlichen Art versucht er allen etwas vorzuspielen. Bitte verstehen Sie mich jetzt nicht falsch, ich möchte ihn damit nicht schlechtreden, das wäre unseriös, aber ich möchte Sie nur etwas sensibilisieren. Ich hoffe, Sie verstehen mich.« Er verzog dabei das Gesicht, als wäre ihm nicht ganz wohl bei dem Gesprochenen.

»Herr Barigli, können Sie mir die Bankaufstellung etwas näher erklären? Oder besser gesagt: Wie sieht die Hierarchie in der Bank aus?«

»Einfach gesagt: Herr Andre von Hohenfeld ist unser CEO und unser Vorstandsvorsitzender. Meiner Person obliegen die Geschäftsleitung und die Betreuung spezieller Kunden. Herr Nico von Hohenfeld ist für die Bankdirektion verantwortlich und mitunter betreut er ebenfalls gute Kunden. Frau Beate Stöckli ist die

Leiterin des Eingangsbereiches, sprich: Ein- und Auszahlungen, Überweisungen, bis hin zu Spezialtransfers. Herr Dr. Viktor Stern ist für unsere Rechtsabteilung verantwortlich. Johann, unseren Chauffeur, kennen Sie ja bereits. Er ist nur für spezielle Kunden zuständig. Es gäbe noch einige Personen zu erwähnen, aber ich möchte Sie mit all den Namen nicht überfordern.«

»Weil Sie gerade Herrn Steinbeck angesprochen haben: In welche Kategorie von Kunden fällt er? Ich möchte Sie damit nicht in Verlegenheit bringen oder dass Sie damit gar ein Bankgeheimnis verletzen, aber ich möchte Informationen, um ihn selbst besser einschätzen zu können.«

Barigli schaute Rick ein wenig abschätzend an, bevor er mit seinen Ausführungen begann: »Wie schon gesagt, er versucht sich in einem Licht zu präsentieren, das er sich selbst einstellt. Er ist ein guter Selbstdarsteller und seine Geschäfte sind in einer Grauzone, die sich sehr schnell schwarz färben kann. Er steht in der Gunst der Familie von Hohenfeld und das nutzt er aus. Wie bereits erwähnt, er ist wie eine Motte, die nur um das hellste Licht schwirrt.«

»Warum habe ich Herrn von Hohenfeld junior noch nie zu Gesicht bekommen? Hat das einen Grund, oder war es nur Zufall, dass ich ihn noch nie gesehen habe?«

»Herr von Hohenfeld junior und ich teilen uns den Kundenbereich auf. Er ist nicht so oft in der Bank anwesend, deshalb würde ich Sie gerne weiterbetreuen, wenn Sie nichts dagegen haben.«

»Ich bin mit Ihnen sehr zufrieden, Herr Barigli! Und es können schon bald einige Fragen auftreten, deren Beantwortung eine überaus große Verschwiegenheit erfordert. Ich hoffe, Ihre vollste Diskretion ist mir dabei sicher!«

»Herr Turner, auf mich können Sie sich verlassen! Ich hoffe, dass ich mich auch auf Sie verlassen kann, bezüglich des Einlagevolumens.« Barigli schaute dabei Rick etwas hoffnungsvoll und fragend an.

»In Österreich gibt es da eine treffende Redewendung: Eine Hand wäscht die andere! Ich glaube, wir verstehen uns voll und ganz.«

Barigli quittierte die Redewendung mit einem herzlichen, breiten

Lächeln. In dieser Angelegenheit waren sich beide einig. Sie gaben sich die Hände und gingen zurück in Richtung Tresorraum. Bei Rick kehrte erst wieder seine innere Ruhe ein, als die Tasche sicher im Safe verstaut war. Wieder im Schalterraum angelangt, verabschiedeten sie sich. Barigli ging in Richtung Lift und Rick verließ die Bank durch den Haupteingang. Johann wartete bereits vor der Eingangstür auf ihn. Er wollte wissen, ob er noch benötigt werden würde. Rick lehnte höflich ab, denn er wollte nach diesem aufregenden Vormittag zu Fuß zum Apartment gehen. Bei seinem letzten Spaziergang hatte er eine kleine Bar direkt am Wasser entdeckt, die wäre jetzt genau das Richtige für ihn. Sein Fußmarsch führte ihn bis zur Münsterbrücke, dann den Stadthausquai am Wasser entlang bis zu einem Haus auf der rechten Seite. Im ersten Stock befand sich die kleine Bar, deren Terrasse den Blick auf die Limmat-Einmündung in den Züricher See erlaubte. Zu dieser Zeit waren erst zwei von den fünf Tischen auf der Terrasse besetzt. Rick setzte sich an den letzten Tisch, der etwas kleiner war und an dem nur zwei Stühle bereit standen. Seine Bodyguards nahmen am Tisch daneben Platz. Rick bestellte sich einen Hugo und ein paar Prosciuttoscheiben auf Melonen mit Weißbrot dazu. Sein Blick schweifte über das Wasser und seine Gedanken begannen die vielen Eindrücke von den unterschiedlichen Personen des heutigen Tages zu sortieren. Der Tag hatte es in sich. Konnte er sich mit seiner Rückzahlung die Person aus Singapur vom Leib halten? Sein Bauchgefühl sagte ihm: Nein! Diese Leute wird man nicht so schnell los, das war ihm klar. Er musste sich etwas überlegen, um den Leuten klarzumachen, dass auch mit ihm nicht zu spaßen ist und es gefährlich werden kann, sich mit ihm anzulegen.

Wichtig würde es sein, die genaue Person zu finden, die hinter den Machenschaften steckte. War es der Inhaber der Firma Singapur Investment Coop. Ltd.? Am ehesten könnte er diese Info von Steinbeck erhalten. Weiters wäre es für ihn wichtig, wie die zwei Asiaten hießen und woher sie kamen. Das könnte Herr Stern herausfinden. Die Namen waren sicher auf der Polizeiwache notiert worden. Das Entscheidendste an seiner Geschichte war aber, eine brutale Person zu finden, die es den Leuten auf die harte Tour klarmachen musste, die Finger von ihm zu lassen, und das für immer. Es durfte auf keinen Fall nach einem Bluff ausschauen, das durchschauen diese Leute sofort. Das Einzige, was diesen Personen heilig ist, ist ihre Familie. Man musste Folgendes herausfinden: Wie heißen die Kinder? Wie heißt die Frau? Wo wohnen sie? Was machen sie? Wo halten sie sich auf? Dann übergibt man dem mutmaßlichen Auftragnehmer einen Briefumschlag, in dem Fotos von zwei übel zugerichteten Personen stecken. Es könnte sich dabei um die zwei asiatischen Auftragsmörder handeln. Weiters könnten sich in dem Briefumschlag noch Fotos von deren Frau und Kindern befinden. Damit sie wissen, dass ich sie kenne und dass sie das gleiche Schicksal ereilen könnte, wenn sie mich weiterhin belästigen. An der Bezahlung eines solchen Auftragnehmers, der das umsetzen könnte, sollte es nicht scheitern. Aber wer hatte Zugang zu solch einer Person? Da kamen ihm sofort die Worte von Barigli in den Sinn. »Seine Geschäfte befinden sich in einer Grauzone, die sehr schnell schwarz werden könnte.« Genau in dieser Zone könnte sich so eine Person finden lassen. Ernest Steinbeck war sicher ein Mensch, dem es egal ist, auf welcher Seite er spielt, Hauptsache, das Geld stimmt. Die Frage war nur: Wie weit war er selbst in dem Netzwerk verstrickt? Ob er dies am Samstag herausfinden würde, war ihm noch nicht ganz klar. Der Schuss könnte auch nach hinten losgehen. Ein faires Spiel war von Steinbeck nicht zu erwarten! Wie weit reichten die Connections von Urs Barigli? Nach seinem Bauchgefühl zu urteilen erschien ihm Barigli seriöser. Doch Seriosität war bei diesem Vorhaben fehl am Platz. Seine Gedanken spannten noch immer an einem Konstrukt aus Vorhaben, Angst und Ablehnung. Eines war ihm klar, es musste etwas geschehen, weil er mit dieser Angst nicht Leben konnte und wollte, das war das viele Geld nicht wert.

Nach etwa zwei Stunden verließ Rick die Bar und spazierte durch den Park zum Apartment. Die Gedanken ließen ihn auch am Nachhauseweg nicht los.

Der Auftrag

Der Donnerstag verlief beschaulich. Nach einem ausgiebigen Frühstück in seinem bevorzugten Café und einem anschließenden Spaziergang im Park war nichts geschehen. Rick ging an diesem Abend relativ bald ins Bett, deswegen war er auch am Freitagmorgen um 08.00 Uhr schon auf den Beinen. Seit einigen Tagen lag jeden Morgen eine österreichische Tageszeitung vor der Tür. Wahrscheinlich war dies eine Annehmlichkeit von der Bank. Um 9.00 Uhr, als Rick schon geduscht und angezogen am Balkon stand, läutete das Handy. Am Display leuchtete der Name »Barigli« auf. Rick nahm den Anruf entgegen: »Ja bitte.«

»Guten Morgen, Herr Turner!«, antwortete Barigli: »Wie geht es Ihnen?«

»Danke, einigermaßen gut. Gibt es was Neues?«

Es entstand eine unangenehme Stille, bis Barigli antwortete.

»Ja, aber das möchte ich Ihnen nicht am Telefon erzählen und wenn es möglich ist, auch nicht in der Bank. Könnten wir uns um 12.00 Uhr anderswo treffen?«

»Ja gerne. Ich habe unlängst eine kleine Bar mit einer schönen Terrasse entdeckt. Das Lokal heißt: »Bar am Wasser«. Kennen Sie die Bar? Um 12.00 Uhr ist dort sicherlich noch wenig los.«

»Ja, das Lokal kenne ich. Das wäre ausgezeichnet. Dann treffen wir uns dort um 12.00 Uhr.«

Nachdem das Telefonat beendet war, machte sich Ricks Bauchgefühl wieder bemerkbar. Zwar nicht so schlimm wie am Montag, aber es war etwas im Busch, das war ihm klar.

Sein Blick schweifte vom Balkon aus rechts auf den See hinaus. Es lag noch leichter Nebel darüber, der sich aber schon bald auflösen würde, dann stand einem weiteren schönen Frühlingstag nichts mehr im Wege. Zürich entpuppte sich für ihn als eine wunderschöne und lebenswerte Stadt. Um 10.30 Uhr verließ er das Apartment und spazierte den Quai am Wasser entlang bis zum Botanischen Garten. Die Parkbänke dort waren alle noch frei. Eine leichte Brise wehte vom See herüber und die Sonnenstrahlen, die sich durchkämpften, erwärmten die Luft spürbar. »Es ist herrlich, auf einer Parkbank zu sitzen und den Enten im See zuzuschauen«, dachte Rick und genoss die ruhigen Augenblicke.

Um 11.50 Uhr erhob er sich gut entspannt und schlenderte den Quai entlang zum Bürkliplatz. Von dort aus waren es nur noch wenige Meter bis zum Lokal. Seine zwei Bodyguards folgten ihm in bereits gewohntem Abstand. Er hatte recht behalten: Im Lokal und auch auf der Terrasse waren bis auf einen Tisch noch alle leer. Die Bar öffnete auch erst um 11.30 Uhr. Barigli wartete bereits auf Rick. Sie begrüßten sich kurz und setzten sich auf der Terrasse an den letzten kleinen Tisch, den Rick auch die letzten Tage gewählt hatte. Barigli erhob sich noch einmal kurz und gab den zwei Sicherheitsleuten den Auftrag, sich zwei Tische weiter weg zu platzieren. Als er sich wieder setzte, antwortete er auf Ricks fragende Blicke: »Das Gespräch sollte vertraulich sein, deswegen auch ein größerer Abstand!«

Es vergingen sicher einige Sekunden, in denen sich die beiden prüfend anschauten und einander abcheckten. Rick merkte in Bariglis Gesicht einen ungewohnten, ernsten Ausdruck. Auch eine unangenehme Anspannung war zu spüren. Ricks Bauchgefühl verhielt sich momentan ruhig, deswegen versuchte er diese innere Ruhe auch auszustrahlen. Beide warteten ab, bis die Bedienung die Bestellung aufgenommen hatte, dann begann Barigli zu sprechen: »Sie werden sich sicherlich schon gefragt haben, warum ich mit Ihnen sprechen möchte, und das nicht in der Bank. Das hat einen guten Grund!« Er stockte kurz, als die Bedienung die Getränke auf den Tisch abstellte und wieder verschwand. Dann sprach er etwas leiser weiter: »In der Bank haben einige Wände auch Ohren und von diesem Gespräch sollte außer uns niemand etwas wissen. Das Gespräch hat auch nie stattgefunden! Sie verstehen, was ich meine?«

Rick nickte zustimmend: »Ich bin ganz Ihrer Meinung! Ist mir auch am liebsten.« Nachdem dieses Thema abgeklärt war, begann Barigli zu erzählen: »Sie hatten doch am Mittwoch in der Bank ein Gespräch mit Herrn Steinbeck. Ich habe anschließend bemerkt, dass er Sie unter Druck gesetzt hatte. Ich möchte aber vorwegnehmen, dass ich das Gespräch nicht belauscht habe. Was ich aber gemacht habe, war, dass ich Herrn Steinbeck schon seit längerem beschatten ließ, weil ich in der Vergangenheit schon einige schlechte Erfahrungen mit ihm gemacht hatte. Ich weiß, dass meine Handlung nicht seriös war, aber ich lag mit meiner Vermutung richtig. Herr Steinbeck hat sich in den vergangenen Tagen mit einer Person getroffen, die alle Alarmglocken zum Schrillen brachte. Es handelte sich um eine Person aus Singapur. Der Name ist Lim Chan. Er ist Chef einer sogenannten Sicherheitsfirma in Singapur. Leute, die für diese Firma arbeiten, nehmen jede Art von Aufträgen an. Um genauer zu werden, sie schrecken vor nichts zurück. Diese besagte Sicherheitsfirma hatte auch Kontakt zu den beiden Asiaten, die sie identifiziert haben. Die Observierung ergab auch, dass sich Lim Chan anschließend mit den beiden getroffen hat. Alle drei verließen gestern Abend um 21.50 Uhr mit der Singapur Airlines die Schweiz in Richtung Singapur. Lim Chan ist für unsere Bank kein unbeschriebenes Blatt. Unser Securitydienst hatte schon zweimal das unangenehme Vergnügen mit ihm gehabt. Einmal gab es sogar ein Todesopfer. Der Fall konnte aber nie aufgeklärt werden. Lim Chan stand zwar in Verdacht, beteiligt gewesen zu sein, aber letztendlich fehlten die Beweise, um ihn zu überführen. Diese genannte Sicherheitsfirma aus Singapur beauftragt auch Auftragskiller aus aller Welt, aber vorwiegend aus dem asiatischen Raum. Sie suchen sich die allerschlimmsten Ganoven aus. Sie nehmen jeden Auftrag an, ist er auch noch so schmutzig! Für Geld machen die alles! Davor ist nicht einmal ihre eigene Mutter sicher!«

»Waren die zwei Asiaten auch aus diesem Milieu?«, wollte Rick wissen.

»Nein, die zwei waren aus Singapur, aber auch nicht unbedingt von der feinen Sorte. Sie haben einige Vorstrafen, aber sie hatten immer eine Person hinter sich. Ihre Verurteilungen fielen meistens sehr milde aus oder endeten gar in einem Freispruch. Meiner Ansicht nach arbeiten sie für einen Clan.«

»Kennen Sie die Namen der beiden?«, unterbrach ihn Rick.

»Ich kann die Namen herausfinden, wenn es für Sie wichtig ist.« Barigli hielt kurz inne, um Rick das Gesagte verarbeiten zu lassen. »Haben Sie Fragen zu meinen Ausführungen, Herr Turner?«

»Ja, ich würde dazu gern etwas sagen, aber vorher erwarte ich noch eine ehrliche Antwort von Ihnen. Warum machen Sie das für mich?« Nach dieser Frage checkten sie sich ein paar Sekunden ab. Es stand noch immer die Frage zwischen den beiden: »Konnten sie einander vertrauen?«

»Die Antwort würde mein Bankgeheimnis verletzen.«

»Aber das Gespräch hat ja nie stattgefunden!«, unterbrach ihn Rick.

Barigli überlegte kurz, bevor er antwortete: »Sollte Ihnen etwas zustoßen, bestünde die Gefahr, dass Ihr Geld eventuell abgezogen werden würde. Von Ihrer Exfrau, von Verwandten oder von unehelichen Kindern? Unsere Bank ist momentan in einer etwas delikaten Situation, und zwar interner Natur. Wir erhalten viele Kreditanfragen, die wir nicht bedienen können, weil interne Bankvorgaben damit verknüpft sind. Es muss ein gewisser Anteil an Bargeld in der Bank vorhanden sein und dieser muss wiederum in Relation zur Kreditauslastung stehen. Ihre angelegte Summe würde uns enorm helfen unsere Kreditauslastung zu erhöhen. Dies würde uns in weiterer Folge helfen, eine gewisse Unabhängigkeit zu bewahren. Wir könnten unsere interne Bankrevision behalten und eine externe Einmischung in Bankentscheidungen würde uns erspart bleiben. Unser Bankvorstand würde nicht von externen Personen aufgestockt oder ersetzt werden. Wir könnten gewisse Privilegien behalten. Der Fuhrpark von Fahrzeugen mit Chauffeur zum Beispiel, oder bankinterne Apartments, wie in Ihrem Fall. Das alles könnten wir durch ihre Einlage von einer Milliarde absichern. Sie brauchen deshalb nicht zu befürchten, dass ihr Geld in Gefahr ist. Nein, das Gegenteil trifft ein: Durch eine höhere

Kreditauslastung wird der Bestand der Bank gesichert werden, und genau darum geht es uns. Dafür, Herr Turner, möchte ich mich erkenntlich zeigen, indem ich Ihnen dabei helfe die richtigen Entscheidungen zu treffen, und ich versuche Sie vor Unannehmlichkeiten zu bewahren.«

Barigli schaute ihn prüfend an, bis Rick die Stille brach: »Danke für Ihre Aufrichtigkeit! Der Gesprächsinhalt ist bei mir gut aufgehoben. Meine folgende Geschichte ist natürlich auch mit vollster Diskretion zu behandeln. Ich wüsste nicht, wem ich es sonst anvertrauen sollte. Sie hatten es richtig erkannt: Herr Steinbeck hat mich unter Druck gesetzt und vor eine schlimme Wahl gestellt. Entweder ich zahle oder ich sterbe.« Rick machte nach diesen Worten eine kurze Pause, um der Bedeutung seiner Worte noch mehr Ausdruck zu verleihen. Bariglis Gesichtsausdruck verfinsterte sich dabei schlagartig. Rick musste nun trotzdem eine kleine Notlüge gebrauchen:

»Ich hatte mit meinem Freund, Johann Braininger, einige größere Krypto-Spekulationen unternommen. Mein Freund hatte letztes Jahr eigenständig auf einer Singapurplattform extrem viel getradet und dabei eine gewisse Firma namens Singapur Media Coop. Ltd. mit 200 Millionen Franken in den Ruin getrieben. Es stellte sich später als fataler Fehler heraus, das gebe ich zu. Er musste diesen auch mit seinem Leben bezahlen. Das war aber noch nicht genug. Ein paar Tage später musste auch seine Tante, bei der er wohnte, diesen Fehler mit ihrem Leben bezahlen. Die Firma in Singapur schickte auch mir diese besagten zwei Personen. Ich konnte aber kurz davor noch nach Zürich flüchten. Erst als die zwei Personen gefasst wurden, trat Herr Steinbeck in den Vordergrund. Er machte mir klar, dass ich die Schulden von meinem Freund zu begleichen hätte. Ich habe daraufhin die 200 Millionen Franken an die besagte Firma in Singapur überwiesen. Wie es weitergeht, kann ich Ihnen nicht sagen, aber eines ist mir klar, so einfach werde ich diese Leute nicht mehr los! Mir bleibt wahrscheinlich keine andere Wahl, als den Leuten in Singapur klarzumachen, dass es genug ist. Ich werde mich auf deren Niveau herablassen und ihnen verständlich machen müssen, dass sie nicht einfach Leute ermorden und dann verschwinden können, als ob nichts geschehen wäre ... und womöglich tauchen sie dann irgendwann wieder auf und das Spiel beginnt von vorne ...«

Barigli schaute Rick traurig in die Augen, als wollte er damit sein Mitgefühl ausdrücken: »Wie kann ich Ihnen dabei helfen, Herr Turner?«

»Das wird sehr schwierig werden. Wenn man es genau nimmt, dann schädigen diese Leute nicht nur mich, sondern auch Ihre Bank. Sie werden immer wieder Geld verlangen, das dann in weiterer Folge auch der Bank fehlen wird.«

Es kehrte abermals eine kurze Stille ein. Die beiden überlegten angestrengt und starrten dabei auf ihre Gläser, die vor ihnen auf dem Tisch standen.

»Wie weit reichen Ihre Connections, um herauszufinden, welche Person hinter der unglaublichen Geschichte steckt?«

Barigli rieb sich mit dem Zeigefinger nachdenklich über die Lippen. Sein Blick war dabei noch immer auf den Tisch gerichtet.

»Meine Verbindungen reichen sehr weit, Herr Turner! Nehmen wir an, ich besorge Ihnen den Namen, der hinter all dem steckt. Was werden Sie dann unternehmen und wie weit würden Sie gehen?«, er schaute Rick bei diesen Worten tief in die Augen.

»Wollen Sie das überhaupt wissen, Herr Barigli?«

»Ja, das möchte ich wissen! Es geht immerhin um eine Milliarde Franken. Für einen so hohen Betrag würde ich sehr weit gehen.« Er schaute Rick dabei entschlossen an.

»Ich glaube, dann sind wir uns einig!«, bekräftigte Rick, um die Einigkeit zu bestärken. »Was ich vorab noch sagen möchte: Das Geld, das für die Beseitigung der Angelegenheit verwendet werden muss, wird nicht von meinem Bankkonto kommen. Es wird in keinster Weise eine Verbindung zu Ihrer Bank geben, das verspreche ich Ihnen.« Sie schauten sich zustimmend an, bevor Rick weitersprach: »Zuerst brauchen wir die Namen von den zwei asiatischen Auftragskillern. Vielleicht kann uns diese Herr Dr. Stern besorgen? Dann, wie schon erwähnt, den Namen und Aufenthaltsort des Auftraggebers. Folglich brauchen wir eine oder mehrere Personen, die die Operation in Singapur durchführen können.«

»Wie stellen Sie sich die Durchführung vor?«, wollte Barigli gespannt wissen.

»Die Durchführung hängt von mehreren Faktoren ab. Eines ist aber sicher: Zu der besagten Person hinfahren und sagen: ‚Das dürft ihr nicht mehr tun!‘, ist zu wenig! In meiner Vorstellung könnte es sich so abspielen: Die zwei Auftragskiller müssen büßen! Die zwei Morde, die sie begangen haben, sind in meinen Augen mit nichts zu rechtfertigen. Ein Schwachpunkt des Auftraggebers könnte seine Familie sein. Es müssten Fotos von seiner Frau, von seinen Kindern und eventuell auch von seinem Hund gemacht werden. Wer oder was ihm eben das Liebste ist. Am folgenden Teil feile ich noch ein wenig. Es müssten nämlich auch noch Fotos von den zwei – bis zu dem Zeitpunkt übel zugerichteten – Auftragskillern gemacht werden. All diese Fotos werden nummeriert. Nummer eins und zwei sind die zerschundenen Gesichter. Alle weiteren Nummerierungen erhalten die Fotos der liebsten Personen des Auftraggebers. Diese Fotos sollen dann in einem Kuvert dementsprechend überzeugend und mit Nachdruck von einem Boten übergeben werden. Mit der klaren Aussage, dass ich damit die Geschehnisse für beendet betrachte. Sollten die Drahtzieher möglicherweise auch später einmal auf die Idee kommen, mich wiederholt zu belästigen oder Geld zu fordern, dann geht es anhand der Nummerierung der Fotos weiter. Zuletzt wäre dann er selber an der Reihe und sein Ende wäre grausam und schmerzhaft!«

Nachdem er geendet hatte, waren seine Gefühle ziemlich durcheinander. So viel an Details wollte er noch nicht preisgeben. Wie ging sein Gegenüber mit den Informationen um? Stand er wirklich auf seiner Seite? Sein Bauchgefühl tendierte mehr zu Barigli als zu Steinbeck. Sie saßen sich einige Zeit sprachlos gegenüber. Dem Anschein nach mussten beide das Gesagte zuerst verdauen. Eingangs waren sie sich einig, dass sie für eine Milliarde weit gehen würden, aber nachdem es ausgesprochen war, klang es doch extrem grenzwertig und brutal. Das würde die berühmte Grauzone schon bei weitem übersteigen. Rick merkte, dass Barigli mit der Situation extrem haderte, deshalb legte er noch einmal nach: »Sollte sich die Angelegenheit so aus der Welt schaffen lassen, verspreche ich Ihnen, dass ich noch ein weitere Milliarde Schweizer Franken auf mein Konto einzahlen werde. Natürlich nur, wenn es Ihnen in einer gewissen Weise behilflich wäre.« Rick hoffte ihm seine Entscheidung damit etwas erleichtert zu haben.

»Wann würden Sie die zusätzliche Milliarde überweisen?«

»Nachdem die Angelegenheit zu meiner Zufriedenheit erledigt wurde, und die Höhe der jeweiligen Überweisungen können Sie bestimmen!«, fügte Rick noch hinzu. Er wusste, dass Barigli sich diese Summe nie entgehen lassen würde. Er sah sicherlich schon seinen Aufstieg in der Firma vor seinem geistigen Auge. Vielleicht ein Aufsichtsratsposten oder ein Vorstandsposten?

»Gut!«, antworte Barigli und wandte sich Rick zu: »Ein paar Details hätte ich noch. Sie haben sich mit Steinbeck für Samstagabend verabredet – kein Wort über das Vorhaben an ihn! Ich weiß nicht, auf welcher Seite er steht. Irrtümliche Informationen könnten fatale Folgen haben. Vielleicht steckt er sogar tiefer in der Geschichte, als es momentan aussieht. Auch wenn es nicht so wäre, würden Sie sich in die Fänge eines Menschen begeben, der Sie nur von sich abhängig machen würde. Das Nächste wäre: Ich alleine übernehme die Koordination des Vorhabens. Ich beauftrage eine Person für die Abwicklung, ohne damit die Bank nur in geringster Weise hineinzuziehen. Sollten Fragen aufkommen, von welcher Seite auch immer, Sie und ich wissen von nichts. Die weiteren Gespräche über die Operation, nennen wir sie ‚Schönes Leben‘, finden nur zwischen uns direkt statt. Keine Telefonate und keine Gespräche in der Bank. Sollte ein weiterer Gesprächsaustausch erforderlich sein, egal von wem ausgehend, dann verwenden wir beim Telefonat den Code ‚Schönes Leben‘. Das bedeutet dann, am folgenden Tag um 11.30 Uhr hier in der Bar. Sollte es ganz dringend sein, dann lautet der Code ‚Schönes Leben heute‘. Das Treffen findet dann exakt zwei Stunden nach dem Anruf hier in der Bar statt. Ich werde veranlassen, dass jeden Tag ein Tisch für zwei Personen auf den Namen Turner hier reserviert sein wird. Eine weitere wichtige Information hätte ich noch an Sie: Bis Montag werde ich nicht erreichbar sein, denn ich werde in dieser Angelegenheit noch heute um 21.50 Uhr den Flug nach Singapur nehmen und erst wieder am Montagvormittag zurück sein. Vielleicht könnten wir vorweg schon einmal einen Termin für Dienstag, 11.30 Uhr hier in der Bar fixieren?«, Barigli stoppte seine Ausführungen und wartete höflichkeitshalber auf Ricks Antwort.

Rick ließ sich alles noch einmal durch den Kopf gehen. Bis jetzt klang alles perfekt! Nur eine Frage stellte sich dann doch noch bei ihm: »Eine Frage drängt sich mir aber trotzdem noch auf: Woher wissen Sie, dass ich mich mit Herrn Steinbeck verabredet habe?«

»Herr Turner, es ist eine berufsbedingte Angewohnheit von mir, dass ich alles wissen muss, was in der Bank vor sich geht. Aber diese Information habe ich von Johann erhalten. Er wurde von Herrn Steinbeck beauftragt, Sie am Samstag abzuholen und Sie zur angesagten Party zu bringen.«

»Wie ist der Dresscode bei solchen Partys und was erwartet mich dort? Welche Leute sind dort? Was sollte ich vorab wissen?«

»Es ist schwierig, dazu etwas zu sagen, weil ich sehr voreingenommen bin. Ich habe mich nur selten auf diesen Partys sehen lassen, weil mir einige Gäste nicht gefielen. Der Ausdruck »Party« ist vielleicht auch etwas übertrieben. Es treffen sich einige Leute zu einem Plausch mit Alkoholbegleitung. Manchmal organisiert er auch Damen aus dem Escort-Bereich, damit so manche Herren auf ihre Kosten kommen. Es werden Leute anwesend sein, mit denen ich keine Geschäfte machen möchte. Die Villa, in der die Zusammenkunft stattfindet, gehört inoffiziell seiner Schwester. Er schmückt sich nur mit dem Anwesen und er ist ein guter Organisator, ein Lebemann und ein Blender. Mit seinem Geschick hat er auch Nico von Hohenfeld eingewickelt. Was Herr Steinbeck noch sehr gut beherrscht, ist die Schwächen der Personen, die ihn umgeben, auszunutzen. Nico liebt zum Beispiel schnelle Autos. Damit hat Steinbeck ihn auf seine Seite gezogen. Er hat gute Connections zu einer Auto-Tuning-Firma, die Luxussportwagen tunen und zu Geschossen umbauen.

Als Dresscode würde ich etwas Legeres wählen, auf keinen Fall zu elegant. Je gelassener, vulgärer und oberflächlicher man sich gibt, desto weniger fällt man in diesen Kreisen auf. Genau diese Eigenschaften sind mir fremd und deswegen hatte ich mich auf solchen Partys immer sehr unwohl und deplatziert gefühlt. Sie werden es selbst erleben und am Dienstag können Sie mir dann darüber erzählen. Ich bin schon neugierig auf Ihre Eindrücke. Meiner Meinung nach sind wir uns diesbezüglich doch sehr ähnlich.«

»Ich hoffe, Herr Barigli, wenn wir uns am Dienstag sehen, können Sie mir schon etwas Positives über ‚Schönes Leben‘ berichten«, schloss Rick das Gespräch.

»Wir werden sehen! Aber jetzt sollte ich mich auf den Weg machen. Ich brauche noch die Tickets und einen gepackten Koffer«, dabei stand er auf, schüttelte Rick noch die Hand und verließ zielstrebig das Lokal. Rick blieb noch so lange sitzen, bis sich die Terrasse mit sonnenhungrigen Menschen füllte. Er verließ später das Lokal und spazierte am Quai zurück zum Apartment. Seine Gedanken waren mit all den Vorhaben und dem besonderen Gespräch noch immer überfordert. Die wichtigste Frage war: Wie weit konnte er Barigli vertrauen? Hatte er möglicherweise Glück, mit Barigli gesprochen zu haben? Mit Steinbeck über sein Vorhaben zu sprechen, wäre nach den jetzigen Erkenntnissen fatal gewesen. Steckte Steinbeck vielleicht sogar mit den Asiaten unter einer Decke? Ihm wurde ganz schlecht bei dem Gedanken, was geschehen wäre, wenn er sich Steinbeck als Vertrauten ausgesucht hätte. Morgen würde es ganz wichtig sein, das Geschehen auf der Party mit Abstand zu beobachten, ohne dass es jemand merkt. Sich immer locker und lässig geben, nichts preisgeben, was ihn belasten könnte, aber immer die Augen offen halten und beobachten. Wer sind die Leute? Was sagen sie? Wie geben sie sich und vor allem: Was verbindet sie mit Steinbeck? Sich freundschaftlich geben, aber immer Nichtssagendes antworten, das wird die Devise für morgen Abend sein. Im Apartment angekommen, war seine erste Aufgabe, etwas Passendste für morgen zum Anziehen auszuwählen. Im Kleiderschrank hingen noch einige Stücke, die zwar ganz gut aussahen, aber sicher für die angesagte Gesellschaft als zu billig angesehen werden würden. Das teure Hemd und die Hose von Boss waren derzeit bei der Schmutzwäsche. Die Slipper von Tod's würden sehr gut dazu passen. Die Suche nach einer Waschmaschine begann, denn der Abstellraum war für ihn noch Neuland. Volltreffer! Eine kleine Waschmaschine mit Hecklader und ein Bügelbrett waren schon einmal gefunden. Das Bügeleisen befand sich im oberen Regal bei den Wäschetabs. Sogar Antifarbtücher waren vorhanden. Rick schaltete die Waschmaschine sofort ein. Über Nacht hatte sie dann Zeit zum Trocknen. Er setzte sich in der Zwischenzeit auf den Balkon und ließ seine Gedanken noch einmal über die ganze Woche in Zürich kreisen.

Singapur

Barigli fuhr nach dem Gespräch mit Rick nicht mehr zur Bank, sondern direkt zu sich nach Hause. Seine Wohnung lag zwei Kilometer außerhalb Zürichs in einer ruhigen Gegend. Die Fahrt dauerte an diesem Tag verhältnismäßig lange, weil der Freitagnachmittagsverkehr schon eingesetzt hatte. Urs hatte damit kein Problem, weil er sowieso einige Telefonate zu führen hatte. Zuerst rief er bei Christyn an. Sie war die Schaltstelle für alle Reisen, die mit der Credit-Card gemacht wurden. Sie sollte ihm einen First-Class-Flug von Zürich Kloten nach Singapur Changi um 21.50 Uhr mit der Rückreise am Sonntagabend buchen. Zudem eine Loft Suite im Fullerton Hotel für eine Nacht. Das Abendessen am Samstagabend sollte sie für zwei Personen im Zimmer servieren lassen. Er wusste, dass Christyn immer alles zur besten Zufriedenheit für ihn erledigen würde. Wenn jemand etwas Unmögliches möglich machen konnte, dann war sie es. Die Bankangestellten schätzten sie dafür sehr. Anschließend rief er seinen Informanten in Singapur an und fixierte mit ihm einen Termin für Samstagabend im Hotel Fullerton. Seine Gespräche endeten exakt mit der Fahrzeit. Als er auflegte, bog er in die Garagenauffahrt ein. Seine Wohnung lag im ersten Stock eines luxuriösen, zweistöckigen Wohnblocks, der erst vor fünf Jahren erbaut wurde. Der Balkon erstreckte sich über die ganze Südwestseite seiner Wohnung. Er musste damals alle Connections spielen lassen, um diese Wohnung zu bekommen. Der Ausblick war einzigartig, weil der Wohnblock auf einer kleinen Anhöhe stand und einen Blick über ganz Zürich freigab. Auf der Rückseite waren die Nobelvillen am Zürichberg zu sehen. Die Wohnung kostete ihn fast zwei Millionen Schweizer Franken, aber sie war es wert. Die

Raumaufteilung war genau nach seinem Geschmack. Ohne den Balkon, der beinahe 20 m² ausmachte, waren die 100 m² Wohnfläche perfekt für ihn alleine. Seine langjährige Freundin verließ ihn wegen ihres Jobs in New York. Die Wall Street war für sie wichtiger als die Partnerschaft mit ihm. Es dauerte mehr als ein Jahr, darüber hinwegzukommen. Jetzt wäre sowieso keine Zeit mehr für eine fixe Beziehung!

Eine ausgiebige Dusche brachte ihm die nötige Frische zurück. Der kleine Koffer, der noch als Handgepäck akzeptiert wurde, war schnell gepackt. Nach so vielen Reisen war der Ablauf schon zur Routine geworden. Früher waren seine Reisen um ein Vielfaches mehr als jetzt. Seitdem sich seine Tätigkeit nur noch auf einige wenige Großkunden beschränkte und seine Administrationstätigkeiten in der Bank immer mehr wurden, waren seine Reisen seltener geworden. Dies kam auch daher, dass Andre von Hohenfeld mehr Zeit am Golfplatz verbrachte als in der Bank. Von seinem Sohn erst gar nicht zu sprechen. Wenn es nach ihm ginge, würde Nico hochkantig aus der Bank fliegen und sein Vater mit ihm. Die gesamte Arbeit blieb deshalb an ihm hängen. Jetzt stand auch noch eine interne Fusionierung im Raum. Wenn es nicht auch ihn treffen würde, wäre es sogar amüsant geworden zuzusehen, wie die Herren von Hohenfeld ihrer Posten enthoben werden würden. Dann käme auch eine externe Revision, die einige Großkunden durchleuchten würde. Nicht, dass das Geld nicht sicher wäre, aber dessen Herkunft war bei manchen fraglich, wie auch bei Herrn Turner. Wie sollte man einer außenstehenden Bank erklären, dass innerhalb zwei Wochen eine Milliarde Schweizer Franken in der Bank eingebucht wurden? Die Herkunft des Geldes wäre somit die erste Frage, aber die Sache konnte sich noch zum Guten wenden. Dieser Turner könnte sogar noch ein Glücksfall für die Bank werden, denn die Kreditabteilung wurde durch ihn bereits mobilisiert. Wenn es der Bank gelingen würde, für das zweite Quartal die Kreditauslastung dadurch auf über 75 Prozent zu erhöhen und mit einer stabilen Einlage ebenfalls zu punkten, dann ginge der Kelch der Fusionierung noch einmal an ihnen vorüber.

Um 19.00 Uhr klingelte sein iPhone – es war Christyn. Sie bestätigte den Flug und das Hotel in Singapur und wünschte ihm noch eine angenehme Reise. Das Ticket war, wie immer, am Schalter im Flughafen hinterlegt. Urs war begeistert! Diese organisatorische Perfektion war genau nach seinem Geschmack, deshalb überlegte er schon seit längerem, Christyn als seine Sekretärin einzustellen. Wenn nächste Woche etwas Zeit bliebe, würde er dies zum Thema machen. Urs verließ um 19.15 Uhr seine Wohnung. Das Navi zeigte als Ankunftszeit 19.37 Uhr. Am Flughafen Zürich Kloten waren immer zwei Parkplätze für Bankangestellte fix reserviert. Diese waren für den CEO und die zwei Bankdirektoren angemietet. Um 19.36 Uhr bog er mit seinem schwarzen Mercedes S-Klasse zur Tiefgarage am Flughafen ein. Ein Parkplatz war noch frei. Auf dem anderen stand der gelbe Lamborghini von Nico. Wahrscheinlich war er wieder mit dem Privatjet eines seiner reichen Freunde unterwegs. Ansonsten hätte er den Flugbericht gelesen. Ihm entging normalerweise nichts. Auf gar keinen Fall ein Reisebericht! In ihm wuchs eine gewisse Verärgerung. Er versuchte alles Mögliche, die Bank vor einer Fusionierung zu retten, und Nico jettet fröhlich um die Welt. Kauft sich immer den teuersten Lamborghini und wenn das Geld wieder knapp wird, dann wird Papi angepumpt. Ihm waren die ewigen Diskussionen zwischen Andre und seinem Sohn schon so zuwider, besonders wenn die Geschichten in die Bank hineingetragen wurden. Seiner Meinung nach waren alle beide unfähig, aber sie hatten das Glück, reich geboren worden zu sein.

Urs verließ mit seiner Wut im Bauch die Flughafentiefgarage und fuhr mit dem Lift zum Terminal 1. Christyn hatte ihm schon alle nötigen Daten auf sein Handy gemailt. Er zeigte seinen Reisepass beim Swiss-Air-Schalter vor, bekam mit einem freundlichen Lächeln der Schalterdame seine Flugtickets ausgehändigt und war schon unterwegs in Richtung Gate A36. Es war noch Zeit, sich in der VIP-Lounge einen kleinen Snack und ein Glas Champagner zu genehmigen. In den Massagesesseln, wie sie dort angeboten werden, konnte er noch ein wenig entspannen und sich das weitere Vorgehen überlegen. Für ihn war es wichtig, keinen Fehler zu machen und auf alle Eventualitäten vorbereitet zu sein. Sein Kontaktmann in Singapur war ein Mann mit ganz klaren Prinzipien, die manchmal auch schwierig sein konnten. Seine Vorgehensweisen waren des Öfteren schon überaus brutal und überschritten die Legalität, aber Urs' Vorhaben war dem sehr ähnlich. Er schauderte bei dem Gedanken, eine Person zu kontaktieren, die zwei Menschen oder vielleicht noch mehr beseitigen sollte. Wie weit war er bereits gesunken? Seine Prinzipien waren, immer ehrlich und legal zu sein, aber davon war nicht mehr viel vorhanden. Ihm waren die Hände gebunden. Wenn er es nicht machte, dann war die eine Milliarde und womöglich auch Herr Turner weg! Wenn er den Plan durchzog, half er der Bank, die abermals eine Milliarde erhalten würde, und die befürchtete Fusionierung wäre somit auch vom Tisch. Sein Informant schuldete ihm außerdem sowieso noch einen Gefallen. Urs hatte ihm vor zwei Jahren geholfen in der Schweiz unterzutauchen. Er versorgte ihn drei Monate lang mit Geld und einer Unterkunft, die nicht nachverfolgt werden konnte. Diese Schuld würde er jetzt einfordern. Wie weit es ihm gelingen würde, würde sich noch erweisen.

Er konnte die Angelegenheit nicht am Telefon besprechen, weil man nie wissen kann, wer am anderen Ende der Leitung noch mithören könnte, und außerdem musste er bei diesem Anliegen seinem Gegenüber in die Augen schauen, um zu sehen, ob es eine Einigkeit gab. Dieser Auftrag musste streng geheim gehalten werden und durfte niemals zurückverfolgt werden können.

Urs war noch in Gedanken versunken, als sein Flug SWISS LX 9000 nach Singapur aufgerufen wurde. Er nahm seinen Handkoffer und checkte beim First-Class-Schalter ein. Die Stewardess war sehr bemüht und wies ihm die gebuchte Kabine zu. Es war ein Luxussessel, der als Bett umfunktioniert werden konnte. Mit Hilfe zweier Schiebetüren konnte der Raum geschlossen werden. Eine Dusche mit den entsprechenden Toiletteutensilien war ebenfalls im Raum integriert. Ein Schlafanzug in seiner Größe lag auf dem Sitz und Hauspantoffeln standen daneben. Der Speiseplan wurde ihm von der netten Stewardess vorgelesen und dann neben ihm auf die Ablage gelegt. Als Aperitif gab es einen Schluck Cognac.

Sein Plan war, bis 6.00 Uhr zu schlafen und dann ein ausgiebiges Frühstück zu genießen.

Auf der Fahrt zum Flughafen hatte er noch mit Viktor Stern, dem Rechtsanwalt, telefoniert, bezüglich der Fotos und Namen der Asiaten. Die Daten sollten Urs dringend aufs Handy gesendet werden. Nach der Aussage des Anwalts sollte er die gewünschten Infos in den nächsten Stunden erhalten. So weit war alles organisiert. Die Stewardess bekam die Order, ihn nicht mehr zu stören und ihn pünktlich um 6.00 Uhr zu wecken. Urs schlüpfte in den bereitgelegten Seidenpyjama und legte sich in sein Luxusbett. Seine Gedanken drehten sich noch eine Zeitlang um das bevorstehende Gespräch mit seinem Informanten in Singapur.

Wie geplant klopfte die Stewardess um 6.00 Uhr behutsam an seine Kabinentür. Urs war sofort hellwach. Er bat sie ihm in einer halben Stunde ein reichhaltiges Frühstück zu servieren. Eine heiße Dusche löste all seine Verspannungen, die trotz Luxusausstattung im Flugzeug in der Nacht entstanden. Das Frühstück war ausgezeichnet und überaus vielseitig. Auf seiner Uhr war es laut MEZ erst 7.00 Uhr. Er stellte sie sechs Stunden vor auf 13.00 Uhr Ortszeit. Der Flug dauerte noch viereinhalb Stunden. Diese Zeit nutzte er, um alles noch einmal durchzuplanen. Die Mail mit den Namen und den Fotos der beiden Asiaten war bereits angekommen. Nach längerem Betrachten war es für ihn immer noch schwierig, die beiden zu unterscheiden. Der eine hieß Hu Wang, der andere Quan Lian. Die Namen wiesen auf eine chinesische Herkunft hin, aber er konnte sich auch täuschen. Zumindest konnte er heute Abend schon etwas Konkretes vorlegen. Das Foto, auf dem Steinbeck mit Lim Chan zu sehen war, hatte er als Ausdruck auch mit dabei. Mit diesen vorhandenen Beweismitteln konnte es vielleicht klappen, die Hintermänner ausfindig zu machen. Laut Herrn Turner spielte Geld in dieser Angelegenheit keine Rolle. Dies konnte sich in Singapur als großer Pluspunkt erweisen.

Urs versuchte sich daran zu erinnern, als er seinen Informanten das letzte Mal gesehen hatte. Es war an einem Abend am Flughafen in

Zürich. Sie hatten nur ein paar Minuten Zeit. Sie schauten sich tief in die Augen und Urs sah eine Dankbarkeit, die er niemals wieder bei jemand anderem sah. Hoffentlich war diese Dankbarkeit durch die lange, dazwischenliegende Zeit nicht verloren gegangen!

Die Bank, an die Turner die Summe von 200 Millionen überwiesen hatte, könnte Urs vielleicht näher zum gesuchten Auftraggeber bringen. Für Urs war dies eine Summe, die er nicht so schnell überwiesen hätte, noch dazu ohne entsprechende Sicherheit! Welche Summe wird seine Kontaktperson fordern? Reichen dessen Kontakte so weit, um zu den Auftraggebern vorzudringen? Wie konkret sollte er die Forderungen von Herrn Turner weitergeben? Turners Ideen waren schon heftig! Zwei Auftragsmorde zu veranlassen, brachte ihn aus dem Gleichgewicht. So etwas hatte er noch nie in Erwägung gezogen, geschweige veranlasst. Es benötigte auf alle Fälle ein sehr großes Fingerspitzengefühl, um so eine Angelegenheit in Auftrag zu geben.

Um 17.00 Uhr Ortszeit erfolgte die Durchsage, sich beim Landeanflug anzuschnallen. Das Aufsetzen der Maschine um 17.20 Uhr erfolgte weich und sanft. Die First-Class-Gäste durften zuerst aussteigen, deswegen hatte er einen zeitlichen Vorsprung bei der Passkontrolle. Um 17.40 Uhr war Urs schon unterwegs in Richtung Ausgang. Ein etwas älterer, asiatischer Herr stand in der ersten Reihe der wartenden Personen und hielt ein Schild in die Höhe, auf dem sein Name stand. »Perfekt!«, dachte er und drückte ihm gleich seinen Koffer in die Hand. Ein schwarzer Rolls-Royce mit abgedunkelten Scheiben stand im VIP-Bereich vor dem Ausgang bereit. Der kleine Chauffeur lief voran und hielt die hintere Türe für ihn auf. Den Koffer verstaute er blitzschnell und gekonnt im Kofferraum. Um 17.50 Uhr fuhren sie bereits auf die Autobahn 2A in Richtung Zentrum. Diese Fahrzeit von circa 25 Minuten nutzte er, um Ethan, seinen Kontaktmann, anzurufen. Sie vereinbarten, sich um 19.30 Uhr in der Hotellobby zu treffen. Anschließend erinnerte er sich: Es musste schon drei Jahre her sein, als er das letzte Mal im Hotel Fullerton zu Gast war. Es gab sicherlich bereits bessere Hotels in Singapur, aber für ihn strahlte dieses ein gewisses Flair von Noblesse aus. Hinter dem Hotel ragte die Bankenskyline in die Höhe, die für ihn eine gewisse Vertrautheit erzeugte. Seine Vorliebe für Banken war schon im Kindesalter sehr ausgeprägt. Je höher und größer die Bankgebäude waren, desto schöner waren sie in seinen Augen. Wahrscheinlich gefiel ihm deshalb auch das Hotel so sehr. Der Rolls-Royce blieb vor dem Hoteleingang stehen und sein emsiger Chauffeur hielt ihm mit einem breiten Lächeln die Seitentür auf. Beim Aussteigen hielt Urs noch einmal kurz inne und sein Blick schweifte dabei über die dahinterliegende Bankenskyline. In ihm flammte ein kurzes, eigenartiges Gefühl der Schönheit und der Vertrautheit auf. Es war nicht anders zu beschreiben. Schon immer war es sein Traum, in einem hohen Bankgebäude ganz oben ein Büro zu haben und von dort aus eine Bank zu leiten.

Hinter der Rezeption stehend, erkannte ihn die große, schlanke Dame nach all den Jahren sofort wieder. Mit einem überaus freundlichen Lächeln gab sie ihm die Karte für die Loft Suite in der achten Etage. Ein Page fuhr mit ihm und seinem Gepäck nach oben und öffnete vor ihm die Tür der Suite. Das Zimmer hatte sich seit seinem letzten Besuch kein bisschen verändert. Der ovale, große Schreibtisch vor der großen Balkontür stand noch immer am selben Platz. Auf dem großen Balkon war bereits ein kleiner Tisch mit zwei Stühlen für das Dinner gedeckt. Der Page fragte ihn, ob er ihm einen Schluck Whiskey einschenken sollte. Er verneinte, denn in seinem Kopf brauchte er jetzt Klarheit. Urs steckte dem Pagen ein angemessenes Trinkgeld zu, dann verließ dieser das Zimmer. Urs hatte noch zwei Stunden Zeit, um sich frisch zu machen und die Aussicht vom Balkon aus zu genießen. Es zog ihm, wie immer bei diesem Anblick, eine Gänsehaut auf, als sein Blick über die Marina Bay schweifte. Das Riesenrad, das ArtScience Museum und das Hotel Marina Bay Sands mit seinen drei Türmen waren zu sehen.

Es setzte bereits die Dämmerung ein und die Beleuchtungen wurden eingeschaltet. Für ihn war dies die schönste Zeit des Tages, wenn die Lichter eine große Stadt erhellten. Er konnte keinen

Vergleich zwischen Zürich und Singapur ziehen. Diese Stadt hier war ein pulsierendes Zentrum, das niemals zur Ruhe kam.

Um 19.20 Uhr fuhr Urs in die Eingangslobby hinunter. Seitlich, hinter einer großen Glastür, befand sich eine kleine Hotelbar. Dort setzte er sich auf den vorletzten Barhocker und orderte einen kleinen Espresso. Für ihn war es immer wichtig, ein paar Minuten früher anwesend zu sein, um den Platz auszusuchen und den Raum zu sondieren. Um 19.35 Uhr betrat ein Mann die Bar. Urs erkannte ihn sofort, es war seine Kontaktperson, Ethan Goh. Seine Haut war etwas dunkler als die eines Einheimischen. Das lag daran, dass seine Mutter aus Jakarta kam und sein Vater aus Singapur. Sein Schritt war zielstrebig und leicht federnd, der Körperbau drahtig, leicht muskulös und etwas größer als der Durchschnitt in Singapur. Urs stand von seinem Hocker auf und machte einen Schritt auf ihn zu. Ethan setzte ein leichtes, verschmitztes Lächeln auf, während er auf ihn zuging und ihm die Hand entgegenstreckte. Sein Händedruck war noch immer sehr kräftig.

»Ist schon lange her, mein Freund!«, begrüßte ihn Urs und bot ihm mit einer Handbewegung den Barhocker neben ihm an.

»Viel zu lange. Musste bei deinem Anruf nachdenken, wann es genau war, als wir uns am Züricher Flughafen das letzte Mal gesehen haben«, antwortete Ethan etwas nachdenklich.

»Fast drei Jahre!«

»Wie geht es dir in der Schweiz? Alles in Ordnung in deiner Bank?«

»Das würde ich dir gerne oben in meiner Suite erzählen. Ich habe veranlasst, dass wir dort essen werden.«

»Muss ja eine ganz wichtige Sache sein, wenn mich der beste Schweizer Bankenfuchs zum Essen in seine Suite einlädt!«, antwortete Ethan und lachte dabei leise.

Daraufhin erhoben sie sich und fuhren in die achte Etage. Urs öffnete und betrat als Erster die Suite. Mit einer Handbewegung zeigte er in Richtung offener Balkontür.

»Es ist bereits gedeckt. Möchtest du einen Whisky oder einen Cognac als Aperitif?«

»Ein kleiner Whisky wäre nicht schlecht!«

Ethan zog bei diesen Worten ein kleines Gerät aus der Tasche, das die Größe eines Handys hatte, und am Display war ein spezielles Diagramm zu erkennen. Urs war etwas überrascht, als Ethan seinen Zeigefinger auf den Mund legte. Er hielt das Gerät vor sich und ging suchend durch das Zimmer. Jetzt erst begriff Urs, was dies zu bedeuten hatte. Ethan ging auf Nummer sicher! Es musste ein Gerät sein, das Abhörsender ausfindig machen konnte. Auf diese Idee wäre er nicht gekommen! Glaubte er wirklich, dass das Zimmer verwanzt war? Als Ethan nach seinem Kontrollgang zurückkam, sagte er mit erleichterter Stimme: »Wenn unser Gespräch wichtig ist, dann möchte ich auch wirklich sicher sein, dass niemand zuhört!«

»Sorry, Ethan! Ich wäre nie auf die Idee gekommen, dass die Suite abgehört werden würde.«

»In meiner Branche kann man nicht vorsichtig genug sein.«

Sie setzten sich mit einem Whiskyglas in der Hand zum gedeckten Tisch. Ethan las die Menükarte, die auf dem Beistelltisch lag, und sagte: »Ich würde gerne das rosa gegarte Lammrückensteak mit Gemüse nehmen und als Nachspeise das Mango-Limetten-Trifle.«

Urs griff zum Telefon und orderte den Menüwunsch von Ethan. Er bestellte dasselbe und zusätzlich eine Flasche Chardonnay und eine Flasche Wasser.

Eine Zeitlang schaute Ethan auf die Marina Bay hinaus, bis er seinen Blick zurück auf Urs lenkte: »Was ist so wichtig, wofür du extra nach Singapur fliegst, um mit mir zu sprechen?«

Urs betrachtete Ethan genau, bevor er zu reden begann: »Wie weit kann ich mich auf dich verlassen, Ethan? Du hast mir vor drei Jahren am Flughafen in Zürich deine Freundschaft geschworen. Ist diese Freundschaft noch aufrecht? Ich will es noch einmal von dir hören und dir dabei in die Augen schauen, bevor ich dir mein Anliegen erzähle.«

Ethan schaute Urs verblüfft an: »Die Freundschaft besteht, wie vor drei Jahren, dabei hat sich nichts geändert.«

Es läutete an der Tür. Der Zimmerboy brachte die Speisen auf einem großen Servierwagen. Urs drückte dem Boy ein entsprechendes Trinkgeld in die Hand und zog den Wagen selber bis zum Balkon. Ethan stand neben ihm und hantierte wieder mit dem Gerät zum Aufspüren von Abhörsendern am Speisenwagen herum. Plötzlich sprang der Zeiger des Gerätes sprungartig nach oben. Ethan beugte sich unter den Wagen und hob die weiße Tischdecke hoch. An einem der Tischfüße, ganz oben an der Unterseite der Tischplatte, konnte man einen kleinen Sender entdecken. Das Teil war nicht größer als eine Euromünze. Ethan löste es vorsichtig ab, ging damit ins Badezimmer und legte es auf ein Handtuch. Dann stülpte er ein Zahnputzglas darüber. Er schloss die Badezimmertür hinter sich. Dabei konnte man sehen, wie der Zeiger auf dem Gerät abrupt nach unten fiel.

Urs servierte das Essen auf dem Balkontisch und schenkte jedem ein Glas Wein ein. Noch immer wurde kein Wort gesprochen, so als ob die ganze Welt zuhören könnte.

»Wer macht so etwas und wer weiß von unserem Treffen?«, fragte Urs entsetzt.

»Erzähl mir erst dein Anliegen. Vielleicht kann ich dir dann die Antwort auf deine Fragen geben.«

Urs nahm einen Schluck Wein und einen Bissen vom Lammrücken, bevor er zu erzählen begann: »Ich erzähle dir vorerst einmal die Kurzversion der Geschichte: Vor ein paar Wochen kam eine Person aus Österreich in unsere Bank. Nennen wir sie vorerst einmal X. X eröffnete ein Konto und erzählte, dass er in weiterer Folge eine größere Summe Geld an unsere Bank überweisen möchte. Das tat er auch. X zog nach Zürich und wir besorgten ihm ein Apartment. Plötzlich beantragte er von uns Personenschutz, weil er sich verfolgt fühlte. Wir stellten das volle Programm für ihn ab. In der darauffolgenden Nacht wollten zwei Asiaten in die Wohnung von Herrn X eindringen. Unser Personenschutz nahm die beiden fest und brachte sie auf die Polizeiwache. Jetzt trat eine weitere Person auf den Plan. Ich nenne ihn Y. Y ist eine wohlhabende Person, die schon des längeren bei uns in der Bank Kundschaft ist. Vorauszuschicken sei noch, dass X den Namen von Y verwendete, als wir ihn fragten, warum er unsere Bank aufgesucht hatte. Y entpuppte sich aber als Überbringer. Wir haben Y observiert und stellten fest, dass er sich mit einem Mann namens Lim Chan traf, der ihm einen Umschlag übergab. Lim Chan traf sich auch mit den zwei Asiaten und flog mit diesen einen Tag später gemeinsam zurück nach Singapur. Y traf sich in der Bank mit X und übergab ihm den Umschlag mit der Aufforderung, 200 Millionen Schweizer Franken auf ein Singapurkonto zu überweisen. Das wäre für den Schaden, den der Freund von X angerichtet hatte. Der Freund von X wurde in Österreich von den zwei Asiaten getötet. Genauso die Tante, bei der der Freund von X lebte. Deshalb floh auch X aus Österreich. Die zwei Asiaten heißen Hu Wang und Quan Lian.«

Urs zeigte ihm die Fotos der beiden auf seinem Handy. Ethan betrachtete diese sehr lange. Weiters legte ihm Urs auch noch das Foto von Steinbeck und Lim Chan auf den Tisch. Es entstand eine nachdenkliche Gesprächspause. Beide aßen besonnen ihre Lammrücken. Urs legte im Anschluss auch noch einen Zettel mit der Singapur-Bank und deren Kontonummer auf den Tisch. Ethan ließ sich lange Zeit, bis er antwortete: »Wie hatte die Person X den Schaden angerichtet?«

»Mit Krypto-Trading. Dabei sollte angeblich eine Firma in Singapur namens Singapur Media Coop. Ltd. durch eine Krypto-Spekulation in Turbulenzen geraten sein und darauf im Dezember letzten Jahres mit 290 Millionen Singapur-Dollars in den Konkurs geschlittert sein. Deshalb auch als Wiedergutmachung eine Überweisung von 200 Millionen Schweizer Franken von Person X.«

»Was sollte jetzt meine Aufgabe in dieser Geschichte sein?«, fragte Ethan unschlüssig.

»Ich erzähle die Geschichte noch fertig: Die Person X hat mich gebeten eine Person zu beauftragen, die herausfindet, wer hinter der ganzen Geschichte steckt. X glaubt, dass sich die Auftragsperson nicht mit den 200 Millionen begnügen wird. Er glaubt, dass weitere Forderungen gestellt werden könnten, und das sollte auf keinen Fall eintreffen! Erstens verliert X weiter Geld und in Folge verliert auch die Bank dementsprechend.«

»Habe ich das richtig verstanden? Ich sollte die Person sein, die

die Hintermänner ausfindig macht und ihnen erklärt, dass sie keine weiteren Forderungen mehr stellen sollten?«

»Ich kann dir auch erklären, wie sich die Person X das Vorgehen vorstellt.«

»Gut, erzähle mir die Version von X! Vielleicht kann ich mir dann ein besseres Bild von der Geschichte machen.«

Urs überlegte kurz, wie er beginnen sollte:»X glaubt, dass dieser Auftraggeber in Singapur sitzt und sich nicht mit leeren Drohungen einschüchtern lässt. Seine Vorgangsweise sieht vor, dass man die Schwachstelle des Auftraggebers finden müsste. Sei es seine Frau oder sein Kind … egal wer. Die zwei Killer, die seinen Freund und dessen Tante getötet haben, müssen eliminiert werden. Die Fotos der beiden Leichen werden der Auftragsperson übermittelt, samt den Fotos seiner Frau und seiner Kinder. Diese sollten nummeriert werden. Foto 1 und 2 sind die Leichen der Auftragsmörder. Nummer 3 und 4 usw. sind die Fotos seiner Liebsten. Sollte der Auftraggeber weitere Forderungen an die Person X stellen oder ihn bedrohen, beginnt das Eliminieren seiner Liebsten.«

Es entstand eine längere Pause in der sich die beiden prüfend in die Augen sahen.

»Wer ist diese Person X?«

»Eine ganz normaler Mensch, der in Ruhe gelassen werden will, aber in die Enge getrieben wurde. Was noch ausschlaggebend ist: Die Person X ist sehr reich und will dies auch bleiben. Dabei unterstützt ihn unsere Bank.«

»Wie viel würde er dafür bezahlen?«

»Um die Finanzierung mache ich mir keine Sorgen! Das Problem sehe ich eher darin: Wer kann so ein Vorhaben durchziehen?«

»Wie ist die Zeitvorgabe geplant?«, wollte Ethan wissen.

»So schnell wie möglich und nicht länger als zwei Wochen!«

Ethan stand auf und schaute nachdenklich auf die Marina Bay hinaus. Das Riesenrad funkelte mit all den anderen Lichtern in der Stadt um die Wette.

Ohne Urs anzusehen, begann er: »Die Wanze wurde mit ziemlicher Sicherheit im Auftrag von Lim Chan angebracht! Was er wissen will und was genau dahintersteckt, muss ich erst herausfinden. Es entstand im letzten Jahr eine gewisse Rivalität zwischen uns beiden, die ein für alle Mal geklärt werden muss. Ich glaube nicht, dass sie dich überwachen wollten, denn sonst hätten sie die Wanze schon vorher an einem besseren und unauffälligeren Platz angebracht.«

Er setzte sich wieder an den Tisch und lehnte sich nachdenklich zurück.

»Siehst du eine Chance, den Auftrag zu übernehmen?«, begann Urs. »Oder gibt es noch etwas, was du von mir wissen müsstest?«

»Die Fotos von Hu und Quan schick mir bitte auf mein Handy.«

Urs kam dieser Bitte sofort nach.

»Brauchst du auch die genauen Bankdaten, an die das Geld von X überwiesen wurde?«

»Momentan nicht! Die Firma kenne ich bereits. Ebenso wie die Firma, die bankrottgegangen ist. Das, was ich für den Anfang brauche, sind fünf Millionen Singapur-Dollar.«

»Wenn ich am Dienstag meinen Auftraggeber treffe, werde ich die gewünschte Überweisung veranlassen.«

Beide waren kurz in ihrer eigenen Gedankenwelt versunken und versuchten sich in das weitere Handeln hineinzuversetzen – bis Urs die Stille unterbrach: »Mein Auftraggeber möchte sicherlich noch einige Details wissen, bevor er die fünf Millionen überweist. Wie ich so weit verstanden habe, siehst du eine Möglichkeit, den Auftrag zu übernehmen?«

Sein Gegenüber nickte mit ernster Miene. Für Urs war das als Einverständnis zu verstehen.

»O.k., wie viel würde der Auftrag kosten? Wie sieht der weitere Ablauf aus und wie läuft unser Informationsaustausch ab?«

Ethan überlegte kurz, bevor er antwortete: »Genaues kann ich momentan noch gar nicht sagen. Ich schätze, die fünf Millionen als Anzahlung werden vorerst reichen. In den nächsten Tagen kann ich die ersten Details liefern, dann erwarte ich weitere fünf Millionen. Nach Beendigung des Auftrages ist eine restliche Summe von fünf Millionen fällig. Die Kommunikation läuft nur zwischen uns beiden über Telegram ab. Ich werde dich über jeden Schritt am Laufenden halten. Am Ende des Auftrags wird der gesamte Chatverlauf gelöscht.«

»Gesetzt den Fall, der Auftrag erzielt nicht die gewünschte Wirkung auf die Person hinter der Geschichte, was dann?«

»Dann wird uns wahrscheinlich nichts anderes übrig bleiben, als mit der Nummerierung der Fotos zu beginnen. Ich schätze, dass jedes abgearbeitete Bild in etwa 20 Millionen kosten wird!« Ethan schaute Urs dabei mit ernster Miene an.

Urs war in diesem Moment so schockiert, dass er kein Wort über seine Lippen brachte. Die Tatsache, dass dieses Szenario tatsächlich eintreten wird, brachte ihn komplett aus der Fassung. Obwohl er sich damit schon befasste, wurde es durch das ausgesprochene Wort nun Wirklichkeit, die doch noch einmal ein Stück grauenvoller erschien.

Urs konnte Ethan nicht in die Augen schauen, als er leise sagte: »Ich werde dies meinem Auftraggeber so weitergeben.« Urs stand benommen auf, drehte sich um und schaute auf das Wasser hinaus, als wollte er dort eine andere und schönere Lösung finden, aber die gab es leider nicht. Er war in einem Fahrwasser gelandet, aus dem es kein Entrinnen mehr gab. Seine Selbstachtung war momentan so tief gesunken, dass es ihn vor ihm selbst ekelte. »Ich bin ein Vermittler für Auftragsmorde! Wo liegt meine Grenze? Geht es noch tiefer? Ich bin kein bisschen besser als die zwei asiatischen Auftragskiller, und die waren für mich schon das Allerletzte!« Seine Gedanken waren momentan nicht zu kontrollieren. Er merkte dabei nicht, dass auch Ethan aufgestanden war und sich neben ihn ans Balkongeländer lehnte und die Hand mitfühlend auf seine Schultern legte.

»Die Tatsachen können manchmal hart sein, aber macht man den ersten Schritt, gibt es kein Zurück mehr.«

Ethans Worte trafen bei ihm ins Leere. Es wurde zwar nun für Urs alles so bewusst und real, aber er konnte es trotzdem nicht fassen und akzeptieren. Beide setzten sich wieder und starrten auf die leeren Teller, die noch vor ihnen auf dem Tisch standen. Fast synchron nippten sie an ihren Weingläsern. Ethan schenkte sich noch nach. Urs winkte ab, denn für ihn war momentan noch alles etwas surreal. Nach ein paar Minuten des Schweigens kam sein Scharfsinn stückchenweise wieder zurück.

»Wie siehst du die Chancen? Kann es klappen?«, begann Urs, um das Gespräch wieder ins Laufen zu bringen.

»Den Auftraggeber ausfindig zu machen, wird das größte Problem werden. Diese Personen sichern sich bei solchen Aufträgen immer sehr gut ab. Es wird nicht einfach werden, jemanden zum Sprechen zu bringen. Die Methoden, die dabei angewendet werden müssen, könnten für die Befragten tödlich enden und brächten trotzdem nicht den gewünschten Erfolg, weil sie nichts sagen werden. Falls wir ihn ausfindig machen können, sehe ich es weniger problematisch, an ihn heranzukommen. Ihm die gewünschte Mitteilung glaubwürdig zu überbringen, erfordert zwar ein großes Maß an Fingerspitzengefühl, aber auch das sollte kein großes Problem sein.«

»Und die zwei asiatischen Auftragskiller?«

»Die sind schon so gut wie tot. Die einzige Frage, die sich mir stellt: Wie viel wissen sie? Kennen sie nur Lim Chan, wovon ich ausgehe, oder kannten sie auch den Auftraggeber? Das würde die Angelegenheit vereinfachen.«

Ethan stand auf, schaute Urs noch einmal tief in die Augen und versicherte: »Ich melde mich in den nächsten Tagen per Telegram bei dir.« Er ging zielstrebig ins Bad, holte den Abhörsender unter dem Zahnputzglas hervor und klebte ihn an dieselbe Stelle auf der Unterseite der Tischplatte ans Tischbein wieder fest. Dann verließ er wortlos das Apartment.

Urs saß noch am Balkontisch und schaute durch das Wohnzimmer auf die Eingangstür, die schon längst geschlossen war. Sein Körper war noch immer angespannt. Erst jetzt spürte er die Verkrampfung, die sich schon beim Zusammentreffen mit Ethan in der Hotelbar aufbaute. Er hatte kein Gefühl dafür, ob das Vorhaben ein gutes oder ein schlechtes Ende nehmen wird. Seine Instinkte waren momentan komplett außer Kraft geraten.

Nach geraumer Zeit schob er den Servierwagen aus dem Zimmer und stellte ihn am Gang neben seiner Tür ab. Er wollte auf keinen Fall, dass jemand vom Hotelpersonal sein Zimmer betrat. Entweder war die Person, die ihnen den Wagen aufs Zimmer gebracht hatte, bestochen worden, oder es war einer von Lim Chans Leuten. Er klemmte deshalb noch vorsichtshalber einen Stuhl unter die Türklinke. Wieweit dies helfen sollte, war ihm zwar schleierhaft, aber er hatte es schon in diversen Filmen gesehen. Ihm wurde auch klar, dass er keinen Wein mehr trinken sollte. Vielleicht war ein Schlafmittel beigemengt worden? Die Flasche war bereits offen, als sie ins Zimmer gebracht wurde. Er dachte scharf nach, wie viel er genau getrunken hatte. Dabei kam er zum Schluss, dass es nicht einmal ein halbes Glas gewesen sein konnte. Den Rest schüttete er sofort ins Waschbecken.

Es war bereits 22.30 Uhr. Er duschte noch ausgiebig, bevor er sich aufs Bett legte und seinen Laptop einschaltete. Die Gedanken zum Treffen konnte er langsam abschließen. Für ihn war es so weit gelaufen. Morgen ging es wieder retour. Der Flug war für 23.20 Uhr geplant. Seine Abholzeit war für 21.00 Uhr vorgesehen. Vielleicht sollte er morgen noch eine kleine Tour durch die Stadt machen? Das würde ihn sicher etwas ablenken. An der Rezeption hinterlegte er noch einen Weckruf für 8.00 Uhr, dann fiel er in einen ziemlich unruhigen Schlaf.

Am nächsten Tag, um 9.00 Uhr, ging Urs in den Frühstücksraum. Die meisten Plätze waren bereits besetzt, aber ein kleiner Tisch im Fensterbereich war noch frei. Sein Appetit hielt sich um diese Zeit noch in Grenzen. Trotzdem aß er Rührei mit Schinken, Toast mit Marmelade und ein Müsli. Der Frühstückskaffee war ihm eindeutig zu leicht. Darum beschloss er, bevor er aufs Zimmer ging, sich noch einen Espresso an der Bar zu genehmigen.

Am späten Vormittag ließ er sich mit einem Taxi nach Chinatown fahren. Für ihn war es immer wieder ein Erlebnis der speziellen Art. Im Vordergrund die bunten, kleinen Häuser und dahinter die moderne hohe Skyline. Es wirkte auf ihn so, als würden die Wolkenkratzer auf die kleinen Häuser aufpassen. Ihm gefiel die

South Bridge Road besonders gut. Seitlich die kleinen roten Häuser mit den braunen Fensterläden und dahinter die hohen Glashäuser. Dieses Konträre war einzigartig und begeisterte ihn jedes Mal aufs Neue.

Den Nachmittag verbrachte er in der Hotellobby. Die seitlichen Sitzplätze waren durch Pflanzen abgegrenzt und waren somit nicht so leicht einsehbar. Auf seinem Laptop hatte er Zugang zur Bank, was auf seinen Reisen ganz hilfreich war. Er konnte so bereits jetzt einige Bankgeschäfte erledigen, die ansonsten am Montagvormittag erledigt werden müssten. Sein geplantes Treffen mit Herrn Turner musste er auf Montagmittag vorverlegen, weil die Zahlung drängte.

Dragon

Ethan verließ kurz nach 22.00 Uhr das Hotel. Für ihn war schon vor dem Treffen mit dem Schweizer klar, dass ein schwieriger Auftrag auf ihn zukommen würde. Wieso sonst hätte Urs die weite Reise gemacht? Nicht weil sie Freunde waren, sondern weil ein Telefonat zu gefährlich gewesen wäre. Erschwerend für ihn kam noch hinzu, dass er Lim Chan an der Backe hatte. Dies begann schon, als Chan in der Hierarchie der Gon-Krieger zum Anführer aufgestiegen war. Die Gon-Krieger waren für ihn schon immer eine schlechte Kopie der berüchtigten Triaden. Im Endeffekt waren sie Abtrünnige und teilweise Verstoßene der Triaden. Sie glaubten, dass sie Singapur beherrschen könnten, aber da irrten sie sich. Beim nächsten größeren Krach würden sie schon sehen, was die Triaden mit ihnen machen werden. Eines hatte Ethan gelernt: Lege dich nie mit den Triaden an! Stand man einmal auf ihrer Todesliste, war das Leben nicht mehr viel wert. Die beste Methode war, einen großen Bogen um sie zu machen. Hatte man trotzdem einen Auftrag mit jemandem zu erledigen, klärte man dies nicht in ihrem Territorium.

Was er jetzt auf keinen Fall brauchte, waren Beschatter! Deshalb stieg er blitzschnell in das anhaltende Taxi, das gerade einen Fahrgast aussteigen ließ. Der sicherste Ort für ihn war momentan Chinatown. Dort wagte sich kein Gon hinein. Sein Ziel war das Koreaner-Viertel. Die einzige Person, die an die Auftraggeber von Urs' Klienten herankommen konnte, war dort zu finden. Er nannte sich Dragon. Seinen richtigen Namen kannte niemand. Nur wenigen war dessen Aufenthaltsort bekannt und an diesen kam man keine hundert Meter heran, ohne dass Dragon die Person schon lokalisiert hatte. Er war ein Freak, ein Hacker, ein Nerd. Wenn jemand eine Person finden konnte, dann Dragon. Ethan kannte als ziemlich Einziger seine Adresse. Dragon wohnte im hinteren Teil des ersten Stockes eines koreanischen Restaurants. Das Taxi kam in der Tg Pagar Road durch einen Verkehrsstau zum Stehen. Das nutzte Ethan, um spontan auszusteigen und zu Fuß weiterzugehen. Bei so vielen Leuten auf dem Gehsteig war es unmöglich, eine Person zu beschatten. Er bog hinter einer Kirche in die Maxwell Road ein. Beim koreanischen Restaurant angelangt, ging er durch einen Hintereingang über eine enge Treppe in den ersten Stock. Vor einer Eisentür blieb er stehen und streckte Daumen, Zeige- und Mittelfinger in die Höhe. Dragon kannte das Zeichen. Wenn er da war, wusste er sowieso schon längst, wer vor der Tür stand, aber der Fingergruß war bindend. Es dauerte einige Sekunden, bis die Eisentür surrend aufsprang. Ethan trat ein und schloss die Tür sofort wieder hinter sich. Der schmale Gang vor ihm war nur mit einer schwachen Glühbirne beleuchtet. Am Ende des Ganges drang Licht durch einen Spalt einer leicht geöffneten Tür. Ethan ging langsam bis zur Tür und öffnete diese nur so weit, um in den Raum, der mit Computern und Bildschirmen gefüllt war, eintreten zu können. Sein erster Gedanke war: »Wofür braucht man nur so viele Bildschirme?« Auf allen Bildschirmen ratterte und surrte es. Ein kleiner, dicker Südasiate mit langen, strubbligen Haaren saß, mit dem Rücken zur Tür gewandt, vor einem Bildschirm und tippte extrem schnell auf einer Tastatur, die auf seinem Schoß lag. Es veränderten sich laufend Buchstaben, Zeichen und Zahlen auf dem großen Bildschirm vor ihm. Ethan stand sicherlich einige Minuten im Raum, ohne sich zu bewegen und etwas zu sagen. Er wollte das Genie in seiner Tätigkeit nicht unterbrechen.

»Such dir einen Platz zum Sitzen. Ich mag nicht, wenn jemand hinter mir steht«, sagte Dragon ohne aufzusehen und seine Arbeit dabei zu unterbrechen. Ethan wählte einen weich gefederten Schreibtisch-sessel, seitlich vor ihm. Nach einigen Minuten legte Dragon die Tastatur zur Seite und schaute Ethan in die Augen. »Hast du deinen Schatten abgeschüttelt?«, fragte Dragon grinsend. Dabei kamen seine gelben, ungeputzten Zähne zum Vorschein.

»Woher weißt du von meiner Beschattung?«

Dragon schüttelte den Kopf und verzog dabei sein Gesicht, als wüsste dies jedes Kind in Singapur.

»Dragon weiß alles! Er schaut auf seine Freunde! Das müsstest du schon wissen. Lim ist eine unangenehme Bazille. Er stolziert durch Singapur, als würde ihm die Stadt gehören. Er mag dich und deine indonesischen Freunde nicht. Deinen Bruder hasst er besonders«, dabei verzog Dragon das Gesicht, als würden ihm die Worte Schmerzen bereiten.

»Ich brauche deine Hilfe, Dragon.« Er unterbrach kurz, um dem Weiteren noch mehr Wichtigkeit zu verleihen: »Ich habe einen heiklen Auftrag erhalten und brauche dich dabei ganz dringend.« Ethan hatte noch nicht einmal alles ausgesprochen.

»Wie viel?«

»Eine Million!«

»Nicht schlecht für den Anfang! Lass hören!«, dabei lehnte sich Dragon in den Sessel zurück und verschränkte die Arme vor seinem dicken Bauch.

Ethan erzählte ihm von der Person X und Y, von den zwei Ermordungen der Freunde von Person X, vom Treffen Lim Chans mit der Person Y und von den beiden Auftragskillern Hu und Quan, die am Ende gemeinsam mit Chan nach Singapur zurückgeflogen waren, und über die Zahlung von Person X auf das Konto der Singapur Investment Coop. Ltd. Er erwähnte auch, dass der Auslöser wahrscheinlich der Konkurs der Firma Singapur Media Coop. Ltd. gewesen sein musste. Er zeigte ihm auch die Fotos der beiden Auftragskiller auf seinem Handy und das ausgedruckte Foto, auf dem Lim der Person Y ein Kuvert übergibt.

Dragon nahm sein Handy und tippte ein paar Mal drauf. Kurze Zeit später erschienen die Gesichter der zwei Auftragskiller auf einem großen Monitor. Das Foto von Lim und Steinbeck legte er in einen Kopierer. Auch dieses erschien ein paar Sekunden später auf einem Monitor vor ihm.

Dragon betrachtete die drei Fotos auf dem Monitor. »Was war in dem Kuvert?«, wollte er wissen, ohne seinen Blick vom Monitor zu lösen.

»Soweit ich weiß, die Finanzzeitung Nikkei Asia, in der der Konkurs der Firma Singapur Media Coop. Ltd. letzten Jahres beschrieben war. Ein Blatt Papier mit der Kontonummer von der Singapur Investment Coop. Ltd. mit dem zu überweisenden Betrag dürfte auch noch dabei gewesen sein.«

»Was geschieht mit dem Auftraggeber, wenn ich ihn finde?«, sein Blick war bei diesen Worten noch immer auf den Monitor gerichtet.

»Wir werden ihm klarmachen, dass die Person X in weiterer Folge keine weiteren Forderungen mehr wünscht.«

»Wird Jago die Botschaft überbringen?«

»Wahrscheinlich ja. Er wird mit Sicherheit ein Kuvert mit Fotos dabeihaben, um die Forderungen noch ein bisschen überzeugender wirken zu lassen.«

»Hoffentlich werde ich nicht einmal auf einem Foto von Jago verewigt sein.« Dragons Gesicht verzog sich dabei ein weiteres Mal schmerzverzerrt: »Du weißt, ich hasse Gewalt! Der Name Jago bereitet mir schon Zahnschmerzen.«

»Ich brauche nur den Namen und den Aufenthaltsort der Auftragsperson. Und … vielleicht könntest du mir noch seine liebsten Personen ausforschen? Wenn der Aufenthaltsort von Hu und Lian auch bekannt ist, wird mein Auftraggeber sicherlich noch eine Million drauflegen. Wie klingt das für dich?«

»Wenn ich das Wort Million höre, dann entsteht ein wunderbarer Klang in meinen Ohren.« Dragons Gesicht strahlte wieder und seine gelben Zähne wurden abermals sichtbar.

»Bis wann kann ich mit den Namen rechnen? Oder brauchst du von mir noch weitere Informationen?«

»Sobald eine Million auf meinem Konto ist! Sobald ich eine weitere Million habe, bekommst du auch die Namen seiner Liebsten.« Er lächelte diesmal hämisch.

»Auf welches Konto?«

Dragon schüttelte enttäuscht den Kopf und machte dabei mit dem Kopf eine Bewegung in Richtung Ethans Handy. Ethan schaute auf das Display. Eine Telegramnachricht war eingelangt mit der

Bankverbindung von Dragon. Ethan schüttelte verwundert den Kopf: »Wie machst du das?«

»Ach, mein liebster Halbindonese, ich bin halt der Beste!«, er zuckte dabei mit den Achseln. »Aber eine Bitte hätte ich noch.« Er wartete dabei seine Zustimmung nicht ab: »Sag Jago nicht, dass ich dir die Informationen gegeben habe!« Er schaute ihn dabei mit einem flehenden Gesichtsausdruck an.

»Aber Dragon, so gut müsstest du mich doch kennen! Informanten gebe ich nie preis, nicht einmal meinen Bruder.«

Dragon wischte sich zum Spaß mit der Hand Schweiß von der Stirn: »Großes Ehrenwort?«

»Großes Ehrenwort!«, bestätigte Ethan und streckte dabei als Zeichen der Zustimmung auch die drei Finger ihrer Freundschaft in die Höhe.

Dragon wandte sich schon wieder ab und klimperte weiter wild auf seiner Tastatur. Dies war für Ethan das Zeichen: »Du kannst jetzt gehen!« Ethan drehte sich um und schlich leise, über den Flur die Treppe hinunter, davon. »Das Gespräch ist eigentlich ganz gut verlaufen«, dachte er und überquerte raschen Schrittes die Maxwell Road. Im Schatten der Fairfield Church hielt er kurz inne, um die Lage um sich herum zu checken. Nach einem Augenblick lief er weiter über die Tg Pagar Road. Dort stand ein Taxi, aus dem gerade ein Mann und eine Frau vor einem Seafood-Restaurant ausstiegen. Für ihn war es momentan unmöglich, Chinatown zu verlassen. Beschatter konnte er momentan nicht brauchen, solange dieser Auftrag lief, in dem sogar Lim Chan involviert war, deshalb fuhr er mit dem Taxi ins Tan Pagar Hotel. Das Hotel befand sich unter dem Schutz der Triaden. Zumindest war ihm dies noch von seinem vorhergehenden Auftrag bekannt. Das Hotel wurde sehr traditionell und freundlich geführt. Die Zimmer waren groß und luxuriös ausgestattet. Im Untergeschoss befanden sich zudem ein großer Markt und einige kleine chinesische Schnellimbissbuden.

Es war schon fast Mitternacht. Für ihn war es jetzt wichtig, einige Stunden zu schlafen, denn morgen stand als Erstes der Anruf bei Jago am Plan. Jago hieß auf Indonesisch so viel wie »Hahn« oder auch »starker Mann«. Jago war Ethans großer Bruder. Als Ethan zwölf Jahre alt war, trennten sich ihre Eltern. Er ging mit seinem Vater nach Singapur und Jago blieb bei seiner Mutter in Jakarta. Ihre Wege verliefen von diesem Zeitpunkt an komplett konträr. Ethan studierte Finanzwirtschaft in Singapur und Jago driftete komplett ab und schloss sich den Premanen an. Durch seine Brutalität rückte er im Clan immer weiter nach oben, bis er vor zwei Jahren deren Anführer wurde.

Ethan schlief bis 8.00 Uhr. Eine heiße Dusche und ein ausgiebiges Frühstück waren ein guter Start in den Tag. Um 9.00 Uhr versuchte er Jago über Telegram zu erreichen. Sie korrespondierten immer auf Indonesisch. Es dauerte etwa zehn Minuten, bis eine kurze Antwort von ihm kam: »Was gibt es?«

»Wo bist du?«

»In Singapur«, antwortete Jago kurz. Ethan wusste von seinem letzten Gespräch mit ihm, dass er in Singapur einen Auftrag zu erledigen hatte. Jago und seine Kämpfer kamen immer nachts mit dem Boot an. Es dauerte zwar mehr als einen Tag von Jakarta bis Singapur, aber sie legten in Singapur River an, um die Einreise-kontrolle zu umgehen und möglichst unsichtbar zu bleiben. Nach Beendigung ihres Auftrages verschwanden sie genauso unauffällig, wie sie gekommen waren. Sie blieben nie länger als nötig in der Stadt. Die Stadt gehörte nicht ihnen, dass wussten sie. Ihre Aufträge waren meistens schmutzig und schlecht bezahlt. Manchmal nah-men sie sogar Aufträge der Triaden an, die sogar für diese unwürdig waren, und im Gegenzug blieben sie dafür von ihnen unbehelligt.

»Ich hätte ein lukratives Geschäft in Aussicht.«

»Wo bist du?«

»Wie immer im Hotel!«, antwortete Ethan. Es gab für ihn nur ein Hotel, wo sie sich ungestört treffen konnten und das war das Tan Pagar. Das war der sicherste Platz in der Stadt. Auch die Premanen tauchten in Chinatown unter, wenn es gefährlich wurde.

»Bin um 12.00 Uhr da.«

Es war zwar noch zu früh, den Auftrag mit seinem Bruder im Detail zu besprechen. Nach seinem Gefühl zu urteilen müssten die ersten Informationen von Dragon schon Mitte kommender Woche bei ihm ankommen, darauf war Verlass. Auf den Schweizer konnte er sich sowieso verlassen. Die Europäer waren seinem Empfinden nach immer überkorrekt. Besonders bei diesem Auftrag hatte er überhaupt keine Bedenken. Ein Schweizer Banker würde nie den weiten Weg nach Singapur in der ersten Klasse auf sich nehmen, wenn nicht ein sicheres und lukratives Geschäft dahinterstecken würde. Deswegen konnte er seinen Bruder schon einmal auf den Auftrag vorbereiten. Es gab keinen Besseren als Jago! Die Premanen hatten in Singapur den schlechtesten Ruf, das konnte ein großer Vorteil bei der Überbringung der Nachricht an den Auftraggeber sein. Das einzige Problem sah er darin, Lim Chan zu umgehen und die Triaden nicht aufzuwecken. Aber ansonsten wären die Schweizer Millionen schon sicher eingesackt.

Bis 12.00 Uhr blieb Ethan noch ein wenig Zeit, um seine geheimen Kontakte zu pflegen. Welche Gerüchte lagen in Singapur in der Luft? Was gab es Interessantes auf dem Finanzmarkt? Für ihn war es schon drei Monate her, als sein letzter Auftrag etwas Bares einbrachte. Da kamen die Millionen genau zur richtigen Zeit! Das Einzige, bei dem die Schweizer kleinlich sind, ist die Zeit. Also musste der Auftrag so schnell und so unauffällig wie möglich erledigt werden. Vielleicht ergab sich dadurch auch noch ein lukrativer Folgeauftrag, wer weiß?

Die Hotelbar im ersten Stock war nur mit der Rolltreppe zu erreichen. Hinter der langen Bar befand sich eine kleine Nische, dorthin ließ sich Ethan eine Kanne Oolong-Tee servieren. Dies war der Lieblingstee seines Bruders. Fünf Minuten nach zwölf stand plötzlich ein kräftiger, für einen Asiaten verhältnismäßig großer Mann im Nischeneingang. Ethan war immer wieder verblüfft, wie unauffällig und schnell sich Jago bewegen konnte. Er hatte einen Augenblick den Eingang außer Acht gelassen, da stand Jago schon neben ihm. Etwas erschrocken stand Ethan auf.

»Jago, du erschreckst mich immer wieder. Kannst du nicht wie ein normaler Mensch durch die Tür kommen?«

»Kleiner Bruder, du bist noch immer so schreckhaft wie früher«,

antwortete Jago mit einem Schmunzeln, das in der nächsten Sekunde wieder verflogen war. Sie setzten sich. Ethan schenkte seinem
Bruder eine Tasse Tee ein, dann schwiegen sie einen Augenblick.
Ethan wollte nicht gleich mit der Tür ins Haus fallen. Manchmal war
sein Bruder schlecht gelaunt, daher gab er ihm eine kurze Pause.
Jagos angespannter Körper verriet ihm auch, dass er vermutlich
wenig geschlafen hatte und er sich, wie meistens in solchen Situationen, mit dem Kauen von Coca-Blättern aufputschte.

»Wie ich sehe, hast du deinen Auftrag schon erledigt. War er
erfolgreich?«

»Kann nicht klagen.« Jago schaute ihn dabei prüfend an: »Was
gibt es so Dringendes?«

»Ich habe einen Auftrag von einem Schweizer bekommen, der
sehr lukrativ für uns sein könnte.«

»Wie lukrativ?«

»Ich schätze, bei perfekter Erledigung an die drei bis fünf Millionen.«

Jago verzog bei dem Wort »Millionen« erfreut das Gesicht. Seine
Aufträge beliefen sich meistens um 100.000 herum. Seine Aufmerksamkeit stieg schlagartig.

»Das klingt nach einem riesigen Auftrag!«

Ethan erzählte ihm nur in groben Zügen vom Auftrag des
Schweizers und zum Schluss betonte er noch: »Der Auftrag wird
wahrscheinlich Mitte bis Ende nächster Woche anlaufen. Es hängt
nur noch von den Informationen meines Kontaktmannes ab.«

Jago schaute seinem Bruder prüfend in die Augen: »Dragon, der
Fettsack, sollte vielleicht ein bisschen schneller in die Tastatur klop-
fen oder sollte ich ihm dabei helfen?«

»He, he, nicht so schnell, mein großer Kämpfer! Mein Informant
ist mir heilig! Also kein Besuch oder Ähnliches! Ohne Dragon keine
Informationen und ohne Informationen keine Millionen! Unser
kleiner, dicker Nerd ist für uns Gold wert, verstanden!«

Beide schauten sich an, bis Ethan sich Tee nachschenkte und
einen Schluck trank. Es war immer wichtig, Jago nicht in Fahrt
kommen zu lassen. Als kleiner Junge, in der Grundschule von

Jakarta, musste er schon mitansehen, was es heißt, Jago zu reizen. Als damals drei Mitschüler Ethan verprügelten und Jago das sah, gab es am Schulgelände eine Schlägerei, die für die drei Prügler im Koma endete. Hätte der Schuldirektor nicht mit einem Stock permanent auf Jago eingeschlagen, hätte dieser die drei getötet. Damals war Jago erst zwölf Jahre alt! Nicht auszudenken, was er jetzt machen würde. Jago war eine Kampfmaschine. Wenn er einmal anfing, gab es ein furchtbares Ende. Im Suharto-Clan lernte er noch gezielter und lautloser zu Kämpfen, bis er auch für den Clan nicht mehr kontrollierbar war. Zu diesem Zeitpunkt schloss er sich noch einem gefährlicheren Clan an, den Premanen. Diese Splittergruppe erledigte Aufträge, die den meisten anderen zu gefährlich waren. Sie wurden zu Assassinen, ausgebildeten Kampfmaschinen, unauffällig, lautlos und tödlich. Jeder wusste, dass es sie gab, aber keiner wollte je etwas mit ihnen zu tun haben. Die chinesischen Triaden waren schrecklich, aber auch sie wandten sich von den Premanen ab, weil diese so agierten, dass es meistens schon zu spät war, wenn das Schreckliche sichtbar wurde.

Ethan nippte noch einmal am Tee: »Mein großer Kämpfer, ich melde mich Ende der Woche bei dir. Wie schnell kannst du hier sein?«

»Wie schnell sind die Millionen hier?«

»Mach dir um die Millionen keine Sorgen! Die Schweizer sind wie ihre Uhren, immer zuverlässig!«

Jago stand auf: »Zwei Tage!«, sagte er und verschwand lautlos durch den Nischeneingang.

Ethan blieb noch ein paar Minuten sitzen und ließ seine Gedanken in die Vergangenheit schweifen. Was wäre gewesen, wenn Jago an seiner Stelle nach Singapur gegangen wäre und er in Jakarta geblieben wäre? Jakarta war eine riesige, stickige und laute Stadt. Die Metropole Jakarta, mit ihren 34 Millionen Einwohnern, war die zweitgrößte Stadt der Welt. Die Leute waren eine Mischung aus allen Kulturen und Rassen. Das Untertauchen in dieser Stadt war so leicht wie in keiner anderen Stadt. Jago hatte diese Fähigkeit noch perfektioniert. Die Korruption der Regierung war schlimm und dies zog sich durch bis zur letzten, billigsten Straßendirne. Wer nicht log und betrog, ging auf den Straßen von Jakarta unter. Für ihn wäre das keine Zukunft gewesen, aber vielleicht wusste das auch sein Vater und hatte deswegen so gehandelt. Kämpfen und töten war ihm schon immer zu vulgär. Sein Körperbau war das Gegenteil von Jagos, aber dafür war seine Intelligenz vielen überlegen. Nicht, dass Jago dumm wäre, ganz im Gegenteil, aber ihm fehlte das Feingefühl, das man benötigt, um die besten und lukrativsten Sachen zum Erfolg zu bringen.

Aufgrund dieser Unterschiede waren sie bereits von Kindheit an ein gutes Team. In der ersten Zeit nach der Trennung ihrer Eltern hatten sie zwar wenig Kontakt, aber als sie erwachsen wurden, fanden sie wieder zueinander. Sie waren wie zwei Magnetpole – sie brauchten sich. Einer allein war nur halb so gut und das wussten beide auch. Dieser Auftrag war der beste Beweis dafür. Für ihn war Jago der perfekte Ausführer und er konnte sich zu hundert Prozent auf ihn verlassen. Wenn Jago erst vor dem gesuchten Auftraggeber steht, dann gibt es nicht den geringsten Zweifel für einen Erfolg. Ethan hatte dem Schweizer nicht erzählt, dass Jago nicht die Fotos von den beiden Killern überbringen würde, sondern die beiden abgeschnittenen Köpfe. Damit würde der Auftraggeber nie an der Glaubwürdigkeit der Drohung zweifeln. Die einzige Frage, die sich nun stellte, war, ob Dragons Informationen ausreichen würden. Falls sich der Auftraggeber hinter einem Konstrukt von Firmenverflechtungen versteckte, würde es schwer werden, ihn aufzuspüren. Ethans große Hoffnung lag aber in der Mentalität der Singapurer, weil sie mit allem prahlten, was sie taten, und zur Schau stellten, was sie hatten. Eine Überweisung von 290 Millionen an die Singapur Investment Coop. Ltd. blieb sicherlich nicht unbemerkt. Unter den Bankern wurde mehr getratscht als anderswo und er hatte gute Verbindungen in diese Kreise.

Die Party

Die Sonne versteckte sich noch hinter ein paar Schleierwolken, aber der Wetterbericht versprach am Nachmittag wieder viel Sonne. Eine ausgiebige Dusche holte Rick aus seiner Traumwelt. Die gewaschene Wäsche vom Vortag hing noch auf einem kleinen Wäscheständer. Bevor er sich auf den Weg in die Confiserie zum Frühstück machte, stellte er diesen auf den Balkon, damit die Kleidungsstücke abends auch wirklich trocken waren. Auf dem Weg, am Quai entlang, waren seine Gedanken bei Urs. Es war neun Uhr früh, also musste es in Singapur drei Uhr am Nachmittag sein. Er hatte gestern Abend noch ein wenig über Singapur recherchiert. Die Rückkehr von Urs müsste zwischen 17.00 und 18.00 Uhr sein.

Sein Bauchgefühl sagte ihm zwar, dass es richtig war, sich Urs anzuvertrauen, aber ob er wirklich so gute Connections in Singapur hatte, um den Auftrag zu lösen, beschäftigte ihn noch sehr. Ein Banker aus der Schweiz konnte doch keine Verbindungen zu Auftragskillern und Detektiven in Asien haben! War das Ganze eine Schnapsidee? Gingen die Nerven mit ihm durch? Vielleicht war mit der Überweisung alles vorbei? Doch wenn er an Steinbeck dachte, wie schmierig dieser Typ war und wie er sich als Bote der Asiaten missbrauchen ließ, dann war die Sache noch lange nicht ausgestanden. Leute wie Steinbeck wollen immer nur mehr Geld sehen. Sie riechen förmlich das Geld der Menschen. Mit Sicherheit glaubte er, in ihm einen Freund gefunden zu haben, den er ausnehmen konnte. Vielleicht war das Kennenlernen ein riesiger Zufall und Steinbeck steckte hinter den Machenschaften. Rick schüttelte bei diesem Gedanken den Kopf. »Jetzt gehen meine Gedanken mit mir durch!«, dachte er, während er in die Bahnhofstraße einbog.

Seine zwei Securitys gingen wie immer einige Meter hinter ihm und ließen ihn nicht aus den Augen.

Rick merkte, dass Samstag war. Alle Tische vor dem Café waren besetzt, deshalb suchte er sich einen kleinen Tisch im Innenraum aus. Ihm gefiel auch die internationale Zeitungsauswahl im Café. Von der »Welt«, »Bild«, »Frankfurter Allgemeinen«, den »Züricher Nachrichten« bis zur »Sun« lagen alle auf. Sein Allgemeinwissen über das Weltgeschehen war noch nie so umfassend wie jetzt. Das Lesen lenkte ihn von seinen Sorgen etwas ab. Das Frühstück war, wie immer, außergewöhnlich vielseitig und ausreichend. Aber was ihm an diesem Tag auffiel, war der Zeitungsartikel in der »Frankfurter«. Im internationalen Teil fand er einen kleinen Artikel über Bandenunruhen in Singapur. In einem Vorort, in Pasir Gudang, kamen zehn Menschen ums Leben. Die Polizei ging von einem Bandenkrieg zwischen den chinesischen Triaden und einem Clan in Singapur aus. Seit einigen Monaten herrschte wieder eine angespannte Stimmung in Singapur. Der Polizeiinspektor sprach sich zwar für energisches Durchgreifen aus, aber die Zeitungen sahen und schrieben von einer gewissen Hilflosigkeit der Exekutive. Die Eskalation vor zwei Jahren war noch nicht in Vergessenheit geraten. Es kamen damals über hundert Personen ums Leben.

Rick musste unvermittelt an Urs denken. War sein Mittelsmann auch in diese Bandenkriege verwickelt? Die Situation wurde für ihn immer belastender. Sein Nervenkostüm hatte in den letzten Wochen schon wieder gewaltige Risse bekommen. Es wurde ihm eindeutig zu viel! Für ihn hatte sich die Flucht nach Zürich anfangs angefühlt, als ob er die ganze Misere hinter sich lassen könnte, aber letztendlich zog er nur alles hinter sich her. Sein Gefühl sagte ihm aber trotzdem, dass er Nägel mit Köpfen machen musste. Lieber ein Ende mit Schrecken als ein Schrecken ohne Ende. Genau dies wäre jetzt nötig. Sein Bauchgefühl hatte ihn zum Glück in den letzten Wochen nicht im Stich gelassen.

Am Nachmittag spazierte er durch den Park und legte einen Stopp auf einer Parkbank ein. Die Sonne zeigte sich wieder in voller Pracht und das Wasser des Züricher Sees schimmerte silberglänzend. Die

Welt könnte so schön sein, dachte Rick, als sein Blick über das Wasser schweifte. Wäre da nicht diese Geschichte, die bereinigt werden musste!

***

Steinbeck stand in seinem Arbeitszimmer. Einerseits war er zufrieden damit, auf die Schnelle eine Million Schweizer Franken verdient zu haben, andererseits wäre sicher noch viel mehr herauszuholen gewesen. Dieser Turner zahlte 200 Millionen Franken, ohne groß mit der Wimper zu zucken, und genau das machte ihn wütend. Er wurde mit einer lächerlichen Million abgespeist, während dieser asiatische Fatzke das große Geld einstreifte. Dieser Turner konnte doch nicht ganz normal sein! Durch einen Zeitungsausschnitt und einen Zettel, auf dem eine Kontonummer stand, wohin er das Geld überweisen sollte, war er bereit so eine hohe Summe zu bezahlen. »Nein!«, dachte er. »Das ist ein dummer Volltrottel!« Der konnte sicherlich noch einmal gerupft werden! Es brauchte aber eine Strategie. Ganz zu plump durfte die Aktion auch nicht sein. Am besten könnte es mit Hilfe von Kurt Krause klappen, der schuldete ihm ohnehin noch einen Gefallen! Steinbeck griff zum Hörer und rief Kurt an.

Nach längerem Läuten meldete sich eine Stimme: »Ernest, was gibt's?«, klang es aus dem Hörer.

»Hallo, Kurt! Ich brauche heute deine Hilfe«, sagte Ernest kurz und zielstrebig.

»Worum geht es?«, wollte Krause wissen.

»Das erkläre ich dir später! Komm bereits um 18.00 Uhr zu mir, dann erzähle ich dir von meinem Plan.« Steinbeck wartete seine Antwort erst gar nicht ab, sondern beendete das Gespräch. »Hoffentlich stellt er sich nicht wieder so dilettantisch an wie das letzte Mal!«, dachte er und schaute dabei aus dem Fenster in den Garten.

Seit seine Schwester vor einem Jahr wieder nach Zürich zurückgekommen war, wurde sein Leben auf den Kopf gestellt. Sie hatte sich nach dem Tod ihres Mannes ziemlich verändert. In den acht Jahren, als sie mit ihrem Mann Franko in Afrika war, konnte er in der Villa schalten und walten, wie es ihm gefiel. Sie war mit ihrem Mann glücklich in Afrika und er war glücklich hier in der Villa in Zürich. Die wenigsten wussten, dass seine Schwester die Besitzerin dieser Villa war und er nur der Geduldete. Niemals konnte er seiner Großmutter verzeihen, dass sie Frederike die Villa vererbt hatte. Der Tag, als der Notar den Nachlass seiner Großmutter vorlas, war einer seiner schwärzesten. Er konnte seinen Ohren kaum trauen. Für ihn brach eine Welt zusammen. Diese Prachtvilla in den Händen seiner Schwester!? Sie brauchte doch die Villa gar nicht! Ihr Mann Franko hatte doch genug Geld, das für alle Ewigkeit reichen würde.

Steinbeck stand am Fenster und schüttelte bei diesen Gedanken noch immer den Kopf.

Dann kam sie vor einem Jahr mit dieser Negerschlampe namens Monday als Zofe wieder zurück. Die tollen Partys wurden mit einem Mal von ihr abgeblasen. Sie fühle sich nicht wohl, wenn Leute zu Besuch da waren. Sie brauchte Ruhe. Sie könne nicht schlafen. Und immer wieder schlich ihre schwarze Schlampe umher. Manchmal stand sie, wie von Geisterhand herbeigezaubert, vor ihm. Er hatte das Gefühl, dass sie ihn verfolge und bespitzle. Nur mit Mühe durfte er heute ein paar Freunde einladen, aber nur bis Mitternacht. Um Mitternacht hatten früher die Partys erst begonnen. Er war stinksauer auf sie. Seine Schwester war nur noch ein Schatten ihrer selbst. Früher war sie überhaupt nicht abgeneigt, sie tanzte gerne und trank Champagner im Überfluss. Und jetzt? Ja, sie war krank, das wusste er, aber was ihr fehlte, das sagte sie ihm nicht. Jedes Mal, wenn er fragte, wich sie ihm aus. »Nur eine kurzzeitige Schwäche«, gab sie ihm zur Antwort.

Pünktlich um 18.00 Uhr traf Kurt ein. Miss Monday, die schwarze Zofe von Frau Steinbeck, öffnete ihm die Tür.

»Guten Tag, Herr Krause«, begrüßte sie ihn.

»Guten Tag, ich kenne den Weg«, entgegnete er ihr und ging geradewegs den Gang entlang zu Steinbecks Arbeitszimmer. Miss

Monday schüttelte den Kopf und dachte: »So ein ungehobelter und arroganter Kauz.«

»Hallo, Ernest! Was gibt es so Dringendes?«, begann er sofort, wobei die Tür noch gar nicht ganz geschlossen war.

»Schließ zuerst die Tür! Ich möchte nicht, dass das Gespräch nach außen dringt.«

Kurt schloss die Tür und setzte sich in den großen Ledersessel, der gegenüber dem Schreibtisch stand. Steinbeck schaute noch immer zum Fenster hinaus, als er zu sprechen begann: »Ich habe dich hierhergebeten, weil ich dich heute Abend brauche.«

»Und wozu?«

»Du weißt, auf dich kann ich mich immer verlassen. Es geht um einen gewissen Rick Turner, der strotzt nur so von Geld …«

»… und du möchtest an sein Geld kommen«, unterbrach ihn Krause.

»Ach Kurt, du bist noch schlimmer als ich und das will schon was heißen«, entgegnete Steinbeck und schmunzelte dabei anerkennend.

»Was soll ich machen?«

»Du sollst ihn als Investor anheuern. Du flunkerst ihm vor, dass du ein Medikament auf den Markt bringen wirst, das knapp vor der Zulassung steht, und bla, bla, bla … du weißt schon. Da kennst du dich ja besser aus als ich.«

»An welche Summe hast du dabei gedacht?«, wollte Krause wissen.

»200 Millionen.«

Krause hüstelte kurz: »Habe ich richtig gehört, um 200 Mille?« Er war komplett verwirrt, so eine Summe sprengte sein Vorstellungsvermögen.

»Dieser Turner hat vor ein paar Tagen, ohne mit der Wimper zu zucken, eine Transaktion in dieser Höhe nach Singapur durchgeführt, ohne die Bank oder den Inhaber überhaupt zu kennen. Bei solchen Summen fragt man nicht mehr um Details.«

»Okay, wenn du glaubst, dass er auf diesen Zug aufspringt … Du musst es ja wissen. Wann soll der Zauber beginnen?«

»Um sieben! Ich habe auch noch Erik, Uli und Rainer eingeladen.«

»Hat Rainer wieder ein Spielzeug für Uli mit?«, fragte Kurt hämisch grinsend.

»Nicht nur für Uli. Vielleicht spricht auch diesen Turner so ein Spielzeug an? Wer weiß? Er ist doch ein naiver Trottel!«, antwortete Steinbeck abfällig.

Monday, die schwarze Zofe von Frau Frederike Steinbeck, saß in ihrem Zimmer. An ihrem Ohr war ein kleiner Knopf zu erkennen und vor ihr stand ein kleines Gerät, das eine Ähnlichkeit mit einem winzigen Transistorradio hatte. Was keiner wusste, war, dass sie, nach ihrer Ankunft vor ein paar Monaten, eine Abhörwanze in Ernest Steinbecks Zimmer anbrachte. Sie traute ihm kein bisschen über den Weg. Steinbeck war für sie ein arroganter, selbstsüchtiger, aufgeblasener und falscher Mensch und das erkannte sie schon beim ersten Kontakt mit ihm. Wenn es nach ihr ginge, würde er bei der ersten Gelegenheit mit Sack und Pack aus der Villa fliegen, aber Frederike war und ist eine herzensgute Frau. Sie versuchte immer noch das Gute in ihrem Bruder zu sehen, das es aber schon lange nicht mehr gab. Er trank, hurte, lebte in Saus und Braus und war rücksichtslos, wie es selten ein Mensch sein konnte. Monday versuchte jeden Tag Mrs Steinbeck davon zu überzeugen, dass es hoffnungslos sei. Es würde nicht mehr lange dauern und er würde handgreiflich werden, erklärte sie wiederholt Frederike, aber diese schob die Konfrontation mit ihrem Bruder immer wieder hinaus. Je länger es so weiterging, desto schwieriger und unerträglicher wurde die Stimmung zwischen allen Personen in der Villa. Johann, der Chauffeur, war ein alter Bekannter von Frau Steinbeck. Er durfte seit kurzem das Grundstück nicht mehr betreten. Herr Steinbeck hatte mit ihm einen heftigen Streit und drohte ihm dabei Schlimmes an, wenn er ihn noch einmal mit seiner Schwester sehen würde.

Monday hörte das ganze Gespräch zwischen Steinbeck und Krause und war entrüstet, mit welcher gemeinen Art sie gegen Herrn Turner vorgehen wollten. Sie kannte Rick Turner zwar noch nicht, aber er tat ihr jetzt schon leid. Sie wusste, wen Steinbeck einmal in seine Fänge gezogen hatte, der wurde bis zum letzten Tropfen ausgequetscht.

***

Um 17.00 Uhr kehrte Rick von seinem Spaziergang ins Apartment zurück. Die Wäsche am Balkon war in der Zwischenzeit getrocknet. Nach getaner Bügelarbeit hing seine Partykleidung am Kleiderhaken im Schlafzimmer bereit.

Gegen 18.30 Uhr läutete es an der Wohnungstür. Einer der zwei Security-Leute stand vor der Tür und teilte ihm mit, dass Johann unten auf ihn wartet. Johann stand, wie immer mit ernster Miene, seitlich vor dem Wagen und hielt ihm die hintere Wagentür auf.

»Danke, Johann, dass sie mich abholen«, sagte Rick lächelnd.

»Sehr gerne, Herr Turner.«

Mittlerweile kannte sich Rick in Zürich schon ein wenig aus. Sie fuhren über die Quaibrücke und bogen danach beim Kunsthaus in die Zürichbergstrasse ein. Gelesen hatte er über Zürich schon einiges, daher wusste er, dass am Zürichberg einige der High-Society-Leute wohnten. Die Grundstückspreise waren dort astronomisch, wenn man als Normalsterblicher überhaupt ein Anwesen erwerben konnte.

Der Bentley schnurrte leise die leicht ansteigende Straße hinauf. Rick hatte aufgehört die Häuser oder, besser gesagt, die Anwesen zu zählen. Nach etwa 25 Minuten Fahrt blieb der Bentley vor einem großen schmiedeeisernen Einfahrtstor stehen, das sich mit einem leisen Surren öffnete. Johann dürfte diese Strecke schon mehrmals gefahren sein. Die Einfahrtsstraße nach der Toreinfahrt war mit kleinen Pflastersteinen ausgelegt, die in einem runden Platz endeten. In dessen Mitte befand sich ein Springbrunnen, den eine afrikanische Frauenfigur, die einen Krug hielt, aus dem sich das Wasser ergoss, zierte. Der Platz war so angeordnet, dass die Fahrzeuge am Eingang stehen bleiben konnten und anschließend um den Springbrunnen herum wieder hinausfahren konnten. Seitlich waren einige

Parkplätze unter Palmen angelegt, die schon fast alle belegt waren. Mit einem gelben und einem grünen Lamborghini, zwei Mercedes der S-Klasse, zwei Bentleys, einem weißen und einem schwarzen Range Rover und einem anthrazitfarbenen Jaguar XJ. »Der gehört doch Rechtsanwalt Stern?«, dachte Rick.

Johann öffnete ihm die Tür und Rick stand vor einer Villa, die er sich vor ein paar Wochen noch nicht einmal in seinem Traum vorstellen konnte. Die Marmorsäulen am Aufgang zur Eingangstür waren zu zwei wunderschön verzierten Frauenkörpern, die die Hände emporstreckten, geformt. Das große Eingangstor war mit schmiedeeisernen Blättern verziert. Vor dem Gebäude standen einige Palmen, die dem Haus Schatten spendeten. Johann stieg in den Wagen und verließ das Anwesen wieder. Rick stand nun vor dem Eingang und kam sich richtig klein vor, aber es kamen ihm die Worte von Urs in den Sinn: »Gib dich locker und leger.«

Der kühle Abendwind zerzauste ihm die Haare, aber er registrierte es nicht, weil so viele Eindrücke auf ihn einprasselten. Rick bekam auch nicht mit, dass die Eingangstür bereits von einer gut geformten Schwarzafrikanerin geöffnet wurde. Er schaute etwas geistesabwesend in ihre riesigen schwarzen Augen. Dies brachte sie zum Schmunzeln und er sah dabei ihre weißen, strahlenden Zähne.

»Entschuldigen Sie, Miss! Ich bin ziemlich überwältigt von dem wunderschönen Anwesen hier«, stammelte er verlegen.

»Guten Abend, Mister Turner! Ich bin Miss Monday, die Zofe von Madame Steinbeck«, antwortete sie amüsiert: »Der Wind ist heute wieder sehr stürmisch.«

Jetzt erst bemerkte er, dass seine Haare kreuz und quer in die Höhe standen. Mit ein paar Handbewegungen versuchte Rick dieses Durcheinander zu glätten, es gelang ihm aber nur teilweise. Miss Monday reagierte auf seine Verlegenheit und zeigte ihm leise kichernd den Spiegel in der Eingangshalle.

»Sehen meine Haare wirklich so schlimm aus?«, fragte Rick sie und erlangte dabei langsam wieder die Fassung.

»Entschuldigen Sie, Mister Turner! Das wollte ich auf keinen Fall!« Ihr war es jetzt genauso peinlich, darüber gelacht zu haben.

»Schwamm drüber!«, sagte Rick und lächelte sie an. »Ich würde gerne mit Ihnen plaudern, vielleicht haben wir später noch Zeit?«

»Ich sollte nicht mit den Gästen reden. Mister Steinbeck würde das nicht erlauben.«

Das stieß Rick jetzt sauer auf. Behandelte er vielleicht seine Bediensteten wie Sklaven? Steinbecks besagte Freundschaft schlug in dieser Sekunde bei Rick ins Gegenteil um. Also hatte Urs Recht: Er war ein eingebildeter und aufgeblasener Affe. Miss Monday bemerkte sofort seine Gemütsänderung: »Bitte sagen Sie nichts zu Mister Steinbeck!«, wisperte sie mit leiser und ängstlicher Stimme.

»Keine Angst, Miss Monday! Auf mich können Sie sich verlassen! Ich werde Sie nicht in Schwierigkeiten bringen. Großes Ehrenwort! Aber sollten Sie einmal Probleme haben, rufen Sie mich an. Ich helfe Ihnen gerne.« Rick steckte ihr bei diesen Worten unauffällig seine Visitenkarte zu, die er sicherheitshalber immer bei sich trug. Sie steckte diese schnell in ihre Tasche und öffnete anschließend die große Tür zum Salon. Es befanden sich darin mehr Leute als von ihm erwartet. Das laute Stimmengewirr verstummte abrupt, als würde der Ehrengast eintreten. Für ihn war dies äußerst unangenehm. Warteten wirklich alle auf ihn? Sämtliche Blicke waren momentan auf ihn gerichtet. Jetzt musste ihm schnell etwas einfallen. Die Worte von Urs klangen wieder in seinen Ohren, darum ergriff er das Wort: »Lassen Sie sich von mir in Ihren Gesprächen nicht stören. Ich bin Rick Turner und entschuldige mich für meine Verspätung.«

Die Atmosphäre im Raum war angespannt, bis Ernest Steinbeck auf Rick zukam und ihm die Hand reichte: »Hallo, Rick, schön, dass du kommen konntest. Meine Freunde sind schon gespannt dich kennenzulernen.«

Seine freundliche und schmierige Art wirkte für Rick nur abstoßend und peinlich, aber er ließ es lächelnd über sich ergehen.

»Andre von Hohenfeld und Viktor Stern kennst du ja bereits«, begann er und deutete auf die zwei, die gerade nebeneinanderstanden und sich noch vor ein paar Sekunden eingehend unterhielten. Sie begrüßten Rick mit einem leichten Kopfnicken.

»Diese zwei Herren sind Nico von Hohenfeld und Mark Retzer. Nico dürftest du vielleicht schon kennen und Mark ist auf exklusive Autos spezialisiert, die von ihm auf Wunsch noch ein Spezialtuning erhalten.« Mark schüttelte Rick die Hand. Es war nicht schwer zu erraten, dass einer der Lamborghinis ihm gehören würde.

»Hallo, falls Sie einmal ein Auto der Extraklasse brauchen, rufen Sie mich an. Es gibt kaum etwas, was ich Ihnen in Bezug auf Autos nicht besorgen könnte.« Er schmunzelte dabei leicht und zwinkerte mit einem Auge. Rick hasste Leute, die so von sich selbst eingenommen waren, aber er wusste, dass dies nicht der einzige Angeber in der Runde sein würde, und lächelte zurück: »Gut zu wissen.«

Steinbeck zeigte auf die andere Seite des Raumes. Dort stand ein übergewichtiger Mann, der mit zwei hübschen Damen kokettierte. »Dies ist unser Regierungsrat Uli Holzer. Falls du eine Immobile im Raume Zürich benötigst, dann wende dich an ihn. Er macht es möglich.« Ernests Stimme wurde immer leiser und er legte dabei die Hand auf Ricks Schulter. Rick war jetzt schon angewidert. Diese »Gut-Freund«-Tour kotzte ihn an! Er hoffte, dass diese Vorstellungsrunde bald zu Ende war. Aber sie war keineswegs zu Ende.

»Die zwei interessanten Herren darf ich auf keinen Fall vergessen.« Ernest zeigte auf zwei schlanke, groß gewachsene Herren Mitte fünfzig, die am Tisch lehnten, die Hände verschränkt hielten und sich in ihrem Gespräch nicht stören ließen. »Rechts, das ist Kurt Krause. Er ist Investor im Pharmabereich und er ist auch im IT-Bereich gut vernetzt. Der andere heißt Erik Scholl. Falls du Interesse hast, ins Immobiliengeschäft einzusteigen, wende dich an ihn. Er besitzt einige Immobilen in Zürich. Ebenso eine große Baufirma. Alles vom Feinsten.«

Ernest zeigte in Richtung Buffet: »Ja, und Biedermann ist der Mann, der für das leibliche Wohl aller Männer sorgt. Ihm gehören einige Nachtlokale und Etablissements in Zürich und Luzern. Er verwöhnt uns immer mit netter und charmanter Damengesellschaft. Diese drei Damen hier heißen Michelle, Larysa und Claudine. Michelle ist die Dame mit den roten Haaren. Sie kommt aus

Paris, der Stadt der Liebe.« Er lachte dabei und klopfte Rick wieder auf die Schulter: »Die blonde ist Larysa, sie kommt aus Weißrussland. Eine russische Granate! Du verstehst, was ich meine?!« Ernest lachte wieder über seine eigenen Worte: »Und die Latino-Dame mit dem großen Busen und dem super Arsch ist Claudine. Ich kann sie nur wärmstens empfehlen.«

Rick dachte nur: »Hoffentlich hört er bald auf!« Diese abfälligen Bemerkungen brachten ihn zur Weißglut. »Wie dumm und derb konnte dieser Mann nur sein?«, dachte er.

Er überlegte: »Wie weit weiß die ganze Gesellschaft hier in diesem Raum um mein Vermögen in der Bank?« Nach den Blicken zu urteilen hatten die Herren Hohenfeld sein Vermögen schon kundgetan, ansonsten würden sicherlich nicht Investment- und Immobilienhaie hier versammelt sein. Die Damen waren nach seinem Geschmack total deplatziert, aber Ernest mit seiner dummen Art glaubte, er könnte ihm damit einen Gefallen tun. In seiner Naivität hatte er noch nicht begriffen, dass Rick es für einfältig und erniedrigend empfand, Frauen einzuladen und diese wie eine Ware am Präsentierteller zu offerieren. Es mag vielleicht schon Männer geben, wie zum Beispiel der fette Regierungsrat, der über solche Damen herfällt, als wären sie ein Stück Fleisch. Jetzt verstand er, warum Barigli zu solchen Partys ungern erschien. Für ihn war nun eines spannend zu beobachten: Wer wird der Erste sein, der ihm die Ohren volllabert und glaubt, er sei naiv genug sich das Geld aus der Tasche ziehen zu lassen? Der Erste war Nico von Hohenfeld, der auf Rick zuging: »Herr Turner, ich habe Sie leider noch nicht in der Bank angetroffen. Sie müssen mir verzeihen. Ich hoffe, Herr Barigli hat Sie so weit gut beraten?« Rick schaute ihm tief in die Augen und dachte: »Vielleicht bist du unfähig Leute in der Bank zu begrüßen oder du findest es nicht der Mühe wert, deinen Fokus auf das Bankgeschäft zu richten.« Rick lächelte nur und antwortete locker: »Danke der Nachfrage. Ich könnte mich keineswegs beschweren. Herr Barigli ist sehr aufmerksam und umsichtig.« »Was man von dir nicht behaupten könnte!«, dachte Rick und lachte in sich hinein.

»Ich habe gehört, Sie haben in der Schweiz noch keinen fahrbaren Untersatz. Ich könnte Ihnen meinen Freund, Mark Retzer, wärmstens empfehlen. Seine Autos sind legendär. Ich fahre seit geraumer Zeit auch einen Lamborghini Huracán. Ich bin begeistert! Wenn Sie einmal eine Rakete besitzen wollen, dann kann ich Ihnen dieses Fahrzeug nur ans Herz legen!« Sein Gegenüber strahlte über das ganze Gesicht.

»Ganz gewiss brauchst du dieses Auto, um dein verklemmtes Ego zu befriedigen. Lauf zu Papa und zeig ihm dein Spielzeug.« Rick lächelte: »Danke, dass Sie an mich denken, aber Johann ist wirklich ein guter Chauffeur. Ich kann momentan nicht klagen.«

»Aber Herr Turner, bei Johanns Fahrweise schlafen einem ja die Füße ein!« Nico lachte laut über seine Worte.

»Unter welchen Vollidioten bin ich denn hier gelandet?«, dachte Rick. Langsam wurde ihm das Lächeln schon zu mühsam. »Noch so einen Vollpfosten ertrage ich nicht!«, dachte Rick und wollte gerade auf das Buffet zusteuern. Dies wäre für ihn momentan die einzige sinnvolle Alternative gewesen, aber auf halber Strecke kreuzte sich der Weg mit der blonden Larysa. Sicher nicht ungewollt, nach ihrem Gesichtsausdruck zu urteilen.

»Hallo, Herr Turner! Ich habe gehört, Sie sind ganz alleine in Zürich? Das muss ja schlimm sein! Ich wüsste einige Sachen, die man gegen die Langeweile machen könnte«, säuselte sie.

»Ist zwar eine dumme Anmache, aber von den Damen hier erwarte ich mir von vornherein nicht mehr. Es ist halt ihr Beruf«, dachte er. »Sie könnten mich zum Buffet begleiten und mir dabei einige Sachen erzählen, die Ihnen so in den Sinn kommen.« Es war zwar keine gute Antwort, aber bei einem Gespräch mit ihr konnte er wenigstens auf Durchzug schalten und es würde ihn kein anderer anquatschen. Das verschaffte ihm zumindest Zeit. Die unangenehme Stille im Raum hatte sich zum Glück verflüchtigt. Die Herren unterhielten sich wieder lautstark miteinander. Der Regierungsrat stand auf der anderen Seite des Buffets und krallte sich förmlich mit der einen Hand an dem großen Hintern der dunkelhaarigen Claudine fest. Mit der anderen Hand stopfte er sich ein garniertes

Lachsbrötchen nach dem anderen in den Mund. Larysa merkte, dass Rick angewidert auf die beiden hinüberschaute.

»Ja, unser Regierungsrat hat alle Hände voll zu tun!«, sagte Larysa und verzog dabei ihr Gesicht zu einem Lächeln, das aber komplett missglückte.

»Verlange nicht von mir, dass ich mich auch so schweinisch auf-führe«, flüsterte ihr Rick ins Ohr.

Er bemerkte jetzt, dass diese Stelle am Buffet der beste Platz im Raum war, um alle Personen zu beobachten. Seitlich von ihm be-fand sich eine kleine versteckte Nische, deren Einsicht ein halb zu-gezogener Vorhang verhinderte. Rick glaubte einen kurzen Moment das Gesicht von Monday in der dunklen Ecke zu sehen. Er konnte sich aber auch getäuscht haben.

In Gedanken strich er sich ein klein wenig vom Beef Tatar auf eine Weißbrotschnitte und starrte in die Menge. Larysa war sicht-lich froh, einen Mann gefunden zu haben, der nicht andauernd aufgeplustert um sie herumscharwenzelte.

»Was hältst du von diesen Menschen hier? Wenn es geht, ganz ehrlich!«, fragte Rick leise, als er sich ihr zuwandte.

»Ich kann und darf Ihnen leider darauf keine Antwort geben, aber wenn Sie hier in diesem Raum Ehrlichkeit suchen, dann würde ich an Ihrer Stelle schnell den Raum verlassen.« Larysa sprach sehr leise in ihrem russischen Akzent.

Es bewahrheitete sich alles, was Barigli zu ihm gesagt hatte. Larysa merkte sofort, dass Rick nicht an ihr interessiert war. Sie blieb zwar noch ein paar Minuten an seiner Seite, weil sie die kurze Auszeit genauso genoss wie Rick. Andre von Hohenfeld nutzte die Zeit, als Rick noch am Buffet und etwas abseits stand, um ihm zu danken, dass er der Bank so viel Vertrauen schenkte. In der Zwischenzeit hatte sich Larysa diskret entfernt. Rick merkte sofort, dass der Vorstandsvor-sitzende kein Interesse an einem längeren Gespräch zeigte. Es fühlte sich für Rick so an, als wäre er nur der Pausenfüller gewesen, die schweren Kaliber warteten noch diskret ab. Mit seinen dankenden Worten hatte er seine Schuldigkeit getan. Wer war also der große Player der anwesenden Personen? Diese Frage stellte sich nun.

Der Regierungsrat und der Nachtklubbesitzer schieden schon einmal aus. Diese beiden waren seines Erachtens nur Handlanger. Nico und sein Freund Mark Retzer hatten nur Benzinabgase im Hirn, darum schieden sie ebenfalls aus. Die Einzigen, die noch übrig blieben, waren der Investor und der Immobilienzar von Zürich. Wobei der Immobilien- und Baufirmenbesitzer für Rick nicht den Eindruck vermittelte, als wäre dieser die interessanteste Person. Rick tippte am ehesten auf Kurt Krause, den Investor. Rick beobachtete das Gespräch der zuletzt erwähnten Herren und dabei fiel ihm auf, dass Erik Scholl versuchte ihn zu umgarnen. Also kam er zu dem Schluss, dass dieser Kurt Krause der Big Player sein musste. Vielleicht war auch er im Besitz von einigen hundert Millionen? Interessant zu erkennen war auch, dass beinahe alle Personen Rick beobachteten, bis auf Kurt Krause. Er war auch bei der Begrüßung sehr verhalten, eher ignorant. Da Rick keine Anstalten machte, sich einem der Herren in der Runde zu nähern und vermutlich auch alle mehr wussten als er, kam Ernest als Vermittler zurück ins Spiel.

»Rick, ich habe dir Herrn Krause noch gar nicht näher vorgestellt«, sagte Ernest zu Rick und legte wieder einmal seine Hand auf dessen Schulter. Dabei wandten sie sich Kurt Krause zu, der noch immer mit Erik Scholl in ein Gespräch vertieft war. Erik trat, wie auf Kommando, ein paar Schritte zur Seite, als ob er schon ahnte, dass die beiden etwas Wichtiges zu besprechen hätten.

»Hallo, mein Lieber! Ich habe dir Rick Turner noch gar nicht richtig vorgestellt«, begann Ernest zuckersüß und schob dabei Rick etwas näher an Krause heran. Die beiden standen sich jetzt nur noch knapp einen Meter voneinander entfernt gegenüber. Die Gesichtsmiene der beiden war fast identisch. Rick dachte immer an die Worte von Barigli: »Versuch alles locker und lässig zu sehen«, und das tat er auch. Sein Gegenüber praktizierte das gleiche Verhalten und beide signalisierten damit, dass sie kein Interesse an dem anderen hatten. Ernest war ein guter Beobachter, erkannte deren Ausdruck und versuchte krampfhaft ein Gespräch in Schwung zu bringen.

»Rick, ich glaube, Herr Krause hätte einige interessante Ideen und Investitionsmöglichkeiten für dich. Ich bin mir ganz sicher, ihr werdet euch gut verstehen.« Daraufhin drehte sich Ernest zu Erik Scholl um, legte seine Hand auf dessen Schulter und begann sofort ein Gespräch mit ihm.

Rick und Krause standen sich noch immer gegenüber und musterten sich. Obwohl sie es beide zu diesem Zeitpunkt noch nicht wussten, waren sie ab diesem Moment auf einer ähnlichen Wellenlänge.

»Wenn uns Herr Steinbeck schon zueinander führt und glaubt, wir könnten uns beide füreinander interessieren, dann bin ich sehr gespannt, wieweit er recht hat«, sagte Krause und streckte ihm seine Hand entgegen. Rick ergriff seine Hand und nahm die Begrüßung an. In diesem Moment tauchte wieder dieses komische Bauchgefühl auf, das sich bis zum Magen hinauf zog. Es war sein bekanntes Warnzeichen, das er nicht ignorieren sollte. Bis jetzt war es ihm immer eine große Hilfe. Wie eine Alarmsirene schrillte es schon in seinem Inneren, aber einen Versuch war es wert, zu erfahren, was an diesem Krause so gefährlich sein sollte.

»Ich bin auch sehr gespannt, Herr Krause, welche Interessen uns verbinden könnten«, antwortete Rick zurückhaltend und vorsichtig.

»Hier im Raum ist es etwas stickig! Wenn Sie wollen, können wir das Gespräch auch auf der Terrasse fortsetzen«, begann Kurt und zeigte mit der Hand in Richtung Terrassentür, die gerade von Monday geöffnet wurde. Rick fing einen kurzen Blick von Monday auf, der sehr ernst und warnend zu deuten war. Sie wandte sich aber im nächsten Augenblick schon wieder ab, richtete ihren Blick nach unten und verschwand in der kleinen Nische, dorthin wo Rick sie vermutlich vor einigen Minuten kurz gesehen hatte. Während die beiden auf die Terrasse gingen, steigerte sich Ricks Unsicherheit. Was bedeutete der Blick von Monday? Wusste sie etwas, was für ihn wichtig wäre? Wie konnte er an Monday herankommen? Mit diesen Fragen beschäftigt stand er neben Krause auf der Terrasse.

»Was sagen Sie zu so einem Anwesen, Herr Turner?« Diese Worte holten ihn wieder in die Realität zurück. Ein paar Sekunden verstrichen trotzdem, bis er mit seinen Gedanken wieder bei Krause war.

»Einfach wunderschön, ich bin ganz überwältigt!«, antwortete Rick etwas verzögert und ließ seinen Blick über den Garten schweifen.

»Sie haben wahrscheinlich von Herrn Steinbeck schon erfahren, wer ich bin und womit ich mein Geld verdiene?«, begann Krause. Rick war etwas verblüfft, dass Krause so schnell und ohne Umschweife zum Punkt kam. Nun musste er unbedingt seine Lockerheit weiterspielen! Nur so brauchte er sich nicht festzulegen und konnte sich aus jeder Situation herausmanövrieren.

»Ernest hat nicht viel erwähnt. Vielleicht könnten Sie mir mehr von sich erzählen?« Rick versuchte Krause erst einmal zum Reden zu bewegen, um herauszubekommen, ob der auch ein aufgeblasener Wichtigtuer war oder ob er in diesem Zirkel der Einzige halbwegs Normale war.

»Da gibt es nicht viel zu erzählen. Meine Eltern lebten in Genf und hatten ein Pharmaunternehmen. Ich habe Pharmazeutik studiert und die Firma übernommen. Wir, mein Partner und ich, haben noch zwei weitere kleinere Pharmafirmen übernommen beziehungsweise sind Teilhaber in diesen Firmen. Unser momentanes Produkt, kann man so sagen, befindet sich in der Endphase und wird wahrscheinlich nächstes Jahr auf den Markt kommen.« Krause hielt kurz inne, um seinen Worten noch mehr Brisanz zu geben. Für Rick war es eine Gelegenheit, das Ganze zu rekapitulieren. »Mehrere Pharmafirmen, mit seinem Produkt knapp vor der Zulassung, was will der Mann von mir?«, das waren momentan die großen Fragen, die sich Rick stellte.

»Sie werden sich vielleicht jetzt fragen, warum ich Ihnen das alles erzähle? Aber die Entwicklung dieses Produktes verschlingt immens viel Geld! Bis das Medikament oder der Impfstoff am Markt ist und sich rentiert, braucht es viele Testphasen und Genehmigungen, die Geld und Zeit benötigen. Sie wissen sicher genauso gut wie ich, Geld kann man nie genug haben und Investoren natürlich auch nicht.« Jetzt war die Katze aus dem Sack! »Er braucht einen weiteren

Investor! Na, dann sieht es wohl auch nicht so rosig aus mit Herrn Krause!«, dachte Rick und lächelte dabei. »So viele reiche Herren hier im Raum, und alle haben auf ihn gewartet? War das alles nur zum Schein?«, dachte er. »Was war mit Steinbeck, der super Lobbyist, der mit dem Haus von seiner Schwester protzt? Hatte er die Party nur inszeniert, um wieder einen Deal einzufädeln?«

»Um welches Medikament handelt es sich?«, fragte Rick und versuchte dabei in seiner Stimme so viel Neugierde wie möglich mitklingen zu lassen.

»Um ein mRNA-Medikament gegen Krebs«, antwortete Krause und betonte die letzten zwei Wörter dabei besonders. »Unsere KRABE-Pharmafirma ist mit der mRNA-Technologie gegen Prostatakrebs schon in der Endphase angelangt. Viele Pharmafirmen benötigen vermutlich noch Jahre, aber wir wollen nächstes Jahr schon mit einem Medikament auf den Markt kommen. Mit der letzten Studie beginnen wir schon in ein bis zwei Monaten. Wir arbeiten sehr eng mit der Uniklinik hier in Zürich zusammen, das bringt uns große Vorteile, weil die urologische Abteilung führend in der Schweiz ist. Unsere Firma kann zwar mit den Führenden wie Roche, Novartis oder Debiopharm nicht mithalten, aber dafür sind wir flexibler und schneller in der Entwicklung. Der Erste am Markt verdient die Kohle! Ein gutes Beispiel ist, wie man weiß, Biontech mit dem Corona-Impfstoff.« Jetzt war Krause nicht mehr zu bremsen, er warf mit Namen, Zahlen und Statistiken um sich, dass Rick ganz schwindelig wurde. Er schaltete auf Durchzug. Nicht nur die Fachausdrücke, die Krause verwendete, sondern auch das gesamte Pharmagebiet war für Rick nicht geläufig. Die Kernaussage aus dem Gespräch mit Krause verursachte bei Rick eine innere Blockade. Das Bauchgefühl schien sich schon wieder zu bewahrheiten. Er versuchte zwar seinem Gegenüber eine gewisse Aufmerksamkeit zu symbolisieren, aber dann kam der Punkt, an dem Rick den Redefluss von Kurt unterbrach: »Herr Krause, Ihre Ausführung fasziniert mich! Aber für mich ist völlig unklar, wieweit sie mich darin sehen« Rick war mit seinem Einwand noch gar nicht fertig, da setzte Kurt das Gespräch schon wieder fort: »Ich sehe Sie darin involviert.

Blicken Sie in die Zukunft: Unser Medikament wird die Welt revolutionieren! Denken Sie dabei nur an Biontech, das Firmenvolumen und die Gewinne haben sich vervielfacht. Ihre Investition wird sich ebenso vervielfachen. Solch eine Rendite bekommen sie nirgendwo. Nehmen wir an, Ihre Investition und somit Ihre Beteiligung läge bei 200 Millionen, dann wäre das am Ende des Tages eine utopische Summe von einer Milliarde – oder mehr!« Rick konnte sehen, in welche Wahnvorstellung sich Krause hineinsteigerte.

»Was halten Sie davon?«, endete er abrupt. Rick war kurze Zeit etwas überfordert eine passende Antwort zu finden: »Das klingt alles hochinteressant! Ich müsste mir Ihre Firma einmal mit ein paar unabhängigen Experten ansehen, um mir ein genaues Bild machen zu können«, antwortete Rick und versuchte jetzt genau zu beobachten, wie Krause auf das Wort »unabhängigen« Experten reagierte. Oder glaubte er, dass Rick hunderte Millionen investiert, bevor er sich die Firma auch nur ansieht? Jetzt war ihm klar: Steinbeck erzählte Krause von den 200 Millionen, die er nach Singapur, ohne mit der Wimper zu zucken, scheinbar leichtfertig, überwiesen hatte. Ein gewisser Frust stellte sich bei ihm ein. Die Gesellschaft hier glaubte wohl, er wäre die goldene Gans, die von jedem gerupft werden könnte. Die Dummheit, Arroganz und Plumpheit war momentan so offensichtlich, dass er sich zusammenreißen musste, um nicht allen Herrschaften hier die Meinung so richtig zu geigen. Dann aber dachte er wieder an die Worte von Barigli: »Bleib locker und lässig.«

»An welche Experten hätten Sie dabei gedacht?«, begann Kurt mit einer komplett veränderten Stimme.

Rick wusste jetzt genau, dass an der Sache etwas faul war, und spielte das Spiel mit Genuss weiter: »Ein guter Bekannter von mir ist im Investmentbereich tätig. Ich würde ihn gerne zu einem weiteren Gespräch mitnehmen. Das dürfte doch kein Problem für Sie sein, Herr Krause?« Rick spürte förmlich die Unsicherheit, die sich jetzt in Krause breitmachte.

»Nein, überhaupt kein Problem. In welchem Segment ist ihr Bekannter tätig?«

»Im Finanz- und Investitionsbereich Südostasiens«, log Rick mit Genuss weiter. Je größer die Entfernung, umso schwieriger war es, ihm auf die Schliche zu kommen.

»Ich würde Sie anrufen, wenn er wieder in der Schweiz ist. Dann könnten wir uns in Ihrer Firma treffen, um einen Gesamtüberblick zu bekommen. Vor einem eventuellen Investitionsabschluss würde sich dann mein Freund, Herr Chen, natürlich Ihre Bilanzen genauer ansehen. Aber das würde doch sicherlich kein Problem darstellen, oder?«, Rick lächelte und schaute dabei in Kurts fragende Augen.

Es dauerte ein paar Sekunden, bis Kurt seine Fassung wiederfand: »Ja, das wäre perfekt. Ich würde mich freuen«, antwortete er mit einer komplett anderen Stimmlage. Seine Vorstellungen wurden damit völlig über den Haufen geworfen. Hatte dieser super Pharmainvestor Kurt Krause wirklich geglaubt, Rick würde eine Investition in Millionenhöhe tätigen? »Mit welchen Fantasten bin ich nur hier versammelt?«, dachte er und wandte sich von Krause ab, um die anderen Personen im großen Raum zu beobachten. Ernest Steinbecks fragender Blick war auf ihn gerichtet, die anderen Personen kamen den drei Damen immer näher. »Ja, mein lieber Ernest«, dachte Rick, »aus deinem lobbyistischen Geschick, Leute auszunehmen, wird wohl nichts!«

Ernest war ihm in der Bank schon suspekt vorgekommen. Auf welcher Position er stand, wusste Rick bis jetzt noch nicht. Vielleicht war er doch in den ganzen Singapur-Schlamassel verwickelt? Seine Gedanken kreisten schon wieder über dieses Thema. Dabei übersah er, dass sich Krause von der Terrasse wieder ins Innere des Gebäudes verzog, um sein Gespräch mit Erik Scholl weiterzuführen.

Rick war überhaupt nicht unglücklich darüber, einmal ein paar Minuten alleine auf der Terrasse zu stehen. Es dauerte aber nicht lange, da kam ihm der große Mann mit etwas längeren, gewellten, blonden Haaren entgegen. Die beiden Hände locker in die Taschen geschoben und das Hemd lässig über die Hose fallend, um seinen leichten Bierbauch zu kaschieren, so kam ihm Rainer Biedermann entgegen.

»Na, schon fertig mit dem geheimen Firmengespräch?«, begann er und zündete sich dabei eine Zigarette an.

»Oder brauchst du noch ein paar Minuten, um auszudampfen?«, fuhr Rainer lachend fort.

Rick war etwas verblüfft, mit welcher Lässigkeit er angequatscht wurde.

»Du kannst gerne bleiben, aber nur wenn du mir nicht auch noch eine Investition andrehen möchtest«, antwortete Rick leicht genervt.

»Meine Investition hast du ja leider schon ausgeschlagen«, antwortete der Große und machte einen kurzen Kopfnicker in Richtung der blonden Larysa, wobei er ein leises Lachen von sich gab.

»Nichts für ungut, aber momentan bin ich nicht in Stimmung«, erwiderte Rick und lehnte sich locker an die halbhohe Terrassenmauer.

Es kehrte Ruhe auf der Terrasse ein. Rainer rauchte genussvoll seine Zigarette und Rick dachte nach, wie es wohl diesen Abend weitergehen wird. Er schaute auf die Uhr, es war halb zehn. Rainer war gerade bei seinen letzten Zügen der Zigarette angekommen. »Lass dich nicht übers Ohr hauen!«, sagte er und dämpfte dabei die Zigarette in einem großen verzierten Aschenbecher aus. Mit einem höhnischen Grinsen verließ er die Terrasse und gesellte sich wieder unter die anderen Personen im großen Raum.

Jetzt erst fiel Rick auf, dass eine ältere Frau mit Ernest sprach. Er musste ihr Kommen komplett übersehen haben. Sie durfte etwas älter sein als er. Ihre Haare waren graumeliert und kurz geschnitten. Ihre bleiche Gesichtshaut ließ auf einen schlechten Gesundheitszustand schließen. Sie musste ziemlich krank sein. Hatte Barigli nicht etwas Ähnliches erzählt, oder bildete er sich dies nur ein? Es kam ihm schon einiges durcheinander. Aber wäre es ein Wunder, nach solch turbulenten Wochen? Vor Monaten noch ein Niemand und jetzt wollten alle etwas von ihm. Das Einzige, auf das er sich noch verlassen konnte, war sein Bauchgefühl. Er hoffte jeden Tag, dieses Gefühl nicht zu verlieren.

Es dauerte keine fünf Minuten, bis die ältere Dame auf Rick

zukam. Er lehnte noch immer an der halbhohen Mauer und genoss die Ruhe auf der Terrasse.

»Guten Abend, Herr Turner! Sie stehen ganz alleine auf der Terrasse. Gefällt es Ihnen hier nicht?«, fragte ihn die ältere Dame mit ernster Miene.

»Das Haus und besonders der Garten sind wunderschön! Ich kann mich kaum sattsehen«, antwortete Rick und versuchte damit seine Bewunderung zum Ausdruck zu bringen.

»Ja, das Haus ist ein Juwel! Meine Großmutter hat es mir zu meinem dreißigsten Geburtstag geschenkt. Es war schon, solange ich denken kann, ein Traum von mir, hier zu wohnen.«

»Schön, so eine liebe und großzügige Großmutter zu haben«, antwortete Rick mit einem freundlichen Lächeln.

»Aber, aber! Nicht so bescheiden. Wie man so hört, könnten Sie mehrere solcher Häuser besitzen.«

»Man sollte nicht so viel auf solchen Klatsch und Tratsch hören.«

»Herr Turner, nach meiner Einschätzung zu urteilen sind Sie hier der Einzige, der Bescheidenheit ausstrahlt. Kann das sein?«

»Das können Sie sicherlich besser beurteilen. Ich kenne die Herren und natürlich die Damen weniger gut als sie.«

»Ich finde Sie sehr nett, Herr Turner. Vielleicht könnten wir ein anderes Mal unsere Unterhaltung in einer angenehmeren Atmosphäre fortsetzen?«, und schaute dabei mit einem abschätzigen Blick auf die drei Damen, die schon von den Herren in Beschlag genommen wurden.

»Es würde mich sehr freuen, Frau Steinbeck«, antwortete Rick und nickte dabei leicht mit dem Kopf.

Frau Steinbeck zog sich die dünne Stola etwas weiter über die Schultern und verschwand über die seitliche Terrassentreppe in den Garten. Rick stand wieder alleine auf der Terrasse und schaute ihr nach, als sie in der Dunkelheit im Garten verschwand. Seine Gedanken waren wieder bei Barigli. Wenn er in Singapur Erfolg haben wollte, musste er den ominösen Vertrauensmann heute Abend schon getroffen haben.

Hoffentlich entpuppte sich das Ganze nicht als Schnapsidee! Sein

Vertrauen zu Barigli war zwar sehr groß, aber hoffentlich überschätzte der sich dabei nicht. In Singapur musste es bereits fünf Uhr früh sein. Wenn er am Montag wieder in Zürich sein wollte, musste er am Sonntag schon zurückfliegen. Sehr viel Zeit hatte er nicht. Seine Gedanken switchten von einem Szenario zum nächsten, dabei bemerkte er erst Ernest, als dieser sich ebenfalls über die halbhohe Terrassenmauer lehnte und in den finsteren Garten blickte.

»Ich habe gehört, das Gespräch verlief nicht so besonders mit Herrn Krause.«

Rick war etwas verblüfft und stellte sich die Frage, was an seinem Gespräch schlecht war.

»Könnte ich nicht behaupten«, antwortete Rick und wandte sich dabei Ernest zu. Dabei sah er in seinem Gesicht eine gewisse Verärgerung.

»Ich hörte, dass du ihm gegenüber eine gewisse Überheblichkeit und Arroganz gezeigt hast. Das ist ganz und gar nicht gut! Ich arrangiere hier für dich eine Party und du vergrämst mir meine besten Gäste. Die schönsten Damen weist du ab und stellst dich alleine hier auf die Terrasse.«

»Herr Steinbeck, jetzt möchte ich einmal Klartext sprechen: Erstens war ich sehr geduldig und zuvorkommend deinen Gästen gegenüber. Zweitens interessieren mich deine angeberischen Gäste einen feuchten Kehricht, und drittens lasse ich mich nicht verkuppeln oder von dir verarschen. So, und jetzt kannst du meinen Rücken noch einmal betrachten.« Darauf wandte sich Rick von Ernest ab und verließ die Party durch den großen Saal in Richtung Ausgang. An der Treppe vor dem Haus hielt er inne. Erst da kam ihm in den Sinn, dass er keinen fahrbaren Untersatz hatte. Wo war Johann? Sicherlich hatte keiner vermutet, dass er die Party bereits um 22.00 Uhr verlassen würde. Langsam legte sich seine Wut. Erst jetzt waren seine Gedanken wieder halbwegs klar.

»Mister Turner!«, hörte er eine leise Stimme hinter sich. Es war Monday, sie stand im Schatten einer großen Palme neben dem Treppenaufgang. Rick drehte sich um und konnte anfangs nur leichte Umrisse von ihr sehen. Sie winkte ihm zu folgen. Rick ging ihr verwundert, auf einem Kiesweg, durch den Garten hinterher. Es waren nur ihre Tritte auf dem Kies zu hören. Ein leiser Wind bewegte zwar die Blätter an den Sträuchern, aber diese waren kaum zu hören. An einem verzierten, weißen Pavillon blieb sie stehen und wandte sich ihm zu. Er konnte nur ihre großen, weißen Augen in der Nacht erkennen.

»Mrs Steinbeck erwartet Sie hinter dem Pavillon«, sagte sie so leise, dass man sie kaum verstehen konnte. Rick ging um den großen Pavillon herum, in dem in der Mitte alte, weiße, verzierte Sessel an einem Tisch standen. Auf einer Bank, die sich dahinter befand, saß, in der Dunkelheit kaum zu sehen, Frau Steinbeck. Sie winkte ihm auffordernd zu, dass er sich zu ihr setzen sollte. Rick war etwas verwundert. Wusste sie schon von dem Streit mit ihrem Bruder? Das war fast unmöglich. Trotzdem setzte er sich zu ihr. Es war ein wunderschöner Platz. Der Rasen war hinter dem Pavillon etwas abschüssig, sodass sich eine traumhaft schöne Aussicht über einen großen Teil von Zürich und den See dahinter auftat.

»Was halten Sie von dieser Aussicht, Herr Turner?«, begann sie leise zu sprechen.

»Ich bin überwältigt!«, waren die einzigen Worte, die ihm spontan einfielen. Sie saßen eine Zeit lang schweigend nebeneinander und schauten auf das Lichtermeer von Zürich. Miss Monday stand ganz still, im Respektabstand, hinter ihnen.

»Miss Monday sagte mir, dass Sie ein sehr außergewöhnlicher Mann sind. Stimmt das, Herr Turner?«, begann sie leise zu sprechen.

Rick war kurz etwas verwirrt. »Ich würde mich nicht als außergewöhnlich bezeichnen, eher als ehrlich und normal. Vielleicht ein bisschen zurückhaltend und überlegt, aber es ist immer schwierig, sich selbst zu charakterisieren. Das überlasse ich lieber anderen.«

»Ich kann Menschen leider sehr schlecht einschätzen, deshalb verlasse ich mich sehr oft auf meine Freundin Monday. Sie hat einen außergewöhnlichen Sinn dafür.«

»Ich habe mein Bauchgefühl, das sich immer meldet, wenn Schwierigkeiten auf mich zukommen könnten«, antwortete Rick ebenfalls mit leiser Stimme.

»Dann hat sich heute Abend sicher schon Ihr Bauchgefühl gemeldet?«

»Ja, da haben Sie Recht, aber ich weiß noch immer nicht genau, was ich von all dem halten sollte.«

»Ich glaube, da kann Ihnen meine Freundin weiterhelfen«, wisperte Frau Steinbeck und drehte sich zu Monday um, die daraufhin aus der Dunkelheit trat. Jetzt erst merkte Rick, dass Monday die ganze Zeit hinter ihnen stand.

»Mister Turner, ich möchte Sie nicht beunruhigen«, begann Monday zu erzählen, »aber Sie sind in Gefahr.«

»Inwiefern?«, fragte Rick mit leicht besorgter Stimme.

»Herr Steinbeck möchte mit aller Gewalt an Ihr Geld. Er ist kein guter Mensch. Ich glaube gehört zu haben, dass er die gleiche Methode anwenden möchte wie die Männer, die hinter der asiatischen Bank stehen. Ich verstehe zwar den Zusammenhang nicht, aber Sie werden es vielleicht verstehen.« Monday hielt abrupt inne und lauschte in alle Richtungen. Es war aber nur das leise Blätterrauschen zu hören.

»Das habe ich mir fast gedacht!«

»Seien Sie vorsichtig, Mister Turner! Er kann sehr gefährlich werden.«

»Warum lassen Sie ihren Bruder überhaupt hier wohnen, Frau Steinbeck?«, Rick wandte sich dabei wieder zu Frau Steinbeck um.

»Wir sind genauso in Gefahr wie Sie, Herr Turner. Es ist eine Gratwanderung, die wir beide momentan beschreiten. Vielleicht können wir uns gegenseitig helfen?«

Rick war schockiert von dieser Äußerung.

»Ich werde euch natürlich helfen!«, Rick stockte kurz und dachte nach.

»Wie weit würden Sie dabei gehen?«, wisperte sie.

»Weit, Frau Steinbeck! Solche Leute verachte ich zutiefst.« Es kehrte wieder eine kurze Stille ein.

»Könnten Sie mir bitte Johann schicken?«, dabei drehte sich Rick zu Monday.

»Habe ich schon veranlasst, Mister Turner. Er wartet bereits in der Einfahrt auf Sie«, antwortete Monday leise.

Rick erhob sich von der Bank: »Wie kann ich Sie kontaktieren?«

»Ich habe Ihre Visitenkarte, Mister Turner. Ich werde Sie morgen anrufen«, antwortete Monday und senkte dabei schüchtern ihren Kopf. Rick ging schnellen Schrittes den Kiesweg entlang in Richtung Auffahrt. Er konnte Johann bereits sehen, der neben dem Auto stand, und wie Ernest Steinbeck wild auf ihn einredete. »Das darf doch nicht wahr sein! Jetzt beschimpft er auch noch Johann!«, dachte Rick und forcierte dabei sein Tempo. Es dauerte nur einen Augenblick, bis er in Sichtweite der beiden kam. Ernest Steinbeck reagierte sofort, wandte sich von Johann ab und wollte auf Rick zugehen, aber Rick ging hinter dem Wagen herum, ignorierte Ernest vollkommen, der gerade auf ihn einreden wollte, und stieg in den Wagen. Johann schloss die Tür und setzte sich hinter das Steuer. Steinbeck zerrte an der Fahrzeugtür. Rick gab Johann das Zeichen, dass er schnell abfahren sollte. Johann startete den Wagen und trat aufs Gas. Die Reifen drehten kurz durch und der Wagen fegte mit einer Geschwindigkeit davon, die er bei Johann noch nie vorher erlebt hatte. Johanns prüfende Blicke in den Rückspiegel beobachteten Rick.

»Johann, es tut mir leid, dass ich Sie in diese missliche Situation gebracht habe. Es lag wirklich nicht in meiner Absicht«, begann Rick mit aufgebrachter Stimme: »Ich hoffe, er hat Sie meinetwegen nicht zu sehr beschimpft.«

»Machen Sie sich keine allzu großen Gedanken darüber. Ich hatte schon mehrmals Probleme mit Herrn Steinbeck. Das liegt nicht an Ihnen!«, antwortete Johann mit ruhiger, tiefer Stimme.

Rick verfiel wieder in seine Gedanken. Hatte er nun zwei Baustellen? Jetzt war noch der Asienauftrag vollkommen in der Schwebe und nun wollte Steinbeck dasselbe Spiel noch einmal selbst abziehen. Rick verstand die Welt nicht mehr! Wurde er wirklich als Melkkuh der Nation auserkoren? »Die Geldgier der Menschen ist unbeschreiblich!«, dachte er. Jetzt fiel ihm auch noch ein, dass die Security-Leute heute Abend abgezogen wurden.

»Johann, ich hätte da eine dringende Frage: Gibt es eine Möglichkeit, den Auftrag der Security-Mannschaft noch zu verlängern? Haben Sie eine Idee, wie man das am schnellsten machen könnte?«

»Ich kann es versuchen«, antwortete Johann und griff zu seinem Telefon. Er tippte eine Nummer ein und nach zwei Summtönen meldete sich eine Stimme: »Ja, was gibt es?«, tönte es aus der Freisprecherbox.

»Ohmet, wie lange seid ihr noch vor dem Apartment von Herrn Turner?«

»Genau bis Mitternacht. Wieso?«

»Herr Turner würde euch noch ein paar Tage benötigen. Gibt es vielleicht eine Möglichkeit?«

»Dafür brauche ich eine Unterschrift von Herrn Turner. Wie lange wäre die Verlängerung geplant?«

»Wie lange?«, fragte Johann und drehte sich kurz zu Rick um.

»Die nächste Woche sicher noch! Ich kläre das genaue Enddatum nächste Woche mit Barigli.«

»Zirka eine Woche. Das Ende wird nächste Woche noch genau geklärt«, wiederholte Johann.

Es trat eine kurze Stille ein, bis sich die Stimme wieder meldete: »Seid ihr unterwegs zum Apartment?«

»Ja, wir sind in etwa fünf Minuten da«, antwortete Johann.

»Wir bleiben bis morgen früh und klären das weitere Vorgehen dann mit der Bank ab.«

»Gut, danke, Ohmet! Bis gleich.«

»Sie haben alles so weit verstanden, Herr Turner?«

»Ja, danke, Johann!«

Beruhigt lehnte sich Rick auf dem Rücksitz zurück und versuchte die letzten Minuten der Fahrt die Ereignisse auf der Party auszublenden, um ein bisschen ruhiger zu werden. Seine Nerven lagen momentan total blank. Zwei Security-Leute empfingen den Wagen bereits bei der Zufahrt zum Apartment. Das Prozedere war wie immer: Johann ließ Rick vor dem Apartment aussteigen und ein Mann begleitete ihn bis zur Wohnungstür. Rick bedankte sich und schloss die Tür zweimal hinter sich ab.

Er zog die Schuhe aus und ließ sich erschöpft auf die Couch fallen. Die Worte von Monday schwirrten wieder in seinem Kopf umher: »Herr Turner, Sie sind in Gefahr!« Er musste am Montag sofort mit Barigli sprechen. Vielleicht wusste er eine Lösung, um auch diese Geschichte aus der Welt zu schaffen. Rick dachte noch daran, wie er vorhatte sich Steinbeck anzuvertrauen ... Das wäre auf ein furchtbares Desaster hinausgelaufen! Seine Gedanken kreisten noch über Frau Steinbeck, Monday, Ernest, Krause und, und, und ... dabei schlief er ein.

Wie geht es weiter?

Am Sonntagmorgen wachte Rick vollkommen desorientiert auf der Couch liegend auf. Er blickte auf seine Armbanduhr, es war bereits 8.30 Uhr. Es dauerte nur wenige Sekunden und all seine Erinnerungen waren auf einen Schlag wieder da. »Zuerst eine ausgiebige Dusche, das weitere findet sich dann«, dachte er und schwankte dabei ins Badezimmer.

Um 9.30 Uhr setzte er sich leger angezogen auf die Balkonliege und checkte sein Handy. Zwei versäumte Anrufe von Ernest Steinbeck. Der erste um 23.30 Uhr und ein zweiter um 0.13 Uhr. »Nein!«, dachte er. »Bevor ich nicht mit Barigli gesprochen habe, rufe ich Steinbeck auf keinen Fall zurück! Macht der jetzt auch noch Telefonterror? Nicht mit mir!«

Er zog sich an und ging erstmal in sein Café frühstücken. Die Security-Leute saßen im Auto vor dem Apartment. Als sie Rick sahen, stiegen sie aus und folgten ihm wie gewohnt in einem Abstand von zirka fünf Metern. Die Sonne versteckte sich zwar noch hinter einigen Schleierwolken, aber die Temperatur war schon bei angenehmen 20 Grad angelangt. Rick nahm seine Umgebung weniger wahr als sonst. Seine Gedanken kreisten noch immer um die gestrige Party bei Steinbeck. Die Plätze vor dem Café waren wie immer am Wochenende besetzt, deshalb suchte er sich einen Platz im Inneren des Lokals. Er setzte sich an einen kleinen Tisch seitlich vom Fenster. Die Bedienung kannte ihn bereits und kam mit einem Lächeln an seinen Tisch.

»Was darf ich Ihnen heute bringen?«, begann sie.

»Wie immer das Komfortfrühstück mit einem großen Espresso«, antwortete Rick und erwiderte ihr Lächeln.

Er wollte sich gerade die internationalen Zeitungen holen, als sein Handy klingelte. Die Nummer am Display war eine unbekannte. War das wieder Steinbeck? Versuchte er ihn mit einem anderen Handy zu erreichen? Rick wollte die Nummer schon wegdrücken, da meldete sich sein Bauchgefühl. Sollte er den Anruf doch entgegennehmen? Er drückte instinktiv auf »annehmen«.

»Ja, bitte«, meldete er sich. Ein paar Sekunden hörte er nur ein leises Atmen, bis sich eine zaghafte Stimme meldete: »Hallo, Mister Turner! Ich bin es, Miss Monday.«

Rick war sichtlich erleichtert und sein Pulsschlag normalisierte sich wieder.

»Miss Monday! Was kann ich für Sie tun?«, fragte Rick mit freundlicher Stimme.

»Könnten wir uns heute treffen? Ich möchte Ihnen ein paar Sachen erzählen.«

»Natürlich! Ich sitze gerade im Café am Paradeplatz. Wo befinden sie sich?«

»Ich könnte in einer halben Stunde im Café sein, wenn es für sie in Ordnung wäre?«

»Gerne! Ich warte auf Sie.«

Der Anruf wurde beendet. Rick war einerseits erleichtert, dass es Monday war, aber in gewisser Weise auch wieder besorgt, weil es sicherlich nichts Gutes bedeutete. Sie hatte offensichtlich Neuigkeiten für ihn. Oder wurde sie vielleicht sogar von Steinbeck erpresst und zum Telefonat genötigt, um an ihn heranzukommen? Seine Gedanken liefen wieder auf Hochtouren.

Die Bedienung brachte in der Zwischenzeit das ausgiebige Frühstück an den Tisch und riss ihn für kurze Zeit
aus seinen Gedanken.

Es dauerte keine dreißig Minuten, bis Monday das Café betrat und auf Rick zuging. Bevor Monday den Tisch erreichte, stellte sich ihr ein Security-Mann in den Weg.

»Das geht schon in Ordnung!«, rief Rick. Der Mann drehte sich ab und setzte sich wieder.

Miss Monday war kurz erschrocken, beruhigte sich aber gleich wieder, als sie begriff, dass Rick von seinem Personenschutz abgeschirmt wurde.

»Entschuldigung, Miss Monday! Ich hätte Ihnen sagen sollen, dass sich zwei Security-Leute um mich kümmern«, erklärte Rick leicht besorgt.

»Nein, das geht schon in Ordnung. Es ist sogar gut, einen Schutz zu haben!«, antwortete Monday und setzte sich zu Rick an den Tisch. Sie trug ein weißes, unauffälliges Kleid und weiße Sandalen. Ein paar Augenblicke trafen sich ihre Blicke. Rick sah Besorgnis in ihren Augen.

»Was gibt es Neues, Miss Monday?«, begann Rick.

»Ich kann nicht lange bleiben, Mister Turner. Ich sagte Mrs Steinbeck, dass ich sofort wieder zurück bin.«

»Wer hat Sie hergebracht?«, wollte Rick wissen.

»Johann hat mich geholt und bringt mich auch wieder zurück. Er ist ein guter Freund von Frau Steinbeck.«

Jetzt wurde Rick so einiges klar. Die Auseinandersetzung gestern zwischen Johann und Ernest Steinbeck ging nicht ausschließlich um ihn. Da war noch eine andere Angelegenheit im Spiel.

»Ich konnte gestern noch einige Gespräche von Herrn Steinbeck belauschen. Er telefonierte mit einem Mann. Ich glaube, er heißt Lim Chan. Sie planen eine weitere Erpressung. Er wird in den nächsten vierzehn Tagen wieder Personen schicken, um Sie unter Druck zu setzen. Das Vorhaben mit Kurt Krause dürfte nicht funktioniert haben. Ich weiß leider den Zusammenhang nicht.« In Mondays Ausdruck spiegelte sich eine große Besorgtheit.

»Das war sehr hilfreich, Miss Monday. Ich weiß jetzt Bescheid und werde die entsprechenden Vorkehrungen treffen. Ganz wichtig wird es jetzt für mich werden, alles zu erfahren, was Herr Steinbeck noch plant. Sollte sich wieder etwas Wichtiges ereignen, dann bitte ich Sie, mich sofort zu verständigen. Oder, wenn Sie Johann vertrauen, geben Sie die Infos an ihn weiter, damit er mir Bescheid geben kann.«

»Ja, das werde ich gerne tun.« Monday lächelte kurz. Sie stand auf und warf Rick noch einen besorgten Blick zu, während sie das Café verließ.

Rick saß am Fenster und beobachtete, wie Monday hinter einer Gruppe von Touristen am Gehsteig verschwand. Jetzt wusste er genau, was Ernest im Schilde führte: Er wollte dieselbe Nummer noch einmal abziehen, aber diesmal wollte er das Geld auf seinem Konto haben. Monday sagte, dass die Asiaten in den nächsten vierzehn Tagen wieder auftauchen würden. Bis dorthin musste der Mittelsmann von Barigli die Sache in Singapur geklärt haben! Ansonsten würde die ganze Geschichte wieder von vorne beginnen und das wollte er nicht noch einmal durchstehen! Was mit Steinbeck geschehen sollte, wusste er momentan noch nicht. Auf alle Fälle war er eine Geldhyäne, die nie genug bekommen konnte. Ruhe würde erst einkehren, wenn er beseitigt worden wäre. Es wäre auch für seine Schwester und Monday die beste Lösung, aber so weit wollte er noch nicht vorausdenken. Zuerst mussten die Hintermänner in Singapur aufgespürt werden. Also ein Schritt nach dem anderen. Jetzt war eines wichtig, er musste so schnell wie möglich mit Barigli sprechen! Deshalb nahm er sein Handy und wählte Bariglis Nummer. Er müsste noch in Singapur sein. Ein entferntes dumpfes Läuten setzte ein. Nach dem dritten Ton meldete sich Barigli: »Ja bitte.«

»‚Schönes Leben morgen‘«, sagte Rick und wartete ab. Ein paar Sekunden vergingen, bis Barigli kurz antwortete. »In Ordnung, passt!«, drang es aus dem Hörer, dann legte Urs auf.

Jetzt wussten beide, dass morgen um 13.00 Uhr ein Treffen in der Bar nötig war. Barigli war jetzt informiert, dass etwas Wichtiges vorgefallen war. Mehr konnte Rick zu diesem Zeitpunkt nicht machen. Er aß den Rest seines Frühstücks und bestellte sich noch einen Espresso bei der netten Bedienung. Nach einer weiteren halben Stunde verließ er das Café in Richtung See. Er spazierte noch durch den Park, bevor er um 14.00 Uhr wieder in seinem Apartment ankam. Wolken überzogen den Himmel und kurz nachdem er im Apartment ankam, begann es leicht zu regnen. Vom Balkon aus beobachtete er die Wolken, die über den See zogen. Das Wetter versprach nicht mehr schöner zu werden, deshalb legte er sich vor den Fernseher auf die Couch. Er zappte durch die Fernsehkanäle, bis er beim Sender, der das Formel-1-Rennen übertrug, hängen blieb. Rick versuchte nicht mehr an die Geschehnisse der letzten Tage zu denken.

Am Montagmorgen stand er schon sehr zeitig auf, stellte sich unter die Dusche und machte seit langem wieder einmal seine Turnübungen. »Ist der Körper fit, ist auch der Geist fit!«, sagte sein Therapeut mehrmals zu ihm. Der Regen war über Nacht wieder abzogen und die Sonne kämpfte sich mit leichtem Erfolg durch die Wolken. In Rick breitete sich schon eine gewisse Unruhe aus. Hatte Barigli in Singapur Erfolg? Wie würden sie weiter vorgehen? Eine neue Gefahr war aufgetaucht – Steinbeck. Welche Lösung würde ihm Barigli vorschlagen? Rick stand noch eine Weile am Balkon, bis sich sein Magen meldete. Er verließ die Wohnung um 9.30 Uhr. Um 10.00 Uhr saß er, wie gewohnt, an einem Tisch vor dem Café und bestellte sich wie üblich ein ausgiebiges Frühstück. Er hatte bis zum Treffen mit Urs noch gute drei Stunden Zeit. Je näher der Zeitpunkt rückte, desto mehr Zweifel stiegen in ihm auf. Würde das Ganze noch ein gutes Ende nehmen? Sollte er von Zürich fliehen und in ein anderes Land ziehen? Bei all seinen Gedanken kam er zum Schluss: Fliehen ist keine Option! Seine Probleme würden ihn immer wieder einholen. Deshalb gab es nur eine Möglichkeit: Die Probleme mussten ein für alle Mal gelöst werden, wie auch immer!

Um 12.30 Uhr verließ er das Café zum See, am Quai entlang, in Richtung Bürkliplatz. Nach etwa hundert Metern hatte er das vereinbarte Lokal erreicht. Er hatte noch eine viertel Stunde Zeit, aber Rick suchte sich schon jetzt einen Platz am Ende der Terrasse aus, von wo aus er das ganze Lokal überblicken konnte. Seine zwei Security-Begleiter nahmen zwei Plätze entfernt Platz. Eine von Bariglis positiven Eigenschaften war die Pünktlichkeit. Um exakt eine Minute vor 13.00 Uhr erschien er auf der Terrasse und setzte sich unaufgefordert und wortlos zu Rick an den Tisch. Beide schauten sich prüfend an, als könnten sie aus den Augen des anderen das Ergebnis bereits ablesen.

»Was gibt es Wichtiges, Herr Turner?«, begann Barigli und schaute Rick weiterhin prüfend an.

Rick erzählte ihm alle Details, die er auf der Party mit Krause und Steinbeck erlebt hatte. Über das Verhalten von Steinbeck und über das Gespräch mit Frau Steinbeck und ihrer Zofe Monday. Am Schluss berichtete er noch über das gestrige Gespräch mit Monday im Café. Barigli hörte ihm bis zum Schluss aufmerksam zu, dann lehnte er sich in seinem Sessel zurück, legte die Hand auf seinen Mund und blickte mit versteinertem Blick auf die Tischplatte vor ihm. Es dauerte sicherlich eine Minute, bis Barigli zu sprechen begann: »Ja, Herr Turner, da hat sich das gleiche Problem noch einmal aufgetan.«

»Was hat sich bei Ihnen in Singapur ereignet? Konnten Sie etwas erreichen?«, fragte Rick gespannt.

Barigli erzählte ihm in groben Zügen von seinem Treffen mit seinem Mittelsmann in Singapur. Dessen genauen Namen nannte er dabei nicht.

»Was sollte ich jetzt machen?«, fragte Rick etwas überfordert.

»Das Wichtigste ist jetzt, sofort fünf Millionen Singapur-Dollar zu überweisen! Die genauen Kontodaten gebe ich Ihnen in der Bank. Sobald das Geld überwiesen ist, läuft das Geschäft.«

»Wie schätzen Sie die Erfolgschancen ein, Herr Barigli?«

»Schwer zu sagen, aber eines weiß ich mit Sicherheit, wenn es gelingt, dann nur über meinen Mittelsmann!«

»Wie schaffen wir das Problem ‚Steinbeck‘ aus der Welt?«, wollte Rick noch wissen.

»Auf die gleiche Weise wie das Problem in Singapur. Es ist nur eine Frage des Geldes. Wie viel ist es Ihnen wert?«

»Was schätzen Sie? Wie viel werde ich investieren müssen?«

»Drei mal fünf Millionen für die erste Angelegenheit und für Steinbeck wird es wahrscheinlich ein bisschen kostspieliger werden. Sollte den Auftrag ebenfalls mein Mittelsmann erledigen, wird er mehr verlangen. Aufträge, in die Europäer involviert sind, sind gefährlicher. In Singapur pflegen sie ihre Kanäle, mit Europäern ist es komplizierter. Aber ich würde mir über Steinbeck noch weniger Gedanken machen. Wenn das Problem in Singapur erledigt ist, ist das Problem ‚Steinbeck‘ nur noch halb so tragisch.«

»Wie meinen Sie das?«, wollte Rick wissen.

»Weil es dann keinen Lim Chan mehr geben wird. Es gibt dann nur noch Steinbeck. Diesen werden wir vermutlich nach Singapur locken und dann …«

Rick schaute Barigli fragend an.

»Ja, dann wird Herr Steinbeck das Rückflugticket nicht mehr benötigen.«

»Wie sollte ich mich jetzt Steinbeck gegenüber verhalten?«, war Ricks nächste Frage.

»Tuen Sie so, als wären Sie von ihm komplett eingeschüchtert worden. Das ist momentan das beste Verhalten. Er sollte sich in Sicherheit wiegen! Dann wird diese Geldhyäne nur noch gieriger und unvorsichtiger und merkt nicht einmal, wenn er bereits am Schafott steht.«

Abschließend vereinbarten Barigli und Rick noch, dass die Security-Leute bis zum Ende der Operation an Ricks Seite bleiben.

Ricks Gedanken liefen momentan auf Hochtouren: »Wird es so einfach ablaufen? Kann man sich auf diesen Mittelsmann verlassen?« Fragen über Fragen, die noch unbeantwortet blieben.

»Herr Turner, könnten wir zur Bank fahren? Die Überweisung drängt! Die Operation sollte ja nicht ins Stocken geraten«, merkte Barigli an.

»Ja, natürlich!« Rick wurde dadurch aus seinem Gedankenkarussell gerissen. Sie bezahlten den Orange Juice, den sie zwischendurch getrunken hatten, und machten sich auf den Weg. Barigli stieg in sein Auto und Rick ging zu Fuß zur Bank.

»Wir treffen uns im Eingangsbereich!«, rief Barigli noch, bevor er mit seinem Wagen davonfuhr. Rick ging den direkten Weg über die Bahnhofstraße zur Bank.

Minuten später trafen sie sich im Schalterbereich. Sie gingen beide wortlos direkt zum Saferaum, in dem Rick seinen Laptop und den Stick aufbewahrte. Wie letztes Mal bekam Rick kurz das Besprechungszimmer zur Verfügung gestellt, in dem er seinen Laptop mit dem Stick aufbaute.

»Herr Turner, vielleicht können Sie dieses Mal eine Direktüberweisung machen? Das erspart uns kostbare Zeit!«, sagte Barigli und legte dabei sein Handy neben ihm auf den Tisch. Auf dem Display leuchtete eine Kontonummer auf. Auch ein Name stand dabei: Ethan Goh. Jetzt hatte Rick zumindest einen Namen zu der Person, die das ganze Geschäft in Singapur abwickelte. Rick tippte den Betrag, die Nummer und den Namen ein.

»Ist Ethan Goh unser Mittelsmann in Singapur?«, fragte Rick neugierig.

»Ja, das ist er. Erwähnen Sie bitte niemals diesen Namen! Das Beste wäre, ihn so schnell wie möglich wieder zu vergessen!«, antwortete Barigli besorgt.

»Herr Barigli, ich glaube, unser Vertrauen ist momentan schon so groß, dass wir sämtliche Namen und alle Informationen vertraulich behandeln.«

»Ja, natürlich!«, antwortete Barigli nervös. »Sie müssen wissen, dass mit diesem Projekt meine Karriere und mein Leben an einem seidenen Faden hängen.

»Deshalb überweise ich den Betrag auch von diesem Laptop aus und lasse nichts über die Bank laufen, um jegliche Spur von dieser Bank fernzuhalten.«

Die Stimmung zwischen den beiden war etwas angespannt. Rick beendete die Überweisung und packte den Laptop samt Stick wieder in die Tasche. Wortlos gingen sie zurück in den Saferaum und versperrten die Tasche.

Im Gang zurück zur Schalterhalle wollte Rick von Barigli noch wissen: »Wann treffen wir uns wieder? Und wie lange wird es Ihrer Meinung nach dauern, bis wir den ersten Bericht aus Singapur bekommen?«

»Ich denke, die ersten Informationen gibt es sicherlich erst Ende der Woche. Ich melde mich dann bei Ihnen auf Telegram, mit den Worten ‚Schönes Leben heute‘.«

Barigli bog am Ende des Ganges vor der Schalterhalle bereits rechts in Richtung Lift ab und Rick verließ die Bank durch die Schalterhalle.

***

Die Computerrechner surrten leise vor sich hin. Dragon war gerade in seinem Sessel, der einem Sportwagensitz ähnelte, ein wenig eingenickt. Der Ventilator an der Decke drehte unaufhörlich seine Kreise. Die Tastatur auf seinem Schoß wurde zum Teil von seinem fetten Bauch verdeckt. Die kurze Hose und das ausgewaschene T-Shirt, das er trug, hatten auch schon ihre besten Zeiten hinter sich. Ein lauter Gong, der von einem der Rechner ertönte, ließ Dragon aufschrecken. Eine Zwei mit sechs nachfolgenden Nullen in roter Schrift erschien auf dem Bildschirm vor ihm. »Oh!«, kam es aus seinem Mund, »mein Freund Ethan hat geliefert! Jetzt ist es an der Zeit, meinen Part beizutragen.«

Als Ethan letzthin vor ihm stand, musste er verhalten in sich hineinlachen. Solch ein leichter Auftrag und dann noch zwei Millionen dafür! Das versetzte ihn fast in Ekstase. Lim Chan, dieser Volltrottel, trampelte durch Singapur wie ein Elefant im Porzellanladen. Seine Spuren konnte ein Blinder finden. Dragon brauchte keine halbe Stunde, um die 290 Millionen Singapur-Dollar auf einem Konto eines gewissen Sam Yamh zu finden.

»Na, schau mal an, da haben wir ihn doch, den ominösen Auftraggeber! Aber, aber, der arme Lim Chan hat für seinen Auftrag nur 100.000 bekommen!« Dragon musste lachen: »Dieser Arsch bekam nur ein Zwanzigstel von dem, was ich gerade bekommen habe!«

Seine Meinung über Lim hatte sich wieder einmal bewahrheitet. Er war und ist ein Volltrottel. Nur Gewalt und kein Gehirn. Die wenigsten wussten Lims Geheimversteck, aber Dragon brauchte nur zehn Minuten, um es zu finden. Er befand sich in Bandar, das lag in Johor Bahru. Diese Region gehört schon zu Malaysia. Keine schwere Aufgabe für Dragon, denn alle Gon-Kämpfer versteckten sich dort. Sie flüchteten mit ihren Schnellbooten durch den Sungai-Kanal nach Malaysia. Am Wasser gelegen gab es ein paar Spelunken. Dort tummelten sich allerlei zwielichtige Gestalten. Auch die zwei Auftragskiller hielten sich mit Sicherheit dort auf. »Jetzt muss ich nur noch den Wohnort von Sam Yamh finden!« Dies war auch keine große Herausforderung für Dragon. Sams Gesicht zierte einige Zeitungen in Singapur. Er war der Sohn des großen Jason

Yamh. Ihm gehörte die United Citibank of Singapur. Dessen gesamtes Vermögen wurde auf 2,9 Milliarden Singapur-Dollars geschätzt. Sohn Sam war Teilhaber der Singapur Investment Coop. Ltd. Seine Villa befand sich in der Gallon Road. Dragon hackte alle Straßenüberwachungskameras in dieser Umgebung.

»Ja, da sind ja seine Liebsten!« Eine Videokamera, die seitlich der Villa an einem Telefonpfeiler angebracht war, zeigte eine Frau mit einem Jungen, die in einen schwarzen BMW 750L einstiegen. Laut der Zeitung Fashion Singapur musste das Sams Frau Nhia sein. Hoa, der Name seines Sohnes, wurde nur einmal kurz in einem Bericht erwähnt. Das Video der Überwachungskamera speicherte Dragon ab und vergrößerte den Ausschnitt, der die Mutter und den Sohn zeigte. Er schärfte das Bild noch, wandelte es in eine PDF-Datei um und legte es dann zu den anderen Dateien in den Ordner »Zürich«.

Über das gehackte Handy von Lim Chan fand er die Telefonnummern von Hu Wang und Quan Lian heraus. Mit deren Hilfe konnte er die beiden dann in der Kneipe »Real Lemik« orten. Lim war ebenso anwesend. Vermutlich fand dort wieder ein Treffen der Gon-Kämpfer statt! Oberhalb des Lokaleingangs war eine Verkehrsüberwachungskamera angebracht, die Dragon natürlich auch hackte und dadurch Bilder von den gesuchten Personen erhielt, als diese vor circa einer Stunde mit zwei weiteren Leuten hineingingen.

Bis er die Handynummern der Yamhs ausgeforscht hatte, dauerte es etwas länger, weil es Geheimnummern waren. Doch von Sam Yamhs altem Firmenhandy, das noch ungenügend gesichert war, konnte Dragon die Nummern aller Yamhs abrufen und diese daraufhin auch jederzeit orten. Sogar ihre WhatsApps konnte er lesen und speicherte diese natürlich zur Sicherheit ab. Er ackerte alle Chats ihrer Handys durch, um sich einen Überblick zu verschaffen. Der Junge dürfte sieben Jahre alt sein, die zweite Schulklasse besuchen und Opas Liebling sein. Nhia, die Mutter, war intensiv in einem Damenklub aktiv und im regen Austausch mit einigen gut situierten und bestens integrierten Damen der High Society. Sam Yamh, ihr Mann, hatte sehr viel Geld in die Singapur Media Coop. Ltd. investiert, die letztes Jahr bankrottgegangen war. Papa Jason fing jedoch die Firma nicht auf, sondern ließ sie sang- und klanglos untergehen. »Ja, da hat Papa doch einmal den Harten gespielt!«, dachte Dragon. All diese Chats fasste er zu einem Bericht als Word-Datei zusammen und speicherte sie ebenfalls als PDF im Ordner ab. Diese Prozedur dauerte keine zwei Stunden. Dragon dachte kurz nach und freute sich, dass er gerade pro Stunde eine Million verdient hatte. »Ein gutes Gefühl!«, dachte er und lehnte sich zufrieden in seinen Sportsessel zurück.

Die gesamten Informationen würde er noch einen Tag zurückhalten, sonst käme vielleicht der Verdacht auf, der Auftrag wäre zu leicht und überdotiert gewesen. Er speicherte den Ordner »Zürich« zusätzlich auf einen kleinen USB-Stick, den er am folgenden Tag dem kleinen Speedy geben würde. Speedy war ein Junge um die vierzehn Jahre. Der verlässlichste und schnellste Fahrradkurier, den er kannte. Um gerade hundert Singapur-Dollar würde er den Stick sicher in einer Rekordzeit durch ganz Singapur bringen.

»Arbeit macht hungrig«, dachte Dragon und stopfte sich eine kalte Pizzaschnitte in den Mund.

***

Ethan beendete seine Runde Golf im Marina Bay Golf Course und setzte sich soeben im Canopy Café an einen Tisch auf der Terrasse, als ein kleiner Junge, mit einer Servicekraft im Schlepptau, auf ihn zusteuerte.

»Mister Goh, dieser Junge hat eine dringende Nachricht für Sie!«, erklärte die Bedienung ehrfürchtig.

Der kleine Junge trat selbstsicher drei Schritte nach vorne und legte vor Ethan ein kleines Kuvert auf den Tisch. »Ich sollte dieses Kuvert einem Herrn Ethan Goh persönlich übergeben«, begann der kleine Junge mit ungewohnt hoher Stimme.

»Wer hat dir das Kuvert gegeben?«, fragte Ethan mit ernster Miene. Der kleine Junge ließ sich aber nicht einschüchtern. »Ein Mann, den sie gut kennen!«, antwortete der Junge mit ebensolcher ernsten Miene.

Ethan wusste genau, wen der Junge meinte. Er zog einen Zehn-Dollar-Schein aus der Tasche und gab ihn ihm. So schnell konnte man nicht schauen, da hatte der Junge den Zehner eingesteckt und war sogleich in Richtung Ausgang unterwegs.

»Möchten Sie ein Glas Wein und ein stilles Wasser, Mister Goh?«, fragte die Bedienung. Ethan nickte zustimmend. Mit seinen Gedanken war er schon beim Inhalt des Kuverts. Hatte Dragon wirklich so schnell gearbeitet? Waren die zwei Millionen ein so großer Ansporn für ihn? Er konnte es kaum erwarten, den Inhalt des Kuverts zu sichten. Der Inhalt war nur ein kleiner Stick! Ethan hatte immer ein kleines Netbook in seiner Golftasche verstaut. Als er den Stick ans Gerät steckte, öffnete sich sofort ein kleiner Videoclip, in dem Dragon zu sehen war. »Hallo, Mister Goh! Danke für die großzügige Überweisung!«, begann Dragon in dem Clip zu sprechen. »Im Anhang befinden sich Ihre gewünschten Dateien. Sollten Sie noch weitere Fragen haben – Sie wissen, wo Sie mich erreichen können.« Noch ein paar Sekunden war ein grinsender Dragon zu sehen, dann löschte sich das Video auf dem Stick.

Ethan öffnete den Ordner »Zürich«. Es befanden sich mehrere PDF-Dateien auf dem Stick. Er öffnete der Reihe nach alle Dateien. Fotos, beginnend mit einem gewissen Sam Yamh, bis hin zu seiner Frau Nhia und ihrem Sohn Hao waren zu sehen. Auch ein Foto von Jason Yamh war dabei. Ethan kannte Jason sehr gut. Sein Vater pflegte eine gute geschäftliche Beziehung zu ihm und er war in der Finanzwelt von Singapur gut etabliert. Auf einer Datei fand Ethan viele WhatsApp-Nachrichten zusammengefügt, die für ihn sehr aufschlussreich waren. Sie verschafften ihm einen guten Überblick. Auch die Villa der Yamhs in der Gallon Road war auf einem Foto zu sehen. In einer weiteren Datei waren auf Fotos die beiden Auftragsmörder zu sehen, wie sie gerade auf die Kneipe Real Lemik zusteuerten. Auch Lim Chan war darauf zu erkennen, wie er mit mehreren Personen die Bar betrat. Die genaue Adresse der Bar hatte Dragon auch angegeben. Die letzte Datei umfasste einen Gesamtbericht über alle Personen, Adressen, Handynummern, Gewohnheiten und sogar aller Kontonummern.

Nach der Sichtung aller erhaltenen Informationen stellte er sich die Frage: »Wie konnte ein einzelner Mann in so kurzer Zeit eine so große Vielfalt an Informationen zusammentragen? Sind wir schon alle gläserne Menschen? Wieso wusste Dragon, dass er in dem Moment im Golfclub war? Dieser Nerd kann einem ganz schön unheimlich werden! Aber gut.« Ethans Gedanken waren schon wieder einen weiteren Schritt voraus. Er schaute auf seine Armbanduhr: Es war Mittwoch, 15.34 Uhr. Die geheime Telegramadresse von Urs Barigli kannte er auswendig. Sie war nur für ganz dringende Fälle zu benutzen. Es war ein dringender Fall! Die gesamten Dateien wurden von Dragon so komprimiert, dass sie spielend übermittelt werden konnten. Um 15.45 Uhr sendete er alle Infos nach Zürich, mit dem Zusatz, weitere fünf Millionen zu überweisen, damit der zweite Teil der Operation eingeleitet werden konnte. Prompt, fünf Minuten später, kam die Antwort: »Werde die Überweisung veranlassen! Bitte halten Sie mich weiterhin am Laufenden!« »Das, lieber Schweizer, kannst du gerne haben, wenn du pünktlich die Millionen schickst!«, dachte Ethan und schloss dabei sein Notebook.

***

Rick bekam am Montag, eine Stunde nachdem er die Bank verlassen hatte, einen Anruf von Steinbeck. Rick ging in dem Moment am Quai entlang und war mit seinen Gedanken noch beim Gespräch mit Urs in der Bar. Anfangs überlegte er, ob es klug war, den Anruf entgegenzunehmen, aber dem Rat von Barigli zufolge nahm er das Gespräch doch entgegen.

»Ja, bitte!«, meldete sich Rick leise und zurückhaltend.

»Steinbeck hier!«, begann er mit lauter Stimme. »Warum heben Sie nicht ab? Ich habe es schon mehrmals versucht!«

Rick fiel sofort auf, dass seine Anrede jetzt per Sie begann. »Ist es vorbei mit der Freundschaft, die seinerseits nie wirklich da war?«

»Was war das für ein Auftritt am Samstag?«, fuhr er weiter fort. »Was bilden Sie sich eigentlich ein, mit so einer Arroganz hier aufzutreten? Sie wissen wohl nicht, wer Ihnen den Arsch gerettet hat?! Aber jetzt ist Schluss damit! Ich hetze Ihnen die Asiaten an den Hals, dann werden Sie sehen, wie weit Sie mit ihrer hochnäsigen Art kommen, Sie Einfaltspinsel! Sie werden dafür noch zahlen, das verspreche ich Ihnen!«, Steinbeck redete sich so richtig in Rage.

Glaubte er wirklich, dass diese Einschüchterungsmethode bei Rick etwas bewirkte? Nein, er machte es nur noch schlimmer. Ricks Ansicht nach manövrierte sich Steinbeck nur noch weiter in eine fatale Situation.

Steinbeck beendete das Telefonat abrupt, ohne ein Wort der Verabschiedung. Das Einzige, was Rick zu Beginn des Gesprächs gemacht hatte, er drückte auf die Aufnahmetaste seines Handys. Nun hatte er das Gespräch gespeichert und konnte es beim nächsten Treffen mit Barigli abspielen. Seine Gedanken begannen sich wieder zu drehen. Steinbeck würde doch wohl nicht so dumm und dreist sein, mit derselben Masche noch einmal Geld erpressen zu wollen?

Die letzten Stunden des Nachmittags verbrachte Rick in der Stadt und kaufte für sich zwei sportlich elegante Jeans, drei Polo-Shirts, vier Hemden und weil er sich nicht entscheiden konnte, auch zwei Sakkos von Armani. Noch vor einigen Wochen hätte er gestöhnt über die Preise, aber jetzt waren sie im Verhältnis zu seinem Vermögen so niedrig wie ein Trinkgeld.

Der Dienstag verlief ohne nennenswerte Ereignisse. Es regnete den ganzen Tag leicht dahin und Rick blieb zum ersten Mal, seit er in Zürich war, in seinem Apartment. Die meiste Zeit verbrachte er vor dem Fernseher. Er begann auch in dem Buch zu lesen, das er sich einige Tage zuvor in einem kleinen Buchladen in der Innenstadt gekauft hatte.

Am Mittwoch wachte er mit einem unruhigen Gefühl aus. Meldete sich etwa das Bauchgefühl wieder? Der Himmel präsentierte sich noch wolkenverhangen, aber laut Wetterbericht sollte es tagsüber auflockern. Rick verließ trotzdem mit einem Schirm bewaffnet das Apartment, um im Stammcafé sein obligatorisches Frühstück einzunehmen. Es war 9.50 Uhr, als eine Telegramnachricht am Handy erschien. »Schönes Leben heute«. Also hatte sein

Bauchgefühl wieder einmal Recht behalten! Barigli hatte sicher um 13.00 Uhr wieder etwas Neues zu berichten. Heute war erst Mittwoch! Barigli sagte doch zu ihm, dass erst Ende der Woche mit Neuigkeiten zu rechnen wäre. Oder kam die Nachricht von Ethan Goh, dass er nichts unternehmen könne? War der Auftrag etwa zu schwierig? Rick durfte gar nicht daran denken, dass dieser Auftrag mindestens zwei Morde beinhaltete. Der Gedanke war für ihn furchteinflößend. In Krimis war dies Standard, aber im wirklichen Leben fühlte es sich grauenvoll an. Das Frühstück in seinem liebgewonnenen Café konnte er nicht so genießen wie an den Tagen zuvor. Der Gedanke an die möglichen Neuigkeiten, die wieder auf ihn einprasseln würden, versetzte ihn in eine innere Nervosität. Die internationalen Zeitungen verschafften ihm auch nicht die Ablenkung, die er sich erhoffte.

Um 12.30 Uhr verließ Rick das Café und machte sich auf den Weg zur »Bar am Wasser«. Auf der Terrasse war kurz vor 13.00 Uhr noch keine Person zu sehen. Das Personal war noch mit den letzten Vorbereitungen beschäftigt. Einer der Kellner gab Rick mit einer Handbewegung zu erkennen, dass er sich noch jeden Platz aussuchen könne. Er setzte sich, wie immer, zum Tisch am äußersten Platz der Terrasse und seine zwei Bewacher hielten den gewohnten Zwischenraum von zwei Tischen ein. Heute bestellte er einen Caipirinha, um seine Nervosität zu dämpfen. Wie immer, um exakt ein Uhr, betrat Barigli das Lokal und ging zielstrebig zu Ricks Tisch. Sein Blick schweifte kurz über die Terrasse, bevor er sich wortlos Rick gegenüber setzte. Ihre Blicke trafen sich, auch wie immer, kurz. Rick fiel auf, dass Urs eine Laptoptasche bei sich trug, die er neben sich auf den Tisch legte. Ricks Anspannung war beinahe unerträglich, deswegen platzte er gleich mit der Frage heraus: »Was gibt es Neues, Herr Barigli?«

Barigli nutzte Ricks Neugierde, um die Spannung zu steigern, und ließ sich deshalb besonders viel Zeit, um den Laptop zu öffnen und einen USB-Stick anzustecken. Während das Gerät hochfuhr, rutschte Rick nervös näher an Barigli heran, um einen besseren Blick auf das Display zu bekommen.

»Ich habe heute Vormittag Informationen aus Singapur bekommen«, begann Barigli mit ruhiger Stimme. »Es sieht gut aus,
wenn nicht sogar sehr gut.«

Jetzt war das Geheimnis gelüftet. Rick fiel ein Stein vom Herzen.
Also lief alles wie geplant. Barigli öffnete am Laptop einen Ordner
und tippte auf die erste Datei: »Sie können sich die Dateien in Ruhe
ansehen. Lassen Sie sich Zeit. Vielleicht beginnen Sie vorerst mit
der letzten Datei? Diese fasst alle Informationen zusammen und
Sie haben auch gleich den kompletten Überblick über alle Bilder
und Namen, die in den folgenden Dateien genauer beschrieben
werden.« Rick folgte Bariglis Empfehlung. Er öffnete alle Dateien
der Reihe nach, schaute sich die Bilder an und ordnete die Namen
zu. Auch die passenden Chatnachrichten las er aufmerksam durch.
Es dauerte in etwa zwanzig Minuten, bis Rick vom Laptop aufsah:
»Perfekt, Herr Barigli! Ich bin überwältigt! In so kurzer Zeit, eine
solche Flut von Informationen zu bekommen, das ist Gold wert!«

»Weil sie gerade von Wert sprechen«, begann Barigli. »Unser
gemeinsamer Informant ersucht um eine weitere Überweisung von
fünf Millionen, damit die Phase zwei beginnen kann.«

»Wie sehen Sie die Phase zwei?«, fragte Rick angespannt.

Eine kurze Pause trat ein, bevor Barigli weiter ausführte: »Wie
von Ihnen gewünscht, werden die beiden Auftragsmörder, die Ihren
Freund Joe Braininger und dessen Tante Frau Koch ermordeten,
beseitigt. Wie sich der weitere Ablauf entwickeln wird, entzieht
sich auch meinen Kenntnissen, aber soweit ich mittlerweile das
Geschehen überblicken kann, wird es schneller gehen als erwartet.«

»Bevor ich es vergesse! Ich habe am Montagnachmittag einen
Anruf von Steinbeck bekommen.« Rick zog dabei sein Handy aus
der Tasche und öffnete die Sprachbox, auf der die Stimme von Steinbeck zu hören war. Nachdem die Schreitirade von Steinbeck endete
und wieder Ruhe einkehrte, konnte Rick ein wissendes Lächeln in
Bariglis Gesicht erkennen.

»Überheblich, dumm und geldgierig! Mehr fällt mir dazu nicht
ein«, antwortete Barigli kopfschüttelnd.

»Ich kann mir vorstellen, dass Steinbeck diesen Lim Chan

abermals kontaktieren wird und nach diesem Telefonat zu urteilen er dasselbe Spiel von neuem abziehen will. Mit dem Unterschied, dass seine Kontonummer auf dem Zettel stehen wird. Deshalb ist es wichtig, unseren Mittelsmann über die neue Situation zu informieren. Auch wenn die zwei Auftragsmörder sterben werden, der gefährlichste Mann, Lim Chan, kann nach wie vor mit zwei anderen Killern hier auftauchen. Das möchte ich auf keinen Fall!«

»Ich verstehe«, antwortete Barigli nachdenklich. »Ich werde noch heute Ihre Bedenken so weitergeben. Wir treffen uns dann, wie letztes Mal, in einer viertel Stunde in der Bank.«

Barigli packte seinen Laptop in die Tasche, stand auf und verließ eilig das Lokal. Rick zahlte an der Theke noch seine Rechnung und verließ ebenfalls schnellen Schrittes das Lokal. Im gewohnten Abstand von fünf Metern folgten die beiden Wachleute.

Rick und Barigli trafen sich, wie schon am Montag, in der Eingangshalle der Bank und die Überweisung verlief unkompliziert in gewohnter Weise. Es war mittlerweile 15.00 Uhr.

***

Der Geldtransfer von fünf Millionen Singapur-Dollars erfolgte per Expressüberweisung und war um 21.03 Uhr, nach Singapurzeit, auf Ethans Konto gebucht. Eine halbe Stunde später erreichte Ethan eine verschlüsselte Nachricht von Barigli: »Hallo, Ethan! Der Auftrag hat sich erweitert. Mein Auftraggeber hat einen weiteren Erpresser: Ernest Steinbeck. Steinbeck ist der Überbringer des Kuverts von Chan an meinen Auftraggeber. Er versucht nun einen weiteren Versuch, gemeinsam mit Chan, an das Geld meines Auftraggebers zu kommen. Deshalb ist mittlerweile auch Chan zur großen Gefahr geworden. Steinbeck ist anschließend ein lukrativer Zusatzauftrag. Bitte um Erledigung! UB«

Ethan musste beim Lesen dieser Mail schmunzeln. Chan war schon immer ein geldgieriger Parasit und die Mail war wiederum ein Beweis dafür. Ethan schmiedete bereits einen Plan. Dafür brauchte er aber wieder Dragons Hilfe. Es musste schnell gehen, deshalb rief er sich ein Taxi und fuhr noch einmal zu Dragon. An der Eisentür angelangt, brauchte er nach einmaligem Klingeln nur ein paar Sekunden zu warten, bis die Tür aufsprang. Ethan ging wieder in das Zimmer mit den vielen Bildschirmen. Dragon saß, wie auch letztes Mal, in seinem Sportsessel und hämmerte auf seiner Tastatur. Ethan wartete wie gewohnt, bis der Meister der Hackerkunst für ihn Zeit fand.

»Hab schon gehört, dass du mit Chan ein kleines Problem hast«, begann Dragon und hämmerte weiterhin auf seine Tastatur ein.

»Gibt es etwas, was du nicht hörst, das in Singapur gesprochen wird?«

»Aber, aber! Jetzt beleidigst du mich aber!«, begann Dragon und hörte abrupt auf seine Tastatur zu malträtieren. »Glaubst du, ich höre nur Singapur? Nein, ich höre auch Zürich rufen!«

»Und was ruft Zürich?«, wollte Ethan gespannt wissen.

»Dein reicher Auftraggeber in Zürich will eine Laus abschütteln und holte sich dabei noch zwei weitere Läuse. Und eine davon ist unser beider Freund Chan. Was sagst du dazu?«

»Das ist richtig!«

»Und jetzt stehst du vor meiner Tür und ich soll dir helfen diese Läuse zu beseitigen. Weißt du, warum ich dir helfe?«

»Nein, warum?«

»Weil diese gehirnamputierten Wichser eine rote Linie überschritten haben! Die waren so dumm, dass sie nicht einmal gecheckt haben, was sie angerichtet haben, als sie Joel.com ermordet haben. Mann, das war eine Ikone! Joel war der beste Hacker der Welt! Besser noch, von dieser Galaxie! Verstehst du, was ich damit sagen will?«

Jetzt erst begriff Ethan, dass Chan schon so gut wie tot war. Wenn Dragon diese Information unter seinen Nerds verteilte, wusste die gesamte Dark-Welt Bescheid.

»Kannst du die Information den Triaden zukommen lassen? Vielleicht mit ein paar Hiobsbotschaften, damit sie selbst draufkommen, dass Chan untragbar geworden ist? Dann erledigt sich unser Problem von selbst und Joel wird es dir danken! Von wo auch immer«, führte Ethan aus.

»Ich muss keine Hiobsbotschaften erfinden! Ich lasse die Info nur Wo Tsu, dem Chinaman, zukommen. Er arbeitet und hackt für die Triaden. Der ganze Triadenclan wird die Story erfahren und das lässt sich Wu, der Big Boss, nicht bieten. Den Namen Chan kannst du schon von deiner Liste streichen.«

»Danke, Dragon!«, Ethan nickte kurz mit dem Kopf und wollte sich umdrehen, um zu gehen.

»Grüßen Sie mir Joes Freund, Rick Turner!«, grinste Dragon kurz.

Ethan drehte sich abrupt noch einmal zu ihm um und schaute ihn verblüfft an. Daraufhin begann Dragon so laut und herzhaft zu lachen, dass er noch verwirrter dreinschaute.

»Ich weiß, dass du deinen Auftraggeber nicht kennst, aber Dragon kennt alle!«, rief er Ethan noch hinterher, der verwirrt durch die Eisentür und eine Holztreppe hinunter das Haus verließ.

»Wie weiß dieser kranke Nerd das alles?«, war Ethans Gedanke, als er in der Cool Street in ein Taxi stieg. »Egal woher! Auf alle Fälle kann ich schon eine Person von der Liste als erledigt abhaken!«

Dragon lehnte sich in seinem Sportsessel etwas zurück, legte die Tastatur auf seinen runden Bauch und begann mit den kleinen Fingern eine verschlüsselte Mail an Wo Tsu zu schreiben: »Hi, Wo Tsu! Ihr habt ein faules Ei in eurem Nest. ####« (hinter den Rautezeichen verbarg sich ein Bild, das Lim Chan zeigte, als er einen Umschlag entgegennahm). »Im Umschlag befand sich das Todesurteil von unserem Freund Joel.com. ####« (hinter diesen Rautezeichen kam beim Draufklicken die Todesanzeige von Johann Braininger zum Vorschein). »Gott hab ihn selig! Solltet ihr das Problem Lim Chan nicht lösen, gebe ich diese Infos an all unsere Freunde weiter. Es wird sicher eine Menge Geld im Dark Net fließen, damit das Problem gelöst wird. Falls nicht, werden sehr viele fremde Killer in euer Territorium kommen, um das Problem aus der Welt zu schaffen, und dabei auch Unruhe stiften. Ich glaube, unter Freunden gesagt, wäre das nicht klug. Dein Freund.«

Dragon verschränkte seine Finger und ließ sie dabei kräftig knacken. »Das müsste genügen! Alles Weitere darf Ethan mit seinem wahnsinnigen Bruder erledigen!«, dachte er und schloss für eine schöpferische Pause die Augen.

Ethan saß im Taxi auf der Fahrt zum Hotelzimmer, das er sich für die nächsten vierzehn Tage gemietet hatte. Als er die Mail an Barigli geschickt hatte, hatte er diese Informationen auch an seinen Bruder nach Jakarta gesendet, und als er die zweiten fünf Millionen aus der Schweiz erhielt, überwies er seinem Bruder davon zwei Millionen. Also könnten die Vorbereitungen schon laufen. Ethan schrieb per Telegram an seinen Bruder:

»Hi, großer Kämpfer!

Habe gerade geklärt, dass uns Chan nicht mehr in die Quere kommt. Der Name wird von unseren Freunden gelöscht. Wie weit laufen die Vorbereitungen? Sehen wir uns am Freitag? Fünf gute Männer müssten reichen. Die Operation sollte leise ablaufen!

Dein kleiner Bruder.«

Kurz vor Mitternacht kam Ethan in seinem Hotelzimmer an. Eine große Müdigkeit breitete sich in ihm aus. Er ließ sich aufs Bett fallen und schloss kurz die Augen, bis sich eine Nachricht auf seinem Handy ankündigte: »Kleiner Bruder, komme am Freitag. Treffpunkt wie beim letzten Mal, ca. 19.00 Uhr. Gruß.«

»Alles läuft wie am Schnürchen!«, dachte er und eine Minute später schlief er bereits tief und fest.

***

Am Donnerstag um 11.18 Uhr bekam Rick einen Anruf. Er nahm das Gespräch an: »Ja, bitte?«

»Guten Tag, Mister Turner! Hier spricht Miss Monday«, begann sie leise zu sprechen. »Können wir uns treffen?«

»Ja, gerne. Wie wäre es um 13.00 Uhr in der Bar am Wasser vor der Quai-Brücke?«

»Ich werde da sein!«, antwortete Monday und legte sofort auf.

Rick vermutete nichts Gutes. »Hatte Steinbeck wieder durchgedreht? Oder war noch etwas Anderes im Gange? Bei diesen Gedanken war ihm nicht wohl. Er vertrieb sich die Zeit noch bis 13.00 Uhr mit dem Lesen der internationalen Zeitungen während des Frühstückes im Café. Eine gute halbe Stunde vor dem Treffen mit Monday verließ er das Café und ging die Bahnhofstraße hinunter. Am Schaufenster von Tiffany blieb er kurz stehen und betrachtete noch die ausgestellten Waren. »Wenn alles vorbei ist, werde ich mir eine schöne Uhr kaufen!«, dachte er schmunzelnd und ging weiter. Eine viertel Stunde vor der vereinbarten Zeit nahm er, wie immer, an einem Tisch auf der Terrasse Platz. Miss Monday kam auch fünf Minuten früher ins Lokal. Sie war abermals etwas irritiert, als sie die zwei Sicherheitsleute in der Nähe von Rick erblickte, fing sich aber gleich wieder, als sie auf Rick zuging, der sich bei ihrer Ankunft lächelnd erhob.

»Guten Tag, Miss Monday! Bitte nehmen Sie doch Platz!«, begann Rick und wies ihr den Platz neben sich zu. Monday setzte sich etwas verlegen neben ihn. Es entstand eine kurze Pause. Monday sah sich beunruhigt im Lokal um, konnte aber nichts Ungewöhnliches erblicken. Die zwei Security-Leute saßen zwei Tische weiter und würdigten sie keines Blickes.

»Was gibt es, Miss Monday? Erzählen Sie einfach drauflos. Haben Sie keine Scheu. Ich bin ein guter Zuhörer«, versuchte Rick ihr die Nervosität zu nehmen.

»Ich habe den Vorwand benutzt, Lebensmittel einzukaufen, um mich mit Ihnen zu treffen. Es ist fast unmöglich, der Kontrolle von Herrn Steinbeck zu entkommen«, begann sie leise und schüchtern zu erzählen. »Er hat erfahren, dass Mrs Steinbeck am Samstagabend mit Ihnen gesprochen hat. Er hat sie daraufhin zur Rede gestellt und hat auch auf sie eingeschlagen. Seiner Meinung nach wäre sie ihm in den Rücken gefallen. Er drehte komplett durch. Ich hatte Glück, dass er nicht erfahren hat, dass ich beim Gespräch auch dabei war.

Johann darf das Grundstück auch nicht mehr betreten. Ich musste mir ein Taxi für den Einkauf organisieren.« Sie machte eine kurze Pause. Rick merkte, dass ihr das Gespräch sehr zusetzte, darum ließ er ihr Zeit. »Ich habe gehört, als Herr Steinbeck zuerst mit Kurt Krause telefoniert hat. Er versuchte ihn zu überreden bei der Erpressung mitzumachen. Der lehnte aber ab. Nach dem Gespräch rastete er aus und schlug einige Möbel kaputt.«

»Warum macht er das? Ist er in Geldnot?«, bohrte Rick nach.

»Soviel ich weiß, hat er sich bei einem Projekt verspekuliert und hat daher sehr hohe Schulden. Er wollte, dass Mrs Steinbeck ihm einen Teil des Hauses überschreibt. Das Haus hatte sie von ihrer Großmutter vererbt bekommen. Das war ihm schon immer ein Dorn im Auge. Herr Steinbeck führte gestern dann ein Telefonat mit einen gewissen Herrn Chan. Es ging dabei um eine Summe von 100 Millionen, die sie sich teilen wollen, wenn das Geschäft gelingen würde.«

»Haben Sie vielleicht auch gehört, wann das Geschäft ablaufen sollte?«

»Ich glaube, diese Woche nicht mehr, weil im Gespräch vorkam, dass sie am Montag noch einmal telefonieren werden. Aber ganz sicher bin ich mir nicht! In dem Gespräch wurde auch erwähnt, dass es blutig werden könnte.« Sie stockte und schaute Rick in die Augen: »Ich habe Angst um Sie, Herr Turner! Dieser Mensch ist zu sehr Vielem fähig. Die Schulden machen ihn dazu noch unberechenbarer. Er lebte schon immer auf großem Fuß. Vom Erbe seiner Eltern, das er bekommen hatte, ist nichts mehr übrig! Und das war nicht wenig, was er bekam. Die Mutter, Luise von Deschmaecker, war die Tochter eines reichen Diamantenhändlers aus Antwerpen.«

»Hat er Sie auch schon geschlagen?«

»Ja, manchmal. Meistens, wenn er betrunken ist, und das war er in den letzten zwei bis drei Wochen öfter als sonst.«

»Weiß Frau Steinbeck, dass Sie sich mit mir treffen?«

»Ja, wir sprechen oftmals über Sie. Vielleicht haben Sie bemerkt, dass Mrs Steinbeck schon sehr schwach ist. Sie war längere Zeit im Krankenhaus. Im letzten Jahr, als sie noch in Afrika lebte, wurde sie krank und wir zogen nach Zürich in ihre Villa. Im Krankenhaus wurde ein unbekanntes Virus festgestellt, das sie sich in Afrika eingefangen hatte. Bis jetzt wurde noch kein Mittel gegen dieses Virus gefunden. Ich hoffe sehr, dass es bald ein Mittel für eine Heilung gibt!«

»Wie lange habt ihr in Afrika gelebt?«

Monday lächelte einen kurzen Moment: »Ich bin in Afrika geboren. Mrs Steinbeck und ihr Mann kamen vor sieben Jahren nach Afrika. Vor zwei Jahren starb Mister Steinbeck bei einem Unfall und vor sechs Monaten reiste Mrs Steinbeck in die Schweiz zurück und ich durfte sie begleiten.«

»Sie sprechen sehr gut Deutsch! Wo haben Sie es gelernt?«

»In meinem Dorf, in dem ich aufgewachsen bin, wurde auch Deutsch gesprochen.«

»In welchem Land sind Sie aufgewachsen?«

»In Namibia. Mein Heimatdorf liegt nahe an der Grenze zu Südafrika.«

»Und Herr und Frau Steinbeck waren auch dort?«

»Ja, sie haben dort eine wunderschöne, große Ranch!«, Mondays Gesichtsausdruck wurde traurig und sie hörte auf zu sprechen.

»Ich muss jetzt gehen«, sagte sie spontan und stand auf. »Passen Sie auf sich auf, Mister Turner!«

Dann nahm sie ihre kleine Handtasche und verschwand aus dem Lokal. Rick saß noch wie versteinert da und versuchte all das Gesprochene zu verdauen. In Ricks Kopf manifestierte sich der Gedanke, dass Ernest Steinbeck das Handwerk ein für alle Mal gelegt werden musste. »Der egozentrische Narzisst tyrannisiert alle Menschen um sich! Das kann und darf nicht so weitergehen!«, dachte Rick. Sein Spaziergang am Wasser und durch den Park entfernte ihn wieder ein wenig von den Hassgedanken über Ernest Steinbeck. Im Fokus stand jetzt Singapur! Er hoffte inständig, dass Ethan Goh den Auftrag in seinem Sinne erledigen konnte. Es fiel ihm immer schwer, ein Projekt oder einen Auftrag zu beurteilen, ohne die Menschen zu kennen oder sie schon einmal gesehen zu haben. Welche Personen steckten noch dahinter? Von wem kamen die vielen, exakten Informationen in so kurzer Zeit? Steckte dahinter vielleicht nicht nur eine Person, sondern sogar eine ganze Organisation? Immer diese Ungewissheit, die Rick quälte. Er konnte nichts unternehmen. Ja, er überwies das Geld, aber er kam sich so hilflos vor. Konnte dieser Lim Chan rechtzeitig gestoppt werden, bevor er möglicherweise wieder mit irgendwelchen Auftragskillern vor seiner Tür auftauchte? War dieser Auftraggeber Sam Yamh einsichtig und würde von weiteren Attacken auf ihn ablassen? Den ganzen Weg entlang waren seine Gedanken in Singapur. Erst als er am Balkon von seinem Apartment saß, begannen sich seine Gedanken wieder zu beruhigen.

Jago

Am Freitagnachmittag bekam Ethan einen Anruf. Obwohl auf seinem Display keine Nummer aufschien, nahm er den Anruf entgegen.

»Ja, hallo!«

»Hallo, mein Golfmeister!«, tönte es aus dem Handy. Es war Dragon.

»Wieso weißt du, dass ich am Golfplatz bin?«

»Weil du ein Handy in der Hand hast, du Clown. Glaubst du, ich kann dein Handy nicht orten? Das kann doch jeder Anfänger!«

»Was hat mir der Meister der Handyhacker zu sagen?«, fragte Ethan etwas sarkastisch zurück.

»Ich wollte dir nur die traurige Mitteilung machen, dass Lim Chan spurlos verschwunden ist. Er ist weder auf meinem noch auf einem anderen Schirm zu sehen. Ich weiß, du wirst jetzt gleich in Tränen ausbrechen, aber lass dich von mir trösten. Er hat sicherlich nicht lange leiden müssen. …. und noch etwas wollte ich dir sagen: Wenn die ganze Sache, du weißt schon, in der Schweiz erledigt ist, denkst du vielleicht dann noch einmal an den armen Dragon, der sich seinen zarten Arsch wegen dir aufgerissen hat? Ich würde mich über eine kleine zusätzliche Bonuszahlung freuen, denn immerhin war eine zusätzliche Person zu bearbeiten. Ich glaube, wir verstehen uns!? … und versaue nicht wieder das Siebzehnerloch. Du musst beim Abschlag ein bisschen seitlicher zum Ball stehen.«

»Vielleicht kannst du auch noch meine Golfpartie von deinem Sportsessel aus fertigspielen?«, konterte Ethan sichtlich genervt.

»Locker bleiben, mein Freund!«, Dragon beendete abrupt das Gespräch.

»Ich glaub, der weiß auch noch, wann ich einen Druck auf der Blase habe.« Ethan war immer wieder überrascht, was so ein kleiner Nerd von seinem Kindersessel aus alles bewerkstelligen kann. Eines gefiel ihm besonders: Wenn Dragon einen Auftrag annahm, dann war dieser bereits nach kurzer Zeit erledigt.

Nun konnte der Name Lim Chan von seiner Liste gestrichen werden.

Jetzt war die Zeit für Jagos Einsatz gekommen.

Jago wurde am Donnerstagnachmittag mit seinen Vorbereitungen am Boot fertig. Alle Spritkanister waren an den Seitenwänden fest-gezurrt. Er und sein Team machten die Reise nicht zum ersten Mal. Das Boot war bestens geeignet für eine Überfahrt nach Singapur. Von der Sungai-Bucht aus, die seitlich von Jakarta liegt, beträgt die Entfernung nach Singapur 1100 Kilometer. Mit ihrem Schnellboot, das über zwei 500 PS starke Außenbordmotoren verfügte, konnten sie spielend eine Durchschnittsgeschwindigkeit von 80 km/h hal-ten. Wenn ihnen zudem auch noch der Meeresgott wohlgesonnen war, würde die Überfahrt in vierzehn Stunden zu schaffen sein. Seine Crew war so gut eingespielt, dass jede Handbewegung passte, deshalb konnten sie pünktlich um 16.00 Uhr ablegen. Jago hatte fünf seiner besten Kämpfer in seinem Team, auf die er sich blind verlassen konnte. Sie waren ihm sehr ähnlich: lautlos, tödlich und furchtlos wie ein Honigdachs. Sie wurden ausgebildet, um bis zum Tod zu kämpfen, und das machten sie auch.

Ihre Fahrtroute verlief entlang der Küste von West-Sumatra und durch die Inselgruppe Banka-Belitung. Der gefährlichste Abschnitt lag zwischen den Inseln von Pulau. Dort hatten sie schon mehrmals ungewollten Kontakt mit Piraten. Diese konnten ihnen zwar nicht gefährlich werden, weil sie ihre Geschwindigkeit auf über 100 km/h erhöhen konnten, aber der Spritverbrauch stieg dabei enorm an und reichte dann womöglich nicht mehr ganz aus, um es bis Singapur zu schaffen. Sie umfuhren deshalb die Inseln und nahmen lieber den sicheren Weg, der zwar 20 Kilometer länger war, aber dafür siche-rer. Um 3.00 Uhr morgens umschifften sie die äußerste Insel von

Palau. Sie waren schnell vorangekommen und hofften noch in der Dunkelheit in Singapur zu landen. In der Nacht war der Seeverkehr in der Marina Bay noch um einiges ruhiger. Ihre Route führte sie den Singapur River entlang, bis zu einem abgelegenen, verfallenen Anlegedock. Das Areal gehörte einem alten Koreaner, der ihnen jedes Mal eine Anlegemöglichkeit zur Verfügung stellte und gegen eine kleine Gebühr auch keine Fragen an sie richtete. Um 5.14 Uhr öffnete sich das große Tor seiner Scheune, die direkt am Wasser lag. Das Schnellboot von Jago und seinen Kämpfern steuerte direkt hinein. Hinter ihnen schloss sich das Tor rasch wieder und sie konnten das Boot im Inneren problemlos anlegen. Der alte Koreaner war wie gewohnt anwesend und half ihnen beim Festzurren.

»Ihr könnt wieder die ganze Hütte haben!«, sagte er lächelnd und half ihnen auch noch beim Ausladen. Dann drückte er Jago den Schlüssel in die Hand. Er kannte den Weg, der führte außerhalb des Bootsschuppens entlang über eine Außentreppe hinauf zu einem großen Raum, in dem ein runder Tisch mit sechs Stühlen in der Mitte stand. In einer Ecke stand eine kleine Küche mit einem Herd, einer Spüle und einem Kühlschrank. Hinter einer schmalen Tür befand sich der Schlafraum: acht Matratzen am Boden und zwei kleine Kommoden an der Wand.

»Wie lange wollt ihr bleiben?«, fragte der kleine Koreaner.

»Maximal bis Sonntagabend«, antwortete Jago kurz und prägnant. Er drückte ihm dabei 2000 Singapur-Dollar in die Hand und begann sofort mit dem Auspacken seiner Kampfutensilien. Für den alten Koreaner war hiermit alles geklärt und das Geld reichte für zwei Tage.

Jago und seine Freunde legten sich noch ein paar Stunden aufs Ohr, um am Abend einsatzfähig zu sein.

Zum Mittagessen gab's ein Reisgericht. Die Stimmung beim Essen war sehr angespannt. Der Adrenalinpegel stieg bei einigen schon spürbar an. Jago meldete sich per Telegram bei Ethan, um die genauen Aufenthaltskoordinaten der beiden Zielpersonen, Hu Wang und Quan Lian, zu bekommen. Alles musste sehr schnell gehen, um die Verwirrung auszunutzen, die durch das Verschwinden von

Lim Chan entstanden war. Es dauerte nur eine knappe Stunde, bis die Koordinaten auf seinem Handy erschienen. »Nicht schlecht! Hat Dragon einen Zahn zugelegt?«, dachte Jago etwas überrascht. Er holte alle fünf Kämpfer an den Tisch und öffnete seinen Laptop. Die Koordinaten zeigten ihnen, wie schon vermutet, den Standort der Zielpersonen in Johor Bahru in der Sungai-Bucht an. Sie hielten sich also noch immer in ihrem Hauptquartier auf und glaubten sich dort in Sicherheit. »Wie armselig!«, dachte Jago. Mit Hilfe einer speziellen Software, die ihnen eine viel bessere Auflösung als Google Earth ermöglichte, schauten sie sich die Kneipe und die angrenzenden Gebäude an. Jago versuchte zu erkennen, was an diesem Standort so Besonderes sein sollte. Von der Wasserseite aus war der Platz gut einsehbar, zwei weitere Seiten boten keinen Schutz und nur von der seitlich vorbeiführenden Schnellstraße aus war der Ort geschützt. Man konnte also von zwei Seiten bis auf zehn Meter unbemerkt rankommen. Wo lag der Haken? Jago brauchte mehr Details, deshalb schrieb er an Ethan über Telegram eine Bitte um mehr Infos über den Standort. Es dauerte mehr als eine halbe Stunde. Die sechs Männer saßen am Tisch und diskutierten über etwaige Möglichkeiten, unbemerkt an das Gebäude heranzukommen. Da summte das Handy von Jago! Es erschien abermals keine Nummer am Display. »Ja! Wer ist dran?«, fauchte Jago ins Telefon.

»Nicht so unhöflich, ihr Adrenalinjunkies! Hier kommt euer kleiner Helfer!«, antwortete Dragon beschwichtigend.

»Woher hast du meine Nummer?«, brüllte Jago.

»Ich habe nicht nur Nummern, ich habe auch Standorte und noch vieles mehr.«

»Ich werde gleich bei deinem Standort auftauchen, dann werden wir sehen, was ich alles habe«, konterte Jago.

»Ach Jago! Bevor du und deine fünf Schwertschwinger aus der Fischerhütte am Singapurriver nur einen Schritt über die Außentreppe macht, bin ich schon aus Singapur verschwunden. Ich sehe alles und ich weiß alles! Finde dich damit ab!«

»Dann weißt du sicher auch, wie wir an den Aufenthaltsort der beiden Zielpersonen herankommen.«

»Wenn das Wort ‚Bitte‘ noch fällt, dann bekommt ihr auch viele wichtige Infos, versprochen!«

Es verstrichen ein paar Sekunden, dann hörte Dragon ein kurzes, leises, fast unverständliches Wort, das sich mit viel Fantasie wie ein »Bitte« anhörte.

»Na, geht doch! Also …«, begann Dragon, »… es sind drei Überwachungskameras an einem Masten auf der Vorderseite, gegenüber der Straße, angebracht. So können sie fast drei Seiten damit überwachen. Eine weitere ist am Haus in Richtung Fluss angebracht, diese überwacht die Hinterseite.«

»Was soll das bedeuten?«, wollte Jago entmutigt wissen.

»Dass alle Seiten überwacht werden und jede Person gesehen wird, die näher als zehn Meter an das Lokal herankommt.«

Es folgte eine kurze Pause, bis Dragon wieder begann: »Aber Dragon entgeht nichts! Und das bedeutet, dass es trotzdem eine Möglichkeit gibt, an das Haus heranzukommen!« Dragon machte wieder eine kurze Pause, um eine gewisse Spannung zu erhalten. Jago hatte mittlerweile schon sein Handy auf laut gestellt, um alle Kämpfer teilhaben zu lassen.

»In der Nacht, wenn es komplett finster ist und die Straßenbeleuchtung eingeschaltet ist, wird die linke Kamera geblendet und dadurch ist die halbe linke Seite des Hauses nur schlecht überwachbar. Das Licht spiegelt sich zu stark in der Kamera, weshalb Personen schwer zu erkennen sind. Auf dieser Seite gibt es jedoch einen Seitenausgang, der aber nur von innen geöffnet werden kann. Diese Tür öffnen die Leute, um manchmal eine zu rauchen und zu quatschen, wenn es im Lokal wieder einmal zu laut wird.«

»Das hört sich schon mal gut an. Wieso auf einmal so hilfsbereit?«, wollte Jago wissen.

»Die zwei haben eine rote Linie überschritten!«

»Und die wäre?«

»Sie haben eine Ikone, ein Genie getötet!«

»Jetzt sag bloß, der Schweizer war ein Nerd wie du?«, spottete Jago.

»Nerds tötet man nicht ungestraft! Das merk auch du dir, du Schwertschwinger!«, schnauzte Dragon genervt.

»Ich hacke das Handy der beiden und locke sie um 22.00 Uhr aus dem Seitenausgang heraus. Alles Weitere ist eure Sache.« Dragon machte eine kurze Pause: »… und glaubt ja nicht, dass ich das wegen euch Clowns mache!« Dann legte er auf.

Die sechs am Tisch schauten sich fragend an. Jago begann einzuteilen: »Woh und ich machen das Ding an der Seitentür. Ihr vier bleibt im Wagen. Sollte etwas passieren, kletterst du, Tso, auf den Masten und zerstörst die Kameras. Somit sind sie zumindest kurzzeitig blind und können uns von innen nicht mehr sehen. Wenn wir uns zurückziehen, hilfst du uns, Puh. Versteck dich hinter diesem Strauch!«

Er zeigte auf den Bildschirm: »Von dort aus hast du in alle Richtungen die Möglichkeit, uns mit deinen Pfeilen den Weg frei zu schießen. Sollten es zu viele Gegner werden, greift ihr zwei noch ein und unterstützt Puh. Alles so weit klar? Um 18.00 Uhr geht es los. Wir haben zwei Stunden Fahrt vor uns.«

Jago schrieb Ethan eine Nachricht, dass ihr vereinbartes Treffen auf den nächsten Tag um 10.00 Uhr verschoben wird, weil der erste Teil des Auftrags schon heute Nacht startet. Er bekam eine kurze Antwort retour: »Dann bis morgen. Gutes Gelingen!«

Es waren noch zwei Stunden bis zum Start der Operation. Jago überprüfte den alten Lieferwagen des Koreaners, den er ihnen immer für die Zeit in Singapur lieh. Der Tank war noch fast voll und er sprang auch tadellos an. »Man kann nicht vorsichtig genug sein!«, dachte Jago, als er wieder zurück in den Kommandoraum ging. Die fünf Kämpfer waren mit der Überprüfung ihrer Waffen beschäftigt und saßen dabei ruhig und in sich gekehrt am Tisch. Keiner sprach ein Wort.

Pünktlich um 18.00 Uhr stiegen alle in den alten Lieferwagen. Die Sonne war dabei, am Horizont zu verschwinden, und die Abenddämmerung setzte bereits ein. Alle sechs waren schwarz gekleidet und konnten jetzt im Dämmerlicht nur noch schwer erkannt werden. Die Gesichtshauben hatten sie noch in ihren Taschen verstaut, bis es dann richtig losging. Die Fahrt war so getimt, dass sie um 19.00 Uhr am Woodlands Checkpoint ankommen sollten. Die Rushhour war noch voll im Gange. Obwohl der Checkpoint vierspurig war, staute es immer um diese Uhrzeit. Genau dies hatte Jago geplant. Die Zollbeamten an der Grenze zu Malaysia waren voll genervt und kontrollierten die Pässe daher nur oberflächlich. Obwohl alle sechs Männer perfekt gefälschte Singapur-Pässe besaßen, war es ihnen wichtig, so wenig wie möglich aufzufallen. Die Waffen hatten sie in einem Fach in der hinteren Sitzbank versteckt. Es war unwahrscheinlich, dass sie vom Zoll gefunden wurden, aber trotzdem waren sie vorsichtig. Es ging nur im Schritttempo voran. Manche Fahrzeuge versuchten sich vorbeizudrängeln und lösten dabei immer wieder ein Hupkonzert aus. Jago schmunzelte: »Genau dies ist perfekt! Hupt nur!«, dachte er. Genau dieses Verhalten der Autofahrer machte die Zollbeamten nur noch hektischer und sie winkten die Mehrzahl der Fahrzeuge, ohne zu kontrollieren, durch. Die meisten waren malaysische Pendler, die jeden Morgen zur Arbeit nach Singapur und jeden Abend zurück nach Hause über die Johor Causeway Bridge fuhren. Sie wollten verständlicherweise so schnell wie möglich zu ihren Familien kommen. In den Zeitungen wurden schon einige Beschwerden veröffentlicht. Doch genau das wollte die malaysische Regierung, so gut es geht, vermeiden. Darum wurden schon mehrmals Anweisungen an die Beamten gerichtet, einem großen Stauaufkommen entgegenzuwirken.

Um 19.21 Uhr fuhren sie zu den genervten Zollbeamten am Balken vor. Indem Jago alle sechs Pässe bereits in der Hand hielt, um sie vorzuweisen, winkten die Beamten durch. Zu diesem Zeitpunkt alle sechs Pässe genau zu kontrollieren hätte zu viel Zeit in Anspruch genommen und sicherlich zu einem Hupkonzert geführt. Jago lächelte zufrieden und fuhr im Schritttempo an ihnen vorbei. Auf der malaysischen Seite am Imigresen-Komplex wurden sie ebenfalls durchgewunken und waren bereits um 19.35 Uhr auf der E14, auf der sich der Stau langsam wieder auflöste. An der zweiten Ausfahrt verließen sie die E14 und bogen in eine Seitenstraße ab, die direkt zu ihrem Zielpunkt führte. Den Wagen stellte Jago vorerst etwa fünfzig Meter vom Haus entfernt hinter einem Gebüsch ab. Es blieben ihnen noch mehr als zwei Stunden. Jago und Woh erkundeten die Umgebung, die anderen vier blieben beim Fahrzeug und rauchten eine Zigarette. Es war mittlerweile komplett finster. Die Umgebung wurde nur durch ein paar Straßenlaternen erhellt. Die Bar, eine Schnellimbissbude und ein paar weitere Häuser waren von dieser Entfernung aus nur schwach zu sehen.

Je näher sie herankamen, desto deutlicher war der Stützpunkt der Gon-Krieger zu erkennen. Von der Vorderseite aus schien das Lokal eher klein und schmal, aber der Zusatzanbau, der nur von einer Seite aus zu sehen war, entpuppte sich als riesig. Sicherlich bot dieser Sitzplätze für mehr als fünfzig Leute. Die Rückseite des Hauses wurde von einer Dreimetermauer begrenzt, die an einer Seite auf zwei Meter abflachte. Auf dieser vermuteten die beiden einige Kameras. Sie waren sich einig, dass diese Mauer unmöglich unbemerkt überquert werden konnte. Nach der ersten Erkundungstour, die sie aus etwa dreißig Meter Entfernung machten, bestätigte sich die Einschätzung von Dragon: Der seitliche Eingang war eine Schwachstelle. Von dieser Seite aus konnten sie sich durch ein Gebüsch auf acht Meter heranschleichen. Die letzten Meter waren im Blickfeld der seitlichen Kamera. Es blieb ihnen nichts anderes übrig, als sich auf die Information von Dragon zu verlassen und zu hoffen, dass die Kamera in der Nacht durch die Straßenbeleuchtung tatsächlich teilweise geblendet wurde. Jago beschloss, das Fahrzeug seitlich näher am Gebäude abzustellen, da jeder Meter, der den Fluchtweg verkürzte, ihre Fluchtchancen erhöhte. Ein dichter Strauch war der optimale Sichtschutz für das Fahrzeug. Es blieben ihnen noch fünfzig Minuten bis 22.00 Uhr.

Die Spannung der sechs Kämpfer stieg von Minute zu Minute. Sie hielten ihre Sturmhauben schon bereit. Jago und Woh holten ihre Schwerter aus dem Versteck unter der hinteren Sitzbank hervor. Es waren Damaszener-Schwerter. Unmöglich solche Schwerter im Handel zu bekommen! Es gab nur noch ganz wenige solche Exemplare. Jago hatte bereits als Vierzehnjähriger mit dem Schwertkämpfen begonnen und die Schwerter wurden im Clan immer weiter übergeben. Er hatte vor vier Jahren dieses Schwert von seinem Meister bekommen. Das Schwert konnte ohne große Kraftanstrengung einen Menschen in zwei Teile spalten. Es wurde auch erzählt, dass diese Klinge die schärfste der Welt sein sollte und dadurch auch unbezahlbar war. Woh war einige Jahre älter als Jago. Sein Großvater stammte angeblich aus Japan und der war noch ein echter Samurai-Kämpfer, der diese Tradition an ihn weitergab. Jago kannte Wohs Fähigkeiten und seine Exaktheit. Er kannte keinen, der die Klinge schneller führen konnte als Woh, das wussten auch alle im Clan. Deswegen war es gar keine Frage, wen Jago für diesen Auftrag brauchte.

Tso war zwar der Kleinste unter ihnen, aber der schnellste Kletterer. Es gab keinen Baum oder Masten, den er nicht in wenigen Sekunden erklimmen konnte, und seine Messerwurftechnik war einzigartig. Als Kind war er mit seinen zwei Brüdern in einem Zirkus aufgetreten. Er lernte dort bis zur Perfektion das Klettern, das Messerwerfen und das Pfeilschießen. Seine Talente waren einzigartig.

Puh, Baik und Bejo konnten mit dem Bogen auf zwanzig Meter alles treffen, was sich bewegte, deshalb nahm Jago sie auch mit. Sollte es zum Ernstfall kommen, waren sie seine Lebensversicherung. Die Pfeilspitzen waren mit einem indonesischen Schlangengift versehen, das in wenigen Sekunden den Körper lähmte und kurz darauf auch tötete.

Baik hatte noch eine besondere Gabe, und zwar das Autofahren. Bereits als Achtzehnjähriger fuhr er Autorennen. Sein Können war vielversprechend, bis sein Sponsor ausstieg und er deshalb aufhören musste. Anfangs hielt er sich noch mit einigen kleineren Straßenrennen über Wasser, bis er zum Schluss als Taxifahrer endete. Deshalb musste er beim Fahrzeug bleiben. Sollte eine überstürzte Flucht anstehen, musste er als Erster im Fahrzeug sitzen und die Reifen glühen lassen. Der Plan barg einige Tücken, die das Ganze zu einem Lotteriespiel machten.

Wenige Minuten vor 22.00 Uhr war die Anspannung extrem groß. Hinter drei Straßenlaternen bezogen Puh, Baik und Bejo

Stellung. Jago und Woh standen hinter ihnen, mit dem Schwert in der Hand, das noch im Schaft steckte und an der Innenseite des Körpers angelegt war. Drei Minuten vor 22.00 Uhr gingen Jago und Woh im Scheinwerferlicht hintereinander über die Straße auf die seitliche Eingangstür zu. Die beiden positionierten sich so hinter der Tür, dass sie, wenn die Tür geöffnet wurde, im Verborgenen blieben. Sie zogen eine Minute vor 22.00 Uhr ihre Schwerter aus den Schäften. Das Zeitfenster, das sie zur Verfügung hatten zwischen dem Öffnen der Tür und der Erledigung ihres Auftrages, lag bei unter fünf Sekunden. Es war das Überraschungsmoment, das sie ausnutzen konnten. Die erste Person sollte Woh übernehmen, die zweite Jago. Sollten weitere Personen nachkommen, wiederholte sich der Ablauf. Wobei sie in einem weiteren engen Kampf auf ihre Dolche umsteigen würden. Es wäre ansonsten eine zu große Gefahr für sie.

Ihre Uhren zeigten bereits zwei Minuten nach zehn. Hatte Dragon sie verarscht? Wäre das der Fall und Jago käme aus der Situation heil heraus, würde er ihm die Scheiße aus seinem Leib prügeln. Es vergingen weitere zwei Minuten und es war kein Anzeichen erkennbar, dass sich die Tür öffnen würde. Woh schaute Jago kurz fragend in die Augen, als wollte er sagen: »Wann brechen wir ab?« Aber Jago verneinte kopfschüttelnd und zeigte ihm an noch zu warten. Sie versuchten in vollster Konzentration zu bleiben. Sechs Minuten nach 22.00 Uhr hörten sie ein Rascheln an der Türinnenseite. Die Tür wurde aufgesperrt und mit einem Ruck geöffnet. Sie hörten ein paar Worte: »Wen sollten wir hier treffen? Hast du das verstanden?«

Zwei Personen tauchten auf: Die erste war Hu Wang, er hatte ein weißgestreiftes verschwitztes T-Shirt an und die zweite Person war Quan Lian. Jago konnte nur kurz sein Gesicht sehen. Da Wohs Schwert schon am Hals von Hu angelangt war und durch seinen Hals fuhr, als wäre er aus Butter. Jago zog seinen Hieb nur einen Augenblick später durch. Man konnte nicht genau erkennen, welcher der beiden Köpfe zuerst auf den Boden auffiel. Quan hielt noch die Tür in der Hand, die Jago ihm aber mit einem kräftigen Fußtritt aus der Hand schlug, sodass keine weitere Person im Lokal sehen konnte, was sich vor der Tür abspielte. Blitzschnell zogen sie die kopflosen Leichen vor die Tür und lehnten sie dagegen, sodass die Tür von außen blockiert war. Jago und Woh steckten ihre Schwerter wieder in den Schaft, nahmen jeder einen Kopf und spazierten im Lichtkegel der Straßenlaterne über die Straße. Hinter den Masten spannten schon Tso, Puh und Bejo die Bögen, aber alles war ruhig. Es war nur leise Musik aus dem Lokal zu hören und von der E14 konnte man monotonen Motorenlärm vernehmen.

Alle zogen sich blitzartig zum Fahrzeug zurück. Baik saß bereits hinter dem Steuer und ließ den Motor an. Als alle ins Auto sprangen, rollte das Fahrzeug bereits in Richtung E14 los. Jago und Woh legten die abgetrennten Köpf in die Kühltasche, die sich unter der vorderen Sitzbank befand und verschlossen sie. Bevor Baik den Wagen auf die E14 lenkte, zogen sich Jago und Woh ihre langärmligen, schwarzen T-Shirts aus und tauschten sie gegen bunte aus. Bevor sie am Grenzübergang ankamen, stoppten sie etwas abseits bei einer großen Tankstelle. Ihre Kampfutensilien verstauten sie wieder unter der Sitzbank, ebenso die Kühltasche. Die blutverschmierten Shirts warfen sie in einen großen Müllcontainer. Ab diesem Zeitpunkt setzte sich Jago wieder hinter das Steuer des Fahrzeuges, weil seine Sprachkenntnisse, die sich von Tamil, Malaiisch, Englisch bis hin zu Chinesisch erstreckten, am Grenzübergang von Vorteil waren. Jago hatte auch die hellste Hautfarbe von allen und war noch am glaubhaftesten als Singapurer einzuordnen. Nach 22.00 Uhr war zwar an der Grenzstelle etwas weniger los, aber immer noch genug, um nur in einem zähfließenden Verkehr voranzukommen.

Jago beobachtete schon von weitem, auf welcher Spur die ungenauesten Beamten Dienst hatten. Sein Gefühl täuschte ihn nicht! Ein etwas dickerer Beamter, dem man schon von weitem ansah, dass ihm das Stehen zur Qual wurde, war an der äußersten Fahrspur eingeteilt. Jago querte zwei Spuren nach außen und handelte sich dabei ein kräftiges Hupkonzert ein, aber auch das war eine gute Taktik, denn hupen nervt nicht nur die Autofahrer, sondern auch die Beamten. Mit den sechs gut sichtbaren Pässen in der Hand rollte Jago vor bis zum Schranken. Als der Beamte sechs Pässe auf einmal sah, war von ihm nur noch ein Weiterwinken zu sehen und Jago lächelte, als sich der Schranken hob und er langsam durchrollte. Nach der Johor-Causeway-Brücke war es am Woodlands Checkpoint nur noch eine Formsache, in Singapur einzureisen. Um exakt 23.00 Uhr war der Wagen der sechs Auftragserfüller wieder sicher auf der 10A in Richtung Bootsanlegestelle unterwegs. Der Adrenalinspiegel senkte sich bei allen wieder auf normal. Jago hielt jede Geschwindigkeitsbegrenzung penibel ein, um ja keine Verkehrskontrolle heraufzubeschwören. Gegen Mitternacht parkte er den Wagen wieder seitlich vor dem Bootshaus. Sie holten ihre Kampfutensilien aus dem Fahrzeug und trugen sie über die Außentreppe hinauf in den Aufenthaltsraum. Jago machte mit dem Handy von den zwei abgetrennten Köpfen je ein Foto und schickte es Ethan mit den Worten: »Teil 1 erledigt! Besprechen morgen das weitere Vorgehen!« Woh und Jago begannen sofort mit dem Reinigen ihrer Schwerter, auf denen sich noch Blutspuren befanden.

»Morgen treffe ich mich um 10.00 Uhr mit meinem Bruder«, begann Jago, als alle fünf Krieger am Tisch saßen.

»Wir besprechen Teil 2 der Operation. Die Bilder und den genauen Aufenthaltsort von der Familie Yamh haben wir ja bereits. Die Gallon Road ist in einer feinen Gegend, etwa eine Autostunde von hier entfernt. Vielleicht kann uns unser Schweinchen Dragon noch einmal helfen? Die Häuser sind sicherlich alle mit Alarmanlagen ausgestattet, aber weitere Details besprechen wir morgen, wenn ich wieder zurück bin. Ruht euch aus! Morgen am Abend ziehen wir dann den Rest durch!«

***

Ethan nahm um 8.30 Uhr im Tan Pagar Hotel sein Frühstück ein. In der schnellsten Tageszeitung, »The Straits Times«, war noch nichts über den gestrigen Vorfall zu lesen. Auch in der malaysischen Tageszeitung Berita war kein Bericht zu finden. »Also tappt die Polizei noch im Dunkeln!«, dachte Ethan und nahm dabei noch einen Schluck von seinem Kaffee. Die Fotos, die er um Mitternacht bekommen hatte, waren nicht gerade förderlich für einen ruhigen Schlaf, aber er wusste, dass Jago keine halben Sachen machte, besonders wenn er eine so hohe Summe zu erwarten hatte.

Um 10.00 Uhr saß Ethan, wie beim letzten Treffen, in der Barnische und bestellte den Tee, den Jago so gerne mochte. Jago ließ nicht lange auf sich warten. Lautlos, wie immer, betrat er die Nische und setzte sich, ohne ein Wort zu verlieren, neben Ethan. Sie schauten sich kurz in die Augen und dabei schenkte er seinem großen Bruder eine Schale Tee ein – das verlangte der Anstand in der Familie.

»Alles so weit gut verlaufen?«, begann Ethan das Gespräch.

»Sonst wäre ich nicht hier!«, kam es knapp retour.

»Wann wirst du Sam Yamh einen Besuch abstatten?«

»Heute Nacht. Aber ich brauche das Auge des dicken Drachen noch einmal, denn die Häuser sind sicherlich gut gesichert. Ich möchte kein großes Aufsehen erregen. Der Vorfall von gestern sorgt in der Szene schon für genug Ärger.«

»Ihr werdet wohl am Ende nicht noch dicke Freunde werden?«, sagte Ethan, höhnisch grinsend.

Jago schaute Ethan wütend in die Augen.

»War nur ein Scherz, großer Kämpfer! Natürlich ruf ich Dragon an. Es wird mir zwar wieder etwas kosten, aber alles ist besser als ein großes Aufsehen.«

Beide saßen wieder ein paar Minuten schweigsam nebeneinander.

»Ich brauche ein Beweisvideo von dir, damit ich die Übergabe der Köpfe meinem Auftraggeber zeigen kann.«

»Kein Problem, bekommst du!«

»Ich habe noch einen riesigen Folgeauftrag für dich«, begann Ethan verheißungsvoll.

»Wie viel?«

»Schätze, fünf Millionen für dich.«

»Um wen geht es?«

»Um einen Trittbrettfahrer in der Schweiz.«

»Ich fahre nicht in die Schweiz!«, antwortete Jago schroff.

»Dragon wird ihn nach Singapur locken. Den netten Empfang überlasse ich dann dir.«

»Wann?«

»Bereits nächste Woche.«

»Ruf mich zwei Tage vorher an.«

Jago nippte an der Teeschale, stand auf und drehte sich zu Ethan um. »Der dicke Drache soll sich heute Nachmittag bei mir melden. Die Nummer hat er ja!«

Er verschwand genauso schnell, wie er gekommen war.

Nach ein paar Minuten wählte Ethan Dragons Nummer, aber er hörte nur das Besetztzeichen. »Das wäre jetzt scheiße!«, dachte Ethan. »Hoffentlich scheitert das Projekt nicht zu guter Letzt!«

Es vergingen keine fünf Minuten, bis Ethans Handy klingelte. Die Nummer war wie immer unterdrückt.

»Man kann nicht vorsichtig genug sein!«, erklärte Dragon.

Ethan wartete seine Kommentare gar nicht ab, sondern begann ohne Umschweife zu reden: »Ich brauche noch einmal deine Augen, denn das Haus von Sam Yamh in der Gallon Road ist sicher nicht ungeschützt.«

»Glaubt dein großer Bruder wirklich, dass ich ihm noch einmal helfe?«

»Ich möchte dich jetzt nicht daran erinnern müssen, dass Sam Yamh den Auftrag erteilt hatte, deinen Freund zu töten!«

Es kehrte eine kurze Gesprächspause ein.

»O.k., ich helfe ihm.«

»Ruf Jago am Nachmittag an. Er möchte das Ding noch heute Nacht durchziehen.«

Ohne ein Wort zu sagen, beendete Dragon das Gespräch.

***

Zu Mittag kam Jago zum Bootshaus zurück. Die Jungs waren gerade dabei, das Mittagessen zu kochen. Ein vertrauter Duft strömte ihm entgegen, als er den großen Raum betrat. Alle fünf schauten ihn zur Begrüßung fragend an.

»Ich erwarte heute Nachmittag den Anruf von unserem dicken

Drachen, dann kann ich mehr sagen. Auf alle Fälle ziehen wir das Ding heute Nacht durch!«

Beim Mittagessen, es gab Reis mit Hühnchen, informierte Jago seine Kämpfer: »Mein Bruder erzählte mir von einem Folgeauftrag, der bereits nächste Woche erledigt werden sollte. Es geht um ein paar Millionen. Wer ist dabei?«

Bei den Worten »ein paar Millionen« funkelten die Augen der Krieger und sie antworteten einstimmig: »Wir sind dabei!« So viel Geld verdienten sie in ihrem Leben wahrscheinlich nie wieder. Die meisten hatten eine Familie zu versorgen und der Traum vom großen Geld wurde ihnen bereits in der Kindheit genommen. Nur ganz wenige in dieser Stadt lebten in Reichtum, und dazu gehörten sie nicht.

Nach dem Essen warteten sie auf den erlösenden Anruf von Dragon. Dieser erfolgte um 14.30 Uhr.

Alle saßen um den Tisch und lauschten, als Jago den Anruf entgegennahm und sein Handy auf laut stellte.

»Ja!«, begann Jago das Gespräch.

»Na, großer Kämpfer, hast du dein Schwert schon wieder geschärft?«

»Hast du deine Augen geschärft?«, entgegnete Jago schlagfertig.

»Dragon sieht alles!«, begann er wieder in der dritten Person über sich zu sprechen. »… und in der Gallon Road entgeht mir nicht einmal ein Furz, das könnt ihr mir glauben!«

»Ja, dann kannst du uns sicherlich einiges über die Absicherung des Hauses erzählen. Wir alle sind sehr gespannt auf das, was uns der Meister der Tastatur sagen wird«, antwortete Jago zynisch.

»Die Einfahrt des Hauses Nummer 12a wird videoüberwacht. Ungesehen kommt ihr nur über die Mauer vom Tennisplatz, der dahinter liegt. Dafür fahrt ihr am Haus vorbei und parkt euer Auto am Ende des Grundstückes gegenüber. Das Haus dort steht für ein paar Tage leer. Deshalb kann euch von dort aus auch niemand sehen. Ihr müsst dann über die zweieinhalb Meter hohe Mauer klettern. Dort stehen ein paar Büsche, die euch Sichtschutz bieten.« Dragon beendete seine Ausführungen und als länger nichts mehr von ihm zu hören war, fragte Jago: »Hallo, dicker Drachen, ist dir die Luft ausgegangen?«

»Ihr wisst ja nicht, was ich in der Zwischenzeit alles mache!«

»Du wirst doch nicht mit deinem kleinen Drachen spielen?«, fragte Jago frech und alle sechs lachten auf Kommando mit.

»Ihr seid ja alle krank im Hirn! Ich habe gerade die Alarmanlage gehackt, damit ihr eure Ärsche heil rein- und wieder rausbringt! Und was könnt ihr? Nur perverse Witze reißen!«

»He, Kleiner! Sei doch keine Bussi, war ja nur ein Witz!«, beruhigte Jago.

Dragon schmollte noch ein paar Sekunden, dann sprach er weiter: »Momentan sieht es so aus, als ob Sam Yamh heute Abend mit seiner Frau zu einer Benefiz-Veranstaltung gehen wird.«

»Woher weißt du das?«, fragte Jago neugierig.

»Dragon weiß alles – wenn er will! Ich habe sein Handy gehackt. Er schrieb der Nanny, dass sie bis 24.00 Uhr auf den Kleinen aufpassen sollte. Deshalb solltet ihr euch ab 23.00 Uhr bereithalten. Sobald die Yamhs im Haus sind, kappe ich die Alarmanlage. Das Arbeitszimmer von Sam ist im oberen Stockwerk, von der Treppe aus gesehen, ganz hinten. Meistens sitzt er noch eine Stunde vor seinem Bildschirm, bevor er ins Bett geht. Wenn er merkt, dass die Alarmanlage abgeschaltet ist, bleiben euch maximal zwei Minuten Zeit, um aus dem Haus und vom Grundstück zu verschwinden. Länger kann ich sie nicht blockieren. Also dann, ein gutes Gelingen!«

Dragon legte nach dem letzten Wort sofort auf. Die sechs am Tisch schauten sich gegenseitig an. Mit diesen Informationen war der Auftrag ein Kinderspiel, oder war er doch nicht so leicht, wie er aussah? Sie waren unsicher, wie sie mit den Informationen umgehen sollten. Für einen Spaziergang sollten sie so viel Geld bekommen? Da passte etwas nicht zusammen! Die Skepsis war ihnen ins Gesicht geschrieben.

»O.k., ich sehe schon, keiner von euch traut unserem dicken Freund! Deshalb müssen wir auf alles gefasst sein! Wir gehen einmal davon aus, dass die Infos stimmen, wir werden uns aber absichern.

Du, Baik, bleibst auf alle Fälle im Auto. Wir arbeiten heute Nacht auf alle Fälle mit Headsets. Geht etwas schief, bist du unsere einzige Chance. Wir arbeiten mit unseren Kletterseilen. Tso, du bist der Erste, der auf die Mauer klettert und die Seile befestigt, dann folgen wir. Tso bleibt als zweite Versicherung auf der Mauer. Wir schleichen durch den Garten und öffnen mit dem Glasschneider ein Fenster oder eine Tür, um ins Haus zu kommen. Du, Bejo, bleibst als dritte Absicherung am Hauseingang zurück. Woh, Puh und ich suchen das Arbeitszimmer von Sam. Woh, du trägst die Kamera und Puh nimmt die Tasche mit den zwei Köpfen mit. Das Gespräch muss vom ersten Wort an gefilmt werden, ansonsten gibt es kein Geld von unserem Auftraggeber. Jeder nimmt seine volle Ausrüstung mit. Sollte es zum Kampf kommen, werden wir nicht die Einzigen sein, die über den Jordan gehen. Tso, du nimmst zusätzlich ein Kilo vom C2-Sprengstoff mit. Sollten wir aus dem Haus nicht mehr rauskommen, darf auch vom Haus nichts mehr übrig bleiben. Jeder nimmt auch sein Nachtsichtgerät mit. Es kann nie schaden, in der Nacht mehr zu sehen als andere. Um 20.00 Uhr ist Abfahrt!«

Gegen 17.00 Uhr aßen sie noch gemeinsam eine Fischsuppe. Die letzten zwei Stunden vor dem Aufbruch waren dann wieder alle mit sich selbst beschäftigt. Sie überprüften ihre Kampfutensilien. Tso war mit den Kletterseilen beschäftigt, Baik überprüfte dieses Mal den Wagen. Es durfte sich keiner einen Fehler erlauben! Dies würde nicht nur die anderen gefährden, sondern auch den gesamten Auftrag. Jeder der sechs Kämpfer wusste: Sollten sie diese und die nächste Woche überleben, hatten sie so viel Geld, dass ihre Familien die nächsten Jahre nicht mehr hungern mussten, und vielleicht blieb noch Geld übrig für die Ausbildung ihrer Kinder.

Eine halbe Stunde vor Abfahrt kam wieder etwas Unruhe in die Gruppe. Sie packten ihre Kampfgeräte und verstauten sie abermals unter der hinteren Sitzbank des Autos. Jago spielte im Geiste noch einmal das Szenario durch. Das Wichtigste für ihn war, dass er Sam Yamh glaubwürdig verklickern konnte, in welch gefährlicher Situation er sich befand.

Pünktlich um 20.00 Uhr rollte der Wagen vom Bootshaus weg

in Richtung Innenstadt. Dieses Mal fuhr Baik. Zu dieser Zeit war zwar die Rushhour schon vorbei, aber die ersten Nachtschwärmer waren schon wieder unterwegs. Baik wählte deshalb die vierspurige Bukit Timah Road durch die Stadt. Bis zur Ausfahrt Farrer Road kamen sie zügig voran, dann staute es ein wenig. Sie hatten genug Zeit eingeplant, um nicht in Bedrängnis zu geraten. Woh filmte einige Male aus dem Auto und schaute sich anschließend die Aufnahmen genau an. Er feilte noch an ein paar Einstellungen, bis er sich zufrieden zurücklehnte. Jago beobachtete dies und warf ihm einen fragenden Blick zu: »Ist alles zu deiner Zufriedenheit?« Er wusste, dass Woh ein Perfektionist war. Für ihn gab es keine halben Sachen. Woh warf ihm einen Blick zurück, den Jago kannte: »Alles perfekt!«

Eine schmale Straße führte sie an einem großen Park vorbei. Die Häuser wurden immer vornehmer.

Es war noch zu früh, deshalb hielt Baik den Wagen 500 Meter vor ihrem Zielpunkt an einem großen Parkplatz an. Jago wollte nicht zu lange vor dem Zielort sein, das konnte sie verraten. Der Parkplatz war nur an drei Punkten ausreichend beleuchtet – optimal für sie. Baik stellte das Auto am letzten Platz neben einem Strauch ab. Von der Straße aus war die Stelle nur schwer einsehbar. Sie beschlossen bis 22.30 Uhr hier zu warten.

Sie rauchten ein paar Zigaretten und gingen die Vorgehensweise dabei noch einmal durch. Es gab zwar noch ein paar Unsicherheitsfaktoren, aber im Großen und Ganzen kam ihnen der Plan stimmig vor. Der Straßenverkehr wurde immer weniger und nach 22.00 Uhr fuhren nur noch vereinzelt Fahrzeuge auf der Gallon Road. Pünktlich um 22.30 Uhr verließen sie den Parkplatz und rollten langsam die Gallon Road entlang bis zur Hausnummer 12a. Das Anwesen war, wie Dragon beschrieben hatte, von einer hohen Mauer umgeben, an der sie bis ans Ende entlangfuhren. Dort parkten sie den Wagen gegenüber in einer kleinen Ausbuchtung, wie von Dragon beschrieben. Von der Straße aus konnten sie nur das obere Stockwerk des Hauses sehen. Aus einem der vorderen Seitenfenster drang noch Licht nach außen. Es war vermutlich das Kinderzimmer, denn

Dragon hatte das Fenster des Arbeitszimmers am Ende des oberen Stockes beschrieben. Vielleicht war das Kind noch wach?

Puh ging die Mauer entlang bis zur Einfahrt des Hauses und postierte sich gegenüber, hinter einem Baum, um die Ankunft von Sam Yamh und seiner Frau nicht zu übersehen. Die anderen fünf blieben noch im Fahrzeug. Die Gegend war sehr ruhig, obwohl sie sich mitten in der Stadt befanden. Ab und zu konnte man einen bellenden Hund hören. Von weitem waren manchmal hupende Autos zu hören, aber sonst herrschte nur Stille.

Um 23.22 Uhr tauchte ein schwarzer BMW 750L auf. Er rollte langsam auf das Haus zu und stoppte kurz vor der Einfahrt. Das große Tor öffnete sich per Fernbedienung aus dem Auto heraus. Es dauerte nur ein paar Sekunden, bis das Fahrzeug in der Hauseinfahrt verschwand und sich das Tor wieder schloss. Puh meldete die Ankunft. Sie konnten beobachten, wie die Lichter im oberen Stockwerk angingen. Fünfzehn Minuten später gingen die meisten Lichter wieder aus, nur in dem Raum, den Dragon beschrieben hatte, blieb das Licht noch an. Jago verließ nach etwa zwei Minuten mit seinen Kämpfern das Fahrzeug. Tso warf ein Seil mit einem Haken am Ende über die Mauer, bis der sich oben verkeilte. Dann kletterte er blitzschnell hoch. Auf der Mauer konnte er stehend einen dicken Ast ergreifen, an dem er vier Seile befestigte und die Enden den Wartenden entgegenwarf. Es dauerte nur einen kurzen Augenblick, bis Puh, Bejo, Woh und Jago die Mauer überwunden hatten. Baik blieb im Fahrzeug und Tso auf der Mauer, die anderen vier schlichen durch den Garten, die Mauer entlang, in Richtung Haus.

Alle paar Meter hielten sie inne und horchten auf verdächtige Geräusche. Sie wollten gerade wieder weiter vordringen, da hörten sie ein Knurren, das von einem großen Rotweiler stammte, der sein Revier zu verteidigen versuchte. Bejo reagierte am schnellsten und spannte seinen Bogen. Das Tier im Angriffsmodus war nur noch wenige Meter von ihnen entfernt, als man das leise Pfeifen eines Pfeiles hörte, gefolgt von einem kurzen Wimmern. Der Pfeil von Bejo hatte sich mitten in die Brust des Tieres gebohrt. Das Pfeilgift wirkte blitzschnell und der Hund verlor schlagartig das

Bewusstsein. Seine Vorderbeine knickten ein, der Körper überschlug sich und blieb nur knapp vor ihnen reglos am Boden liegen. Die vier hielten noch ein paar Sekunden inne, bis sie weiter in Richtung Haus vordrangen. Baik zog den Pfeil aus dem Hund, weil es Gesetz war, keine Spuren zu hinterlassen. Dann folgte er lautlos den anderen.

Die Tür, die vom Garten in das Haus führte, war aus massivem Glas. Jago erkannte sofort eine Möglichkeit, um ins Haus zu gelangen. Das Fenster neben der Glastür war ein Schwachpunkt, zwar aus doppelseitigem Schallschutzglas, das aber mit ihrem Diamantschneider kein Hindernis für sie darstellte. Puh setzte den Glasschneider an und schnitt rasch ein rundes Glasstück von circa zehn Zentimeter Durchmesser aus dem Fenster, somit konnten sie zum Fensterhebel durchgreifen. Jago stieg durch das so geöffnete Fenster ein und schloss lautlos die Glastür zum Garten von innen auf. Puh blieb vor der Gartentür, während die anderen drei ins Haus einstiegen. Sie schlichen durch den Flur über die Treppe in den ersten Stock. Woh schaltete bereits die Kamera ein, während sich Jago als Erster im Flur des ersten Stockes entlangtastete. Sie lauschten an jeder Tür. Im mittleren Bereich des Flures hörten sie aus einer Tür Stimmen, die aus einem laufenden Fernseher ertönten. Bejo, der Letzte, schlich zur Tür und schaute durch das Schlüsselloch. Eine ältere Frau saß in einem großen Sessel und schlief. Er gab den anderen beiden ein Zeichen zum Weitergehen. Vor der letzten Tür hielten sie kurz inne und lauschten. Durch den Türspalt drang ein schmaler Lichtschein.

Sie hörten zwei Stimmen im Raum, die sich leise unterhielten. Bejo hielt seinen Bogen gespannt, Jago zog sein Schwert und Woh filmte alles mit. Alle drei trugen ihre Sturmhauben, man konnte nur ihre Augen sehen. Nach ein paar Sekunden nickte Jago und öffnete leise die Tür. Sam Yamh thronte hinter seinem Schreibtisch und seine Frau saß seitlich auf einer kleinen Couch. Jago sprang blitzartig zum Schreibtisch und riss Sam zur Seite, der dabei sein Gleichgewicht verlor und zu Boden stürzte. Jago zog ihn sofort auf und drückte ihn zu seiner Frau auf die Couch. Bejo stand mit gespanntem Bogen mitten im Raum. Sams Frau Nhia wollte schreien, aber Jago gab ihr zu verstehen, dass sie tot sei, wenn sie schreien sollte. Ihr Schrei blieb daher in ihrem Hals stecken. Nur ihr Mund war noch offen und ihr Gesicht von Entsetzen gezeichnet. Jago trat einen Schritt zur Seite, sodass er gut auf der Aufnahme von Woh zu sehen war. Dann begann er laut und langsam zu sprechen: »Mister Sam Yamh, Sie haben Lim Chan beauftragt nach Europa zu reisen, um von einem Europäer Geld zu erpressen. Sie haben durch Krypto-Spekulationen eine hohe Summe Geld verloren, die sie von dem Europäer wieder zurückhaben wollten. Der hat sich geweigert, darum wurde er ermordet. Weiters wurde eine Verwandte von dem Europäer unter Druck gesetzt und in Folge auch ermordet.«

Jago hielt kurz inne und nahm den Rucksack zur Hand. Er öffnete ihn und warf die zwei abgetrennten Köpfe der beiden Auftragsmörder auf den Boden. Nhia stieß einen kurzen leisen Schrei aus und bedeckte sofort mit beiden Händen ihr Gesicht. Jago befahl ihr abermals still zu sein.

Jago warf Sam Yamh einen Umschlag vor seine Füße.

»Öffnen Sie den Umschlag!«, befahl ihm Jago. Sam hob den Umschlag auf und öffnete ihn zögerlich. Es kamen nummerierte Fotos zum Vorschein. Das Foto mit der Nummer eins zeigte seinen Sohn Hao. Das Bild Nummer zwei und drei war von seiner Frau Nhia und von ihm selbst.

»Lim Chan hat zwei Auftragsmörder angeheuert: Hu Wang und Quan Lian. Das sind ihre Köpfe.« Dabei deutete er auf die beiden Köpfe vor ihnen auf dem Boden.

»Sie haben vom Freund des Europäers eine hohe Summe überwiesen bekommen …« Jago hielt kurz inne.

»Was wollen Sie von uns?«, fragte Nhia verzweifelt.

»Mein Schweizer Auftraggeber möchte, dass Sie keine weiteren Forderungen mehr an ihn stellen. Sollte ihm etwas zustoßen, was auf Sie zurückzuführen wäre, liegt als Erstes der Kopf Ihres Sohnes hier auf diesem Boden vor Ihnen.«

»Nein!«, schrie Nhia kurz auf.

Jago wartete absichtlich ein paar Sekunden, damit das Gesprochene besser nachwirkte.

»Der nächste wird dann Ihrer sein, Mrs Yamh, und als Letzter, Mister Yamh, ist Ihrer dran! Sie haben es selbst in der Hand. Sollten wir uns jemals wiedersehen, wird das für Sie nur von kurzer Dauer sein!« Bevor sich Jago umdrehte, sagte er noch zu Sam: »Und sollten Sie die Polizei einschalten, wird in den nächsten Tagen Ihre Erpressungsgeschichte in allen Zeitungen zu lesen sein. Haben wir uns so weit verstanden?«

Jago wartete auf eine Antwort von Sam, aber nachdem er keine bekam, stellte er ihm die Frage noch einmal: »Haben wir uns verstanden?«

»Ja, wir haben uns verstanden! Ich werde nichts mehr in Bezug auf die Schweizer Person unternehmen!«, antwortete er kleinlaut und verängstigt.

Jago drehte sich um und verließ den Raum, gefolgt von Woh mit der Kamera und Bejo mit gespanntem Bogen im Rückwärtsschritt. Sie hörten Nhia noch ein paar Sekunden verhalten schluchzen. Unten an der Stiege wartete Puh angespannt auf die drei. Jago gab ihm ein Zeichen des Erfolges. Die vier verließen blitzartig durch die Gartentür das Haus, schlichen leise den Weg durch den Garten zur Mauer, wo Tso wartete. Jago zeigte ihm den Daumen nach oben. Nach wenigen Minuten saßen alle wieder im Auto, zogen sich die Sturmhauben vom Kopf und verstauten ihre Kampfutensilien unter der hinteren Sitzbank des Fahrzeuges. Baik startete den Motor und sie fuhren die Gallon Road entlang, bis sie von der anderen Seite auf die Farrer Road und dann zur Kreuzung auf die Bukit Timah Road kamen. Erst da fiel die Anspannung von den sechs nach und nach ab. Woh sichtete während der Rückfahrt das Videomaterial und informierte Jago: »Sieht gut aus und jedes gesprochene Wort ist klar zu hören.« Dabei gab er Jago die Kamera. Dieser begutachtete die Aufnahme kritisch und befand, dass das Material in einem sehr guten Zustand war.

Knapp nach Mitternacht kamen sie wieder am Bootshaus an. Sie verstauten ihr Kampfmaterial im Aufenthaltsraum. Jago überspielte das Video auf seinen Laptop. Die komprimierte Datei schickte er Ethan per Mail und forderte ihn im Schreiben auf die restliche vereinbarte Summe so schnell wie möglich zu überweisen. Er schrieb auch noch, dass er den Folgeauftrag jederzeit erledigen könnte. Die Vorlaufzeit betrage, wie besprochen, zwei Tage.

Die Crew und Jago entschieden noch in dieser Nacht Singapur in Richtung Jakarta zu verlassen. Jeder Tag in Singapur war für sie jetzt eine Gefahr und kostete nur Geld. Deshalb informierte Jago den Bootshausbesitzer, dass sie um 1.00 Uhr Singapur verlassen würden, aber wahrscheinlich Ende der Woche noch einmal für zwei Tage kommen wollen. Der kleine Koreaner war erfreut, das zu hören. Für ihn war es ein lukratives Geschäft, die alte Bude am River so teuer zu vermieten. Jago war bei der Bezahlung nie kleinlich. Das Wichtigste für ihn war die Verschwiegenheit, und die kostete ihren Preis. Das Boot war um 1.15 Uhr fertig beladen und bereit zum Auslaufen. Jago schickte Ethan noch eine kurze Info, dass sie die Stadt in wenigen Minuten verlassen würden. Die Antwort von Ethan folgte prompt: »Sehr gutes Video! Danke, großer Bruder. Melde mich wegen Folgeauftrag, sobald ich weitere Infos habe. Grüß mir Jakarta!«

Am nächsten Vormittag bekam Ethan einen Anruf. Er kannte die Nummer nicht, hob aber trotzdem ab.

»Ja, bitte?«, begann Ethan das Gespräch.

»Hier spricht Jason Yamh. Ich hoffe, Sie kennen mich noch!«, begann eine etwas älter klingende Stimme.

»Natürlich kenne ich Sie!«, antwortete Ethan sehr freundlich. »Wie kann ich Ihnen helfen?«

»Ich hätte mich gerne heute Nachmittag für ein Gespräch mit Ihnen getroffen«, antwortete der Vater von Sam Yamh zielstrebig.

»An welche Uhrzeit haben Sie gedacht?«

»Wie wäre es mit 15.00 Uhr in meinem Büro? Sie wissen doch noch, wo ich wohne und arbeite?«

»Sicher weiß ich es!«, antwortete Ethan und lachte dabei.

»Ja dann, bis 15.00 Uhr.« Jason Yamh beendete das kurze Gespräch.

Ethan war zwar etwas erstaunt, aber nicht überrascht. Seine Schwiegertochter würde ihn vermutlich noch in der Nacht informiert haben. Für Ethan war es jetzt wichtig, keinen Fehler zu machen. Das Gespräch könnte man auch zum eigenen Vorteil ausnutzen.

Pünktlich um 15.00 Uhr erschien Ethan im 25. Stock der United Citibank. Die Bank war im Mehrheitsbesitz von Jason Yamh. Das Privatvermögen belief sich, nach den Wirtschaftszeitungen zu urteilen, auf ungefähr 2,9 Milliarden Dollar.

Eine ältere Dame empfing ihn bereits, nachdem er den Aufzug in der 25. Etage verlassen hatte, und führte ihn direkt in das Büro von Jason Yamh. Es befanden sich drei Personen im Büro, die an einem runden weißen Tisch saßen. Den Vorsitz nahm Jason Yamh ein, der ein älterer Herr Mitte sechzig war. Daneben saßen seine Schwiegertochter Nhia und sein Sohn Sam Yamh.

»Bitte, Mister Goh, nehmen Sie doch Platz«, sagte Jason Yamh und stand dabei auf, um ihm einen der vier noch freien Stühle anzubieten.

»Sehr gerne!«, antwortete Ethan lächelnd und wählte bewusst den Stuhl vis-á-vis von Jason Yamh. Er verbeugte sich kurz vor der Runde, bevor er sich setzte.

Ethan eröffnete bewusst gleich das Gespräch, damit kein unnötiger Smalltalk entstand: »Wie kann ich Ihnen helfen, Mister Yamh?«

»Um gleich zur Sache zu kommen, Mister Goh: Ich erwarte, dass dieses Gespräch in diesem Raum bleibt und nirgendwo sonst landet!«

»Auf mich können Sie sich verlassen, das wissen Sie, ansonsten säße ich nicht hier«, antwortete Ethan kurz und präzise, ohne den Blickkontakt mit dem Alten zu verlieren.

Yamh ergänzte: »Ich möchte auch noch einmal darauf hinweisen, dass Ihr Vater und ich sehr gute Verbindungen pflegten und wir uns gegenseitig halfen, um dort anzukommen, wo wir jetzt sind.«

»Mister Yamh, ich kenne die Verbindungen sehr gut und ich schätze sie sehr. Mein Vater hat mir viel darüber erzählt.«

»Mister Goh, ich weiß, dass Ihr Vater beim obersten Geheimdienst arbeitete und auch Sie jetzt dort beschäftigt sind. Unser Gespräch ist sehr delikat, aber unumgänglich. Es wäre besser, wenn Ihnen mein Sohn die Geschichte vorträgt.«

Sam Yamh rückte den Sessel eine Spur näher zum Tisch, bevor er zu sprechen begann: »Ich weiß nicht, wie weit Sie schon informiert sind«, begann Sam etwas stockend und leise zu sprechen. Sein Vater schaute ihn dabei prüfend an. Ethan antwortete absichtlich nicht, um sich dessen Verlegenheit zu Nutze zu machen. Mit einem kurzen Blick zu seinem Vater fuhr Sam weiter fort: »Meine Frau und ich wurden gestern Nacht von mindestens drei dunklen Gestalten in unserem Haus überfallen«, seine Stimme wurde dabei immer lauter. Das gefiel Ethan gar nicht und er unterbrach ihn deshalb: »Wieso erzählen Sie das nicht der Polizei?«

Es herrschte eine – wie durch einen Schock ausgelöste – kurze Ruhe.

»Mein Sohn hat die Geschehnisse etwas schlecht formuliert!«, unterbrach Jason Yamh und warf dabei seinem Sohn einen bösen Blick zu.

»Ich glaube, Mister Yamh, wir sollten das Versteckspielen lassen! Entweder erzählen Sie mir die ganze Wahrheit oder wir lassen es bleiben«, unterbrach Ethan das Gespräch.

»Mister Goh, bitte seien Sie jetzt nicht verärgert!«, begann Nhia, die Schwiegertochter, zu beruhigen: »Es ist für uns eine sehr heikle Situation, in der wir uns befinden. Mein Mann hat einen großen Fehler gemacht und unsere Familie dadurch in Gefahr gebracht. Er hat sich mit einem Schurken namens Lim Chan eingelassen. Durch Krypto-Spekulationen hat mein Mann eine Menge Geld verloren. Er hat Lim Chan beauftragt, ihm das Geld wieder zurückzuholen. Es dürfte sich um über 200 Millionen Dollar gehandelt haben. Mein Mann wusste, dass sich die Person, die hinter diesen Krypto-Schwankungen stand, in Europa aufhielt. Das Ganze lief in Europa anscheinend aus dem Ruder und es gab Tote. Das Geld, das mein Mann verlor, wurde zwar überwiesen, aber es kamen mit dem Geld dunkle Gestalten in unser Haus, die uns die Köpfe jener

Mörder präsentierten, die Lim Chan für die Sache angeheuert hatte. Diese Gestalten kamen gestern in unser Haus und machten uns verständlich, dass sie wissen, dass mein Mann der Auftraggeber dieser blödsinnigen Aktion war.« Sie hielt kurz inne und schaute ihrem Mann ernst in die Augen. Dann fuhr sie weiter fort: »Sie hielten Fotos von uns in den Händen, die meinen Sohn, meinen Mann und mich zeigten. Sie nummerierten die Fotos. Als Nummer eins sollte unser Sohn an der Reihe sein, dann ich und dann mein Mann.«

»Was haben die Männer genau gesagt?«, unterbrach Ethan die Ausführungen von Nhia Yamh.

»Sie sagten, dass sie genau wissen, wer wir sind. Und sollte mein Mann weiterhin durch Lim Chan ihren Auftraggeber in Europa belästigen, würden unsere Köpfe genauso auf dem Boden liegen wie die der Mörder und Lakaien von Lim Chan.«

»Was halten Sie von der Geschichte, Mister Goh?«, wollte der Alte wissen.

»Ja, eine dumme Geschichte! Einerseits hat sich Ihr Herr Sohn der Erpressung und des Auftragsmordes schuldig gemacht, andererseits hat er einen großen Löwen geweckt, der in einer Liga spielt, die nicht zu unterschätzen ist.«

Es kehrte wiederum eine kurze Denkpause ein. Die Blicke aller am Tisch Sitzenden kreisten von einem zum anderen.

»Was haben Sie mit den Köpfen der Auftragsmörder gemacht, Mister Yamh?«, wollte Ethan von Sam wissen.

»Ich habe sie sehr tief in einem angrenzenden Grundstück vergraben.«

Ethan nickte und rieb dabei mit einer Hand über sein Kinn.

»Wussten Sie bereits von der Geschichte, Mister Goh?«, wollte der Alte noch wissen. Ethan schaute ihn prüfend an.

»Ja, ich hörte Teile davon, aber jetzt hat sich das Puzzle für mich zu einem Ganzen zusammengefügt«, log Ethan.

»Können Sie unsere Familie schützen?«, fragte ihn Jason besorgt.

»Unsere Familien haben sich seit jeher beschützt und das wird auch weiterhin so bleiben, Mister Yamh!«, damit beendete Ethan das Gespräch. Er erhob sich von seinem Platz und verbeugte sich höflich vor allen dreien, die ebenfalls aufstanden. Der Alte nickte Ethan beim Verlassen des Büros noch zuversichtlich zu. Erst im Aufzug löste sich Ethans Spannung mit einem tiefen Seufzer.

Seinem Gefühl nach verlief das Gespräch geradezu hervorragend. Die Geschichte konnte er somit abhaken. Von den Yamhs ging somit keine Gefahr mehr aus. Die Ermordung der zwei Auftragskiller verlief jetzt bereits unter der Rubrik Bandenmorde, die niemals aufgeklärt wurden und auch von niemandem großartig hinterfragt wurden, um nicht eine noch größere Revolte auszulösen.

Jetzt gab es nur noch ein Problem und das war Steinbeck.

Steinbeck

Am Sonntagmorgen war Rick schon sehr früh aufgestanden. Das Wetter hatte sich wieder gebessert und die Sonne lugte schon um 7.00 Uhr zwischen den Wolken durch. Die letzten zwei Tage hatte es nur geregnet, deshalb wollte er an diesem Tag das Apartment schon zeitig verlassen, um noch einen Spaziergang durch den Park zu machen, bevor er dann, wie jeden Tag, in seinem Stammcafé ein ausgiebiges Frühstück einnahm. Die klare Sicht über den Züricher See löschte seine trüben Gedanken, denn die letzten Tage, die er im Apartment verbrachte, waren nur von Gedanken über seine weitere Zukunft hier in Zürich geprägt. Der Teilerfolg in Singapur, zu Beginn dieser Woche, war zwar sehr aufbauend, aber seither hatte er keine weiteren Nachrichten mehr erhalten. Das Abwarten und das Nichts-unternehmen-Können, zermürbten ihn förmlich. Sein Blick war noch auf den glitzernden See gerichtet, als auf seinem Handy eine Nachricht eintraf. Sie war von Barigli. Auf seinem Display leuchteten die Worte »Schönes Leben heute« auf. Rick spürte, wie sein Herz schneller schlug. »Also gibt es doch noch Neuigkeiten!«, dachte er. Hoffentlich war der Auftrag in Singapur von Erfolg gekrönt. »Oder gab es einen Zwischenfall und alles lief schief?«, seine Gedanken überschlugen sich. Um 13.00 Uhr würde er es genau wissen, aber bis dorthin verfolgten ihn seine Zweifel. Das Frühstück im Freien war nicht dieser Genuss, den er sich erhofft hatte. Seine Gedanken waren in Singapur. Der Zeitungsartikel in der »Neuen Züricher« tat noch sein Übriges dazu. Rick las mit Interesse den internationalen Zeitungsteil, weil darin auch Artikel aus dem asiatischen Raum erschienen. Diesmal war ein Bericht über zwei bestialische Morde und einem Vermissten zu lesen. Sie mutmaßten, dass es sich abermals um einen beginnenden Clankrieg handeln könnte. Die Morde geschahen an der Grenze zu Singapur in dem malaysischen Stadtteil Johor. Hatte der Bericht mit seinem Auftrag etwas zu tun? Hatte er einen Bandenkrieg angezettelt? Seine Gedanken überschlugen sich! Um 12.30 Uhr verließ er das Café und ging Richtung Treffpunkt. Er war wie immer zu früh da. Die Bar öffnete am Sonntag erst um 12.00 Uhr, deshalb war er der erste Gast im Lokal. Sein Platz war, wie immer, der letzte am Ende der Terrasse. Beim Vorbeigehen am Tresen orderte er ein großes Mineralwasser. Für ein alkoholisches Getränk war es für ihn noch ein wenig zu früh. Barigli traf pünktlich um 13.00 Uhr ein. »Guten Tag, Herr Turner! Sie sehen nicht sehr gut aus. Geht es Ihnen nicht gut?«, begann er besorgt zu sprechen.

»Ich bin ein wenig beunruhigt und das schlechte Wetter in den vergangenen Tagen hat seinen Teil dazu beigetragen«, versuchte Rick sein Aussehen zu begründen.

»Das Wetter in Zürich kann Anfang Mai noch sehr unbeständig sein.«

Nach diesem kurzen Smalltalk kehrte eine kurze Pause ein. Da Rick schon sehr nervös und neugierig war, konnte er es nicht erwarten, von Barigli die Neuigkeiten zu erfahren: »Was gibt es Neues, Herr Barigli?«

Barigli öffnete seinen Laptop am Tisch, den er wie immer dabeihatte, und steckte seitlich den Stecker für die Ohrhörer an. Dann drehte er den Laptop so, dass Rick das Display gut im Blickfeld hatte.

»Bitte setzten Sie die Ohrhörer auf! Es wurde ein Video geschickt.«

Rick befolgte die Anweisungen und öffnete mit einem Klick die Datei. Das Gespräch verlief in Englisch, aber es wurde sehr langsam und deutlich gesprochen, sodass er auf Anhieb, auch mit seinen Englischkenntnissen, die Worte gut verstehen konnte. Es waren mehrere Personen zu sehen. Darunter ein Mann, der mit Gewalt auf ein Sofa gestoßen wurde, worauf schon eine verstörte Frau saß. Seitlich standen zwei Männer mit Sturmhauben vermummt. Einer davon zielte mit seinem Bogen auf die Sitzenden, und der andere, der ein Schwert in der Hand hielt, führte das Gespräch. Es schien der Anführer zu sein. Dem Gespräch war zu entnehmen, dass es sich bei den sitzenden Personen um Sam Yamh und Nhia Yamh handelte. Als der Anführer zwei abgetrennte Köpfe vor ihnen auf den Boden fallen ließ, zuckte nach dem Schrei von Nhia Yamh auch Rick kurz zusammen. »Also waren die Auftragskiller tot!«, schoss es Rick spontan in den Sinn. Die Botschaft, die Sam Yamh übermittelt wurde, war eindeutig und klar. Seinem Gestammel nach würde er sich hüten weitere Schritte gegen Rick zu unternehmen. Das Video endete abrupt. Rick brauchte ein paar Sekunden, bis er realisiert hatte, dass sein Auftrag hiermit erledigt war.

»Was sagen Sie zu dem Video?«, fragte Barigli.

»Ich bin überrascht und gleichzeitig auch erleichtert!«

»Ich bekam weiters die Information, dass Lim Chan verschwunden ist und höchstwahrscheinlich nicht mehr unter den Lebenden weilt.«

Rick schaute Barigli etwas überfordert an und fragte neugierig: »Wie geht's mit Steinbeck weiter, wenn Lim Chan tot ist? Er wird morgen seinen Anruf erwarten, zumindest hat mir Monday dies erzählt. Wie soll er nach Singapur gelockt werden?«

»Ich habe mit Ethan Goh gesprochen. Der wird veranlassen, dass Ernest Steinbeck morgen einen Anruf aus Singapur erhält.«

»Von wem?«

»Das kann ich Ihnen nicht sagen, aber Ethan Goh kennt eine Person, die veranlassen wird, dass Herr Steinbeck am Freitag nach Singapur fliegt. Dort wird er voraussichtlich von den Personen empfangen werden, die schemenhaft auf dem Video zu sehen waren.«

»Und dann?«

»Soweit ich weiß und so wie Sie auch im Video gesehen haben, machen diese Personen keine halben Sachen! Ich habe Ihnen bereits bei unserem letzten Gespräch gesagt, dass Herr Steinbeck kein Rückflugticket mehr braucht. Und so wird es auch geschehen, außer Sie überlegen es sich noch einmal anders.«

»Nein, auf keinen Fall!«

»Ja, dann wäre morgen noch eine Überweisung von fünf Millionen für den beendeten Auftrag zu tätigen und für Herrn Steinbeck würden noch einmal 15 Millionen anfallen. Davon 7,5 Millionen vorab und der Restbetrag nach Beendigung des Auftrages.«

Rick überlegte kurz, dann nickte er Barigli zu: »Einverstanden, ich komme morgen um 10.00 Uhr in die Bank und tätige die zwei Überweisungen.«

Beide schauten nachdenklich auf das Wasser hinaus, bis Rick eine weitere Frage stellte: »Herr Barigli, haben Sie geglaubt, dass der Auftrag so reibungslos funktionieren würde?«

»Als ich im Flieger nach Singapur saß, war ich keineswegs davon überzeugt, dass Ethan Goh den Auftrag annehmen würde, aber als ich beim Treffen in seine Augen schaute, wusste ich, dass es gelingen würde. Als ich dann im Gespräch auch noch mitbekam, dass Leute hinter ihm standen, die solche Aufträge nicht scheuten, war mir klar, dass dieser Auftrag in Kürze erledigt sein würde.«

»Und wie sehen Sie den weiteren Auftrag?«

»Wenn ihn dieselben Leute erledigen, dann sehe ich keinen Grund zur Sorge. Wichtig ist diesen Leuten, dass sie pünktlich ihr Geld bekommen und bei einer solch hohen Summe habe ich überhaupt keine Bedenken!«

Die beiden saßen noch eine Weile schweigend nebeneinander, bis Barigli aufstand, seinen Laptop einpackte und sich verabschiedete. Rick blieb, wie immer, noch ein paar Minuten sitzen, bis auch er die Bar verließ. Er spazierte noch am Wasser bis zum Park entlang. In gewisser Weise war er glücklich, dass der Auftrag erledigt war und der zweite Auftrag, nach Einschätzung von Barigli, auch schon so gut wie vom Tisch war. Trotzdem fühlte er sich betrübt und schuldig. Er erteilte Aufträge, Menschen zu töten. Er mutierte zu einem Menschen, den er selbst nicht mehr kannte. Im Innersten wollte Rick wieder so werden, wie er früher war: Ein ganz normaler Mensch mit ganz normalen Sorgen. Doch diese aktuellen Situationen und Entscheidungen überforderten ihn. Nach seinem Burnout, vor ein paar Jahren, war sein Nervenkostüm jetzt nur noch hauchdünn. Diese Gesellschaft, in die er momentan hineingedrängt wurde, war für ihn früher schon ein Gräuel gewesen und jetzt stand er selbst mitten drin. Er wusste noch nicht, wie er jemals aus diesem Dunstkreis wieder rauskommen könnte, aber spätestens nach Erledigung des Auftrags »Steinbeck« würde sich rasch etwas ändern müssen. Diese Gesellschaft brauchte ihn nicht und er brauchte sie auch nicht. Das stand fest!

In gewisser Weise war er der Boss von Leuten, die wahrscheinlich, ohne mit der Wimper zu zucken, Köpfe abtrennten und Menschen auf Nimmerwiedersehen verschwinden ließen. Wenn sie dann den Zielpersonen die abgetrennten Köpfe vor die Füße warfen, empfanden sie womöglich auch noch Freude daran. Solche Ganoven wurden nun von ihm angeheuert und bezahlt – das musste aufhören! Bei Steinbeck empfand er zwar kein Mitleid, den Tod wünschte er ihm deswegen dennoch nicht. Aber momentan wusste er keinen anderen Ausweg. Mit einem Einschüchterungsversuch konnte man Steinbeck nicht ruhigstellen. Dieser kannte keine Grenzen, das wusste Rick, deswegen sah er auch keinen anderen Ausweg, als wiederum jemanden zu engagieren und zu bezahlen. Es war ein Teufelskreis! Befand man sich einmal in dieser Spirale, fand man schwer wieder heraus. Je mehr er darüber nachdachte, desto schäbiger fühlte er sich.

Am Montag stand Rick um 8.30 Uhr auf. Der nächtliche Schlaf verlief sehr unruhig. Immer wieder tauchte Steinbeck in seinem Traum auf. Er verfolgte ihn und trieb ihn in die Enge. Rick versuchte zu flüchten, aber er konnte ihn nicht abschütteln. Vor ihm tat sich ein tiefer Abgrund auf, er sprang darüber und Steinbeck stürzte hinter ihm in die Tiefe. Der Schrei war so furchtbar laut, dass Rick ihn noch immer hören konnte, obwohl er bereits unter der Dusche stand. Was hatte dieser Traum zu bedeuten? Waren solche Träume erste Vorboten?

Um 09.30 Uhr verließ er das Apartment in Richtung Bank. Sein Fußmarsch führte ihn am Quai und der Bahnhofstraße entlang. Es blieben ihm noch ein paar Minuten, deshalb schaute er bei Tiffany in die Auslage. »Wäre es übertrieben, sich eine Rolex-Uhr zu gönnen?« Nach nur wenigen Sekunden verwarf er den Gedanken wieder und ging die letzten Meter weiter zur Bank. Zwei Minuten vor 10.00 Uhr betrat Rick die Eingangshalle. Frau Stöckli und Herr Barigli standen hinter dem letzten Schalter und unterhielten sich. Sie bemerkte Rick zuerst und verwies Barigli auf dessen Ankunft. Dieser drehte sich sofort zu ihm um und kam Rick ein paar Schritte entgegen. Rick kannte den Weg bereits und ging, gefolgt von Barigli, zum seitlichen Gang, der zum Saferaum führte. Ohne den Schritt zu verlangsamen, gaben sie sich zur Begrüßung die Hand. Rick tätigte die zwei besprochenen Überweisungen. Die erste Überweisung für die Erledigung des ersten Auftrages und die zweite als erste Rate für den Folgeauftrag. Als Rick den Laptop wieder sicher im Safe verstaut hatte und mit Barigli in Richtung Ausgang ging, kam es noch zu einem kleinen Gespräch: »Herr Turner, ich habe von Singapur die ersten Informationen bekommen!«, begann Barigli, ohne seinen Schritt zu verlangsamen.

»Welche Informationen?«

»Ethan Goh hat mir versichert, dass heute das Projekt Steinbeck anlaufen wird. Sollte sich etwas ändern, gebe ich Ihnen Bescheid! Ansonsten bekommen Sie von mir, wie vereinbart, den Endbericht.«

Rick bedankte sich bei Barigli und verließ auf direktem Weg die Bank. Jetzt war es wieder einmal so weit! Das nächste Todesurteil war von ihm in Auftrag gegeben worden! Er versuchte diese Gedanken so weit wie möglich zu verdrängen, aber ein gewisses Schuldgefühl kam immer wieder hoch. Alles kam ihm auf einmal so unrealistisch vor, als würde man das Geschehen nur als entfernter Zuseher mitverfolgen. Anfangs fühlte es sich wie ein Spiel an, das aufregend war, aber es entwickelte sich in eine Richtung, die nicht mehr steuerbar erschien. Jede Handlung forderte eine weitere. Obwohl er es nicht wollte, nahm das Geschehen seinen Lauf.

***

Dragon saß in seinem Zimmer, umgeben von Bildschirmen und surrenden PCs, Laptops und anderen Geräten, die an Kabeln hingen. Ein Ventilator an der Decke versuchte verzweifelt die

Zimmertemperatur erträglich zu machen. Die Tastatur auf seinem Bauch musste wieder Höchstleistungen vollbringen. Dragon hämmerte unaufhörlich auf sie ein. Ab und an wischte er sich eine fettige Haarsträhne aus dem Gesicht. Ein plötzliches Surren und Blinken, das an einem kleinen Tisch neben ihm entstand, erregte blitzschnell seine Aufmerksamkeit. Auf seinem Handydisplay war »Ethan« zu lesen. »Das hört sich nach ‚the next level‘ an!«, dachte er und hob ab.

»Hallo, Dragon!«, ertönte es aus dem Lautsprecher.

»Na, braucht der große Meister wieder einmal Hilfe von Dragon? Lass mich raten! Die zweite Laus im Pelz deines Auftraggebers soll entfernt werden«, begann Dragon, ohne auf eine Antwort seines Gesprächs-partners zu warten. »Was möchte Rick Turner von mir? Lass mich weiterraten! Ich soll die Laus nach Singapur locken, weil sich dein großer Kämpfer in der Schweiz unwohl fühlen würde und zu weit von Mutti entfernt wäre? Stimmt's oder habe ich Recht?« Dragon hielt kurz inne, um in den Genuss einer möglichen Anerkennung von Ethan zu kommen.

»Ja, was soll ich da noch antworten? Deine hellseherischen Fähigkeiten verblüffen mich immer wieder!«, antwortete Ethan. »Hast du auch schon einen Plan?«

»Nicht durchs Telefon! Komm einfach auf einen kleinen Kaffeeplausch bei mir vorbei!«

Nach nur etwa vierzig Minuten klopfte Ethan bereits an der Eisentür vor Dragons Wohnung, die nach ein paar Sekunden surrend aufsprang. Drinnen versuchte er sich wie immer verzweifelt ein kleines Plätzchen neben Dragon frei zu räumen. Dragon genoss es, Ethan dabei zuzusehen, wie der sich einen Sessel freischaufelte, um neben ihm Platz zu nehmen.

»Wie viel?«, begann Dragon direkt das Gespräch.

»Was meinst du mit ‚wie viel‘?«

»Ja, wie viele Dollar bekommt Dragon? Du wirst wohl nicht glauben, ich sing dir ein Liedchen vor, bevor ich nicht weiß, was dabei für mich rausschaut!«

»Drei Millionen Dollar! Die Hälfte heute und die andere Hälfte, wenn das Ding gelaufen ist.«

Dragon schaute Ethan ein paar Sekunden skeptisch in die Augen.

»Na gut! Schauen wir mal, wie dir das Liedchen gefällt«, begann Dragon. »Dein großer Bruder will nicht in die Schweiz reisen, also muss Steinbeck nach Singapur kommen. Da Lim Chan nicht mehr unter uns weilt, er aber die Ansprechperson von Steinbeck ist, muss ein neuer Lim Chan her!«

»Wie willst du das machen?«, wollte Ethan mit fragender Miene wissen.

»Warts ab! Dragon hat, bevor unser Lim Chan verloren gegangen ist, sein Handy kopiert. Da waren sehr interessante Sachen darauf zu finden.«

Er hielt wieder inne, um die Spannung zu steigern.

»Mach es nicht so spannend!«, drängte Ethan genervt.

»Nicht so hektisch, mein Freund! Dragon hat schon einen Plan parat. Unser Freund Steinbeck hatte schon vor längerer Zeit Kontakt mit Lim Chan. Vor circa einem Jahr, als Steinbeck für ein paar Wochen in Singapur war, hatte er seine Connections spielen lassen und dabei Lim Chan aus einer misslichen Situation befreit. Steinbecks Verbindungen reichten in Singapur hinauf bis zum Premierminister. Chans Schuldigkeit wird er vermutlich jetzt einfordern, um deinen Auftraggeber erpressen zu können – und das ist mein Anhaltspunkt! Dragon wird über Chans Handynummer bei Steinbeck anrufen. Chans Stimme klingt ähnlich wie meine und daher wird er kaum Verdacht schöpfen, aber das Risiko müssen wir eingehen! Vielleicht werden wir die Verbindung zusätzlich ein bisschen rauschen lassen, und somit ist das Problem gelöst. Chan wird sich abermals in einer misslichen Situation befinden und darum Steinbeck nach Singapur bitten. Er soll abermals seine guten Verbindungen zum Premier spielen lassen, um Chan ein Ausreisevisum zu beschaffen, damit er mit Steinbeck in die Schweiz reisen kann.«

»Wieso bekommt er kein Ausreisevisum?«, fiel ihm Ethan ins Wort.

»Weil er bei seinem letzten Besuch in der Schweiz mit seinen zwei Freunden in Verbindung gebracht wurde und dadurch vom Staat Singapur eine Sperre erhalten hat.«

»Stimmt das, oder hast du dir das jetzt nur ausgedacht?«

Dragon schaute Ethan verwundert an. »Natürlich habe ich das nur erfunden! Wie sollten wir denn sonst diese Bazille nach Singapur locken? Außer du hast eine bessere Idee. Er wird sicher anbeißen! Ohne Chan kann er das Ding in der Schweiz nicht durchziehen und sein Freund Rick Turner hat schon einmal das Nervenflattern wegen der zwei Schlitzaugen bekommen. Für die Europäer sehen wir ja alle gleich aus und sie haben Angst vor uns. Deshalb wird Steinbeck den Köder schlucken!«

»Wann soll ich meinen großen Bruder nach Singapur holen?«

»Ich glaube, dass Steinbeck am Freitag mit der Maschine um 17.20 Uhr ankommen wird.«

»Wieso glaubst du das?«

»Weil Chan ihm mitteilen wird, dass der Premier immer am Samstagvormittag im Marina Bay Course Golf spielen wird. Wie du am besten weißt, kann man am Green Dinge besprechen, die man sonst nirgendwo bespricht. Aber ich nehme an, dass Steinbeck nicht so weit kommen wird. Dein Bruder und seine Schwertschwinger werden ihn sicherlich persönlich vom Flughafen abholen. Das Weitere möchte ich mir gar nicht erst vorstellen. Hier endet dann meine Aufgabe und die restlichen 1,5 Millionen flattern auf mein Konto.«

»Welches Hotel bevorzugt Steinbeck in Singapur?«

»Das Marina Bay Sands. Der Shuttledienst muss mit einem Rolls Royce erfolgen. Bitte sag das deinem Bruder weiter, damit der Plan nicht noch zu guter Letzt versaut wird.«

»Wann erfolgt der Anruf?«

»In ein paar Stunden. Dragon muss auf die Zeitverschiebung von sechs Stunden achten. Du wirst auf alle Fälle informiert werden. Schaue lieber, dass dein Bruder zeitig in Singapur auftaucht.«

Für Ethan war so weit alles klar. Seinem Bauchgefühl nach war er zwar noch nicht ganz überzeugt, aber da er keinen besseren Vorschlag hatte, beließ er es dabei. So weit war alles besprochen. Er stand auf, verließ wortlos die Wohnung und fuhr mit dem Taxi wieder zurück ins Hotel Tan Pagar. Im Zimmer angekommen, schrieb er seinem Bruder sofort eine Nachricht. Er sollte spätestens am Donnerstag mit seiner Mannschaft in Singapur sein. Weitere Informationen würden folgen. Jetzt konnte er nur hoffen, dass Dragon sein Wort hielt und Steinbeck wirklich nach Singapur locken konnte.

***

Steinbeck war schon den ganzen Montagvormittag schlecht gelaunt. Wenn er nur die schwarze Schlampe sah, kam er schon in Rage. Sie war es, die ihn gegen seine Schwester aufhetzte! Er durfte sie nicht einmal anrühren, sonst würde sie ihn sofort verpetzen und das konnte er jetzt unmöglich riskieren. Er war doch auf ihr Geld angewiesen, aber wenn dieser Turner Geld ausspuckt, dann Gnade ihr Gott! Er würde ihr eine Abreibung verpassen, die sie so schnell nicht wieder vergessen würde. Dann konnte sie ohne weiteres zu seiner Schwester laufen und heulen! War ihm doch egal! Er würde alles abstreiten. Die Polizei würde ihr auch nicht glauben, dafür würde er schon sorgen. Ein leichtes Schmunzeln huschte ihm bei diesen Gedanken über sein Gesicht. Das gefiel ihm! Er konnte sie schon schreien und wimmern hören, aber seine Schläge würden sie hart und gezielt treffen. Mit diesen Gedanken im Kopf lief er im Zimmer auf und ab und brachte sich dadurch so richtig in Rage. Er überhörte sogar sein Handy! Erst beim vierten oder fünften Läuten registrierte er es und hob ab. Er hörte nur ein Rauschen!

»Wer spricht!?«, brüllte er ins Telefon.

»Lim Chan spricht!«, rauschte es undeutlich durch den Hörer.

»Hallo, Chan! Wo steckst du?«

»Noch in Singapur!«

»Wieso in Singapur? Wir haben doch ausgemacht, dass du am Montag in Zürich bist!«, schrie er zurück.

»Sie lassen mich nicht ausreisen!«, kam es sehr leise und fast unverständlich zurück.

»Was? Sie lassen dich nicht ausreisen?«, schrie Steinbeck. »Wieso denn das? Wo liegt das Problem?«

»Sie haben die Polizeiakte von Zürich erhalten, darum lassen sie mich drei Monate nicht ausreisen«, kam es leise retour.

»Was kann man dagegen machen?«

»Vielleicht kannst du mit Lee Soong, dem Premier, sprechen? Du hast doch einen guten Draht zu ihm!«

»Wie stellst du dir das vor? Ich kann ihn nicht einfach so anrufen, das klappt doch nicht!«, schrie er aufgebracht ins Handy.

»Er spielt jeden Samstagvormittag im Marina Bay Course Golf. Vielleicht ginge da etwas?«

»Was, ich soll nach Singapur fliegen? Hast du einen Knall?«, schrie er.

Es entstand eine kurze Pause.

»Wenn du mir hilfst, mache ich es für den halben Preis!«

Steinbeck überlegte blitzschnell. Dann bliebe noch mehr für ihn, dachte er.

»Meine Flugkosten bezahlst du! Das ist dir doch klar, oder?«

»O.k., mach ich! Kannst du mit der Maschine am Freitag um 17.20 Uhr kommen?« Das Rauschen in der Leitung war wieder stärker geworden.

»Gut, ich komme mit der Freitagsmaschine und du buchst mir bis Sonntag ein Zimmer im Marina Bay Sands. Aber auf deine Kosten!«, polterte er zurück.

»Alles klar, bis Freitag!«, hörte er noch, bevor das Telefonat endete.

Steinbeck stand noch ein paar Sekunden da und starrte aufs Handy. »So eine Scheiße! Jetzt wäre mein Plan beinahe ins Wasser gefallen. Der Premier schuldet mir zum Glück noch einen Gefallen! Den werde ich am Samstag einlösen! Dabei spare ich mir auch noch die Hälfte des Honorars von Chan. Das war wieder einmal Glück im Unglück!«, dachte er und schmunzelte erleichtert. Seine Laune besserte sich ein wenig. »Jetzt erst mal einen kleinen Cognac zur Beruhigung. Anschließend werde ich den Flug für Donnerstagabend nach Singapur buchen. Natürlich Businessklasse! Die Kosten berechne ich dann Chan.« In diese Gedanken versunken ging Steinbeck zur Tür, öffnete sie und schrie: »Monday! Wo steckst du?«

»Wenn man sie braucht, ist sie nirgends zu sehen. Sonst schleicht sie doch auch immer herum«, dachte er und dabei verschlechterte sich seine Laune aufs Neue. Nach einer, für ihn, gefühlten Ewigkeit klopfte Monday an der Tür.

»Komm rein!«, schrie Steinbeck.

Monday betrat mit gesenktem Kopf das Arbeitszimmer.

»Wo hast du wieder gesteckt? Eins verspreche ich dir: Wir zwei werden uns noch kennenlernen! Und jetzt hol meine Schwester, aber flott!« Steinbeck erwartete keine Antwort. Er drehte ihr den Rücken zu und starrte aus dem Fenster.

Nach ein paar Minuten betrat Frederike Steinbeck, ohne anzuklopfen, das Arbeitszimmer. Ernest starrte noch immer aus dem Fenster.

»Was möchtest du?«, fragte sie und legte ihre ganze Kraft in diese drei Worte. Sie sah sehr bleich und schwach aus, so wie sie vor seinem Schreibtisch stand.

Ernest drehte sich ruckartig, als wäre er aus seinen Gedanken aufgeschreckt worden, um.

»Ich habe dir etwas zu sagen«, begann er mit ernster Stimme. »Möchtest du dich nicht setzen?«

»Ich stehe lieber. So lange wird es bestimmt nicht dauern, oder?«

»Wie du möchtest. Ich fliege am Donnerstag nach Singapur und komme wahrscheinlich vor Montag nicht zurück.« Er legte eine kurze Pause ein.

»Und was betrifft mich das?«, wollte Frederike wissen.

»Ich möchte, dass du dich auf keinen Fall mit diesem Turner triffst oder mit ihm telefonierst! Haben wir uns verstanden!«

»Wieso kommst du auf den Gedanken, dass ich mich mit Herrn Turner treffen sollte?«, fragte sie mit genervter, aber schwacher Stimme.

»Ich will keine weitere Diskussion mit dir führen! Es nervt mich! Immer diese Gegenfragen von dir! Mach einfach, was ich dir sage!«, schrie er sie an.

Frederike starrte ihn mit ihren schwachen, verschwommenen Augen an, drehte sich um und verließ wortlos das Arbeitszimmer.

Ernest kochte vor Wut. »Diese alte Kuh! Jedes Mal bringt sie mich mit ihren Gegenfragen zur Weißglut!«, dachte er und warf dabei sein Cognacglas mit voller Wucht an die Wand, dass die Scherben durch den ganzen Raum flogen. »Du wirst mich noch kennenlernen!«, schrie er ihr nach und stampfte dabei mit dem rechten Fuß laut auf den Boden.

Frederike befand sich schon am Gang, als sie das laute Klirren und den Schrei ihres Bruders hörte. Sie beschleunigte ihren Schritt und verschwand um die Ecke. Monday saß in ihrem Zimmer auf einem Stuhl und schaute sie fragend an. Schlaff und müde ließ sich Frederike auf ihr Bett fallen.

»Ich habe ihn schreien gehört«, begann Monday leise zu sprechen.

»Er dreht momentan komplett durch!«, erklärte Frederike und griff sich mit einer Hand an den Kopf.

»Ich habe ihn belauscht, als er mit Singapur telefoniert hat.«

»Und was hast du gehört?«

»Es gibt angeblich Probleme in Singapur. Lim Chan darf das Land nicht verlassen, deswegen muss er seine Beziehungen spielen lassen, um seinen Bluthund in die Schweiz zu holen«, erzählte Monday besorgt.

»Und dann?«

»Ich weiß auch nicht! Aber es wird für Mister Turner mit Sicherheit gefährlich werden.«

»Sollten wir ihn warnen?«

»Ich habe ihm beim letzten Treffen schon gesagt, dass er sich in großer Gefahr befindet.«

»Zumindest über den momentanen Stand der Dinge sollten wir ihn auf alle Fälle informieren. Kannst du das machen?«, dabei schaute sie Monday hilfesuchend an.

»Gut, ich werde ihm eine Information zukommen lassen.«

»Bitte sei vorsichtig! Momentan ist mein Bruder zu allem fähig!«

Einige Zeit später saß Monday in ihrem Zimmer und schrieb Rick Turner eine WhatsApp-Nachricht:

»Lieber Mister Turner,

ich muss Ihnen voller Sorge schreiben, da Mister Steinbeck sich am Freitag in Singapur mit dem fürchterlichen Mann Lim Chan treffen wird. Es gab bei ihm Komplikationen mit der Ausreise, deshalb holt er ihn persönlich nach Zürich. Sie werden wahrscheinlich Anfang nächster Woche ankommen.

Bitte seien Sie vorsichtig! Ich melde mich wieder bei Ihnen, wenn ich Näheres weiß.

In Verbundenheit
Monday«

Prompt kam die Rückantwort von Rick Turner:

»Liebe Miss Monday,

vielen herzlichen Dank für die Information. Ich werde vorsichtig sein. Bitte seien Sie ebenfalls auf der Hut, damit Herr Steinbeck die Informationen nicht abfängt und sie sich selbst dadurch in Gefahr begeben. Das könnte ich mir niemals verzeihen!

In Freundschaft
Rick Turner«

Am Donnerstagnachmittag packte Steinbeck den Koffer. Seine Gedanken waren schon beim vielen Geld, das er Rick Turner abknöpfen würde. »Seine Arroganz wird ihm noch vergehen!«, dachte er, während er seine Kleidung im Koffer verstaute. »Diese herablassende und lässige Art bezahlt er mit vielen Millionen! Wenn er 200 Millionen an die Schlitzaugen bezahlen konnte, dann ist für mich noch viel mehr aus der Sache herauszuholen!«, dabei durchzog ihn ein leichtes Kribbeln. Jetzt durfte er keinen Fehler machen. Zuerst hatte er die Befürchtung, dass seine Schwester diesen Turner warnen würde, aber sollte sie nur! Dann würde dieser aufgeblasene Turner schon merken, dass er es ernst meinte und keine halben Sachen mit ihm machen würde. Wenn er seine Goldgans gerupft hatte, würde er sich um diese schwarze Schlampe kümmern. Dieses Ereignis würde er dann besonders genießen. Endlich hatte er

wieder eine Perspektive! Die hohen Schulden bei seinen Freunden
wären dann getilgt und ein schönes Luxusleben stünde ihm bevor.
Seine Betteltouren hätten dann ein für alle Male ein Ende. Er konnte
sich schon in der Karibik sehen, einen Drink in der Hand, Sonne,
Strand und Meer!

Sein Koffer war bepackt, die Flugtickets wurden am Schalter
hinterlegt. Das Taxi war für 18.00 Uhr bestellt. Jetzt konnte nichts
mehr schiefgehen! Ein kleiner Cognac zum Abschied konnte nicht
schaden. Mit dem Cognacschwenker in der Hand stand er einige
Minuten vor dem Fenster seines Zimmers. Er hob das Glas, als
wollte er mit sich selbst anstoßen. Ein überlegenes Lächeln huschte
über sein Gesicht. Er bemerkte nicht, dass Monday an der Tür geklopft hatte und leise eintrat: »Mister Steinbeck, Ihr Taxi steht vor
dem Eingang«, sagte sie leise mit gesenktem Kopf.

Ernest drehte sich ruckartig zu ihr um: »Wie oft habe ich dir
schon gesagt, dass du anklopfen sollst!«, schrie er sie an.

»Ich habe geklopft«, antwortete sie schüchtern.

»Dann klopf lauter, du blöde schwarze Kuh!« Steinbeck nahm
seinen Koffer und stürmte mit wutentbrannter Miene an ihr vorbei. Er blieb kurz stehen und drehte sich noch einmal um: »Wir
sprechen uns noch! Darauf kannst du deinen fetten Negerarsch ver-
wetten!« Dann verließ er das Haus. Der Taxifahrer nahm ihm den
Koffer ab und verstaute diesen im Kofferraum, während Steinbeck
bereits am Rücksitz Platz nahm. Sein Gesicht war vor Wut noch
immer errötet.

Monday stand seitlich hinter dem Vorhang am Flurfenster und
beobachtete die Abreise. Ihre Hände zitterten und Tränen rannen
ihr über die Wangen. Frederike Steinbeck stellte sich leise hinter sie
und legte die Hände um ihre Hüften. Monday ließ den Kopf nach
hinten sinken und schluchzte leise.

»Alles wird gut, meine Liebste!«, hauchte sie ihr ins Ohr und
küsste sie vorsichtig auf den Hinterkopf. »Herr Turner wird schon
die richtigen Vorkehrungen treffen!«

»Ich weiß, ich sehe ihn oft in meinen Träumen«, antwortete Monday leise.

Das Taxi verließ mit Steinbeck das Grundstück. Es kehrte endlich Ruhe im Haus ein.

Steinbeck erreichte den Abflugschalter im Flughafen kurz vor 19.00 Uhr. Nachdem er seinen Pass vorlegte, händigte ihm die nette Flughafenbedienstete das Ticket aus und wies ihm lächelnd den Weg zum Gate A36. Er hatte noch genügend Zeit, um eine Kleinigkeit zu essen, deshalb setzte er sich noch in eine Bar. In seinen Gedanken ging er den Ablauf in Singapur wiederholt durch. Sein zweites Bier hatte er schon fast geleert, als auf seinem Handy eine Nachricht eintraf: »Alles in Ordnung! Zimmer im Marina Bay Sands reserviert. Transferdienst bestellt. Wir treffen uns im Hotel! Chan.«

Steinbeck war zufrieden. Es konnte nicht besser laufen. Jetzt musste er nur noch den Premier überzeugen. Den besagten Golfclub kannte er sehr gut, denn vor einigen Jahren verbrachte er viel Zeit in Singapur. Das waren noch gute Zeiten! Der Lobbyismus florierte damals. Man konnte in Asien noch richtig Geld machen mit der aufstrebenden Wirtschaft. Nicht wie jetzt! Alles überzüchtet! Das ganze System war überbordet und korrupt. Es war nichts mehr zu holen. Kein Platz mehr für Leute wie ihn. Trotzdem hatte er noch ein Ass im Ärmel. Einmal noch richtig absahnen, dann würde er sich zur Ruhe setzen. Einen Deal noch mit Chan, dann würde er auch ihn in die Wüste schicken. Der letzte Auftrag, den Chan erledigt hatte, war alles andere als sauber abgelaufen. Er wurde fast stümperhaft durchgeführt. Hätte er eine andere Alternative, würde Chan nicht mehr zur Wahl stehen. Für diesen Auftrag jedoch konnte Chan aber sogar von Vorteil sein. Turner hatte Angst vor Asiaten! Ob der Chan heißt oder anders, war egal. Die Angst ist das beste Druckmittel und das war Steinbecks Spezialität.

Er schaute auf die Uhr. Es wurde Zeit, sich auf den Weg zum Gate zu machen. Im Flieger würde er noch einmal den Ablauf durchdenken und dann ein kleines Nickerchen machen, bevor der Showdown in Singapur beginnen konnte.

***

294

Jago stand mit seiner Crew schon bereit. Das Boot war vollgetankt und die Kanister verzurrt. Um 16.00 Uhr startete das Boot wieder in Richtung Singapur. Diesmal war die Vorgehensweise anders und feiner geplant. Es ging um einen Europäer, das machte die Operation etwas gefährlicher. Die Zielperson war mit Leuten in höheren Kreisen vernetzt, deshalb durften keine Spuren hinterlassen werden. Es musste nach Selbstmord aussehen und daher konnten solche Aufgaben meistens heikel werden. Ethan besorgte ihnen vom besagten Hotel eine Chauffeursuniform, damit der Ablauf nicht schon von vornherein zum Scheitern verurteilt war. Der Seeweg nach Singapur war schon eine Routinefahrt. Sie gingen diesmal auf Nummer sicher und nahmen die weitere, aber sichere Strecke, deshalb kamen sie erst am Donnerstag um 21.00 Uhr im Bootshaus an. Die gesamte Crew wäre für diese Operation nicht erforderlich gewesen, aber Jago hatte ihnen bei ihrem letzten Auftrag versprochen, dass sie den größten finanziellen Deal gemeinsam durchführen würden. Seine Kämpfer waren bis in die letzte Haarspitze motiviert. Es ging für jeden um eine Million Dollar. Da durfte ihnen nicht der kleinste Fehler passieren, und das wussten sie auch. Der kleine koreanische Bootshausbesitzer stand schon bereit, als das Boot einlief. Auf seinem Gesicht war immer ein Lächeln zu sehen. Wahrscheinlich lag das an der Bezahlung, die stets prompt und hoch ausfiel. Für Jago zählten seine Verschwiegenheit und die Loyalität. Die Crew verstaute wortlos das Equipment im Aufenthaltsraum, währenddessen telefonierte Jago mit seinem Bruder.

Ethan meldete sich bereits nach dem zweiten Läuten.

»Hallo, großer Kämpfer! Bist du schon in Singapur gelandet?«

»Gerade angekommen. Wie ist der aktuelle Stand?«, fragte Jago ohne Umschweife.

»Alles läuft nach Plan. Unser kleiner Nerd hat das Objekt nach Singapur gelockt. Es wird morgen mit dem Flug SWISS, LX 9000 um 17.20 Uhr landen. Die benötigte Chauffeursuniform liegt im Schließfach am Ankunftsterminal International. Die Nummer ist AXT38J. Dein Mann braucht sie nur abzuholen. Die Hoteltafel mit dem Namen des Objektes, die er halten sollte, liegt ebenso bereit.

Bei diesem Flug ist weiter kein Gast, der ins besagte Hotel gebracht werden sollte, deshalb besteht keine Gefahr, enttarnt zu werden. So weit dürfte es also kein Problem für euch geben!«

»Hört sich gut an! Ich schicke dir dann morgen wieder ein schönes Video, das dir sechs Mille kosten wird.«

Ethan wollte sich noch verabschieden, aber Jago hatte bereits aufgelegt. Er war kein Mann von großen Worten. Zur Sicherheit schrieb er ihm noch eine Nachricht mit der Flugnummer und der Schließfachnummer. Alles Weitere lag jetzt in seinen Händen.

Nach dem Essen, um circa 21.00 Uhr, war wie gewohnt die Lagebesprechung, die Jago meistens sehr kurz und treffsicher abhielt. Die wichtigsten Aufgaben kamen Bejo und Baik zu. Bejo musste die Hoteluniform tragen und Steinbeck aus dem Ankunftsterminal lotsen. Ihn kannte Steinbeck mit Sicherheit nicht. Baik wurde als Fahrer eingeteilt, weil er wusste, welcher Ort in Singapur für ihre geplante Aktion geeignet war. Seine Kenntnisse als Taxifahrer, die er vor einigen Jahren in Singapur erworben hatte, waren jetzt sehr hilfreich. Nach dieser klärenden Besprechung zogen sich alle auf ihre Schlafplätze zurück.

Am Freitagvormittag, gegen 10.00 Uhr, herrschte schon ein geschäftiges Treiben in der Bootshütte. Tso hatte für alle ein ausgiebiges Frühstück vorbereitet. Baik saß mit Jago vor dem Laptop und diskutierte über den bestmöglichen Standort für ihr Vorhaben und die dazugehörigen Zugfahrpläne. Bejo und Puh gingen den Ablauf vor dem Ankunftsterminal noch einmal durch. Gegen 13.30 Uhr gab es noch einmal ein kurzes Update von Jago mit seinen Kämpfern. Jeder kannte seine Aufgaben und alle zogen sich anschließend noch einmal für kurze Zeit in ihre persönlichen Bereiche zurück. Abfahrtszeit war um 14.00 Uhr. Laut Routenplanung betrug die Fahrt zum Flughafen fünfzig Minuten. Also noch ausreichend Zeit, um sich die Lage vor Ort genauer anzusehen. Sie liehen sich, wie immer, den dunklen, alten Transporter aus, dessen Verwendung in der großzügigen Bezahlung inkludiert war. Der Wagen war zwar alt, aber unauffällig und genau das war für Jago wichtig.

In der fünfzigminütigen Fahrt checkte Woh seine Videokamera.

Das Video, das er machte, würde am Ende sechs Millionen Dollar wert sein. Deswegen war jedes Detail wichtig, das man darauf sehen würde. Zweieinhalb Stunden bevor Steinbeck am Flughafen Singapur landete, parkte der dunkle Transporter vor der Ankunftshalle. Bejo und Tso erkundeten die Halle und überprüften das Gepäckschließfach. Die Nummer funktionierte, das Schließfach sprang auf und die Hoteluniform samt dem Schild konnten entnommen werden. Tso überwachte den Platz, während Bejo die Uniform an sich nahm und die nahegelegene Toilettenanlage aufsuchte, um sie anzuprobieren. Die Passform war zwar nicht perfekt, aber auf den ersten Blick ging er als exklusiver Chauffeur vom Hotel Marina durch. Tso konnte sich das Schmunzeln nicht verkneifen, als er Bejo in der Uniform sah. Bejo ignorierte ihn bewusst und verließ schnurstracks die Ankunftshalle. Baik erkundete zu Fuß die beste Parkmöglichkeit. Es war nicht so einfach. Die Exklusiv-Taxis standen normalerweise sehr nahe am Ausgang, dies war aber mit ihrem alten Transporter unmöglich. Er musste sich etwas einfallen lassen. Der Seitenausgang war seine einzige Möglichkeit! Dort parkte gerade kurzzeitig ein Zustellfahrzeug und für ihr Vorhaben war die Seitenstraße ideal. Die Masse der ankommenden Fluggäste verließ den Flughafen durch den Hauptausgang. Nur wenige Leute, meist das Flughafenpersonal, benutzten den Seitenausgang.

Gegen 17.30 Uhr setzte die Dämmerung ein und das Licht wurde diffuser. Perfekt für ihren Plan. Der Transporter konnte nicht zu lange vor der Abflughalle stehen bleiben, deshalb parkten sie ihr Fahrzeug kurzzeitig noch etwas abseits, um jede Auffälligkeit zu vermeiden. Die Anspannung innerhalb der Crew steigerte sich, bis Baik um 17.00 Uhr den Transporter langsam in Richtung Seitenausgang steuerte. Das Auto des Zustelldienstes hatte längst den Platz verlassen, auf dem nun Baik den dunklen Transporter parkte. Tso stieg als Erster aus und erkundete unauffällig die Umgebung, dann sprang Bejo aus dem Wagen. Blitzschnell verschwand er in die Ankunftshalle. Einige Personen umarmten sich dort zur Begrüßung. Laut großem Terminaldisplay waren dies die Fluggäste aus London. In fünfzehn Minuten würde die Maschine aus der Schweiz landen.

Bejo hielt sein Schild noch verdeckt, um keine unnötige Aufmerksamkeit zu erzeugen. Eine ältere Frau fragte ihn dennoch, ob er sie ins Hotel Fullerton fahren könnte. Er verneinte lächelnd und gab ihr zu verstehen, dass es seine Aufgabe sei, nur Gäste vom Hotel Marina zu chauffieren. Enttäuscht und kopfschüttelnd schritt sie zum nächsten Taxistand. Bejo hielt sich noch immer im Hintergrund und beobachtete den Personenstrom vom letzten Flug, der langsam versiegte. Am Display wurde der Flug aus Zürich bereits angezeigt. Die Landung stand unmittelbar bevor. Die Ankunft wurde mit zehn Minuten Verspätung erwartet. Tso stand etwa fünf Meter vom Seitenausgang entfernt und kommunizierte über Headsets mit der Crew im Fahrzeug. Er gab ihnen die Verspätung durch. Jago war zufrieden. Je später die besagte Person ankam, desto dunkler wurde es. Bis Steinbeck beim Ausgang ankam, würden sicherlich noch zusätzlich fünfzehn Minuten vergehen und um 17.45 Uhr war es in Singapur fast dunkel. Die Straßenlaternen schalteten sich bereits ein. Eine Nachricht kam auf Jagos Handy: »Sollte ich das Licht ein bisschen dimmen?« »Was ist das für eine blöde Nachricht?«, dachte er, als sich ein paar Sekunden später drei der fünf Straßenlaternen in ihrer Umgebung ausschalteten. »Dieser Nerd ist einfach genial!«, schoss es aus Jagos Mund.

Tso und Bejo beobachteten aus dem sicheren Hintergrund die Ankunftshalle. Es waren noch keine Schweizer Fluggäste am Ausgang zu sehen. Die Anspannung innerhalb der Crew im Fahrzeug stieg von Minute zu Minute. Der größte Auftrag ihres Lebens stand unmittelbar bevor. Bejo nahm die Hoteltafel und streckte sie in die Höhe, als er die ersten Fluggäste aus der Schweiz am Ausgang sah. Es war 17.52 Uhr. Laut der Informationen, die Jago von seinem Bruder erhalten hatte, dürfte ihr Zielobjekt nur mit leichtem Gepäck ankommen, deshalb würde er sich unter den ersten Gästen befinden, die sich durch die Ausgangsschleuse drängten. Steinbeck ließ nicht lange auf sich warten. Mit einem kleinen schwarzen Trolley im Schlepptau kam er um 17.54 Uhr in der Ausgangshalle an. Bejo bemerkte ihn sofort und signalisierte Tso seine Ankunft, der wiederum informierte die Crew im Fahrzeug. Bejo trat ein paar

Schritte nach vorne und hielt das Hotelschild mit dem Namen MR. STEINBECK so in die Höhe, dass es fast jeder Fluggast sehen konnte. Ernest winkte Bejo und kam zielstrebig auf ihn zu.

»Ich bin Mr. Steinbeck. Sind Sie der Chauffeur vom Marina Hotel?«

»Ja, Mr. Steinbeck, bitte folgen Sie mir. Wir nehmen den Seitenausgang. Am Haupteingang ist derzeit eine Baustelle und deshalb herrscht ein großes Gedränge«, entgegnete Bejo und nahm ihm unterdessen seinen kleinen Trolley ab. Bejo verließ einen Schritt vor Steinbeck den Seitenausgang und steuerte auf den alten Transporter zu, der etwa zehn Meter weiter links vor ihnen parkte. Tso folgte Steinbeck in einem sehr kurzen Abstand und tat so, als wollte er an ihm vorbeigehen. Steinbeck stand schon zwei Meter vor dem dunklen Transporter, als er einen Stich im Arm bemerkte.

»Was soll das?«, fauchte Steinbeck, aber nur Bruchteile einer Sekunde später war sein Bewusstsein schon so beeinträchtigt, dass er alles nur noch verschwommen wahrnahm. Tso und Bejo stützten ihn blitzschnell, bevor ihn die letzte Kraft verließ und er seine Füße nicht mehr kontrollieren konnte. Die Seitentür des Transporters sprang auf und die wartenden Männer im Fahrzeug zogen ihn ins Innere. Tso und Bejo saßen noch nicht einmal auf ihren Plätzen, schon fuhr Baik los. Woh schloss unterdessen die Schiebetür und der Wagen verließ das Flughafengelände in Richtung Norden. Steinbeck saß bewusstlos neben Woh, der seine Videokamera bereits gestartet hatte und ihn dabei filmte, wie er mit eingeknicktem Kopf neben ihm lehnte. Jago saß am Beifahrersitz und blickte beinahe im Minutentakt zu Steinbeck nach hinten. Die Fahrt ging über die TPE Road nach Norden bis zur Yio-Chu-Kang Ausfahrt, dann bogen sie nach Bizhan ab. Dort lag der Bahnhof, an dem die U-Bahn-Züge kurz an der Oberfläche auftauchten, um dann nach ein paar hundert Metern wieder im Untergrund zu verschwinden. Genau dort befand sich ihr Zielpunkt: Eine kleine Straße, die über eine schmale Brücke führte und nachts kaum befahren war.

Baik kannte den Standort nur zu gut. Schon oft standen dort oben Personen, die erpresst wurden und gerne bezahlten, um nicht von dieser Brücke hinuntergestürzt zu werden. Als Fahrer eines zwielichtigen Zuhälters gab es damals einige solche Momente in seinem Leben in Singapur.

Um 18.35 Uhr kamen sie auf der Brücke an. Steinbeck schien schon wieder zu Bewusstsein zu kommen, aber Woh hatte ihm vorsichtshalber seine Hände mit einem Lederriemen am Rücken zusammengebunden. Sie hatten noch genau zehn Minuten Zeit, bevor die nächste U-Bahn unter ihnen mit hoher Geschwindigkeit durchraste. Tso und Bejo zerrten Steinbeck aus dem Fahrzeug. Woh stand neben ihnen und filmte jede Bewegung von Steinbeck. Sie lehnten ihn an das etwa 1,20 Meter hohe Geländer. Einige unverständliche Worte drangen aus Steinbecks Mund. Seine Augen öffneten und schlossen sich unentwegt. Die gesamte Crew trug, seitdem sie an der Brücke waren, wieder ihre Sturmhauben, um auf dem Video nicht erkannt zu werden. Jago stand vor Steinbeck und ohrfeigte ihn, um ihn wach zu bekommen. Es dauerte ein paar Augenblicke, bis Steinbeck wieder zu sich kam.

»Was wollen Sie von mir?«, schrie Steinbeck verzweifelt.

»Mister Steinbeck, Sie werden der schweren Erpressung beschuldigt und deshalb müssen wir Sie liquidieren.«

»Ich habe doch nichts getan! Das muss ein Missverständnis sein! Sie verwechseln mich mit jemand anderem!«

»Sie sind Mister Ernest Steinbeck?«, fragte Jago noch einmal laut und deutlich.

»Ja, ich bin Steinbeck! Aber wir können uns doch einigen! Wie viel zahlt euch euer Boss? Ich zahle das Doppelte!«, schrie Steinbeck verzweifelt. Im Hintergrund konnte man die herannahende U-Bahn bereits hören.

»Mister Steinbeck, Ihre Mitfahrgelegenheit in die Hölle ist schon zu hören!«, erklärte Jago ruhig, aber laut.

»Ich zahle euch allen das Dreifache!«, schrie Steinbeck.

Tso und Bejo hielten ihn immer noch an beiden Armen fest, während Puh die Ledergurte von seinen Handgelenken löste.

»Das können Sie nicht machen!«, schrie Steinbeck.

Jago nickte den beiden zu. Woh beugte sich mit seiner

Videokamera über das Geländer. Rückartig rissen die beiden Steinbeck an den Schultern nach hinten und mit einem lauten Schrei stürzte dieser hinunter. Der Aufschlag auf den Gleisen wurde von dem Lärm der heranfahrenden U-Bahn verschluckt. Die U-Bahn pfiff zwar unaufhörlich, konnte das Unglück aber in keinster Weise verhindert. Ein paar Momente später wurde der leblos auf den Gleisen liegende Körper Steinbecks von der U-Bahn überrollt. Woh hatte alles mit seiner Kamera festgehalten. Jago gab nach ein paar Sekunden das Zeichen zur Abfahrt. Die Crew sprang in den Wagen und Baik trat aufs Gas. Es herrschte Totenstille im Auto, bis Jago Woh fragte, ob alles auf dem Video zu sehen war. Er nickte und spielte Jago die letzte Szene vor.

»Perfekt!«, sagte Jago und klopfte Woh anerkennend auf die Schulter.

Die Rückfahrt zur Bootshütte dauerte circa 70 Minuten. Innerhalb der Crew blieb es verhältnismäßig ruhig. Sie konnten noch nicht ganz realisieren, dass sie bald um eine Million Dollar reicher sein würden. Woh überspielte das Video sofort auf einen USB-Stick und gab diesen an Jago weiter. Um 20.14 Uhr bekam Ethan von seinem Bruder das Video überspielt, mit den Worten: »Auftrag ausgeführt! Verlassen um 21.00 Uhr Singapur. Erwarte in Kürze die vereinbarten sechs Millionen!«

Epilog

Es war ein wolkenverhangener Julitag in Zürich. Um 11.00 Uhr hatten sich zwölf Personen vor der Aussegnungshalle am Friedhof Fluntern eingefunden. Rick las noch fasziniert die Namen der dort begrabenen Personen, die an einer großen Steintafel aufgelistet standen. Von Architekten über Dichter, Schriftsteller, Maler, Musiker und Chefärzte waren viele Persönlichkeiten angeführt.

Der kleine Prozessionszug setzte sich langsam in Bewegung. Voran der Bestattungsbeauftragte, flankiert von zwei Gehilfen. Dahinter ging Monday mit dem Urnengefäß von Frau Frederike Steinbeck. Sie trug ein schwarzes, langes Kleid und eine dunkle Sonnenbrille. Rick, Urs und Johann folgten ihr. Die übrigen Trauergäste kannte Rick nicht.

Seine Gedanken schweiften wieder einen Monat zurück, zu dem Tag, als er Frau Frederike Steinbeck und Monday in ihrer Villa besuchte. Er hatte erst vor zwei Tagen von Urs das Video aus Singapur erhalten. Anfangs war er schockiert und bestürzt, aber später setzte sich dennoch Erleichterung durch. Für ihn war es schwierig, Frederike die Situation zu erklären. Sie saßen sich gegenüber. Zu diesem Zeitpunkt wusste Rick bereits, dass sich ihr Gesundheitszustand schon sehr verschlechtert hatte und keine Besserung mehr in Sicht war. Sie konnte sich kaum noch im Sessel sitzend halten. Miss Monday rückte sie mehrmals wieder zurecht, damit sie nicht vom Sessel stürzte. Zu diesem Zeitpunkt rang er um die richtigen Worte. Die paar Wörter, die über seine Lippen kamen, waren für Monday genug, um zu wissen, dass die Geschichte mit Ernest Steinbeck ein Ende gefunden hatte.

Die Polizei in Singapur konnte zu diesem Zeitpunkt die Identität der zerfetzten Leiche auf den Gleisen noch immer nicht feststellen. Ausweispapiere am Tatort konnten sie keine finden, und eine Vermisstenanzeige lag auch keine vor. Es gab keine Person mit einer Hotelbuchung, die nicht ankam, deshalb wurde der Fall nach einer Woche abgeschlossen und die Leiche als nicht identifizierte Person archiviert. Man wusste auch, dass kein Fremdverschulden vorlag und sehr viele Menschen an diesem Ort ihren Suizid vollstreckten. Rick glaubte zu wissen, als er die Villa an diesem besagten Mittwoch betrat, dass Monday bereits wusste, mit welcher Nachricht er kam. Ihre Stimmung war bemerkenswert glücklich und vergnügt, obwohl der Gesundheitszustand von Frau Steinbeck sehr schlecht war. Er spürte schon anfangs eine große Erleichterung der beiden, obwohl ihm die Worte fehlten und er ihnen erst viel später zu verstehen gab, dass Ernest Steinbeck von seiner Reise nicht wieder zurückkehren würde.

Rick wurde aus seinen Gedanken gerissen, als der Trauerzug links abbog und vor einer großen Gedenkstätte stehen blieb, auf deren Tafel drei Namen standen: Wilma Deschmaecker, 1908–1989, Franko Grado, 1958–2020 und Frederike Steinbeck, 1959–2022. Rick dachte über die Namen nach. Wilma Deschmaecker musste ihre Großmutter gewesen sein, die ihr die Villa vererbt hatte, und Franko Grado musste ihr verstorbener Mann sein. Der Name Deschmaecker kam ihm bekannt vor. Barigli hatte einmal kurz erwähnt, dass die Mutter der Steinbecks von einem belgischen Diamantenschleiferclan abstammte. Der Name Franco Grado wurde nie erwähnt. Warum sie seinen Namen bei der Hochzeit nicht annahm, blieb für Rick bis dato ein Rätsel.

Der Bestattungsbeauftragte begann mit einer kurzen Standardrede. Er erwähnte dabei die Großzügigkeit von Frederike Steinbeck, die sie der Friedhofsanstalt gegenüber zeigte. Eine leise Musik erklang aus zwei Lautsprechern, die Rick anfangs nicht wahrnahm. Es dürfte ein Stück von Beethoven gewesen sein, das er zwar kannte, aber nicht benennen konnte. Die Urnenbeisetzung dauerte nicht länger als zwanzig Minuten. Am Ende verkündete der Beauftragte, dass die anwesenden Gäste noch zu einem kleinen Imbiss in die

Villa eingeladen seien. Rick beobachtete das Verhalten von Monday. Warum trug sie noch immer die dunkle Sonnenbrille? Hatte sie verweinte Augen? Wollte sie nicht, dass man ihre Blicke sah? Urs stupste Rick am Arm, der noch immer in seine Gedanken versunken war und nicht realisierte, dass die Beisetzung bereits vorbei war. Die Gäste gingen schon in Richtung Ausgang und sie waren bereits die Letzten, die die Grabstätte verließen.

Rick fuhr mit Urs, während Johann Miss Monday und zwei weitere Personen, es dürften Mondays Eltern gewesen sein, chauffierte. Sie fuhren im Konvoi die Straße auf den Zürichberg zur Villa hinauf.

Als Rick die Villa betrat, fühlte er, dass sich nach seinem letzten Besuch etwas im Anwesen verändert hatte, als würde etwas fehlen. Er konnte es nicht beschreiben, wahrscheinlich fehlte das warmherzige Wesen von Frederike Steinbeck. Miss Monday war sehr erpicht, ihn ihren Eltern vorzustellen. Es waren zwei ältere, farbige und liebenswerte Leute, die zwar in dieser Umgebung etwas unsicher wirkten, aber sie vermittelten den Eindruck, grundehrliche Menschen zu sein. Rick fühlte sich in ihrer Anwesenheit sehr wohl. Mit Miss Monday wollte er weiterhin in Kontakt bleiben, denn sie war für ihn eine einzigartige und wunderbare Frau. Aber was würde sie machen? Würde sie wieder zurück nach Afrika gehen? Als er den Gedanken noch nicht einmal fertig gedacht hatte, sagte sie zu ihm: »Mister Turner, wie sieht Ihre Zukunft aus? Haben Sie vor in Zürich zu bleiben?«

Rick lachte: »Ich glaube, Miss Monday, wir sind geistig vernetzt. Ich dachte gerade über Ihre Pläne nach.«

»Hätten Sie Lust, einmal meine Heimat zu sehen?«, fragte sie vorsichtig nach, während ihn ihre Eltern erwartungsvoll anstrahlten.

»Wenn Sie möchten, würde ich Sie gerne begleiten. Vielleicht kann ich Sie in den nächsten Tagen, wenn wieder etwas Ruhe eingekehrt ist, in der Villa besuchen?«

Miss Monday strahlte über das ganze Gesicht: »Ich würde mich sehr auf Ihren Besuch freuen, Mister Turner!«

Barigli hatte mit Rick im Anschluss noch einen Termin in der Bank vereinbart, deshalb drängte dieser ihn zur Eile. Sie verabschiedeten sich von den anwesenden Leuten und fuhren.

In der Bank besprachen Barigli und er noch die Modalitäten über die einzelnen Einzahlungstranchen der versprochenen Milliarde, die Rick in die Bank einbringen wollte. Die erste wurde Anfang Juli fällig, deshalb gingen sie wie üblich in den Tresorraum, wo der Rechner von Rick, den er für die Überweisung brauchte, aufbewahrt wurde. Dieses Mal war aber etwas anders. Rick trug einen Aktenkoffer bei sich. Nach der getätigten Überweisung steckte er den Rechner nicht wie üblich in den Tresor, sondern in den mitgebrachten Koffer.

Johann brachte Rick anschließend zu seinem Apartment. Rick beschäftigten die letzten zwei Wochen wieder einige Gedanken aus der Vergangenheit. Wie sollte er mit dem Programm CoinRiser weitermachen? Sollte er den Rechner im Safe verstaut lassen? Wo lag die Grenze bei diesem Spiel? Vielleicht gab es sogar eine Grenze? Dies würde er vermutlich nie herausfinden. Das ganze Dilemma seit seiner Begegnung mit Joe war nur entstanden, weil das Programm noch nicht ausgereift war. Seit Beginn der 2.0-Version fischte das Programm in einem viel größeren Teich. Nach all den Unannehmlichkeiten, die er überstanden hatte, wäre ein Aufgeben keine Option. »Was hätte Joe gemacht?«, bei diesem Gedanken saß er einige Minuten bewegungslos am Schreibtisch. Dann steckte er den Rechner wieder an die zwei großen Monitore in seinem Arbeitszimmer und startete. Das Spiel fragte: «Wollen Sie das Programm starten?« Rick starrte auf die Monitore, seine Gedanken kreisten über die letzten vier Monate, seine Finger lagen auf der Tastatur. Das Programm wiederholte nach einer Minute die Frage: »Wollen Sie das Programm starten?« Rick drückte auf: »YES«…

***

Wer dieses Buch gelesen hat, wird sich fragen: »War's das? Oder gibt es ein neues Abenteuer mit Rick Turner?« Ja, es gibt eine Fortsetzung. Rick wird noch einiges erleben und er wird abermals an seine Grenzen getrieben. Es wird den Lesern wieder vor Augen geführt, wie furchtbar und abscheulich Menschen sein können.

Lasst euch überraschen.

Über den Autor

Richard Rabenberger, geboren 1961 in Senftenbach (Oberösterreich), entdeckte schon früh seine Leidenschaft für kreative Tätigkeiten. Über 38 Jahre arbeitete er als Modelleur in der Schuhbranche und entwickelte ein feines Gespür für Ästhetik und Details.

Neben seiner beruflichen Karriere war das Lesen stets ein zentraler Bestandteil seines Lebens. Bücher inspirierten ihn und weckten den Wunsch, selbst literarisch tätig zu werden. Erst vor einigen Jahren begann er seiner Begeisterung für Sprache und Fantasie nachzugehen und widmete sich mit Hingabe dem Schreiben.

Heute vereint Richard Rabenberger seine Kreativität mit der Liebe zur Literatur. Seine Werke zeichnen sich durch spannende Themen, vielschichtige Charaktere und einen einzigartigen Schreibstil aus.